KALTE
JAGD

KALTE
JAGD
(COLD PURSUIT)

TONI ANDERSON

Übersetzt von
MARTIN WICK

BÜCHER VON TONI ANDERSON

Romantische Krimis

Kalte Gerechtigkeit Serie
Ein kalter, dunkler Ort (A Cold Dark Place)
Kalte Jagd (Cold Pursuit)
Kaltes Morgenlicht (Cold Light of Day)
Kalte Angst (Cold Fear)
Kalte Schatten (Cold in the Shadows)
Kaltes Herz (Cold Hearted)
Kalte Geheimnis (Cold Secrets)
Kalte Bosheit (Cold Malice)
Eiskaltes Versprechen (A Cold Dark Promise)
Kaltblütig (Cold Blooded)

Kalte Gerechtigkeit – die Verhandler Serie
Kalt und tödlich (Cold & Deadly)
Kälter als die Sünde (Colder Than Sin)
Kalte böse Lügen (Cold Wicked Lies)
Kalter grausamer Kuss (Cold Cruel Kiss)
Eiskalt (Cold as Ice)

DEMNÄCHST ERHÄLTLICH …
Kalte Stille (Cold Silence)
Tödliches Spiel (The Killing Game)

Andere deutsche Titel
Im Sog Der Gefahr
Wogen Des Zorns

Auf meiner Website findest du alle deutschen Übersetzungen
meiner Bücher:
toniandersonauthor.com/german

Melde dich für meinen deutschsprachigen Newsletter an und
erhalte zwei kostenlose, exklusive „Kalte Gerechtigkeit"-
Kurzgeschichten sowie Informationen darüber, wann meine
nächste deutsche Übersetzung verfügbar ist.

*Für meine Schwestern
Julie und Eileen.*

ERSTES KAPITEL

DIE ACHTERBAHN DONNERTE hoch über ihren Köpfen unter dem Dach des Einkaufszentrums entlang, und die Leute in den kleinen Waggons schrien vor Vergnügen. Die blauen Augen von Vivi Vincents Sohn wurden groß vor Staunen, während er dem Spektakel völlig begeistert zuschaute. Er zupfte an ihrem Ärmel und grinste, so wie jeder normale achtjährige Junge.

Die grellen Farben der Karussells und die blendenden Sonnenstrahlen brachten ihre Augen zum Tränen. Zumindest redete sie sich das ein. Die Tränen hatten nichts mit dem katastrophalen Besuch heute früh bei Dr. Hinkle zu tun.

Sie nahm Michaels Hand, und er sah zu ihr auf. Die funkelnde Intelligenz in seinen Augen machte Vivi sprachlos; als ob alle Mysterien des Universums in diesem jungen Kopf verschlossen lägen.

Er zog weiter an ihrem Ärmel, versuchte, sie in einen der Achterbahnwagen zu ziehen, aber ihr Magen rumorte schon genug, ohne dass sie eine solche Fahrt mitmachen musste. Aber nie im Leben würde sie ihn allein fahren lassen – was, wenn irgendetwas schiefgehen sollte? Sie würde sich nie verzeihen können, wenn ihm etwas zustoßen würde, nur weil sie zu feige war, in einer Achterbahn mitzufahren.

„Hast Du Lust, ins Spielzeuggeschäft zu gehen?", schlug

sie stattdessen vor.

Er nickte und lächelte, aber sein Blick zurück auf das zwanzig Meter hohe Monstrum von Achterbahn zeigte ihr deutlich, dass er enttäuscht war. Sie gingen an altmodischen Kinderkarussells und riesigen, pilzförmigen Schaukeln vorbei – das war viel eher ihr Fall. Die Minneapolis Mall, der kleine Bruder der Mall of America am anderen Ende der Stadt, war ein Paradies für Kinder.

Sie straffte ihre Schultern. Michael *musste* den Tag heute unbedingt genießen, auch wenn das bedeutete, dass sie in dieser Horrorbahn mitfahren musste. Das wäre hoffentlich Wiedergutmachung genug dafür, dass er von Dr. Hinkle heute Morgen unablässig getriezt und malträtiert worden war, nur um dann von einer furchtbar herablassenden Fernsehreporterin des Lokalsenders, die einen Beitrag über das Forschungsprogramm des berühmten Neurowissenschaftlers drehte, bis an den Rand des Wahnsinns getrieben zu werden. Die Reporterin hatte sie zu Michaels „Problemen" und seinem Zeichentalent interviewt. Hoffentlich gab es heute genug andere Meldungen für die Nachrichtensender der Twin Cities.

Michael entdeckte die sich windende, grüne Schlange, die den Eingang zum Spielwarengeschäft bewachte, und auch der letzte Rest von Enttäuschung verschwand aus seinem Blick. Einige Minuten lang betrachteten sie still und völlig fasziniert die Dekoration, die sich über die Außenwand des Ladens erstreckte. Da war ein Teddybär im Cowboy-Kostüm, der auf einem Pferd ritt, ein Dinosaurier auf einem Motorrad, und oberhalb der ganzen Szenerie ein riesiger Clown, der in Vivi ein unbehagliches Gefühl hervorrief. Was hatte es nur mit Clowns auf sich?

„Okay, lass uns reingehen. Du darfst dir eine Sache im

Laden aussuchen, und dann holen wir uns was zu essen. Danach geht's ab auf die Achterbahn."

Er grinste und lief in das Geschäft. Vivi versteckte ihr Lächeln. Sie ging ihm hinterher, nur um mit einem riesigen, stämmigen Mann zusammenzustoßen, der sie zu Boden warf. Sie landete ausgestreckt auf ihrem Hintern, während der Mann einfach weiterlief. So viel Unhöflichkeit ließ ihr den Mund offen stehen. Sie kniete sich ungelenk hin, vorsichtig ihr Handgelenk haltend, das vom Aufprall schmerzte.

„Brauchen Sie Hilfe?" Ein Mann ging neben ihr in die Hocke. Er hatte kurze, schwarze Haare, und tiefe, braune Augen, die bei genauerem Hinsehen verschmitzt funkelten. Seine starken, kräftigen Hände hielten ihren unverletzten Arm, während er ihr wieder auf die Füße half.

„Vielen Dank."

Sie hielt sich an ihm fest, um ihr Gleichgewicht zu halten, als sie in ihren Schuh schlüpfte. Er hatte eine gerade Nase, eine kräftige Unterlippe und ein Grübchen am Kinn. Seine dunklen Augen musterten sie kritisch, als ob er sie nach Verletzungen absuchte. Dann änderte sich sein Blick und wurde weich, voller ehrlicher Anerkennung. Sie ließ seine Hand los, und ihre Knie schwankten. Sie gab den hohen Absätzen die Schuld, die sie so selten trug.

Wieder hallten die freudigen Schreie der Achterbahnfahrer herüber und rissen sie aus ihrer Schwärmerei.

„Nochmals vielen Dank. Ich sollte jetzt besser nach meinem Sohn sehen." Sie nickte in Richtung des Spielwarenladens. Sie hatte sich daran gewöhnt, Michael automatisch als Schutzschild zu nutzen, und diese Angewohnheit fing an, ihr auf die Nerven zu gehen. Vielleicht würde sie irgendwann die Vertrauensprobleme, die ihr Ex in ihr ausgelöst hatte, überwinden können.

Vielleicht.

Irgendwann.

„Viel Erfolg dabei, ihn da wieder raus zu locken." Der schöne Fremde hielt eine Tüte mit dem auffälligen Logo des Ladens in die Höhe. Es passte nicht zu seiner smarten Business-Kleidung – ein schwarzer Anzug, blaues Hemd, violette Krawatte. Wie sich jemand gab, ließ eine Menge Rückschlüsse über die Person zu. Seine Körperhaltung wies auf eine Militärkarriere hin, vielleicht auch eine Position in der Strafverfolgung. Und er strömte diese Art von Souveränität und Autorität aus, die ihr noch aus ihrer Zeit bei der UN bekannt vorkam. Der letzte Mann, der so auf sie gewirkt hatte, hatte ihr auch beigebracht, dass ein attraktives Gesicht und imposantes Auftreten kein Ersatz für Mitgefühl und Moral waren. Aber trotzdem, er war hübsch anzuschauen.

„Ich hab mich gerade ausgetobt und dem Kind eines Freundes etwas gekauft." Für den Bruchteil einer Sekunde huschte ein Schatten über sein Gesicht. Oder sie hatte sich das nur eingebildet. Er trat einen Schritt zurück. „Wenn Sie sicher sind, dass alles okay ist?"

Sie nickte und er lächelte sie an. Dann ging er langsam davon.

Vivi blinzelte.

Es war schon sehr lange her, dass ein Mann sie angesehen hatte, als ob sie mehr wäre als nur eine entnervte alleinerziehende Mutter über dreißig. Das Gefühl, eine Frau aus Fleisch und Blut zu sein, überkam sie, und ließ etwas in ihr aufleben, von dem sie nicht mehr gedacht hatte, dass es noch existierte. *Fantastisch*, noch ein weiterer Punkt auf ihrer langen Liste der Enttäuschungen.

Während sie langsam in Richtung des Spielwarenladens lief, betastete sie ihr schmerzendes Handgelenk und entschied, dass es nicht mehr war als eine leichte Prellung. Sie würde es einfach kühlen, sobald sie später wieder im Hotel waren.

Plötzlich erschütterte ein ohrenbetäubender Knall die Mitte des Einkaufszentrums. Sie zuckte zusammen und drehte sich um. Schreie erklangen, und für einen Moment glaubte sie, die Achterbahn hätte eine Störung. Dann drang ein Geräusch durch die Luft, das seltsam vertraut klang, das sie aber im ersten Moment nicht einordnen konnte. Dann, plötzlich, wurde es ihr klar. *Schüsse.* Menschen begannen, herumzurennen. Ein Mann, der neben dem Süßwarenladen stand, fiel zu Boden, das Schaufensterglas hinter ihm zerbarst und regnete in Splittern auf ihn nieder, während sich eine Pfütze aus Blut um seinen Körper herum ausbreitete.

Oh, mein Gott.

Es war ein Amokläufer im Einkaufszentrum.

Michael!

Sie fuhr herum, rannte in das Spielwarengeschäft, und begann hektisch zu suchen. Andere Leute eilten panisch umher, alle auf der Suche nach Kindern und Angehörigen. Ein Schaukasten fiel krachend um, ein Modell zerbrach in tausend Einzelteile. Vivi rutschte auf den winzigen Teilen aus, konnte sich aber fangen, bevor sie zu Boden fiel. Eine Frau rammte einen Kinderwagen gegen ihren Knöchel, wild entschlossen, ihren kleinen Sohn einzufangen, der in Richtung des Eingangs davonrannte. Vivi schnappte sich das Kind und drückte ihn der Mutter in die Arme.

„Danke!" Die Frau war kreidebleich vor Angst. Sie hatte ein Baby und ein Kleinkind, dazu einen Berg von Einkaufstüten.

„Lassen Sie den Kinderwagen stehen. Nehmen Sie Ihre Kinder und versuchen Sie, so schnell wie möglich aus dem Einkaufszentrum herauszukommen", sagte Vivi zu ihr. Das war auch ihr eigener Plan. Sie suchte den Laden nach dem orange-roten Haarschopf der wichtigsten Person in ihrem Leben ab. *Da.* Sie bahnte sich ihren Weg durch die Menge der herumirrenden Menschen.

Michael wurde zusehends aufgebrachter und stand starr und zitternd da. Als Vivi bei ihm ankam, nahm sie sein Gesicht in die eine Hand und strich ihm mit der anderen die Haare aus der Stirn. Sie musste ihn beruhigen, wenn sie lebendig hier herauskommen wollten. „Ich bin da, Michael. Ich passe auf Dich auf, aber Du musst auf mich hören, und Du musst Dich zusammenreißen, okay?" *Bitte flippe jetzt nicht aus.*

Die blauen Augen wurden klarer und fixierten sie. Ihr unglaublich tapferer Sohn stand nun mit breiten Schultern da und nickte, nahm ihre Hand und drückte sie fest. Er wusste, dass sie in Gefahr waren. Die Liebe für ihren Sohn wuchs in diesem Moment derartig in ihr an, als wollte sie aus ihr herausbrechen. Aber ihre Angst war noch größer. Diese Todesangst kroch durch ihre Adern und war dabei, sie bei lebendigem Leibe aufzufressen.

Sie würde alles tun, um dieses Kind zu beschützen. Alles.

Einer der Kassierer telefonierte, wahrscheinlich mit dem Sicherheitsdienst des Einkaufszentrums. Ein anderer rief: „Die Polizei sagt, wir sollen abwarten, während sie die Lage einschätzen."

Abwarten? Auf keinen Fall.

Die Schüsse wurden lauter, Geschosse zertrümmerten Glas und Beton. Kugeln prallten auf Metall, und sie konnte hören, wie die abgeprallten Geschosse kreuz und quer durch das Gebäude pfiffen und das Einkaufszentrum in eine tödliche Pinball-Maschine verwandelten. Der Qualm des Schießpulvers wurde immer dichter und schnürte ihr den Hals zu. Dann noch mehr Schüsse, die aber viel näher klangen. Sie kamen aus dem Laden direkt nebenan. Vivis Mund wurde trocken.

Zwei Schützen.

Und Michael und sie, und alle anderen Kunden und Angestellten im Laden, saßen zwischen ihnen in der Falle.

Schnell lief sie zu einer der Türen am Ende des Ladens und spähte vorsichtig hinaus. Am anderen Ende des Flurs stand ein Mann, der eine große automatische Waffe hielt. Derselbe Mann, der sie vorhin umgerannt hatte. Gott sei Dank war er nicht stehen geblieben. Er blickte in die andere Richtung und schaute sich genau um, dann hielt er inne und feuerte ein paar Schüsse ab. Schreie wurden lauter, manche verstummten jedoch grausam schnell.

Patronenhülsen regneten von der Galerie über ihnen herunter, und die überdimensionalen Modelle, die auf dem Dach des Ladens ausgestellt waren, zersplitterten.

Kalter Schweiß brach ihr aus. Hier gab es mindestens drei Attentäter. Sie befanden sich mitten in einem Kriegsgebiet.

Vivi blickte sich um und erstarrte. Einer der Schützen schlängelte sich gerade durch die Fahrgeschäfte und steuerte auf die Einkaufsläden zu. Sein Gesicht war vermummt, aber sein Gang war entspannt, fast schon gleichgültig. Ein Mann, der es gewohnt war, zu töten, und es auch jetzt wieder ohne Reue tun würde. Sie hatte bereits mit solchen Männern gearbeitet, im Weißen Haus und in der UNO.

Was zur Hölle konnte sie jetzt tun? Der zweite Schütze im Flur hinter dem Laden war viel zu nah. Sie saßen in der Falle.

Ein paar der Leute im Laden erkannten jetzt die nahende Gefahr und drängten sich schreiend durch den Hinterausgang des Ladens, unter ihnen die Mutter mit ihren zwei kleinen Kindern, die immer noch den Kinderwagen vor sich herschob und ihre Einkaufstüten fest umklammerte. Michael versuchte, ihnen zu folgen, aber Vivi zog ihn zurück und drückte sein Gesicht gegen ihren Bauch, während die flüchtenden Menschen draußen vor dem Laden niedergemäht wurden.

Körper stürzten und krümmten sich. Blutlachen breiteten sich auf dem Fußboden aus. Die Frau mit dem Kinderwagen lag zusammengebrochen auf dem kleinen Jungen, aber seine Füße zappelten hin und her, als wollte er sich befreien.

Nicht bewegen!

Ihr Magen verkrampfte sich, und Galle stieg ihr hoch. Das helle weiße Gebäude des Einkaufszentrums verwandelte sich langsam in einen Schlachthof.

In ihren Armen bebte Michael vor Angst. Sie umarmte ihn noch fester. „Ich werde nicht zulassen, dass sie dir wehtun", flüsterte sie. Aber sie hatte nicht die geringste Idee, wie sie die Attentäter stoppen konnte. Ohne den aus dem Vergnügungspark herannahenden Schützen aus den Augen zu lassen, versuchte sie zu sehen, wo sich der andere Attentäter befand. Sie entdeckte ihn etwa sechs Geschäfte weiter, wo er suchend in die Schaufenster schaute. Nur wenn er sich umdrehte und in die andere Richtung davonginge, würde er sie nicht sofort entdecken, falls sie zu fliehen versuchten. Wäre sie allein, könnte sie vielleicht ungesehen an ihm vorbeihuschen, aber mit einem achtjährigen Kind im Schlepptau durch einen Kugelhagel laufen? Und würde es sich überhaupt lohnen, in diese Richtung zu laufen, oder sollten sie nicht lieber zu den Bus- und Metrostationen fliehen? Aber ein Blick auf diese extrem gut organisierten Terroristen – und was waren sie denn, wenn nicht Terroristen? – und ihr war klar, dass sie auch den Haupteingang abgeriegelt haben würden. Dann vielleicht durch die Geschäfte? Einige hatten sicherlich Hinterausgänge, die nach draußen führten, aber sie wusste nicht, welche.

Sie entdeckte einen Schrank unter der Kasse und hatte eine Idee. „Michael", flüsterte sie in sein Ohr. „Wir spielen jetzt Verstecken. Aber es ist ein sehr ernstes Versteckspiel, weil diese Leute uns wehtun wollen. Also darfst Du auf keinen Fall verraten, wo Du bist. Hast Du verstanden?" Er nickte, seine blauen Augen waren vor Angst geweitet, aber auch voller Verständnis. Er war nicht etwa dumm, wie manche Leute annahmen, aber seine Intelligenz würde ihm auch nicht helfen können, wenn eins dieser Monster ihm eine Kugel verpassen sollte.

Wenn ihm irgendetwas zustoßen würde, würde auch sie sterben.

Sie umarmte ihn heftig, dann sank sie auf die Knie und bedeutete ihm, ihr zu folgen und zur Kasse zu kriechen. Leise schob sie die Tür des Schranks auf. Er war vollgestopft mit Heftern, Bonrollen, Plastiktüten. Sie schob alles in eine Ecke des Schranks und drängte Michael hinein. Er lag da, zusammengerollt, zitternd, mit großen Augen und voller Angst.

„Du musst hierbleiben und darfst keinen Mucks von Dir geben." Ein kleiner, hysterischer Lacher entfuhr ihr. „Und tritt nicht mit Deinen Händen oder Füßen gegen die Wände, sonst können sie Dich hören, verstanden?"

Er nickte, griff aber ihre Hand. Ein verzweifeltes Flehen.

„Ich laufe zu den beiden Geschäften dort drüben." Er schüttelte heftig den Kopf. Er hatte gesehen, was mit den anderen Leuten passiert war, die versucht hatten, zu entkommen. „Ich warte, bis die bösen Männer wegschauen, bevor ich rausgehe. Und ich kann schnell rennen." Sie schlüpfte aus ihren hochhackigen Schuhen und drückte seine Hand. „Ich schwöre Dir, ich komme Dich holen, aber egal was passiert, Du musst mir versprechen, dass Du Dich nicht vom Fleck rührst. Und keinen Ton von Dir gibst. Versprochen?" Sie hielt ihn so fest umklammert, dass er zusammenzuckte, aber er nickte trotz der Tränen, die über sein Gesicht rollten. Vivi hielt seine Finger an ihre Lippen, dann küsste sie sein warmes Gesicht. „Ich komme zurück, Michael. Ich werde nicht zulassen, dass sie Dir wehtun. Du vertraust mir doch, oder?"

Er nickte.

„Und ich vertraue Dir, weil ich weiß, *wie* schlau Du bist." Ihr Blick verschleierte sich, aber sie blinzelte die Tränen weg, eine Welle der Entschlossenheit durchfuhr sie. Sie küsste ihn noch einmal. „Nicht von der Stelle bewegen, bis ich wieder da bin. Egal, wie lange es dauert." Sie erwiderte seinen Blick. „Ich komme zurück, so schnell ich kann. Ich verspreche es dir."

FBI SPECIAL AGENT Jed Brennan verbrachte für gewöhnlich nicht viel Zeit damit, sich in Einkaufszentren herumzudrücken – vor allem nicht in der Vorweihnachtszeit. Lieber würde er sich einer Wurzelbehandlung unterziehen.

Offiziell war er als FBI-Profiler, Abteilung Vier, gerade nicht im Dienst und gönnte sich einige längst überfällige Urlaubstage. Inoffiziell war es ein bisschen komplizierter.

Sein Vorgesetzter hatte darauf bestanden, dass er ein paar

Tage frei nahm, nachdem er einem Verdächtigen gegenüber übermäßig gewalttätig geworden war. Das hatte man davon, wenn man während der Verhaftung eines stinkreichen Serienmörders dem Arschloch ins Gesicht schlug. Völlig egal, dass Miles Brandon ihm derart eine verpasst hatte, dass seine Ohren jetzt noch klingelten, oder dass der Kerl versucht hatte, ihm ein schmales Messer zwischen die Rippen zu schieben. Ganz davon abgesehen, was er seinen ahnungslosen Bekanntschaften angetan hatte, die er in Washingtons Schwulenbars aufgegabelt hatte. Völlig egal. Diesem Arschloch die Nase zu brechen, war einfach gegen die Regeln gewesen.

Aber es war ein schmaler Grat, den er überschritten hatte, und er bezweifelte, dass Lincoln Frazer – Stellvertreter des befehlshabenden Special Agent und frisch befördert, nachdem der alte Leiter der Einheit letzte Woche unerwartet abgetreten war – es anders gemacht hätte.

Dankenswerterweise waren Frazer und er seit mehr als zehn Jahren alte Freunde, aus der Zeit, als Jed auf der Kandahar Air Base stationiert war und das FBI hinzugezogen hatte, um gegen einen vermeintlichen Serienmörder zu ermitteln. Als junger Soldat hatte Jed zusammen mit dem FBI Special Agent den Mörder gefasst, war aber zu spät gekommen, um seine große Liebe Mia zu retten. Der Fall hatte aus Frazer einen medialen Superstar gemacht, aber der Kerl hatte sich einfach durch und durch der Fallanalyse verschrieben.

Freund oder nicht, Frazer war nicht nur befugt, Jed auf die Ersatzbank zu schicken, sondern ihn auch ganz aus dem Kader zu nehmen, wenn er wollte.

Es gab genug andere Bundesagenten, die bereitwillig in Jeds riesigen Fußstapfen treten würden. Also saß er die Laune seines Bosses aus.

Er hatte genug Aufgaben, um die er sich in seiner Freizeit kümmern konnte. Er würde das Beste aus seinem Zwangsurlaub machen und in der Weihnachtszeit seine Familie besuchen. Während der Feiertage wurde der übliche Wahnsinn der kollektiven Menschheit nur noch schlimmer, was es außerordentlich schwer machte, zu dieser Zeit so etwas wie eine Pause einzulegen. Die Welt war voller Spinner und Sadisten, die nichts Besseres zu tun hatten, als neue Möglichkeiten zu finden, um ihre Mitmenschen zu quälen. Es war sein Job, diesen Wahnsinn im Zaum zu halten, auch wenn er an manchen Tagen das Gefühl hatte, sein Kopf würde von diesem ganzen Horror bald explodieren.

Zur Hölle damit, vielleicht hatte sein Vorgesetzter recht. Vielleicht würde ihm eine Auszeit gut tun, an einem der ruhigsten und schönsten Orte der Welt – den Wisconsin Northwoods. Die Tatsache, dass er in diesem Fall Bobbys Witwe und ihren jungen Sohn besuchen musste, war nebensächlich. Das hätte er schon vor Monaten tun sollen.

Gestern Abend hatte er noch einen alten Kumpel aus Armeezeiten besucht, den er ein paar Jahre nicht gesehen hatte – Jack Donovan, mittlerweile Detective in der Mordkommission von Minneapolis. Heute machte er sich auf den deutlich kürzeren Weg nach Wisconsin, dem Herzen der amerikanischen Milchwirtschaft. Es waren nur noch ein paar Tage bis Weihnachten, und so konnte er alle familiären Feiertagsverpflichtungen in einem einzigen, relativ schmerzfreien Aufwasch abhaken. Daher auch das Einkaufszentrum.

Wurzelbehandlung. Oder vielleicht sogar eine Fleischwunde.

Die Frau mit den roten Haaren und den faszinierenden Augen war ein unerwarteter Lichtblick. Der Dreckskerl, der sie umgerannt hatte, kümmerte sich nicht um das, was er angerichtet hatte. Jed war hin- und hergerissen, ob er ihm nachjagen oder der Frau aufhelfen sollte. Aber sein Beschützerinstinkt, den er und seine Brüder von ihrem Vater geerbt hatten, war zu tief verwurzelt, als dass er sie einfach im Stich hätte lassen können.

Auch er hatte das Gleichgewicht verloren, ihre Schönheit hatte ihn umgehauen. Sie hatte diese natürliche Anmut, und ein Selbstbewusstsein, dem er sich nicht entziehen konnte. Den plötzlichen Moment des Bedauerns, dass er sie nie wiedersehen würde, wischte er schnell zur Seite. Er liebte Frauen. Es waren Beziehungen, um die er einen riesigen Bogen machte. Seine Arbeitszeiten waren nicht gerade geregelt, und seit dem Verlust von Mia in Afghanistan vor all den Jahren hatte er eine sehr hohe Mauer um sein Herz gebaut. Und das war ihm nur recht so.

Trotzdem. Man durfte sich ja mal umschauen.

Ein Geschäft für Jagdzubehör weckte seine Aufmerksamkeit. Tausende Messer in allen Formen und Farben. *Oh, ja.* Er ging hinein und fing an, nach neuen Jagdmessern für seinen Vater und seine Brüder zu suchen, und nach einem Taschenmesser mit diesem ganzen praktischen Schnickschnack für seine Mutter. Nur zwei Läden, und er war durch.

Frohe Weihnachten!

BOOM!

Eine Explosion dröhnte von den Karussells im Vergnügungspark herüber. *Was zum...?* Dann das Knallen von Schüssen. Terroristen oder ein Raubüberfall? Jed griff nach seiner Waffe und fluchte, als er merkte, dass er sie nicht im Halfter trug. Er hatte die SIG Sauer im Auto eingeschlossen, weil er eigentlich der alten Zeiten wegen noch ein paar Runden auf der Achterbahn hatte drehen wollen – das hatten Liam, Bobby und er schon als Teenager immer gerne gemacht. Aber er hatte sich nicht mit einer tödlichen Waffe am Körper den G-Kräften aussetzen wollen.

Kurz zückte er vor dem Sicherheitsmitarbeiter des Ladens seine Marke. „Rufen Sie die Polizei und den Sicherheitsdienst des Einkaufszentrums. Gibt's hier einen Hinterausgang?" Der Mann deutete auf die versteckte Tür am Ende des Ladens und nickte, während er bereits telefonierte. Zusammen erreichten sie das andere Ende des Geschäfts. Eine Frau in einem schwarzen Kostüm, wahrscheinlich die Managerin, schob einen Schlüssel ins Schloss.

„Moment. Haben Sie ein Jagdmesser oder sowas im Tresen?" Wer weiß, was auf der anderen Seite der Tür auf sie wartete? Er brauchte eine Waffe. Jeds Auto stand auf dem Parkplatz auf der anderen Seite des Einkaufszentrums, sonst hätte er versucht, die SIG zu holen. Er betrachtete die Glasvitrinen an den Wänden. Er könnte das Glas einschlagen, aber er wollte nicht zu viel Aufmerksamkeit auf sich und die anderen Leute im Laden ziehen.

Der Sicherheitsmann sah ihn unsicher an.

Jed schob ihm seine Marke jetzt direkt unter die Augen. „FBI-Agent, außer Dienst. Besorgen Sie mir ein verdammtes Messer… aber plötzlich!" Eine Messerklinge konnte gegen ein halb automatisches Maschinengewehr nicht viel ausrichten, aber es wäre tausendmal nützlicher als das Spielzeug in seiner Hand. Er stellte die Einkaufstüte auf den Boden. Die würde er später wieder einsammeln. Hoffentlich.

Hinter der Tür spritzten Kugeln durch den Flur und hallten durch die oberen Stockwerke. Die verängstigten Leute verharrten in Totenstille. Durchdringende Schreie machten ihm klar, dass Zivilisten starben, und er unglaublich schlecht dafür ausgerüstet war, auch nur einen von ihnen zu retten, solange er keine Schusswaffe hatte. Der Sicherheitsmann kramte durch den Kassentresen und hielt Jed dann ein Messer mit einer fünfzehn Zentimeter langen Klinge hin. *Immerhin.*

„Was kann ich tun?", fragte der Mann.

„Das Einkaufszentrum hat seinen eigenen Sicherheitsdienst, richtig?"

Er nickte, sah aber nicht sonderlich überzeugt aus. „Die Sicherheitszentrale befindet sich auf dieser Etage. Dort, wo die erste Explosion herkam. Keiner hat abgenommen, als ich sie angerufen habe."

Mist. Wenn diese Typen die Zentrale des Sicherheitsdienstes ausgeschaltet hatten, noch bevor die eigentliche Attacke begonnen hatte, dann waren sie bestens organisiert und meinten es todernst damit, so viel Schaden wie möglich anzurichten. Oder sie waren hinter einer riesigen Menge Geld her, ohne Rücksicht auf Verluste.

Jed zählte etwa zehn Leute, die unsicher im Geschäft hin und her liefen. „Bringen Sie die Leute hier raus und berichten Sie der Polizei, was Sie wissen. Welche anderen Geschäfte auf dieser Seite haben noch einen Ausgang nach draußen?"

„Nur wir und das Restaurant am Ende des Ganges. Sobald Sie im Flur sind, gibt es Ausgänge zu den Parkgaragen und den Lieferzonen."

Jed nickte. „Verlassen Sie so schnell wie möglich das Gebäude, aber achten sie auf Scharfschützen, die draußen warten könnten. Sagen Sie der Polizei, dass ein", er testete die Messerspitze mit seinem Daumen, „so gut wie unbewaffneter FBI-Agent im Einkaufszentrum ist."

Er nahm sein Handy aus der Hosentasche und wählte die

Nummer der lokalen FBI-Dienststelle. Besetzt. Also schickte er seinem Boss stattdessen eine SMS und steckte das Telefon zurück in die Tasche. So viel zum Urlaub.

Vorsichtig schlossen sie die Hintertür des Geschäfts auf und spähten in den Flur – nichts zu sehen. Der Sicherheitsmann übernahm die Führung. Zivilisten begannen, hinterher zu strömen, hoffentlich auf dem Weg in Sicherheit.

Ein schwarzer Schatten huschte am Eingang des Ladens vorbei, und Jed hielt den Atem an. Das war das Arschloch, das vorhin die hübsche Rothaarige umgerannt hatte. Die Leute im Laden erstarrten, dann schoben sie sich noch eiliger zum Hinterausgang, als der Typ sich langsam in ihre Richtung umdrehte, das Sturmgewehr im Anschlag und direkt zwischen Jeds Augen gerichtet. Jed blieb keine Wahl. Er stürzte durch den Ausgang, den anderen hinterher. Er schlug die Tür hinter sich zu, während Kugeln neben ihm die Wand zerfetzten.

„Lauft!" Drängend winkte er die anderen in die entgegengesetzte Richtung. Er blieb auf seiner Position und lauschte angestrengt nach Schritten. Jed war jetzt komplett im Angriffs-Modus, und diese Art von Manöver hatte er unzählige Male mitgemacht. Neu war nur, dass er mit nichts weiter als einem Messer bewaffnet und von tausenden Zivilisten umringt war, die alle Gefahr liefen, im Kreuzfeuer zu sterben.

ZWEITES KAPITEL

Vivi schob vorsichtig die Tür des Schranks bis auf einen schmalen Spalt zu, damit Michael nicht in absoluter Finsternis zurückblieb. Sie spähte über den Rand des Kassentresens, überzeugt davon, dass ihn niemand entdecken würde, es sei denn, die Schranktür würde tatsächlich geöffnet werden.

Im Einkaufszentrum hatte sich eine gespenstige Stille ausgebreitet, als ob die Menschen in ihren Verstecken den Atem anhalten würden. Keine Spur von den Attentätern. Die furchtbare Vorstellung, einer der Schützen würde versteckt auf nichts ahnende, flüchtende Kunden warten, stieg in ihr hoch. Im Vergnügungspark leuchteten noch immer die blinkenden Lichter und Leuchtanzeigen, aber nichts bewegte sich mehr. Sie blickte hinüber zur Achterbahn. Wenn sie und Michael dort mitgefahren wären, wären sie jetzt bereits tot. Ihre Beine zitterten bei diesem furchtbaren Gedanken. Sie hatte solche Ereignisse natürlich schon oft in den Nachrichten gesehen, aber sie hatte nie erwartet, selbst einmal in solch eine Situation zu geraten. Geschweige denn mit ihrem Kind im Schlepptau.

Kleine Gruppen von Menschen hockten überall im Geschäft in ihren Verstecken. Vivis Blick traf den eines Mannes in mittlerem Alter, der ein kleines Mädchen an sich drückte. Seine Augen schienen um Hilfe zu flehen, aber was konnte sie schon ausrichten? Sie hatte keine Kampfausbildung, keine Waffen bei sich. Aber sie nickte ihm zu. Sie würde tun, was sie nur konnte, um sie hier herauszuholen.

Am Hinterausgang des Ladens angekommen, suchte sie in den Reflexionen der gegenüberliegenden Schaufenster nach den Angreifern. Als sie einen der Schützen etwas entfernt im Flur herumstreifen sah, hielt sie inne. Der kleine Junge auf dem Boden direkt vor ihr begann wieder, sich zu winden, um sich vom leblosen Arm seiner Mutter zu befreien. Vivi blickte wieder zum Schützen hinüber. Er betrat eines der Geschäfte, und sie machte sich bereit, loszulaufen. Schüsse hallten aus dem Laden, den er gerade betreten hatte. *Nicht darüber nachdenken.* Sie rannte zu dem kleinen Jungen, zog ihn unter seiner Mutter hervor, und nahm ihn auf den Arm. Aber mit einem flüchtigen Blick in den Kinderwagen sah sie das Baby, ein herziges Ding in einer pinken Mütze, das sie mit großen Augen anlächelte.

Verdammt. Sie konnte doch kein Baby zurücklassen.

Vivi setze den Jungen ab, der sich sofort an ihr Bein klammerte. Sie schob die Decke zur Seite und löste den Gurt im Kinderwagen. Ihre Hände zitterten und bekamen die steife Plastikschnalle nicht auf. Immer wieder sah sie sich nach dem Laden um, in den der Angreifer verschwunden war. Noch mehr Schüsse. Das Blut pochte ihr so laut in den Ohren, dass sie nichts mehr außer ihrem eigenen wummernden Herzschlag hörte. Endlich konnte sie die Gurtschnalle öffnen und nahm das Baby hoch. Dann griff sie die Hand des Jungen und zog ihn mit sich in das Bekleidungsgeschäft direkt gegenüber.

Schnell sah sie sich im Laden um. Er war leer, was sie

hoffen ließ, dass es hier einen Weg nach draußen gab. Sie lief in Richtung der Umkleidekabinen an der Rückwand. Die Tür zum Lager war fest verschlossen. Sie klopfte vorsichtig an und flüsterte: „Ist da jemand? Ich habe ein Baby und einen kleinen Jungen bei mir. Können Sie mich bitte hineinlassen?"

Hinter der Tür war nichts zu hören, aber sie spürte die Angst dahinter wie eine Wand auf sich zurollen. *Verflucht noch mal.* Sie konnte den Leuten keinen Vorwurf machen, dass sie sich nicht der Gefahr aussetzen wollten, aber…

Das Baby schmiegte sich an ihre Schulter und begann zu glucksen. Der Gedanke an seine Mutter und an all die anderen, die hier gestorben waren, an diese grausame Auslöschung von Menschenleben, brach ihr das Herz. Wer waren diese Monster? Was wollten sie?

Sie war hin und her gerissen darüber, Michael allein in seinem Versteck zurückzulassen. So zerrissen, dass sie sich kaum rühren konnte, aber das musste sie. Er war gut versteckt und hoffentlich sicher, bis sie einen Weg hier herausgefunden hätte. Kleine, enge Räume beruhigten ihn tatsächlich sogar, je enger, desto besser. Aber was, wenn ihm etwas zustieß? Oder ihr? Zweifel und Unsicherheit jagten durch ihren Kopf, bis ihr Herz so sehr schlug, als hätte sie einen Herzinfarkt. Sie zwang sich, ruhig zu bleiben. Yoga-Atmung. *Diese Mistkerle werden dir keine Angst machen.*

Vivi öffnete jede unverschlossene Tür im Laden, fand aber nur winzige Lagerräume vor. *Kein Ausweg.* So geduckt wie möglich, kroch sie hinter den Kleiderständern zurück zum Haupteingang. Der Knirps klammerte sich mit eiserner Kraft an sie wie ein drittes Bein. Sie strich ihm über seinen Lockenkopf. Er würde sein Leben lang traumatisiert sein.

Wieder die Reflexionen im Schaufenster nutzend, suchte

erneut sie den Korridor ab. Niemand war zu sehen. Sie rannte in das nebenliegende Restaurant und duckte sich. Das Restaurant war nur spärlich beleuchtet, und an den Wänden gab es viele Sitznischen. Sicherlich gute Verstecke, aber sie konnte niemanden sehen und hoffte sehr, dass es hier einen Hinterausgang heraus aus dieser Hölle gab. Wenn es einen Ausgang gab, konnte sie Michael holen.

Sie hielt das Baby sanft gegen ihre Schulter, schaute vorsichtig in jede Ecke, bevor sie loslief. Sie erreichte die Küche und wurde von einer seltsamen Mischung aus Gerüchen erschlagen. Essen, das auf dem Herd vor sich hin kochte, vermischt mit dem Gestank von gewaltsamem Tod.

Drei Leichen lagen verdreht auf dem Boden. *Oh, nein.*

Schnell drehte sie sich herum, hob den Jungen auf ihren anderen Arm, und stieg über die leblosen Körper, um sich am anderen Ende der Küche neben zwei riesigen begehbaren Gefrierkammern umzusehen.

Wo zum Teufel bleibt die Polizei?

Von dem klebrigen Blut, das unter ihren Fußsohlen an der Strumpfhose klebte, wurde ihr übel. Ihre Arme schmerzten von der Last der Kinder, aber sie biss die Zähne zusammen und lief weiter. Sie entdeckte eine Tür mit einem Notausgangszeichen. Das musste die Rettung sein!

Das metallische Klicken einer Schusswaffe hinter ihr ließ sie erstarren. Langsam drehte sie sich um. Der Mann, der sie vorhin umgerannt hatte, hielt jetzt ein mattschwarzes Sturmgewehr auf ihr Gesicht gerichtet. Sie drückte das Baby fester an sich, ließ den Jungen zu Boden gleiten, und versuchte, ihn hinter sich zu bugsieren.

Der Schütze war groß, über einen Meter neunzig, mit arabischen Zügen, kleinen, harten, pechschwarzen Augen in einem runden Gesicht, das nicht älter als dreißig Jahre alt zu sein schien. Auf seiner olivfarbenen Haut stand keine einzige Schweißperle. Kein Anzeichen von Bedauern.

„Warum tun Sie das?", fragte sie.

Seine Nasenlöcher weiteten sich.

Sie fragte ihn noch einmal, diesmal auf Arabisch.

Seine Augen wurden weit, dann musterten sie ihre unbedeckten Haare. Vivi sah, wie er tief Luft holte und wusste, dass er beim Ausatmen losfeuern würde. Sie warf sich hinter die Arbeitsfläche auf den Boden und versuchte, das Baby zu schützen, das bei der plötzlichen Bewegung und den lauten Schüssen angefangen hatte, zu weinen, während die Kugeln dort in die Wand einschlugen, wo sie gerade noch gestanden hatten. Der Kugelhagel ging unnachgiebig weiter, als der Attentäter langsam auf sie zu kam. Sie kroch den Boden entlang, zog das Baby und den Jungen an ihren dicken Jacken hinter sich her, in dem Versuch, zu entkommen. In ihren Nylonstrümpfen rutschte sie immer wieder auf dem blutigen Boden aus. Sie fiel hin und versuchte, wieder aufzustehen und Halt zu gewinnen. Der Angreifer kam um die Ecke der Anrichte, Vivi schloss ihre Augen, und machte sich bereit für die Kugeln. Aber stattdessen hörte sie nur ein Stöhnen und mehrere Schüsse, die auf die Edelstahlflächen der Küche auftrafen. Dann Stille, nur von schwerem Atmen durchbrochen. Sie öffnete die Augen, konnte aber niemanden sehen.

Sie hielt still, nicht sicher, was gerade passiert war.

„Er ist tot. Kommen Sie raus", sagte eine seltsam vertraute Stimme.

Sie rappelte sich auf, und dort stand der Mann, der ihr vorhin im Einkaufszentrum auf die Füße geholfen hatte. Vom Messer in seiner Hand tropfte dunkles Blut auf die Fliesen.

Der Attentäter lag zuckend vor seinen Füßen. Ihr Magen drehte sich um, in einer Mischung aus Erleichterung und Entsetzen. Ihr Retter griff sich das Gewehr des Angreifers und durchsuchte seine Taschen nach weiteren Waffen und Munition, die er sich in seine Jackentaschen stopfte.

„Vielen Dank. Nochmals." Ihre Stimme klang rau wie Asphalt. Wenn er nicht gewesen wäre, wären sie und die beiden Kinder tot.

Er nickte. „FBI Special Agent Jed Brennan, zu Ihren Diensten, Ma'am."

Er war nicht nur gutaussehend, sondern hatte nun auch prompt einen Superheldenstatus eingenommen.

„Freut mich sehr, Sie kennenzulernen, Special Agent Brennan. Sie haben uns das Leben gerettet." Das Baby begann zu weinen, Vivi wiegte es sanft hin und her und küsste die kleine Stirn. Sie ging auf den FBI-Agenten zu. Jetzt konnte sie endlich Michael holen und sie würden diesen schrecklichen Ort verlassen. Sie legte dem Mann das Baby in die Arme, aber er gab es sofort zurück.

„Sie verstehen nicht", sagte sie zu ihm. „Ich muss meinen Sohn holen. Ich habe ihn in einem Schrank versteckt zurückgelassen, unter dem Kassentresen im Spielzeugladen."

Er runzelte verwirrt die Stirn. „Und wer sind dann die beiden hier?" Er deutete auf das Baby und den Jungen.

„Ich habe sie draußen aufgelesen. Ihre Mutter wurde erschossen." Ihre Stimme brach. Erneut versuchte sie, ihm das Baby zu geben, aber er trat einen Schritt zurück. Okay, doch kein Superheld, sondern viel eher ein Beamter der Bundespolizei –ebenfalls ein Typ Mann, mit dem sie in der Vergangenheit zu tun gehabt hatte. Sie wollte nicht laut werden, aus Angst, dass sie gehört werden könnten, aber sie war am Verzweifeln. *„Ich bitte Sie.* Ich muss meinen Sohn da rausholen. Und die anderen auch."

„Wie viele Menschen befinden sich dort?"

„Mindestens fünfzehn, vielleicht zwanzig. Und das nur im Spielwarengeschäft. Viele Kinder."

Sie hörten das Geräusch von heranhastenden Schritten, und Brennan schob sie und die Kinder hinter sich. Der Mann, den sie vorhin schon im Spielwarenladen gesehen hatte, stolperte in die Küche, eine ganze Schlange von Menschen lief hinter ihm her. Sie kamen überstürzt zum Halt, als sie Special Agent Brennan mit der Waffe in seiner Hand sahen.

„Alles okay. Er ist vom FBI", versicherte Vivi den Leuten.

Die Gesichter der verängstigten Menschen entspannten sich leicht, aber der Terror der Situation blieb. Sie waren noch lange nicht in Sicherheit.

Vivi blickte in der Gruppe umher, dann verdunkelte sich ihr Blick. „Wo ist mein Sohn?"

Der grauhaarige Mann trat vor. „Ich habe versucht, ihn mitzunehmen, aber er hat sich nicht von der Stelle gerührt."

Ihr sank das Herz. *Oh, nein.* Sie hatte ihn versprechen lassen, dass er sich nicht rühren würde.

„Wir müssen hier raus." Agent Brennan sprach ruhig, aber es war eindeutig ein Befehl. Vorsichtig öffnete er den Notausgang einen Spaltbreit und schaute in den Korridor. „Hier entlang. Schnell. Behalten Sie ihre Hände oben, damit die Polizisten wissen, dass sie nicht zu den Terroristen gehören, wenn sie ihnen begegnen. Halten Sie die Augen offen."

Vivi versuchte nun, das Baby einer anderen Frau zu geben, aber das Kind ließ sie nicht los, und begann nur, noch lauter zu weinen.

„Was tun Sie da?", fragte der Agent ungeduldig. Seine schokoladenbraunen Augen waren nun schwarz und kalt wie Obsidian.

„Ich *muss* meinen Sohn holen. Ich habe ihm *versprochen*, dass ich nicht lange wegbleibe."

„Wenn dieses Baby nicht aufhört, zu weinen, dann riskieren Sie das Leben all dieser Menschen." Das klare Funkeln von Intelligenz in diesen Augen erinnerte sie an Michael.

„Lassen Sie uns alle hier herausbringen, und dann kommen wir zurück und holen Ihren Sohn, einverstanden?" Er versuchte, ein bisschen Wärme in seiner Stimme mitklingen zu lassen.

Ihr war klar, dass er sie manipulierte, und dafür hasste sie ihn. Sie glaubte ihm kein Wort, aber mit dem Gedanken, dass einer der Attentäter sie alle wegen des weinenden Babys finden würde, konnte sie auch nicht leben. „Sie müssen verstehen, mein Sohn geht ohne mich nirgendwo hin." Sie beruhigte das Baby, das leiser wurde. „Wenn Sie mich also anlügen..."

„Schöne Frauen lüge ich nie an." Das kurze Lächeln, das über sein Gesicht huschte, war kein Kompliment. Es war ein *Bewegen-Sie-Ihren-Hintern-bevor-ich-Sie-dazu-zwinge* Lächeln.

Vivi war nicht beeindruckt. Das Einzige, was für sie zählte war, Michael in Sicherheit zu bringen. Sie öffnete ihren Mund, um etwas zu erwidern, wurde aber von der Menge mitgezogen. Der kleine Junge hielt sich wieder an ihrem Bein fest und sie hob ihn hoch, auch wenn er jetzt schwer wie Blei war. Ihre Oberarme brannten. Eingezwängt zwischen all den anderen verängstigten Leuten rannten sie zum Parkhaus. *Gottverdammt.* Sie biss die Zähne zusammen. Okay. Sie würde die beiden Kleinen raus bringen, und dann ihr eigenes Kind holen. Maximal fünf Minuten. *Bitte, Gott, pass auf ihn auf, bis ich zurückkomme.* Ihr ganzer Körper zitterte vor Anspannung und Schock, aber sie konzentrierte sich darauf, die beiden Kinder hier heraus zu bringen. Dann würde sie zurückkommen. Dann würde sie ihren Sohn retten.

Kalte, klare Luft schlug ihnen entgegen, als sie im Parkhaus ankamen, ihre Füße wurden auf dem gnadenlosen Betonboden sofort eiskalt. Jed Brennan ließ das Gewehr, das er dem Angreifer abgenommen hatte, am Gurt baumeln, während er seine goldglänzende Marke in der anderen Hand hielt.

Ihre Arme fühlten sich an, als würden sie jeden Augenblick abfallen. Rufe wurden lauter, und Männer in schwarzen Uniformen schoben sie in einen abgesperrten Bereich. Die Polizisten hatten die Waffen auf sie gerichtet und zwangen sie, die Hände hinter den Köpfen zu verschränken. Verstanden sie denn nicht, dass sie die Opfer waren? Beide kleinen Kinder begannen laut zu schreien, als jemand sie ihr wegnahm. Sie waren jetzt in Sicherheit, also war es auch egal, wie laut sie schrien, aber es tat ihr trotzdem weh. Sie konnte nur hoffen, dass die beiden eine liebevolle Familie hatten, die sich jetzt um sie kümmern würde.

Vivi drehte sich zu Jed um, der sie mit diesen stechenden, nachtschwarzen Augen betrachtete.

„Gehen wir meinen Sohn holen", drängte sie ihn.

Einer der Polizeibeamten wollte sie zu den anderen zurückschieben, aber sie blieb stehen und konfrontierte ihn. „Dieser FBI-Agent hat versprochen, dass wir die beiden kleinen Kinder hier abgeben und dann meinen eigenen Sohn holen gehen."

„Der Agent hat hier nichts zu melden, und niemand betritt das Einkaufszentrum, der kein Polizist ist. Sie bleiben hier, bis wir Ihre Identität geklärt haben."

„Special Agent Brennan!", rief Vivi. Brennan lief auf jemanden zu, der aussah, als hätte er das Kommando. Vorsichtig setzte er einen ausdruckslosen Blick auf, dann drehte er ihr den Rücken zu. Er war nicht länger attraktiv. Er war nur noch ein weiterer Typ, der log, um zu bekommen, was er wollte, und dann sein Versprechen brach.

Sie rief jetzt noch lauter. „Sie haben mir *versprochen*, dass ich meinen Sohn holen kann!" Wut stieg in ihr hoch, und sie versuchte, an dem Polizisten vorbeizukommen, der die Absperrung bewachte. Im nächsten Moment lag sie auf dem Boden, ihr Kinn auf dem nassen, dreckigen Asphalt, während die Handschellen zuschnappten. „Sie haben mich angelogen. Wenn meinem Sohn irgendetwas zustößt, werde ich... Stopp. Stopp!", zischte sie den Polizisten an, der sie auf den Boden drückte. „Es gibt etwas, was Sie über Michael wissen müssen!" Sie unterbrach sich, denn nichts war mehr wichtig, wenn ihrem wundervollen Sohn etwas zustoßen sollte. Brennan sah sie erneut an, während der Polizist sie auf die Füße hievte und sie vom Einkaufszentrum fortzerrte. Sie ließ den FBI-Agenten nicht aus den Augen, nicht einmal, als sie stolperte und hinfiel. „Schaffen Sie ihn hier fort oder ich schwöre bei Gott, dass..."

JED KONNTE SEINE Schuldgefühle gegenüber der hysterischen Rothaarigen nicht leugnen, selbst dann nicht, als er sich auf den Lagebericht des Kommandanten des SWAT-Teams zu konzentrieren versuchte. Dass er sie angelogen hatte, damit er sie aus dem Einkaufszentrum herausbekam, sollte ihm eigentlich nicht zu schaffen machen, aber sie hatte ihren Sohn zurückgelassen, und das Kind befand sich nun in höchster Gefahr. Das lag ihm wie ein Stein im Magen.

Schieben Sie es zur Seite. Lassen Sie sich vom Mitgefühl für die Opfer nicht Ihr Urteilsvermögen vernebeln. Die Worte seines Vorgesetzten waren ein guter Ratschlag. Verdammt, er *versuchte* es ja.

Die Terroristen hatten zuerst die Sicherheitszentrale des Einkaufszentrums angegriffen und alle Überwachungskameras lahmgelegt, sodass sie keine verlässlichen Quellen darüber hatten, was drinnen vor sich ging, abgesehen von einer Handvoll bewaffneter Sicherheitsleute, die in der nordöstlichen Ecke des Gebäudes festsaßen, und den eingesperrten Kunden, die die Polizei über Twitter um Hilfe baten. Die Polizeidienststelle hatte ihnen empfohlen, keine sozialen Medien zu nutzen, für den Fall, dass die Angreifer auch diese Kanäle überwachten. Nicht gerade clever, ihre exakte Position mit der Welt zu teilen, wenn da jemand mit einer geladenen Waffe versuchte, sie umzubringen. Es gab Berichte über eine Vielzahl an Todesopfern und mindestens sieben Angreifer, wahrscheinlich mehr. Zwei in jedem Stockwerk, und ein weiterer, der die große Halle mit einem Kugelhagel aus seinem Automatikgewehr belegte und nur darauf wartete, dass Leute versuchten, zu fliehen oder dass die Polizei endlich das Gebäude stürmen würde. Viele Menschen waren schon entkommen. Aber noch viel mehr waren immer noch im Einkaufszentrum eingeschlossen – wie der Sohn der rothaarigen Frau. Ganz offensichtlich hieß er Michael, denn sie war immer noch nicht fertig damit, Jed anzuschreien.

Dass er eines dieser Arschlöcher umgebracht hatte, machte die Situation ein kleines bisschen besser, auch wenn sich dieser Tag rasend schnell in einen der schlimmsten seines Lebens verwandelte – und er hatte schon den ein oder anderen Knallertag miterlebt.

Wieder schrie ihn die Rothaarige an, und ein Polizist packte sie grob an. Jed wollte etwas sagen, um den Kerl zur Vernunft zu bringen, als er ihren Blick traf.

Hass und Verzweiflung strömten aus ihren Augen. Er hatte sie angelogen, um sie da rauszuholen, aber jetzt saß ihr Kind mitten in einem Feuergefecht fest, das noch um einiges übler werden würde.

Scheiße.

Den Hass konnte er ertragen. Es war die Verzweiflung in ihren dunklen, blauen Augen, bei dem sich sein Magen zusammenzog. Und die Überzeugung, dass sie zurück in diese Todesfalle rennen würde, um ihr Kind zu retten, wenn der Polizist sie nicht gewaltsam festhalten würde – bewaffnet mit nichts weiter als ihrer scharfen Zunge und Eiern aus Stahl.

„Denn das ist es, was richtige Eltern machen." Die Stimme in seinem Kopf gehörte seinem Vater.

„Holen Sie ihn da raus, *bitte*! Brennan, ich bitte Sie!", rief sie lauter.

Er schluckte den Kloß in seinem Hals hinunter. Und nickte.

Der SWAT-Typ sah ihn an wie einen Idioten.

„Ich muss noch einmal da rein."

„Wir brauchen hier keine toten Helden, mein Junge."

„Sie haben nicht die Leichen der ganzen Leute gesehen, die diese Kerle schon umgebracht haben. Die wollen keine Geiseln. Die wollen Blut." Jed rieb sich den Nacken. „Ich werde da wieder hineingehen.“

„Aber ganz sicher nicht alleine.“ Der SWAT-Kommandant musterte ihn genauso, wie sein Vorgesetzter es immer tat, wenn er der Meinung war, Jed würde wieder irgendeine Dummheit begehen. Der Mann sprach in sein Funkgerät.

Jed richtete sich gerade auf und stellte sich breitbeinig hin. „Ich habe eine SWAT-Ausbildung. Sieben Jahre beim FBI, davor war ich als Scharfschütze bei der Armee. Geben Sie mir ein paar ihrer Männer, und wir können anfangen, denen da drin etwas entgegenzusetzen und Zivilisten zu schützen.“

Die Augen des Captains zuckten in die Richtung der Frau in Handschellen. „Was ist mit ihr?“

„Sie hat ihren Sohn in einem Schrank im Spielwarenladen versteckt, während sie nach einem Ausweg gesucht hat. Ich habe ihr versprochen, dass wir zusammen zurückgehen und ihn holen. Jetzt hat sie festgestellt, dass ich sie angelogen habe.“

Der Typ stieß einen langen Seufzer aus. „Sie haben getan, was Sie tun mussten, um sie da rauszuholen.“

„Und jetzt werde ich wieder reingehen und ihren Sohn holen, so, wie ich es ihr versprochen habe.“ Jed hielt dem prüfenden Blick des Mannes stand. „Geben Sie mir ein paar Männer, sonst gehe ich allein.“

Ein Ausdruck der Belustigung trat auf das Gesicht des Mannes. „Sie kriegen zwei Männer, aber nur, weil ich das sowieso vorhatte. Sie sind die Reserve. Sehen Sie zu, dass Sie das Kind lebendig da rausholen.“

Jed nickte. Er wusste, dass er keine Versprechen machen sollte, die er womöglich nicht würde halten können, aber er konnte dieser verzweifelten Mutterliebe nicht länger zuschauen, ohne es zumindest zu versuchen. „Danke.“

Der Captain blickte wieder zu der wild gewordenen, rothaarigen Frau hinüber, die die beiden ebenfalls anstarrte. „Machen Sie sich bei ihr keine Hoffnungen, mein Junge."

Jed entfuhr ein verstimmtes Lachen. „Was Sie nicht sagen. Da hab ich wohl mehr Chancen, den Packers zum Super Bowl-Sieg zu verhelfen."

Zwei schwer bewaffnete Polizisten kamen auf ihn zu. Einer der beiden hielt ihm eine kugelsichere Weste, ein Funkgerät, ein Maschinengewehr mit vollem Magazin und eine Glock hin. Jed zog die Weste an, packte die zusätzliche Munition in seine Jackentaschen, kontrollierte die beiden Schusswaffen und nickte. „Los geht's."

Die beiden Beamten – Wright und Marcos – übernahmen die Führung zurück ins Einkaufszentrum. Jed fühlte sich mit den beiden verdammt viel zuversichtlicher, als es er es mit den unbewaffneten Zivilisten auf dem Weg nach draußen getan hatte. Was nicht bedeutete, dass es nicht um einiges gefährlicher werden würde.

Er lotste die Polizisten zum Hintereingang des Restaurants und hielt gerade lange genug an, um das Gesicht des Mannes zu fotografieren, den er vorhin erledigt hatte. Per E-Mail schickte er das Foto an seinen Vorgesetzten. Ein Team der Krisen-Interventions-Einheit würde wahrscheinlich schon auf dem Weg sein.

Wright sicherte die Küche und funkte den Captain an, der per Body-Cam alles mitbekommen sollte.

Sie bewegten sich langsam auf den vorderen Teil des Restaurants zu. Jed zählte die Leichen, die sie passierten. Drei bisher, den verdammten Terroristen, den er zu seinem Schöpfer geschickt hatte, nicht mitgezählt. Sie kamen im vorderen, offenen Bereich des Restaurants an und hockten sich hinter eine künstliche Felswand. *Scheiße.* Dieses Blutbad drehte einem den Magen um. Männer und Frauen lagen verteilt im glitzernden Einkaufszentrum, zersplittertes Glas wirkte wie über das dunkelrote Blut gestreute Diamanten.

Nicht alle, die dort lagen, waren tot. Er konnte Bewegungen erkennen. Ein seltsames, flaches Atmen, ein zuckendes Augenlid. Aber sie waren alle verwundet und hilflos und hatten verdammte Schmerzen. Wut stieg in ihm auf, aber er schluckte sie hinunter. Gefühle würden jetzt nicht weiterhelfen. Eine taktische Ausbildung und wohl platzierte Kugeln hingegen schon.

Er schaute in den Spielzeugladen, der leer zu sein schien. Der weiße Schrank unter dem Kassentresen war immer noch geschlossen und ohne Einschusslöcher. Ein gutes Zeichen.

Sie wollten gerade loslaufen, als einer der Schützen im Spielzeugladen auftauchte, und hin und her streifte. Die drei Männer erstarrten. Der Typ trug eine Sturmhaube, die er über seine Stirn hochgerollt hatte, eine Pilotensonnenbrille und einen gestutzten, schwarzen Bart. Seine Gesichtszüge waren schwer auszumachen. Wright nahm ihn ins Visier.

„Nicht schießen", murmelte Jed, als er noch etwas anderes in der Reflexion des Schaufensters gegenüber entdeckte. Noch ein Attentäter, dann eine weitere Person, die wie eine Frau mit weiten Kleidern und einem Kopftuch aussah. Eine der berüchtigten Schwarzen Witwen? Sie sprach rasch mit den anderen, auch wenn Jed ihr Gesicht nicht erkennen konnte. Sie waren alle schwer bewaffnet und berieten sich zweifellos über ihren sadistischen Schlachtplan.

Die Schranktür bewegte sich ein winziges Stück.

„Zum Teufel, Junge, komm jetzt bloß nicht raus." Sie befanden sich mitten in der Kommandozentrale der Terroristen, und das Letzte, was er jetzt gebrauchen konnte, war ein Feuergefecht mit einem Kind in der Mitte.

DRITTES KAPITEL

„**B**ESTEHT IRGENDEINE CHANCE, dass jemand auf der anderen Seite des Zentrums ein Ablenkungsmanöver startet, damit wir das Kind holen können?" Jed schaute Marcos an.

Marcos blieb in der Hocke, während er sich weiter hinten ins Restaurant zurückzog, um mit seinem Captain zu sprechen.

Jed sah sich im Einkaufszentrum um und entdeckte weitere Schützen in den Gängen, die ihre Umgebung genau beobachteten und warteten. Worauf? Auf Opfer? Polizisten? Oder auf den Weihnachtsmann?

„Glauben Sie, das sind radikale Islamisten?", fragte Wright leise.

„Keine verdammte Ahnung. Könnten Islamisten sein, könnten aber auch einheimische Terroristen sein, die nur so tun, als wären sie Islamisten, um Ärger zu machen. Wir wissen mehr, sobald wir den toten Typen identifiziert haben. Ganz sicher weiß ich nur, dass meine Mutter hier oft einkaufen geht, und jetzt auch tot auf dem Boden liegen könnte. Der Gedanke daran, dass diese Typen sie ebenso leichtfertig erschossen hätten wie all die anderen hier, macht mich rasend."

Marcos beugte sich zu ihm hinunter, und sie beobachteten gemeinsam die Terroristen. „Der Captain hat ein Team bereitstehen, das am Nordeingang das Gebäude stürmen wird. Sie werden versuchen, zu den Sicherheitsleuten durchzukommen, die da festsitzen, und hoffentlich wissen wir dann mehr darüber, was hier bisher passiert ist." Der Polizist schaute auf seine Uhr. „Zehn Sekunden."

Jed zählte stumm die Sekunden. Es fühlte sich an wie eine Ewigkeit.

Ein greller Blitz, dann ein Knall, und die Terroristen fuhren aufgeschreckt herum. Drei von ihnen rannten in die Richtung, aus der die Explosion gekommen war, ein vierter kam aus dem Laden und begann, mit erhobener Waffe durch die Flure zu patrouillieren. Sobald er ihnen den Rücken zugewandt hatte, zog Marcos sein Messer, rannte zu dem Typen hinüber, und schnitt ihm von hinten die Kehle durch. Wright rückte vor, um Marcos Deckung zu geben, seinen Blick und seine Waffe auf die oberen Galerien gerichtet. Jed sprintete in den Spielzeugladen, bevor die Terroristen wieder zurückkamen. Schlitternd kam er zum Halt, dann öffnete er die Schranktür. Große, blaue Augen starrten ihn angstgeweitet an.

„Ich bin hier, um Dich hier rauszuholen…" Der Junge rutschte an die Hinterwand des Schranks. Dann schloss er seine Augen und begann, hin und her zu schaukeln, was in dem engen Schrank eine Menge Lärm erzeugte.

Es gibt etwas, was sie wissen müssen… Die Frau hatte versucht, es ihm zu sagen. Was für ein Arschloch war er doch, dass er nicht zugehört hatte.

Ruhig, aber bestimmt sagte Jed: „Michael. Deine Mom hat mich geschickt, um Dich hier rauszuholen."

Der Junge hörte auf, hin und her zu schaukeln.

„Du glaubst mir nicht?"

Der Junge öffnete seine Augen. Jed hoffte, er würde etwas sagen. Sie mussten schnell sein und hier rauskommen, bevor die Angreifer zurückkamen und weiterschießen würden. Er angelte seine Marke aus der Tasche und zeigte sie ihm.

„Deine Mom hat auch rote Haare, genau wie du, oder? Aber hübscher", scherzte er. „Und sie ist laut, wenn sie wütend wird, richtig laut. Und sie war sehr wütend auf mich, weil ich ihr nicht erlaubt habe, zurückzukommen und Dich zu holen, so wie sie es Dir versprochen hatte." Jed schluckte die Spucke in seinem Mund runter. „Sie hat mich ganz schön angeschrien. Sie hat ein wildes Temperament, nicht wahr?" *Leidenschaftlich.* Jed verpasste sich innerlich einen Tritt dafür, dass er an so etwas dachte, während hier Leute starben, und er versuchte, dieses Kind zu retten. Aber er war eben ein Mann, und das Adrenalin pumpte durch seinen Körper und fuhr den Idiotenanteil in ihm auf ein tausendfaches Level hoch.

Die Augen des Kindes starrten ihn an. Die Verbindung war hergestellt. Er hatte jetzt seine Aufmerksamkeit. Jed hatte ihn und würde ihn nicht mehr loslassen. „Ich glaube, sie mag mich nicht besonders gern, aber wenn ich Dich hier raushole, wie ich es ihr versprochen habe, dann hört sie vielleicht wenigstens damit auf, mich anzuschreien. Glaubst du, dass Du mir dabei helfen kannst, Michael?"

Irgendetwas Seltsames ging im Kopf des Jungen vor, aber er war ganz offensichtlich nicht dumm. Womöglich war er traumatisiert. Jed verstand das. Er hielt dem Kind seine Hand hin und zog ihn aus dem Schrank, drückte ihn kurz und ermutigend. Der Junge beugte sich hinunter und hob ein Paar hochhackige Schuhe auf.

„Brennan, los geht's", sagte Marcos. Er und Wright hielten permanent nach Schützen Ausschau. Jed hatte Michaels Hand fest umschlossen, als sie zum Restaurant rannten. Eine Frau, die zusammengekrümmt auf dem Boden lag, stöhnte. Marcos und Wright hielten nicht eine Sekunde in ihrem Lauf inne, während jeder von ihnen einen Arm der Frau ergriff und sie ebenfalls mitzogen. Aus dem Nichts schlugen Kugeln in den Fußboden direkt hinter ihnen. Jed hob Michael hoch und erhöhte das Tempo. Er rannte in das Restaurant, drehte sich um, und sah, wie Wright angehalten hatte und hoch über ihnen ein Ziel anvisierte. Zwei Sekunden später folgte ein Schrei, als der Attentäter keine drei Meter vor ihnen entfernt zu Boden fiel. Jed hielt Michael die Augen zu und zwang ihn, weiterzulaufen.

Sie rannten durch die Küche und dann den Korridor zum Ausgang entlang, Jed übernahm die Führung, Wright gab ihnen Deckung, Marcos trug die schwer verletzte Frau.

Wright setzte einen Funkspruch ab, dass sie jetzt herauskämen. Die frische Luft schlug ihnen entgegen, und sie hoben kurz die Hände über ihre Köpfe, bevor sie als die Guten identifiziert wurden. Neben ihnen machte sich ein anderes Team gerade auf den Weg hinein. Als Marcos die verwundete Frau den Notfallsanitätern übergab, hörte Jed ein Kreischen, das seine Ohren durchbohrte.

„Michael!"

Der Klang von schnellen Schritten warnte ihn vor dem Aufprall.

Die rothaarige Frau war ihrem Babysitter entwischt und warf sich ihrem Sohn mit Lichtgeschwindigkeit entgegen. Zum Glück hatten sie ihr die Handschellen abgenommen. Sie riss Michael erleichtert in ihre Arme und wirbelte ihn im Kreis, küsste und drückte ihn so fest, dass Jed zusammenzuckte.

„Ihm geht's gut." Jed schob die Glock ins Holster.

Ihre blauen Augen gaben ihm zu verstehen, dass er sich verpissen möge. Scheinbar reichte es nicht aus, ihren Sohn zu retten, um wieder ein paar Pluspunkte zu verdienen. Pech gehabt. Michael reichte seiner Mutter ihre Schuhe, und Jed bemerkte erst jetzt, dass ihre Füße nackt und blutig waren.

„Vielen Dank, Special Agent Brennan." Das überraschte ihn. Sie war verärgert und kurz angebunden, aber sie bekam die Worte ohne Stocken heraus. Für einen Augenblick schloss sie ihre Augen, dann schlüpfte sie in ihre Schuhe.

„Nichts zu danken. Und tut mir leid, dass ich Sie angelogen habe…"

„Keine Sorge." Sie kräuselte die Lippen. „Sie sind nicht der erste Mann, der mich angelogen hat."

Autsch. Wieder dieser stechende Blick. Er hob kapitulierend die Hände. Unter anderen Umständen hätte er vielleicht versucht, sie zu beeindrucken, aber hier saßen Leute in der Falle und Attentäter liefen Amok und töteten unschuldige Zivilisten.

Michaels Mutter sah hinüber zu der verletzten Frau, die gerade auf eine Trage gelegt wurde. „Oh, Gott, ich dachte, sie wäre tot." Sie drehte sich zu dem Polizisten um, der sie eigentlich in Schach hätte halten sollen, und winkte ihn herüber. Jed wusste nicht, wer diese Frau war, aber sie ließ sich ganz sicher nicht von Autorität einschüchtern. „Das ist die Mutter von dem kleinen Jungen und dem Baby." Sie zeigte auf die Kinder, die sie aus dem Gebäude getragen hatte, und erinnerte Jed daran, dass auch sie heute schon eine ganze Reihe sehr mutiger Dinge getan hatte und ihm keinen verdammten Dank schuldig war. „Sie sollten zusammenbleiben."

Der Polizist nickte und ging los, um sich dessen

anzunehmen. Sie wandte sich zu Jed. Michael befreite sich von dem Griff seiner Mutter und grinste. Trotz der durchgemachten Torturen schien er in Ordnung zu sein.

Blitzlichter der Presse begannen, loszugehen. Jed hielt schützend eine Hand über seine Augen. „Was zum Teufel machen die hier so nah am Einsatzort? Schickt sie fort von hier." Ein paar Polizisten schoben die unverschämten Reporter auf angemessenere Distanz.

Jed warf einen Blick auf die Frau. Sie und ihr Sohn sahen sich sehr ähnlich, obwohl sie so blass war, dass er meinte, die ein oder andere blaue Vene unter ihrer Haut zu erkennen. „Er war genau da, wo Sie ihn zurückgelassen hatten." Jed wuschelte dem Jungen durch die Haare. „Michael hat das super gemacht. Kein Mucks, nicht mal, als wir beschossen wurden."

Der Junge strahlte über das ganze Gesicht, aber der Blick der Frau verdunkelte sich, und sie öffnete ihren Mund, als ob sie Jed zurechtweisen wollte. *Mist. Wieder das Falsche gesagt.*

Jed hob einen Finger, um den wütenden Wortschwall zu unterbinden. „Ich habe Ihrem mutigen Sohn hier versprochen, dass Sie mich nicht mehr anschreien würden, wenn er mit mir rauskommt."

Sie schloss den Mund. Dann sah sie Michael an und schluckte herunter, was auch immer sie hatte sagen wollen. „Stimmt das?", fragte sie ihn.

Michael nickte heftig, aber seine Schultern begannen zu zittern, der Schock kam endlich bei ihm an. Kinder konnten einiges erstaunlich schnell wegstecken, aber für so ein Erlebnis brauchte wohl jeder eine Therapie. Hier galt es, erst einmal die direkten Folgen zu bekämpfen.

„Na gut." Sie wirkte erschöpft. „Ich höre auf, ihn

anzuschreien. Können wir jetzt gehen?"

Der Gedanke, dass er sie nie wiedersehen würde, fühlte sich nicht richtig an, aber sie befanden sich mitten in einem akuten Terrorangriff. Das war nicht der richtige Zeitpunkt, sie nach ihrer Nummer zu fragen oder auf einen Kaffee einzuladen.

„Wir müssen Sie und Michael dazu befragen, was er möglicherweise im Einkaufszentrum gesehen oder gehört hat. Wie heißen Sie?"

„Veronica Vincent, aber alle nennen mich Vivi." Ihre Augen wurden feucht, und der Junge schaute zu Boden und trat unsicher von einem Fuß auf den anderen. „Wir werden Ihnen nichts erzählen können, was Sie nicht schon wissen."

„Sie verstehen nicht." Er wurde leiser. „Michael war gleichzeitig mit den Terroristen in diesem Laden. Womöglich hat er etwas gesehen oder eine Unterhaltung mitbekommen, die ihm vielleicht unwichtig erscheint, die aber für unsere Untersuchungen ausschlaggebend sein könnte."

„Nein, Sie verstehen nicht." Sie nahm ihren Sohn auf den Arm, und er vergrub sein Gesicht an ihrem Hals. „Ich habe es Ihnen vorhin schon versucht zu erklären, aber das war nicht so leicht, in Handschellen und auf den Boden gezwungen." Ihre Augen waren rasend vor Anschuldigungen. „Michael spricht nicht, Special Agent Brennan. Er kann nicht schreiben, und er kann keine Gebärdensprache. Also fürchte ich, dass er Ihnen nicht weiterhelfen kann, und ich habe dem netten Polizisten dort drüben meine Aussage bereits gemacht." Sie nickte in Richtung des Beamten, der ihr die Handschellen angelegt hatte. „Können wir jetzt gehen? Ich will ihn im Krankenhaus durchchecken lassen."

Jeds Mund wurde trocken. Er nickte. Sie drehte sich um,

aber er konnte gerade noch den Ausdruck von Schmerz in ihren beiden Gesichtern erkennen.

Er war perplex und frustriert, aber ihm blieb keine Zeit zu fragen, was zum Teufel das zu bedeuten hatte. Ihr Sohn sprach nicht? Niemals?

Scheiße. Er rieb sich die Stirn und ging zur Einsatzleitung hinüber. Es war Zeit, die restlichen Leute im Einkaufszentrum in Sicherheit zu bringen. Die rothaarige Frau und ihr Junge waren nicht mehr sein Problem.

———

PILAHS MITATTENTÄTER RANNTEN in Richtung der Blendgranate, die die Polizisten gezündet hatten. Die Staatsgewalt begann mit ihrem Gegenangriff. Sie blieb etwas hinter der Gruppe zurück, dann fuhr sie herum und sah, wie Jamal von einer Kugel getroffen wurde und von einer der Galerien hinunterstürzte.

Drei, nein vier Menschen rannten auf das Restaurant zu, das einen Notausgang auf die Straße hinaus hatte. Sie betrachtete die Waffe in ihrer Hand und traf ihre Entscheidung. Jetzt oder nie. Sie war noch nicht bereit, zu sterben. Sie rannte dorthin, wo Jamal aufgeschlagen war, wischte ihre Waffe sauber von Fingerabdrücken, und ließ sie neben seinem verdrehten Körper fallen.

So entsetzliche Verletzungen – ihr drehte sich der Magen um. Aber sie hatte in den letzten Jahren so viel gewaltsamen Tod und so viel Zerstörung gesehen, dass sie es kaum noch wahrnahm. Es war ja nicht so, dass Jamal jemand war, den sie liebte. Sie mochte ihn nicht einmal besonders.

Die Polizei konnte das Prepaidhandy, dass sie benutzte,

zurückverfolgen, also wischte sie auch das an ihrer Hose sauber und schob es Jamal in die Jeanstasche.

Erneute Schüsse zwangen sie zur Eile. Sie rannte in ein Bekleidungsgeschäft neben dem Restaurant und griff sich eine Hose in ihrer Größe, eine Bluse, Pullover und Jacke. Sie trug alles hinter die Kassen und riss die Etiketten und Diebstahlsicherungen ab, dann schlüpfte sie aus ihren Stiefeln und zog sich bis auf die Unterwäsche aus. Die Geräusche von Kämpfen und Schüssen kamen näher. Es würde nicht mehr lange dauern, bis die Polizei das Einkaufszentrum stürmen würde. Schnell zog sie die neuen Kleider über und stopfte ihre alten Sachen zusammen mit ihrem Kopftuch unter den Kassentresen. Auf dem Tresen stand eine Flasche mit Desinfektionsmittel. Sie rieb ihre Haut damit ein, in der Hoffnung, dass es mögliche Schmauchspuren verdecken würde. Dann nahm sie ihre Stiefel und versteckte sich in einem voll behangenen Kleiderständer mitten im Laden.

Sie schnürte ihre Stiefel zu, saß vollkommen regungslos da und hörte zu, wie sich das Feuergefecht draußen abspielte, während ihr das Herz bis zum Hals schlug. Würden sie sie erwischen? Würden sie erkennen, dass sie zu den Angreifern gehörte?

Es dauerte ganze zehn Minuten, bis sie einen Schatten vor dem Laden entlang huschen sah. Die leisen Schritte schienen bis in ihr Rückgrat hinauf zu vibrieren. Dann ein Gewirr von Stimmen, und sie hörte eine Gruppe von Menschen aus dem Lagerraum hasten. Schnell kam sie aus ihrem Versteck und schloss sich der Gruppe an, als der Polizist ihr den Rücken zukehrte. Eine Verkäuferin schaute sie an, und Pilah brach in Tränen aus. „Ich dachte, ich müsste sterben", schluchzte sie.

Die Verkäuferin legte ihren Arm um sie und drückte sie

an sich. Pilah war nun Teil der Gruppe. „Das dachten wir alle, Schätzchen. Das dachten wir alle."

Sie folgten dem Polizisten, der sie aus dem Einkaufszentrum führte. Die Frau schnappte nach Luft, als sie das Blut und das Gemetzel sah. Pilah versteckte ihr Gesicht in den Händen. Jamal hatte das ultimative Opfer gebracht, sein Kampf war vorbei. Razur genauso. Sie würden als Märtyrer verehrt werden, ebenso wie ihr Mann verehrt wurde. Aber sein Geist war ein kalter Bettgenosse und ein schlechter Vaterersatz für ihre Töchter.

Sie dachte an ihre älteste Tochter, Sabreena. Regierungstruppen hatten sie umgebracht, einfach nur, weil sie zur falschen Zeit am falschen Ort war. Nur deshalb hatte Adar überhaupt zu den Waffen gegriffen – Rache. Aber ihre anderen Kinder saßen nun in Syrien gefangen, einem vom Bürgerkrieg zerrissenen Land, während der Westen sich weigerte, zu agieren. Sargon hatte erklärt, sie müssten beweisen, dass die Instabilität in Syrien sich sogar bis in das Herz Amerikas ausbreiten könnte, erst dann würde Amerika eingreifen. Wohl platzierte Beweise würden auf die syrische Regierung hindeuten. Vielleicht würde der Westen dann endlich die Rebellen mit Waffen versorgen und dabei helfen, diesen bösartigen Tyrannen zu beseitigen.

Sargon hatte sie um Hilfe gebeten, hatte ihr versprochen, ihre Kinder als seine eigenen groß zu ziehen, sollte ihr irgendetwas zustoßen. Er hatte versprochen, sie alle in Sicherheit zu bringen, wenn sie erfolgreich wären.

Nun, sie *war* erfolgreich gewesen. Sie hatte mehrere Monate im Einkaufszentrum gearbeitet und alle erforderlichen Informationen beigesteuert, die für den Angriff benötigt wurden. Ihr Magen verkrampfte sich. Viele Leute, mit denen sie hier gearbeitet hatte, waren jetzt auch tot.

Sie schluchzte laut auf, und jemand tätschelte ihr den Rücken. Die Gesichter der Menschen, die umgekommen waren, schossen ihr durch den Kopf, und ihr Schluchzen wurde lauter. Dann sah sie ihre Töchter. Ihren geliebten Mann.

Das hatte alles nicht so sein sollen. Sie waren doch ganz normale Menschen gewesen, die ein ganz normales Leben gelebt hatten. Jetzt musste sie irgendwie ihre Kinder aus Syrien herausholen, weg von der Gefahr. Sie musste ihre Babys retten, bevor der eigentliche Krieg begann.

———

SARGON AL SAHAD saß in seiner Villa in Rabieh, am Rand von Beirut, und lachte über die Ereignisse, die er auf seinem Satellitenfernseher verfolgte, leise in sich hinein. Er hatte bereits sein Konto überprüft und dann die erste Hälfte der Zahlung an sein Schweizer Nummernkonto überwiesen. Er war jetzt ein sehr reicher Mann.

Natürlich war er schon immer ein reicher Mann gewesen. Jetzt wollte er nur noch die zweite Hälfte der vereinbarten Summe und dazu den Luxus, genug Zeit zu haben, seinen Wohlstand zu genießen.

Er steckte sich eine frische, saftige Feige in den Mund und kostete den zuckersüßen Geschmack aus, der all seine Sinne umspielte. Das Telefon neben seiner Couch klingelte. Er hatte den Anruf erwartet.

„Das haben Sie sehr gut gemacht“, sagte die Stimme am anderen Ende, ohne ihn zu begrüßen.

Sargon brüstete sich. „Habe ich Ihnen nicht gesagt, dass

ich es schaffe?"

„Ahnen Ihre Leute etwas?" Die Stimme des Mannes war tief, und in ihr schwangen Untertöne, die seine immense Macht verrieten.

Sargon lechzte nach solcher Macht. „Sie denken, dass wir das Regime hintergehen, damit der Westen sich einmischt. Was wohl stimmen wird, denke ich. Niemand vermutet mehr. Unser Geheimnis bleibt weiterhin geheim. Wie versprochen." Als gebürtiger Syrer, hatte Sargon es satt zuzusehen, wie sein Land sich systematisch von innen heraus zerriss. Ob es nun gut war oder nicht, sein Heimatland würde vom alten Regime befreit werden und bereit für den Wiederaufbau sein. Und sobald die Kämpfe nachlassen würden, würde er in dieser politischen Revolution an vorderster Front stehen. Bis es so weit war, versteckte er sich im Libanon – auch wenn seine Leute, die er in die USA geschickt hatte, glaubten, er kämpfe weiterhin an der Front. Eine notwendige Täuschung.

„Solange das amerikanische Volk nicht einmal ansatzweise vermutet, wer diesen Terroranschlag tatsächlich geplant hat."

Der Feind meines Feindes ist mein Freund. „Das wäre für uns beide das Todesurteil", stimmte Sargon zu.

Der Mann seufzte tief. „Ist für den nächsten Schritt alles bereit?"

Ein dünner Schweißfilm breitete sich auf Sargons Rücken aus und ließ das leichte Baumwollhemd festkleben. Das war der Teil, der ihn nervös machte. Der Plan war wie ein präzises Uhrwerk und hielt viele potenzielle Fehlerquellen bereit. Er betete, dass alles funktionieren würde.

„Machen Sie sich keine Sorgen, mein Freund." Sollte seine Beteiligung jemals herauskommen, wäre er der meistgesuchte Mann der Welt. Er sehnte sich weder nach Bin Ladens Ruhm, noch nach seinem Schicksal. „Wir haben beide zu viel zu verlieren, als dass diese Mission scheitern dürfte. Niemand wird uns jemals mit dem Angriff in Verbindung bringen. Die Beweise zeigen in eine andere Richtung." Es gab nichts, was zu ihm oder seinem mächtigen Verbündeten zurückverfolgt werden könnte.

„Ich werde Sie nicht mehr kontaktieren", verkündete der Mann.

Sargon legte den Hörer zurück auf die Gabel und stand langsam auf. Die Zeit lief weiter. Leute, die unvorsichtig waren, wurden nicht alt. Sargon war entschlossen, sehr, sehr alt zu werden.

SCHNEE VERSCHLEIERTE ELANS Sicht, und von seinem Posten auf dem Dach eines Versicherungsgebäudes, einen halben Kilometer östlich der Minneapolis Mall, konnte er nicht viel erkennen. Das Einkaufszentrum selbst war von Einsatzfahrzeugen umstellt. Menschen rannten die Straßen entlang, fort von dem Chaos und der Gewalt. In seinem Heimatland war das genau das, was am gefährlichsten war. Aber die Leute hier schienen keinen Gedanken daran zu verschwenden.

Helikopter schwirrten über dem Schauplatz durch die Luft, was nicht ungefährlich war, denn das Wetter verwandelte sich zunehmend in einen eisigen, arktischen Sturm.

Krankenwagen jagten durch die Straßen tief unter ihm, Blaulichter und heulende Sirenen vermittelten eindrucksvoll die Notsituation, während die Einsatzkräfte über die Kreuzungen fegten.

Im Moment lief alles nach Plan, aber er war nicht so naiv,

nur blind auf sein Glück zu vertrauen. Ein Helikopter drehte um und flog direkt auf ihn zu, zurück zum Flughafen. Er trat einen Schritt zurück und verbarg sich im Schatten des Gebäudes.

Sein Atem beschlug die Gläser seines Fernglases. Schnell wischte er sie sauber. Sein Herz wurde ihm schwer. Das Leben war kostbar. Aber es ging um zu viel, als dass er die Nerven verlieren durfte. Er hatte seine Befehle erhalten. Zu beobachten, den Überblick zu behalten, und jedes mögliche Chaos zu beseitigen, das zu ihnen zurückzuverfolgen wäre. Er war ein Profi darin, das Chaos anderer Leute zu beseitigen.

VIERTES KAPITEL

VIVI SAß NEBEN Michael, der in einem Krankenhausbett lag. Die Erleichterung, die sie gespürt hatte, als er unversehrt aus dem Einkaufszentrum kam, war sehr schnell der Panik gewichen, als er anschließend auf dem Parkplatz in Ohnmacht gefallen war. Der Krankenwagen war mit Blaulicht und Sirene durch den Verkehr gerast, auch wenn sich der Sanitäter sicher gewesen war, dass es nur ein Zusammenspiel von Stress und Unterzuckerung war. Michaels Vitalfunktionen waren stabil gewesen, nur sein Blutdruck erschreckend niedrig. Der andere Patient, der mit ihnen im Wagen gefahren war, war eine etwa fünfzig Jahre alte Frau mit einem Splitter im Bein. Die Frau hatte ihr Bestes getan, Vivi zu beteuern, dass Michael wieder in Ordnung kommen würde.

So viel Tapferkeit ließ Vivi demütig werden.

Sie konnte nicht glauben, wie nah sie alle dem Tod gewesen waren. Dass sie noch lebten und atmeten, war ein Wunder – schnell klopfte sie dreimal auf Holz.

Die Ärzte hatten ihr versichert, dass Michael so weit in Ordnung war, aber sein Gesicht war schneeweiß, und die Sorgen nagten sich durch ihr Innerstes.

Sie griff nach seiner Hand, aber er zog sie zurück, und sie musste sich wie jedes Mal gegen ihren Impuls wehren, ihn noch fester zu halten, denn ihn zu erdrücken verstärkte in ihm nur den Wunsch, zu entkommen. David – ihr Ex – war immer der Meinung gewesen, dass sie zu viel Aufhebens machte. Im Gegensatz dazu hatte er seinen Sohn ignoriert oder klein gemacht. Er hatte Michael behandelt wie einen durchgefallenen Rekruten, ihm Befehle entgegen gebellt, ihm Beleidigungen an den Kopf geworfen – und schlimmer. Das war, bevor er sie wegen irgendeiner heißen NSA-Agentin mit Doppel-D-Körbchen und einem Doktortitel in Astrophysik sitzengelassen hatte.

Die Dame hatte ihnen einen Gefallen getan.

Vivi hatte einen Idioten geheiratet, aber wenigstens hatte er ihr dieses wundervolle Kind geschenkt. Und auch, wenn sie David eine ernsthafte Erektionsstörung auf den Leib wünschte, bedauerte sie doch nie, dass sie ihm ganz am Anfang verfallen war. David war der Preis gewesen, den sie für das Beste, was ihr je passiert war, bezahlen musste.

Michael.

Mit ihren kalten Fingern griff sie Michaels warme Hand und bemühte sich, sie nicht zu fest zu drücken. Es war kein Wunder, dass er nach den heutigen Erlebnissen in sich gewandt war. Nicht einmal sie hatte bisher damit begonnen, das alles zu verarbeiten, und sie war die Erwachsene.

Ein kleines, unnachgiebiges Klopfen aus ihrem Unterbewusstsein sagte ihr, dass sie Michaels Vater anrufen musste, auch wenn ihr bei dem Gedanken schlecht wurde. Aber es half nichts, er konnte ihr das Leben schwer machen, wenn er wollte. Am besten war es, ihn direkt mit einem kühlen, klinischen Bericht abzufertigen, und eine Einladung ins Krankenhaus hinterher zu schicken, falls er Bedenken haben sollte. Das sollte ihn ganz weit fernhalten.

Das Krankenhaus brummte vor Betriebsamkeit. Der

Notfallplan war in vollem Gange, und jedes freie Bett war einem Verletzten aus dem Einkaufszentrum zugeteilt worden. Michael lag auf der Orthopädie, gemeinsam mit vielen anderen Leuten, die nur kleinere Verletzungen hatten. In einem Versuch, so etwas wie Privatsphäre herzustellen, hatte Vivi den Vorhang um das Bett zugezogen, aber es war zu laut, und die angespannte Atmosphäre im Raum machte alle Anwesenden gereizt.

Der Angriff war vorbei, Gott sei Dank. Es wurde angenommen, dass die Terroristen tot waren. Die Polizei sicherte das Einkaufszentrum und suchte es nach verängstigten Zivilisten und versteckten Sprengsätzen ab.

Der Vorhang schwang zur Seite und ein Pfleger kam herein, einen Tropf in der Hand.

„Wie geht es Ihrem Jungen?" Die Pfleger war ein muskulöser Typ mit einem runden, freundlichen Gesicht und einer durchdringenden Stimme. Michael drehte sein Gesicht zur Seite.

„Er ist erschöpft." Vivi wollte Michael an sich drücken. *Bemuttere ihn nicht.*

„Kein Wunder. Sie haben gesagt, er war in einem Schrank im Spielzeugladen versteckt, während die Terroristen im Geschäft waren?"

Vivi ertrug es kaum, daran zu denken, aber Michaels Mundwinkel zuckten ein bisschen nach oben; offensichtlich gefiel es ihm, dass die Leute wussten, wie heldenhaft er gewesen war.

Sie spielte mit. Sie versuchte, ihn einzubeziehen, und ihn aus der Reserve zu locken. „Er war unglaublich mutig. Du bist im Versteck geblieben, bis die Polizei kam und Dich rausgeholt hat, und die bösen Männer hatten keine Ahnung, dass Du direkt unter ihren Nasen saßt, stimmt's, Michael?"

Er nickte schwach. Dieser winzige Funken von Interesse an der Unterhaltung bestärkte sie.

„Du bist ein ganz schön mutiger Junge. Ich hätte mir in die Hosen gemacht." Der Pfleger schloss den Tropf an, damit Michael Flüssigkeit verabreicht bekam und sein Blutzucker wieder anstieg. Seine Lippen sahen trocken und rissig aus. Es war mitleiderregend, wie er mit seiner Zunge darüberfuhr.

„Kann ich ihm etwas Wasser zu trinken geben?", fragte Vivi den Pfleger, der am Bettende den Untersuchungsbericht ausfüllte.

Er nickte. „Klar, aber nur ab und zu ein, zwei Schlucke. Es sollte nicht allzu lange dauern, bis er sich besser fühlt, nachdem der Tropf angeschlossen ist. Würde mich nicht wundern, wenn er in ein paar Stunden entlassen wird." *Weil sie hier so viele freie Betten wie nur möglich benötigten...*

Sie lächelte den Pfleger traurig an und er klopfte ihr aufmunternd auf die Schulter. „Es wird alles gut. Es ist vorbei."

Sie versuchte, nicht an das ganze Elend zu denken, aber die Bilder kamen immer wieder mit grauenhafter Klarheit zurück. Die Mutter, die angeschossen wurde und auf ihren kleinen Sohn fiel, und ihm damit wahrscheinlich sein Leben gerettet hatte, weil sie ihn mit ihrem Körper vor weiteren Kugeln abschirmte. Die unnatürlich verrenkten Körper der Köche in der Restaurantküche. Die dunkelroten Blutlachen auf den weißen Fliesen...

Übelkeit stieg in ihr hoch, aber sie zwang sie wieder hinunter. Sie musste stark sein für Michael. Wie sollte er nur etwas verarbeiten, über das er nicht reden konnte? Sie wusste es nicht. Sie musste Dr. Hinkle noch einmal kontaktieren. Wenn er zustimmte, Michael zu therapieren, dann würde sie vielleicht auch der Langzeitstudie zustimmen, aber bloß keine MRTs mehr. Heute Morgen hatte Michael in der Röhre eine Panikattacke bekommen. Nie wieder würde sie ihren Sohn ein weiteres Trauma erleben lassen.

Eine Diagnose war kompliziert. Die Ärzte waren sich nicht einmal einig, ob Michael autistisch war oder nicht. Das Ausbleiben definitiver Antworten machte es so qualvoll, Entscheidungen über seine Behandlung oder Schulbildung zu treffen, aber sie schlugen sich durch. Sie kamen klar. Gerade so.

Oder zumindest waren sie klargekommen.

Vivi wollte ihren Sohn nicht über das, was heute passiert war, anlügen. Es war wichtig, dass er genau verstand, was er heute erlebt und überlebt hatte. Die Welt konnte ein gefährlicher Ort sein. Aber sie wollte ihn auch nicht in Panik versetzen.

„Gibt es viele Verletzte?", fragte sie.

Der Blick des Pflegers verdunkelte sich, bevor er nickte. „Hunderte von Leuten mit kleineren Verletzungen. Ungefähr dreißig in lebensbedrohlichem Zustand."

Sachte berührte sie den Ellenbogen des Pflegers und lehnte sich zu ihm, damit Michael sie nicht hören konnte. „Eine Frau wurde hierher gebracht. Sie wurde angeschossen und hat viel Blut verloren. Sie hatte zwei Kinder bei sich, ein kleiner Junge und ein Baby, ein Mädchen. Wissen Sie, ob sie…?"

Der Pfleger runzelte die Augenbrauen. „Ich glaube, ich weiß, wen Sie meinen. Das letzte, was ich gehört habe war, dass sie operiert wurde. Ich versuche herauszukriegen, wie es ihr geht."

„Vielen Dank." Sie hoffte, dass die Frau überleben würde. Der Gedanke, dass die beiden Kinder ohne Mutter aufwachsen könnten, war furchtbar…aber immer noch besser, als gar nicht aufzuwachsen.

Der Pfleger ging weiter zum nächsten Patienten. Vivi gab Michael noch einen Schluck zu trinken. Er drückte für einen Augenblick fest ihre Hand, aber dann wurde sein Griff immer lockerer. Seine Augen fielen ihm zu, seine Brust hob und senkte sich langsam. Er schlief.

Vivi schloss ebenfalls die Augen und sprach ein stummes Gebet, dann ließ sie vorsichtig seine Hand los und stand auf. Sie trug blaue Pantoffeln aus Papier, die absolut albern aussahen. Ihre Fußsohlen waren von kleinen Schnittwunden übersät, die gereinigt und desinfiziert worden waren, aber von den Strapazen des heutigen Tages begannen sie zu pochen, und sie konnte auf keinen Fall ihre hochhackigen Schuhe tragen. Sie reckte sich und hörte ihre Wirbel knacken.

Sie musste auf die Toilette, und sie wollte herausfinden, ob es Neuigkeiten zu den beiden kleinen Kindern gab, die sie gerettet hatte. Und sie musste ihren Ex anrufen.

Vivi beugte sich über Michael, küsste ihn auf seine Wange, berührte das Grübchen an seinem Kinn, das Einzige, was er von seinem Vater geerbt hatte.

Special Agent Jed Brennan hatte die gleiche Kerbe am Kinn. Für den Bruchteil einer Sekunde erinnerte sie sich an die brennende Intensität in seinem Blick, kurz bevor er in das Einkaufszentrum zurückgegangen war, um Michael zu retten. Ihre Anspannung hatte sie dünnhäutig gemacht. Sie war stinkwütend auf Brennan gewesen, aber er hatte sein Versprechen gehalten und Michael unverletzt herausgeholt. Die Chancen standen schlecht, ihn jemals wiederzusehen, aber falls es dazu kommen sollte, dann schuldete sie ihm eine Entschuldigung.

Sie ging zum Pfleger und bat ihn, für fünf Minuten auf Michael aufzupassen. Mehr Zeit brauchte sie nicht, denn ihr Ex ging nie ans Telefon, wenn sie ihn anrief, also würde sie ihm eine kurze Nachricht hinterlassen und ihnen beiden jede Menge Stress ersparen. Sie strich ihre Kleidung glatt, die heute Morgen noch so schick ausgesehen hatte, jetzt aber zerknittert und blutig war, und humpelte aus der Station. Sie musste zurück sein, bevor Michael aufwachte.

––––––––––––

PILAH LAG IM Bett und hörte angestrengt zu. Sie war ins Krankenhaus gebracht worden, nachdem sie im Parkhaus eine Ohnmacht vorgetäuscht hatte, mit dem Kopf auf den Beton gestürzt war, und Nasenbluten bekommen hatte. Abgesehen von leichten Kopfschmerzen ging es ihr gut. Sie konnte aufstehen. Sie konnte auch rennen, wenn es sein musste.

Der Junge im nächsten Bett hatte sich im Spielwarenladen versteckt? Hatte er gehört, wie ihr Name erwähnt wurde? Oder Sargons? Das könnte ihren ganzen Plan, die syrische Regierung hinters Licht zu führen, zunichtemachen. Sie versuchte, sich daran zu erinnern, worüber sie vorhin gesprochen hatten, aber der ganze Angriff war nur ein verschwommenes Bild aus herzzerreißender Grausamkeit und ohrenbetäubender Schießerei.

Sie hatten Codenamen zugewiesen bekommen, aber Bazal war nicht der Hellste und hatte an diesem Tag mehr als einmal gepatzt. Allein die Tatsache, dass sie eine Frau war, war eine Information, die sie lieber nicht verbreitet wissen wollte. Hatten sie verraten, dass es einen zweiten Anschlag geben sollte?

Sargon Al Sahad hatte ihr versprochen, dass ihre Kinder in Sicherheit gebracht werden würden, wenn ihr etwas geschähe, aber was würde er tun, wenn sie gefasst werden würde? Über dieses Szenario hatten sie nie gesprochen. Ihre Finger krallten sich in das kühle Laken, ihr Kiefer war so verkrampft, dass sie ihn knacken hören konnte. Er würde ihre Töchter langsam und qualvoll umbringen, wenn er glaubte, dass sie ihn verraten hatte.

Sie musste den Jungen beseitigen. Sie würde das Leben ihrer Kinder nicht seinetwegen aufs Spiel setzen.

Das Herz schlug heftig in ihrer Brust, als sie daran dachte, was sie tun musste. Sie hatte weder eine Waffe noch eine Bombe. Es war so viel einfacher, ein Leben zu beenden, wenn man dabei niemandem in die Augen blicken musste oder ein warmer Körper unter einem zappelte, der nach Luft rang.

Das Bild von Sabreenas Körper, gebrochen und verrenkt, blitze in ihr auf, und festigte ihren Entschluss. Ständig starben irgendwelche Kinder. Das interessierte niemanden.

Die Mutter nebenan bat den Pfleger, fünf Minuten auf ihren Sohn aufzupassen, dann hörte Pilah, wie sie davonging. Das war womöglich ihre einzige Chance, an den Jungen heran zu kommen, ohne dass die Mutter ihn mit Adleraugen bewachte. *Du solltest Dein Baby niemals allein lassen.* Das hatte sie selbst auf die harte Tour gelernt.

Wenn sie den Trennvorhang ganz um das Bett herum zuziehen würde und den Jungen dann mit einem Kissen erstickte, wäre das leise und würde wie ein natürlicher Todesfall aussehen –zumindest fürs Erste. Und sie könnte hier heraus spazieren, als wäre nichts geschehen.

Natürlich würde der Verdacht irgendwann auf sie fallen…

Sie biss sich auf die Lippe. Sie wollte nicht, dass sie

irgendjemand verdächtigte, aber was konnte sie schon anderes tun?

Der Pfleger schaute auf einen Pager und verließ ohne Eile das Zimmer.

Schweiß brach ihr aus, als sie die Beine über den Rand des Bettes schwang. Ihre Füße berührten den Boden, und Eiseskälte fuhr ihr in alle Knochen. Ein kurzer Anflug von Schwindel ließ sie innehalten, um ihre Balance wiederzufinden. Niemand würde vermuten, dass der Junge erstickt worden wäre, bis sie die Autopsie durchführten, was aufgrund der heutigen Ereignisse eine Weile dauern konnte. Sie zog den Vorhang einmal ganz um ihr Bett. Die einzige Person, die hereinschauen konnte, war eine Frau, die komplett sediert war, weil sie so viel geschrien hatte. Nur der Pfleger hatte sie wirklich beachtet, und er musste heute sicher an die hundert Patienten getroffen haben. Sie wollte wetten, dass sich in der allgemeinen Verwirrung niemand genau daran erinnern würde, wie sie aussah, oder sie überhaupt verdächtigen, solange sie nicht in Panik geriet. Sie musste es riskieren.

Pilah musste jetzt unerschrocken sein. Das Leben ihrer Kinder hing von ihr ab. Ihre Hand lag auf dem Vorhang, der ihr Bett von dem des Kindes trennte, als der Pfleger zurück in ihre Nische trat.

„Ich... ich dachte, ich hätte den Jungen rufen gehört..." Ihre Stimme krächzte. Schuld schoss ihr aus jeder Pore, und ihre Wangen glühten.

Der Pfleger schien es nicht zu bemerken. „Das würde eine ganze Menge Leute sehr glücklich machen."

Sie runzelte die Stirn. „Ich verstehe nicht."

Der Pfleger kam einen Schritt näher und senkte die Stimme. „Er ist stumm. Seit Jahren. Das arme Kerlchen kann nicht sprechen."

Die schwere Finsternis, die sie umgeben hatte, lichtete sich und löste sich in einer Welle der Erleichterung auf, die sie beinahe umwarf. „Armer Junge", stimmte sie zu.

Der Pfleger schürzte seine Lippen. „Sie können Ihren Entlassungsschein vorne am Empfangstisch unterschreiben. Bei anhaltenden Kopfschmerzen oder Problemen mit Ihrem Sehvermögen kommen Sie wieder oder gehen zu Ihrem Hausarzt, okay? Haben Sie jemanden zu Hause, der nach Ihnen sehen kann?"

Sie nickte. „Meine Mutter."

„Ruhen Sie sich gut aus." Er lächelte sie an und ging.

Sie tastete unter dem Bett nach ihren Schuhen. Nein, sie lebte nicht bei ihrer Mutter. Ihre Mutter war krank geworden und gestorben, kurz nachdem Pilah nach Amerika gekommen war, um sie zu besuchen. Adad hatte sie überredet, in den USA zu bleiben, wo sie die doppelte Staatsbürgerschaft hatte, und Visa für ihre Kinder zu beantragen, damit sie aus der Gefahr herauskamen. Aber syrische Regierungstruppen hatten ihr Haus bombardiert und ihre älteste Tochter getötet, bevor die Visaanträge genehmigt worden waren.

Pilah zog ihren neuen Mantel an. Deshalb hatte sie Sargon heute geholfen, diese furchtbaren Dinge zu tun, aber sie war kein Mitglied der Rebellenbewegung. Sie war keine Terroristin. Sie hatte ihren Teil der Abmachung eingehalten. Auf gar keinen Fall würde sie auch ihre anderen beiden Kinder verlieren.

Als sie die Station verließ, schaute sie den Jungen, den sie beinahe umgebracht hätte, nicht an. Sie weigerte sich, mit den Angehörigen fremder Leute Mitgefühl zu haben, wenn sich niemand einen Dreck um ihre eigene Familie scherte. Sie war sich sicher, dass er nichts wirklich Wichtiges mitbekommen hatte, und sie war dankbar, ihm nichts angetan zu haben. „Alles Lob gebührt Allah", flüsterte sie lautlos und ging, den Kopf gesenkt, für den Fall, dass es Überwachungskameras gab. Ihre Rolle in all dem war fast zu Ende.

Ein anderer Gedanke machte sich breit. Vielleicht konnte sie über die Türkei nach Syrien einreisen und ihre Kinder auf dem Landweg in Sicherheit bringen? Die Vorstellung der Flüchtlingslager machte ihr Angst, aber es war besser, als zu Hause zu sitzen und auf ein Schreiben zu warten, das niemals kommen würde.

Entschlossen ging sie weiter. Die Polizei würde sie nie finden. Ihr Teil war getan.

———————

JED HOCKTE NEBEN dem Terroristen, den Wright erschossen hatte, und der von der Galerie gestürzt war. Von seinem Gesicht war nicht viel übrig, aber seine DNA war überall. Jed zog Latexhandschuhe über, um die Beweise nicht zu kontaminieren, und durchsuchte die Taschen des Mannes. Er beförderte ein Handy zutage und schaltete es ein. Es schien ein einfaches Prepaidhandy zu sein, aber Jed war sich sicher, dass die IT-Profis des FBI noch eine ganze Menge Daten aus diesem Schrottteil herausholen konnten. Sie brauchten so viele Informationen wie nur möglich, so schnell wie möglich, für den Fall, dass noch weitere Angriffe anstanden, oder dass die Terroristen jetzt gemütlich zu Hause vor ihren Fernsehern saßen und sich gegenseitig für die erfolgreiche Arbeit beglückwünschten. Ekel zog seinen Magen zusammen.

Er griff in die andere Tasche.

Männer, Frauen, und Kinder waren unter den Toten. Ein willkürliches Abschlachten mitten im Herzen Amerikas. Ein Großteil der Überwachungsanlage des Einkaufszentrums war direkt zu Beginn der Attacke lahmgelegt worden – es war ein überaus durchdachter und zielgerichteter Angriff gewesen. Natürlich war es nicht das erste Mal in der Geschichte, dass Terroristen auf amerikanischem Boden angegriffen hatten, und es war sicherlich auch nicht das letzte Mal, aber diese Attacke betraf ihn unmittelbar. Sie waren hier nicht im Irak oder in Afghanistan. Das hier war Minnesota, um Himmels willen.

Er fand ein weiteres Handy in der Tasche des Mannes und runzelte die Stirn. Es war genau das gleiche Modell wie das erste. Vielleicht war eines der beiden außer Betrieb? Er schaltete es ein, beide Telefone funktionierten.

Warum hatte er zwei Handys dabei?

War einer der Attentäter nicht aufgetaucht? War es ein Ersatz? Hatte er es von einem toten Mitstreiter eingesammelt?

„Hey", rief er der Beamtin zu, die für die Beweissicherung zuständig war und ihm die ganze Zeit hinterherlief. Sie hieß Cindy. Sie war zierlich und dunkelhaarig, und sie war hoch konzentriert auf alle Details, weshalb er vermutete, dass sie hervorragend in ihrem Job war. Er hielt die beiden Handys hoch. „Die hier müssen so schnell wie möglich dokumentiert und weitergeleitet werden."

Cindy zog zwei wiederverschließbare Plastiktüten hervor, packte die Beweisstücke ein und übergab sie einem weiteren Beamten, der alle eiligen Beweismittel direkt ins örtliche Labor fuhr, wo das FBI eng mit den lokalen Forensikern zusammenarbeitete. Die Hinweise aus der Kommunikation der Attentäter und die biometrischen Proben waren die schnellste

Methode, um herauszufinden, wer diese Leute waren, und um sicherzustellen, dass alle Beteiligten entweder tot oder gefasst waren. Jed ging ein paar Schritte bis zu einer AK-47, die achtlos weggeworfen am Boden lag. Er schaute kurz zurück zu dem Toten und dann zu einem weiteren toten Terroristen, nicht weit entfernt. Beide hatten ihre Sturmgewehre geschultert. Beide trugen Pistolen in Gürtelholstern. Warum lag dieses Sturmgewehr dort einfach herum?

Jed hatte keine Ahnung, aber er war entschlossen, es herauszufinden. Das Gewehr wurde ebenfalls eingetütet.

Die Luft stank nach Rauch, Blut und Schießpulver. Der Gestank klebte in seiner Nase und ihm wurde übel, aber er hatte einen Job zu erledigen, und die Zeit lief ihm davon. Er sah hoch und entdeckte das Geschäft für Jagdbedarf. Ihm fiel ein, dass er nicht für das Messer bezahlt hatte, das sein eigenes Leben, ebenso wie das Leben von Vivi Vincent und diesen beiden kleinen Kindern, gerettet hatte. Er ging zum Laden, immer Ausschau haltend nach Leuten, die noch verletzt oder versteckt in allen möglichen Ecken hocken konnten. Die Rückwand des Geschäfts war von Einschusslöchern übersät. Ihn überkam ein unwirkliches Gefühl, als er den Schaden begutachtete. Er war dem Tod heute unfassbar nahe gewesen. Das hatte ihn überrascht, und er war unvorsichtig geworden. Vielleicht hatte sein Vorgesetzter recht damit, dass er eine Pause brauchte. Aber nun standen die Chancen dafür ausgesprochen schlecht.

Er platzierte einen Hundert Dollar-Schein auf der Kasse, zusammen mit einem Zettel, den er an den Monitor der Kasse heftete, und auf dem er erklärte, wofür das Geld war. Er griff sich die gelbe Einkaufstüte, die er vor ein paar Stunden hier abgestellt hatte. Das Spielzeug darin war für Bobbys Sohn.

Bobby war der beste Freund von ihm und seinem Zwillingsbruder gewesen, als sie Kinder waren. Alle drei waren sie zusammen zur Armee gegangen. Sein Bruder Liam war jetzt Chief bei der Polizei in der Kleinstadt, aus der sie kamen. Jed war beim FBI. Bobby war auf eine Sprengfalle getreten und ins Jenseits befördert worden.

Ein Anflug von Emotionen schnürte ihm den Hals zu. Er vermisste seinen Freund immer noch jeden einzelnen Tag.

Die Sehnen in seinem Hals waren so angespannt, dass sein Kiefer schmerzte. Er versuchte, seine Schultern zu lockern, gab aber auf. Als ein einziges Bündel aus Anspannung herumzulaufen, war derzeit sein tagtäglicher Zustand. Wenigstens lebte er noch. Er musste aufhören, zu jammern, und stattdessen seinen Job machen.

Er ging zurück zum Spielwarenladen. Die Vorstellung, dass Schützen auf einen Laden feuerten, in dem viele Kinder waren, brachte ihn zur Weißglut. Diese Arschlöcher hatten die Kleinen für ihr Leben lang traumatisiert.

Das rötliche Haar und die großen blauen Augen von Michael Vincent blitzen in seinen Gedanken auf. *Mutiger Junge.*

Sein Blick wurde finster. Warum zur Hölle sprach der Junge nicht? War es ein körperliches Problem? Oder psychologisch bedingt? War er missbraucht worden?

Das passierte.

Er sah es fast jeden Tag.

Aber seine Mutter wirkte nicht so. In dem kurzen Moment, in dem sie sich begegnet waren, hatten ihre Liebe und Aufopferung für ihren Sohn, gepaart mit ihrem Ausmaß an Mut, das sonst nur bei denen zu finden war, die ihrem Land dienten, ihm nicht den Eindruck vermittelt, dass sie sich mit einem Arschloch einlassen würde, das sich an Schwächeren vergeht. Ihr feuriges Temperament passte nur verdammt gut zu ihren Haaren. Das erste Mal seit einer gefühlten Ewigkeit lächelte er. Vielleicht würde er doch versuchen, sie zu finden, wenn all das hier vorüber war, und sie auf einen Kaffee einladen. Er rieb sich den Nacken. Klar, sie würde auf jeden Fall mit einem Typen einen Kaffee trinken gehen, der ihren Sohn in einem Laden mit bewaffneten Attentätern zurückgelassen hatte.

Das Wort traf ihn direkt ins Herz.

Attentäter.

Attentäter.

Was war mit der weiblichen Terroristin, die er gesehen hatte?

Er versuchte sofort, das lokale FBI-Büro zu erreichen, aber die Leitungen waren besetzt. Stattdessen rief er seinen Boss an. Lincoln Frazer meldete sich beim ersten Klingeln.

„Genießt Du Deinen Urlaub?"

„Jep, ein Mordsvergnügen. Kurze Frage: Wurden irgendwelche Frauen unter den erledigten Attentätern gefunden?"

„Nein, alles Männer. Warum?"

Jed blickte an die durchlöcherte Decke. „Ich bin mir noch nicht sicher." Er legte auf, was seinen Vorgesetzten vermutlich ordentlich anpissen würde, aber er musste nachdenken. Hatte er wirklich eine Frau gesehen? Die Person war kleiner als die meisten anderen gewesen, nicht dünn, aber auch nicht dick. *Verdammt.* Plötzlich war er sich nicht mehr hundertprozentig sicher, und er wollte nicht grundlos einen Shitstorm lostreten. Er ging in das Bekleidungsgeschäft neben dem Restaurant. Die Beamten hatten die hinteren Räume und die Lager gesichert, aber noch keine möglichen Beweise gesammelt. Das war Teil seiner Aufgabe. Cindy beobachtete jede seiner Bewegungen, machte Fotos von jedem Detail.

„Das ist seltsam…" Sie klang verblüfft.

„Was ist?"

Das Blitzlicht ihrer Kamera blendete ihn für einen Augenblick. Er blinzelte das grelle Licht weg und kniete sich neben sie hinter den Verkaufstresen. Dort lag ein Haufen zusammengeraffter Klamotten, aber es waren keine neuen Kleidungsstücke, und auch nicht in dem Kleidungsstil, den dieser Laden verkaufte. Eine dunkle Flüssigkeit verklebte die Kleidungsstücke. Blut? Vorsichtig zog er an den Sachen, er wusste, dass sie mit einem Sprengsatz versehen sein konnten. Stück für Stück zog er sie hervor, und zum Glück konnte er keine Kabel entdecken. Nur Klamotten. Er breitete das dunkle Sweatshirt und die schwarzen Stoffhosen über dem Tresen aus. Dann zog er ein großes Kopftuch hervor. Sein Herz schlug schneller. Cindy machte mehr Fotos. Jed rief seinen Vorgesetzten zurück.

„Was?"

„Ich glaube, einer der Terroristen war eine Frau. Und ich glaube, sie ist entkommen."

„Bist Du sicher?"

„Wir haben gerade ein Bündel Kleider gefunden, die identisch sind mit dem, was eine weibliche Attentäterin vorhin trug. Die Sachen lagen unter der Kasse in einem Bekleidungsgeschäft für Frauen. Scheiße!" Er war wütend auf sich selbst, dass er sie nicht früher erwähnt hatte. Er wusste besser als jeder andere, dass jedes Detail geteilt werden musste, egal wie unwichtig es schien. Er fuhr sich aufgebracht durch die Haare. Sie mussten herausfinden, wer diese Frau war.

„Wenn doch der Junge aus dem Laden nur reden würde."

„Welcher Junge?"

„Ein kleiner Junge, Michael Vincent. Er hatte sich während des Angriffs im Spielwarenladen versteckt. Ich habe mindestens drei Terroristen in dem Laden gezählt, aber seine Mutter beteuert, dass er nicht sprechen oder sich auf andere Weise mitteilen kann."

„Ist seine Mutter eine attraktive, rothaarige Frau?"

Jed nahm sein Telefon vom Ohr und blinzelte verdutzt. Konnte der Typ jetzt Gedanken lesen? Er hielt sich das Handy wieder zurück ans Ohr. „Wie bitte?", fragte er.

„Du solltest einen Fernseher finden und die örtlichen Nachrichten einschalten. Nein, vergiss die Lokalsender. Die Sache läuft gerade auf allen nationalen und internationalen Kanälen."

„Was für eine Sache?" Jed schritt zu einem Elektrogeschäft am Ende des Flurs. Er versuchte, die ganzen Leichen nicht zu beachten, die die Gerichtsmediziner noch abtransportieren mussten. Menschen, die er nicht hatte retten können.

„Die Presse veröffentlicht seine Story weltweit", sagte Frazer.

Im Elektrogeschäft stand eine Wand aus Fernsehgeräten. In jedem einzelnen davon wurde eine ernste, herausgeputzte und wunderschöne Vivi Vincent interviewt. Aber das Interview musste früher am Morgen, vor dem Anschlag, aufgezeichnet worden sein, denn ihre Strumpfhose war nicht zerrissen, und ihre Bluse und ihr Rock waren nicht blutver-schmiert. Dann wechselte das Bild zu Michael, der hinter einer Sichtblende saß und ein unfassbar genaues und detailliertes Bild der Reporterin malte, obwohl er sie nicht sehen konnte.

Ein fotografisches Gedächtnis.

„Sie sagen, dass der Junge ein Genie darin ist, etwas nur für einen kurzen Augenblick zu sehen und es dann aufzuzeichnen. Er hat ein fotografisches Gedächtnis... also selbst, wenn er nicht sprechen kann...“

„Könnte er uns immer noch helfen, die Angreifer zu identifizieren.“ *Verflucht.* Jed hatte keinen Schimmer, wie die Presse an den Jungen herangekommen war, aber das war auch egal. „Wenn nur einer der Terroristen überlebt hat, dann ist der Junge jetzt eine wandelnde Zielscheibe. Finde heraus, wo er jetzt ist, Frazer.“ Wieder legte Jed abrupt auf. Er ging zurück in das Bekleidungsgeschäft und wühlte durch den Papierkorb neben der Kasse. Mit latexbehandschuhten Fingern fischte er Etiketten hervor und warf sie neben der Kasse auf den Tresen. Cindy sah ihm interessiert zu. Sie spürte, dass sie etwas Großem auf der Spur waren. „Wir müssen herausfinden, zu welchen Kleidern diese Etiketten gehören.“ Wenn seine Vermutung stimmte, dann hätten sie einen Anhaltspunkt über die Größe und Figur der Frau, über die Sachen, die sie jetzt trug, und mit etwas Glück hatten sie sogar ihre DNA, womöglich auch ihre Fingerabdrücke.

Er rief einen der örtlichen FBI-Agenten an, von dem er wusste, dass er irgendwo im Einkaufszentrum im Einsatz war, brachte ihn auf den neusten Stand, und bat ihn, seinen Hintern sofort herüber zu schwingen.

„Ich muss los“, sagte er zu der perplexen Beamtin, und ignorierte ihren Protest.

Jed joggte zu seinem SUV. Terroristen, die kurz vor Weihnachten unschuldige Einkäufer attackierten, schreckten auch nicht davor zurück, einen kleinen Jungen zu beseitigen. Vivi Vincent und ihr Sohn waren in Gefahr. Er musste sie finden, und zwar schnell.

FÜNFTES KAPITEL

MICHAEL Aß NICHT. Ganz egal, ob sie ihm Süßigkeiten oder Limonade anbot, er aß einfach nicht.

Er war gedanklich irgendwohin abgedriftet, und Vivi musste ihn da unbedingt wieder herausholen. Sie musste es *jetzt* tun, bevor seine Fortschritte um Monate, wenn nicht sogar um Jahre zurückgeworfen wurden.

Das Hotel, in dem sie wohnten, hatte ein riesiges überdachtes Erlebnisbad. Das, und die Tatsache, dass es in der Nähe des Einkaufszentrums lag, waren die Hauptgründe für ihre Buchung gewesen.

„Hier.“

Seine Lider zuckten schwach.

Sie warf ihm eine Badehose und ein Handtuch zu. „Wir gehen zum Pool.“

Michael sah sie an. *Endlich.* Sein Ausdruck verriet gleichermaßen vorsichtiges Interesse und angestaute Angst. Er liebte das Wasser. Sie hoffe, dass diese Liebe ausreichen würde, um Michaels Genesungsprozess loszutreten, und sie sich zurück auf den Weg zu seiner gewohnten Routine machen konnten. Das Wichtigste war, dass er regelmäßig aß und genug schlief, und ihr Plan war es, ihn sich austoben zu lassen, ihm zu Essen zu geben, und ihn dann schlafen zu lassen.

Sie hatte ihren Badeanzug schon unter Yogahose und T-

Shirt angezogen und trug ein Paar rote Crocs, die Michael ihr letztes Jahr im Sommer zum Geburtstag geschenkt hatte. „Komm schon. Wir gehen schwimmen."

Widerwillig stand er auf. Er wusste, dass sie nicht nachgeben würde, jetzt, wo ihr Entschluss gefasst war – diese Dickköpfigkeit hatten sie gemein. Michael ging ins Badezimmer, um sich umzuziehen.

Zwei Minuten später waren sie auf dem Weg nach unten. Das Hotel brummte vor Geschäftigkeit, trotz des Terroranschlags ganz in der Nähe. Das Leben ging weiter. Die Polizeipräsenz in der Stadt war enorm. Es war Abendessenszeit, und die Gäste waren auf dem Weg ins Hotelrestaurant. Manche von ihnen waren offensichtlich traumatisiert. Einige hatten Verletzungen und trugen Verbände. Eine Frau schaute sie sonderbar an, was Vivi jedoch nicht beachtete, denn diese Frau sah auch sonst sonderbar aus.

Vivi humpelte, versuchte aber, es zu verstecken. Die Schnitte an ihren Fußsohlen waren schmerzhafter, als sie erwartet hatte, und pochten erbarmungslos. Ihre Füße waren dick verbunden und sie hoffte, Michael auf eine der Wasserrutschen zu bekommen, bevor er bemerkte, dass sie mit ihren Wunden nicht ins Wasser konnte.

Hinterlistige Erziehungsmethoden. Normalerweise hielt sie davon nichts, aber harte Zeiten erforderten harte Maßnahmen.

Sie betraten den Poolbereich und wurden von einer Wand aus feuchter Luft und Chlorgestank erschlagen. Das laute Rauschen des Wassers in den vielen verschachtelten Wasserrutschen war ohrenbetäubend, aber auch seltsam beruhigend – genug weißes Rauschen, um sogar Erinnerungen an Attentäter und Angstschreie zu verdrängen. Es waren fast

keine anderen Leute da. Die Vorstellung, sich an einem überfüllten Ort aufzuhalten, völlig egal an welchem überfüllten
Ort, versetze sie jetzt in Panik. Damit würde sie sich
irgendwann auseinandersetzen müssen.

Ein bibbernder Gänsemarsch aus kleinen Kindern
passierte sie. Hier und da saßen vereinzelt Eltern, die die
Liegestühle belegten und Ausschau nach ihren Kindern
hielten.

Michael warf nur einen Blick auf die Wasserrutschen,
dann übergab er ihr sein Handtuch und rannte davon. Eine
Welle der Erleichterung überkam sie, und ihre Knie wurden
schwach. Vivi ließ sich auf eine der Liegen fallen, so
verängstigt, dass alle Energie aus ihrem Körper gewichen war.

Ihr Sohn kam aus dem Ende einer der Rutschen
geschossen und tauchte grinsend wieder aus dem Wasser auf.
Wieder eine Explosion der Erleichterung in ihrer Brust. *Es
wird alles gut werden.* Michael schloss sich einem Jungen in
seinem Alter an, und die beiden rannten zurück in Richtung
der Rutschen. Er war ein guter Schwimmer, daher gestattete
sich Vivi einen winzigen Augenblick der Entspannung.
Nachdem sie herausgefunden hatte, dass Wasser einen
besonderen Reiz auf autistische Kinder ausübte, hatte sie
Michael dreimal in der Woche zum Schwimmunterricht
gebracht, und mittlerweile nahm er an Wettbewerben teil.
Autist oder nicht, er war ein großartiger Schwimmer.
Bademeister beobachteten die Wasserrutschen mit
Adleraugen, und sie konnte mental abschalten.

Atmen.

Es war vorbei.

Sie waren durch die Hölle gegangen.

Aber sie hatten überlebt.

Ein unbewusster Instinkt ließ sie durch die Glasscheibe schauen, die zur Lobby des Hotels hinausging. Dort stand ein Mann und starrte sie an. Er war etwa 1,75 Meter groß und hatte dunkle Haare, dunkle Augen und braune Haut. Als sie ihn ansah, wandte er sich ab. Sie drehte sich zurück zum Pool und dann wieder zum Fenster, aber der Mann war nun auf dem Weg zur Kaffeebar.

Großartig. Nun würde sie jeden Menschen, den sie traf, rassistisch stereotypieren. Sie verabscheute Vorurteile. Das war eines der Dinge, gegen die sie am härtesten hatte kämpfen müssen, als es darum ging, Michael in einer Regelschule anzumelden und nicht auf der Förderschule.

Wieder hielt sie hektisch nach Michael Ausschau, geradezu panisch, nachdem sie ihn länger als ein paar Sekunden aus den Augen gelassen hatte.

Ihr war bewusst, dass sie übermäßig besorgt war, aber sie konnte nichts dagegen tun. Sie hatte ihn beinahe verloren. Sie konnte sich auf niemanden verlassen – außer auf sich selbst. Vivi hatte keine Angehörigen. David war zu sehr damit beschäftigt, wichtig zu sein, und sie würde eher rohe Leber essen, als ihren sensiblen und sich abkämpfenden Sohn seinen heftigen Erziehungsmethoden auszusetzen. Sie hatte nicht einmal seinen Namen behalten, und er hatte keinen Einspruch erhoben, als sie auch Michaels Nachnamen zu Vincent geändert hatte.

Er schämte sich für seinen Sohn, und sie schämte sich für David.

Sie stand auf, dann sah sie Michaels Haare – kastanienbraun vom Wasser –, die auf seiner Stirn klebten. Mit einem breiten Grinsen auf seinem Gesicht rannte er zur nächsten Wasserrutsche.

„Nicht rennen", murmelte sie, aber sie war viel zu weit weg, um über das rauschende Wasser gehört zu werden, selbst wenn sie gerufen hätte.

Lass verdammt noch mal endlich die Zügel locker, Vivi, Du erstickst ihn noch.

Verpiss Dich, David.

Toll, sie stritt sich sogar in ihrem Kopf mit ihm, als ob die Realität nicht schlimm genug gewesen wäre. Sie verdrehte die Augen und setzte sich wieder, versuchte, sich zu entspannen, atmete tief ein, und schlug das Buch auf, das sie aus ihrer Handtasche gezogen hatte. Sie las die erste Zeile. Zweimal. Die Bilder von Blut und Tod kehrten immer wieder zurück, und sie legte das Buch zur Seite.

Dieser Tag war die Hölle gewesen, aber nun war es vorbei. Morgen würden sie zurück nach Hause, nach Fargo, fahren.

Fargo. Auch nicht der Ort, an dem sie sich vorgestellt hatte, zu leben. Aber nach ihrer Scheidung hatte ihr eine alte Freundin die Partnerschaft in ihrem Übersetzungsbüro angeboten. Auch wenn Vivi für diesen Job eigentlich nicht vor Ort leben musste, hatte sie ehrlich gesagt auch keinen guten Grund gehabt, irgendwo anders zu leben.

Außerdem gefiel ihr die Abgeschiedenheit. Es war eine gute Entschuldigung, um nicht länger über ihr altes Leben in New York und Washington DC auf dem Laufenden bleiben zu müssen. Die Winter waren furchtbar. Die Sommer waren eine einzige Mückenplage. Jeden Januar dachte sie darüber nach, in ein etwas gemäßigteres Klima umzuziehen, aber Michael liebte es in North Dakota. Seine Schule, seine Lehrer, seine Freunde. Sie würde sich mit fast allem arrangieren, solange ihr Sohn nur glücklich war. Verdammt noch mal, sie würde ihre Seele verkaufen, wenn er nur wieder sprechen würde.

Michael war nicht immer stumm gewesen.

Er hatte immer schon Anzeichen für ein Verhalten auf dem autistischen Spektrum gezeigt, vielleicht für Asperger. Er sehnte sich nach Routine, mochte es, wenn seine Sachen in der richtigen Ordnung waren, und hatte bemerkenswerte Fähigkeiten in sich wiederholenden Tätigkeiten. Aber er zeigte keine wirklich offensichtlichen Einschränkungen, nur dass er sich mental abschottete, wenn er Stress ausgesetzt war, und sich oft stundenlang in kleine, beengte Räume zurückzog.

Es war kräftezehrend, diese Suche nach Antworten. Die ständige Sorge.

Sie setzte sich auf und beobachtete Michael, der aus einer der größten Rutschen des Pools geschossen kam. Furchtlos. Mutig. Das Lachen auf seinem Gesicht war Wiedergutmachung genug für die Anstrengung, die es sie gekostet hatte, ihn hierher zu bewegen. Sie lächelte zurück. Vorhin hatte Agent Brennan Michaels Tapferkeit gelobt. Es hatte sie tief berührt, dass er instinktiv gespürt hatte, was ihr Sohn brauchte.

Jetzt bemerkte sie den Mann, der sie gerade noch durch das Fenster angesehen hatte. Er trug nun eine neongrüne Badehose, die ihm viel zu groß zu sein schien. Sie ermahnte sich, zu atmen und sich daran zu erinnern, dass die Welt voll von guten Menschen war, die auch nur ihr Leben leben wollten. Sie schloss die Augen und zählte bis zehn. Das hier war nicht irgendein Film, in dem alle und jeder hinter ihr her waren. Das hier war keine Verschwörung, um sie zu zerstören. Ganz offensichtlich hatte er sich den Pool angeschaut und nicht sie. Er warf ein Handtuch auf einen der Liegestühle, der halb versteckt hinter einer riesigen Palme stand, und ging zur nächstgelegenen Rutsche.

Michael rannte an ihr vorbei und winkte. Sein Kumpel

wirkte etwas irritiert, wahrscheinlich, weil Michael nicht wirklich mit ihm sprach, aber auch er warf ihr ein schüchternes Lächeln zu und winkte verhalten herüber. Sie winkte zurück, dann sah sie auf die Uhr. Sie würde Michael noch eine halbe Stunde Zeit lassen, dann würden sie essen gehen.

Ein Schatten fiel auf sie. Vivi sah hoch und ihre Kinnlade klappte herunter, als sie Special Agent Brennan erblickte, der sich über sie beugte. Sie trug kein Make-up, ihre Haare waren zu einem schlaffen Pferdeschwanz zusammengebunden, was sie verunsicherte, obwohl das wirklich albern war. Ihm war es mit Sicherheit egal, wie sie aussah.

„Wo ist Michael?", fragte er.

Sie zeigte zu Michael, der schon die Leiter zur nächsten Wasserrutsche halb hinaufgeklettert war. „Warum?"

Brennan blickte sich erleichtert um. Sie drehte sich zu ihm. Was war hier los? Warum war er hier? Er trug einen dicken Wollmantel, und es war so warm im Schwimmbad, dass ihm der Schweiß schon auf der Stirn stand. Ein Bartschatten umspielte sein Kinn. Er wickelte sich aus dem Mantel und setzte sich auf die Liege ihr gegenüber. Ihre Knie berührten sich. Vivi zuckte zusammen.

„Wie haben sie uns gefunden?"

Er warf ihr einen schiefen Blick zu. „FBI, schon vergessen?"

„Aber *hier*", beharrte sie, „am Pool?"

„Die Rezeption hat bei Ihnen im Zimmer angerufen. Als Sie sich nicht gemeldet haben, habe ich mich dafür entschieden, die öffentlichen Anlagen abzusuchen. Michael ist acht, also dachte ich, der Pool ist ein guter Ort, um mit dem Suchen anzufangen." Agent Brennan nickte in Richtung des großen Fensters. „Ich habe Sie von der Lobby aus entdeckt. Ihre Haare sind schwer zu übersehen."

Verlegen strich sie ihr Haar glatt, aber ihm ging es nicht um ihre Frisur. Er schaute sie unbeirrt an. Seine Augen waren so dunkel, dass sie nicht hätte sagen können, wo die Iris aufhörte und die Pupille anfing. Aber etwas in seinem Blick verunsicherte sie, da war eine unausgesprochene Anspannung. Ein Schauer der Angst kam über sie. „Was ist los?"

Er presste seine Lippen zusammen, so als ob er überlegte, wie viel er ihr sagen konnte.

„Wagen Sie es nicht, mich anzulügen", warnte sie ihn.

Sein Blick verdunkelte sich. „Ich wüsste nur zu gerne, welcher Kerl Ihnen so übel mitgespielt hat, dass Sie sofort davon ausgehen, dass jemand sie anlügen will." Er beugte sich vor. „Ich werde Ihnen jetzt sagen, warum ich hier bin – wahrscheinlich aus dem Grund, dass ich ein paranoider Bundesbeamter bin, der zu viel übles Zeug gesehen hat, und der deshalb völlig überreagiert."

Sie grub die Finger in ihre Knie. Sie hatte geglaubt, der Horror sei vorbei, aber Brennans angespannter Ausdruck sagte ihr, dass sie falsch lag. „Sagen Sie es mir."

„Haben Sie die Nachrichten im Fernsehen gesehen?"

Vivi schüttelte den Kopf.

„Sie haben eine Aufnahme von Michael gezeigt, wie er nur aus seiner Erinnerung heraus ein Bild der Reporterin gemalt hat."

„Das wurde heute Morgen gedreht." Sie verstand nicht ganz. „Das haben sie gesendet? Trotz der ganzen Sache im Einkaufszentrum?"

„Ja." Brennan nickte. „Sie haben sein fotografisches Gedächtnis damit in Verbindung gebracht, dass er heute zusammen mit den Terroristen im Einkaufszentrum festsaß."

Jegliche Farbe wich aus ihrem Gesicht. *Oh, Gott.* Sie drehte sich dahin um, wo sie ihren Sohn zuletzt gesehen hatte, stand auf und begann, den Pool und die Wasserrutschen abzusuchen. Aber sie konnte keine Spur von ihm entdecken. Wo zur Hölle war ihr Sohn? Wo war Michael?

JED BERÜHRTE VIVIS Arm. „Hey, er ist wahrscheinlich oben auf einer der Rutschen und wartet ab, bis er an der Reihe ist." Aber auch Jed konnte den Jungen nirgendwo entdecken, und nach allem, was heute passiert war, wurde auch er unruhig. „Bleiben Sie hier."

Er lief am Pool entlang. Er hätte genauso gut der Sonne verbieten können, zu scheinen, denn Vivi ignorierte seine Anweisung und begann, auf der anderen Seite den Pool entlang zu joggen. Es war eine große Anlage, mit vielen kleinen Grotten und verschachtelten Rutschen. Er hielt nach den Bademeistern Ausschau und entdeckte drei von ihnen, die über einen Mann in einem roten T-Shirt gebeugt waren. Schnell lief er zu ihnen hinüber. Eine der jungen Frauen weinte, eine andere setzte einen Notruf ab.

„Was ist passiert?"

„Ich weiß nicht. Ich habe Ray bewusstlos hier gefunden."

„Benutzen Sie ihre Trillerpfeife", befahl Jed. Ein ungutes Gefühl beschlich ihn. Als sie zögerte, zeigte er seine Marke vor. „Sehen Sie verdammt noch mal zu, dass die Leute aus dem Pool kommen!"

Gerade als er ihr die Trillerpfeife aus den Händen reißen wollte, um es selbst zu erledigen, pfiff die junge Frau. Endlich begannen sie, die Kinder aus dem Pool zu scheuchen. Aber Jed konnte Michael immer noch nicht entdecken. Ein furchtbares Gefühl machte sich in seiner Brust breit. Er hatte Scheiße gebaut. Er war so beschäftigt damit gewesen, die hübsche Mutter anzuquatschen, dass er vergessen hatte, das Kind zu beschützen. *Anfänger. Arschloch.* Ein grüner Farbfleck blitzte vom Grund des Pools herauf, und Jeds Herz blieb stehen. Aber es war zu groß, um der Körper eines Kindes zu sein. Dann begriff er, was er sah. Er riss seine Anzugjacke herunter und hielt dem Bademeister, der neben ihm stand, seine Waffe hin, während er seine Schuhe und Socken mit einer Bewegung auszog. Er sprang ins Wasser. Die plötzliche Kälte umschloss ihn, aber er schoss wie ein Pfeil zum tiefen Ende des Beckens.

Es dauerte eine Ewigkeit, bis er den Mann erreichte, der den kleinen Jungen unter Wasser festhielt. Jed boxte dem Mann gegen den Kopf, packte ihn am Hals und riss ihn von Michael fort. Der Junge schwamm nicht in Sicherheit, er trieb nur leblos davon. Der Typ wand und drehte sich, bis es Jed war, der nun gewürgt wurde. Jed schob ihn heftig gegen die Wand des Beckens, verzweifelt bemüht, sich loszumachen und Michael an die Wasseroberfläche zu bringen.

Ein Tsunami aus Luftblasen explodierte um Michael herum, und ein Blitz von roten, langen Haaren schoss ins Wasser. Vivi war da und zog ihren Sohn aus dem Wasser.

Jed wandte sich wieder dem Mistkerl zu, der so tief gesunken war, dass er einen achtjährigen

Jungen ertränken wollte. Punkte tanzten vor Jeds Augen, aber der andere Kerl war noch viel länger unter Wasser gewesen, und seine Lungen mussten noch tausendmal mehr schmerzen.

Verbissen hielt er das Arschloch fest, packte ihn noch

fester, als er spürte, das der Kerl panisch wurde und versuchte, aufzutauchen. Jed hörte seinen eigenen Herzschlag in seinen Ohren dröhnen und zwang sich, ruhig zu werden und seinen Puls zu verlangsamen. Jetzt begann sich sein Training als Scharfschütze auszuzahlen, und sein Körper entspannte sich trotz des Adrenalins und des Testosterons, die durch seine Adern schossen. Der Blick in den Augen des anderen Mannes war jede Sekunde seiner eigenen Schmerzen wert. Jed wartete und wartete, bis der Kerl endlich einatmete und zu würgen begann. *Leck mich, Du Arschloch.* Dann zog ihn Jed an die Wasseroberfläche und einer der Bademeister hievte ihn aus dem Pool. Jed kletterte hinterher und fischte ein Paar Handschellen aus seinen triefenden Hosentaschen. Er ließ sie um die Handgelenke dieses Drecksacks zuschnappen, auch wenn der Bademeister protestierte, weil er versuchte, eine Mund-zu-Mund-Beatmung durchzuführen.

Jed griff sich seine Pistole. Um diesen Typen machte er sich keine Gedanken. Unkraut verging schließlich nicht. Wie aufs Stichwort fing der Bastard an zu husten und Wasser zu spucken. Jed ging hinüber zu Vivi und Michael, der blass in den Armen seiner Mutter lag. Er war bei Bewusstsein und zitterte unkontrollierbar. Seine Augen waren gerötet, ob vom Chlor oder weil er weinte, konnte Jed nicht sagen.

Was für ein beschissener Tag.

Er ging in die Hocke, nahm Vivis Hand, drückte sie, und wünschte sich aus ganzem Herzen, dass er sich nicht persönlich für diesen ganzen Mist verantwortlich fühlen würde. „Ist er okay?"

Sie schluckte und nickte. Sie sah gleichzeitig zerbrechlich, erschöpft und kampfbereit aus. Seine Bewunderung für diese Frau wuchs unaufhörlich. Sie war nicht nur wunderschön, sie hatte ein Rückgrat aus Stahl; sie war heute durch die Hölle gegangen, aber sie versank nicht im Selbstmitleid. Sie war eine Kämpferin.

Jed nahm eines der dicken, großen Badetücher von einem Stapel neben den Liegen und legte es ihr um die Schultern. Er spürte, wie sie sich bei der Berührung versteifte. „Es ist okay, Vivi." Er strich ihr ermutigend über den Rücken, er wollte, dass sie sich sicher fühlte, auch wenn er nur zu genau wusste, dass er besser keine Versprechungen machen sollte. „Es wird alles gut werden."

Jed betrachtete den Bademeister, der niedergeschlagen worden war. Er schien zu sich zu kommen. Jed schnappte seine Jacke und seine Schuhe vom feuchten Fliesenboden und holte sein Handy aus der Jackentasche. Er war durchnässt und fror, aber er war auch verdammt froh, dass er Michael rechtzeitig gerettet hatte. Er rief die lokale Polizei an. „Ich habe einen von denen erwischt, als er versucht hat, den jungen Michael Vincent im Hotelpool zu ertränken." Er gab den Beamten die nötigen Details durch, gerade genug, damit sie wussten, wo er war, und was sie zu tun hatten.

Das Hotel war nur wenige Meilen von der Minneapolis Mall entfernt, und es dauerte keine drei Minuten, bis ein paar Bundesagenten auftauchten. Vivi und ihr Sohn saßen auf einer Liege und klammerten sich aneinander, während sie unkontrolliert zitterten. Michael weinte lautlos. Etwas in diesem stummen Schmerz zerriss Jed das Herz.

Er übergab den Terroristen in Gewahrsam, und ein anderer Beamter holte die Sachen des Mannes aus der Umkleidekabine. Sie erlaubten dem Killer nicht, sich abzutrocknen oder umzuziehen. Jed hoffte, dass dem Kerl auf dem Weg zum Verhör die Eier abfrieren würden.

Er griff sich seinen Mantel und Vivis Tasche vom Liegestuhl. Als er sich umdrehte, sah er, wie sie ihn beobachtete. Ihr Blick aus den klaren, blauen Augen war voller Fragen. Fragen darüber, was als Nächstes passieren würde. Fragen, die er lieber nicht beantworten wollte.

„Kommen Sie." Er drängte sie aus der Tür, durch die Lobby, und in einen Aufzug. Im Aufzug nahm er seine Pistole aus dem Holster. „Welche Etage?"

„Achte."

„Welches Zimmer?"

Sie holte eine Schlüsselkarte aus der Seitentasche ihrer Handtasche und gab sie ihm. Er schaute kurz darauf. 801.

Jed ging voran und ließ Vivi und Michael warten, während er eilig das Zimmer überprüfte. Leer. Er ging davon aus, dass diese Typen ihre Leute in sämtliche Hotels vor Ort geschickt und hier einen Glückstreffer gelandet hatten. Die Chancen standen gut, dass der Kerl vom Pool seine Freunde informiert hatte, und sie auf dem Weg hierher waren, aber jede Etage und jeder Ausgang des Hotels war mittlerweile von Bundesbeamten und Polizisten gesichert. Seine Kollegen waren in sämtlichen Nebenstraßen um das Hotel herum positioniert und warteten nur darauf, dass ein Haufen böser Jungs hier auftauchte. Und trotzdem war Jed nicht darauf aus, dass Vivi und ihr Sohn noch hier waren, falls einer der Typen sich durch das Netz stahl. „Ziehen Sie sich an. So schnell Sie können."

„Was ist mit Ihnen?" Ihr Blick fiel auf seine nassen Kleider.

Zum Glück waren sein Mantel und seine Füße trocken. Das musste genügen. „Das wird schon gehen, bis wir auf der Polizeistation sind. Ich habe Kleidung zum Wechseln im Auto und kann mich dann dort umziehen.“

Sie begann, Michaels Haare abzutrocknen, aber er legte seine Hand um ihre Hüfte und schob sie zur Seite. „Ich helfe Michael. Ziehen Sie sich an.“

Bei seiner Berührung wurden ihre Pupillen plötzlich weit, eine instinktive Reaktion, so animalisch, dass niemand sie kontrollieren konnte. Er spürte es auch, und es ärgerte ihn. Er wollte diesen Job nicht durch Emotionen erschweren. Dieses Mal nicht. Sie hatten alle zu viel zu verlieren, wenn er nicht hundert Prozent bei der Sache war.

Dann verwandelte sich ihr Ausdruck in Erstaunen – was ihn noch mehr ärgerte. Als ob ihr noch nie zuvor jemand Hilfe angeboten hätte. Sie nickte, plötzlich genauso stumm wie ihr Sohn, nahm sich eine Handvoll Klamotten und ging ins Badezimmer. Jed zog den Jungen aus, trocknete ihn ab und zog ihm trockene Sachen an. Er rieb sich so gut es ging mit einem Handtuch trocken und versuchte, die unangenehme Nässe auf seiner Haut zu ignorieren. Auf keinen Fall würde er in einem Bademantel ins Revier spazieren. Das würden sie ihm ewig aufs Brot schmieren.

Als Nächstes packte er die Sachen der Vincents. Er stopfte alles, was er in den Schubladen und im Schrank fand, in den Koffer – und hielt eine Sekunde inne, als er über die Seidenunterwäsche im obersten Schubfach stolperte. Irgendetwas in ihm zog sich unangenehm zusammen. Diese bunten, seidenen Wäschestücke erinnerten ihn daran, dass sie nicht bloß ein Opfer war, sondern eine starke, wunderschöne Frau, deren Leben nach einem ohnehin schon beschissenen Tag nun noch um eine ganze Ecke beschissener werden sollte. Das konnte er nicht ändern. Aber es gefiel ihm überhaupt nicht, dass es ausgerechnet diese Rothaarige war, die in einem

Netz aus Hass und Feigheit gefangen war, das ihr Leben und das Leben ihres Sohnes in Gefahr brachten. Und er war mit Schuld daran. Denn es begann langsam, persönlich zu werden, und das gefiel ihm auch nicht.

Das war es, wovor ihn sein Vorgesetzter immer gewarnt hatte. Es wurde persönlich, wenn man die Leute zu nah an sich heranließ, und so das eigene Urteilsvermögen und die eigene Objektivität schmälerte.

Wird dieses Mal nicht passieren.

Michael lag zusammengerollt auf dem Fußboden. Jed warf alles, was er finden konnte, in den Koffer, ohne ihn zuzumachen. Sie mussten ganz schnell hier raus.

Vivi kam aus dem Bad und hatte nun wieder etwas mehr von ihrem souveränen, sicheren Selbst. Ihre Haare waren straff in einen Zopf zurückgebunden, was ihren blassen Teint unterstrich. Missbilligend schaute sie auf den offenen Koffer, dann ging sie ins Bad und kam mit einem Waschbeutel wieder, den sie zumachte. Sie warf ihn in den Koffer, dann holte sie unter den Kopfkissen ihre Pyjamas und ein Stofftier hervor, das sie Michael in die Arme drückte.

„Würden Sie ihm die Schuhe anziehen?", fragte sie Jed.

Er nickte.

Im Augenwinkel sah er, wie sie ihren Laptop und das Ladekabel einpackte, dann schlüpfte sie vorsichtig in ein Paar Winterstiefel – frische Blutflecken waren auf ihren dicken Socken zu sehen, aber das schien sie nicht zu stören. „Wohin gehen wir?", fragte sie.

„Das weiß ich noch nicht."

Sie beäugte ihn argwöhnisch. Das schien ihr Standardmodus zu sein. Das hatten sie gemeinsam, aber er war immerhin in der Strafverfolgung tätig. Was war ihre

Ausrede?

„Gibt es einen Mr. Vincent, den ich kontaktieren sollte?" Mist, daran hatte er bisher noch keinen Gedanken verschwendet. Das war auch nicht nötig gewesen. Sie trug keinen Ring, aber das musste nicht bedeuten, dass sie nicht verheiratet war.

„Nein, es gibt keinen Mr. Vincent."

Dass er darüber erfreut war, war ein schlechtes Zeichen. *Emotionale Distanz – klingelt da was?*

„Bei diesem Schneesturm werden Sie draußen erfrieren." Sie blickte ihn an, als ob er ein Idiot wäre. So viel zu seinem unwiderstehlich männlichen Körper.

„Dagegen kann ich gerade nicht viel tun. Es wird schon gehen, bis wir in der Polizeistation sind." Er schloss den Koffer und hob Michael auf die Füße. Dann beugte er sich zu ihm hinunter und schaute ihm in die Augen. „Ich weiß, Du bist fix und fertig, Kleiner. Du bist den bösen Männern heute zweimal entwischt, und niemand hat sich eine Pause mehr verdient als Du." Er suchte im Gesicht des Jungens nach einer Reaktion, aber er war wie weggetreten. Jed konnte ihm das nicht vorwerfen. „Alles, was Du jetzt für mich tun musst, ist, zum Auto zu gehen. Um den Rest kümmere ich mich. Okay, Kumpel?"

Michael antwortete nicht, aber er ging ein paar Schritte auf die Tür zu. *Gut genug.* Während Jed Michael in die Jacke half, zog Vivi ihren Mantel an. Dann nahm sie die Hand des Jungen und griff mit der anderen nach dem Koffer, ihre Laptoptasche hatte sie schon über ihre Schulter geworfen. Unabhängig. Effizient. Allein. Sogar als sie die Hand ihres Sohnes festhielt, wirkte sie sehr allein.

Wieder zerrte etwas an Jeds Herz.

Terroristen. Gefahr. Konzentration.

Jed nahm seine Pistole aus dem Holster und legte Michael eine Hand auf die Schulter, bevor er vorsichtig die Tür öffnete. Auf den Aufzug zu warten, war nur ein weiterer angespannter Augenblick an einem Tag voller nervenaufreibender Momente. In der zweiten Etage stiegen sie aus dem Aufzug aus und gingen bis zum Ende des Flurs, dann weiter zum Seiteneingang, der sich in der Nähe von Jeds geparktem Auto befand. Vivi blieb stehen. „Ich muss noch auschecken."

Jed schüttelte den Kopf, seine Hand auf ihrem Rücken drängte sie weiter. „Machen Sie sich darüber keine Gedanken. Wir versuchen, jeden hier im Hotel abzufangen, der womöglich hinter Ihnen her ist."

Ihre Augen weiteten sich, sie musste mehrfach schlucken. *Mist.* Er hatte sie nicht mehr verängstigen wollen, als sie es ohnehin schon war.

„Wie haben Sie mich gefunden?"

„Wir haben Ihre Kreditkartenaktivitäten zurückverfolgt."

„Können das die Attentäter auch?" Ihre Augen verengten sich.

„Ich bezweifle es, aber es ist natürlich möglich." Kam darauf an, wer ihr Informanten war, denn Jed wäre bereit zu wetten, dass sie jemanden in die Minneapolis Mall ein-geschleust hatten. Hoffentlich nicht auch in die Polizei.

Sie fischte ihr Handy aus der Tasche. „Können die Kerle das auch verfolgen?"

Jed zeigte dem Polizisten an der Tür seine Marke, dann nahm er Vivis Hand. Sie war eiskalt, aber das konnte das Gefühl dieser Berührung, das sofort durch seine Nervenbahnen schoss, nicht aufhalten. Es fühlte sich heiß an und kam zur falschen Zeit.

„Schalten Sie es aus, und lassen Sie es für den Moment in der Tasche. Auf dem Revier wird man uns sagen, was am besten zu tun ist, und ich kann mich umziehen." Denn im Dezember mit klatschnassen Klamotten durch Minneapolis zu spazieren, war ein idiotensicherer Weg, Erfrierungen zu erleiden. „Vielleicht kann das FBI Ihr Telefon benutzen, um den Kerlen eine weitere Falle zu stellen und sie hochzunehmen."

„Und wenn sie das nicht schaffen?"

Darüber wollte er nicht nachdenken.

Sie presste die Lippen zusammen. Die blauen Augen fixierten ihn voller Intensität. „Sie werden nicht mit uns mitkommen, oder?"

Michael blickte kaum merklich zu ihm hoch, gerade so viel, dass Jed begriff, dass dieser Junge jedes Wort verstand, und dass er seine Antwort besser gut wählte. „Ich weiß noch nicht, wohin es mich verschlagen wird, aber ich werde Sie nicht allein lassen." Er hatte geglaubt, dass er zu erfahren war, um Versprechungen zu machen, die er nicht halten konnte – ganz offensichtlich stimmte das nicht. Er drückte sachte Michaels Schulter, dann öffnete er die Tür und sie gingen hinaus in die eisige Kälte des ersten großen Schneesturms in diesem Winter. *Hallo, Minnesota.*

„Sie werden uns ins Zeugenschutzprogramm stecken, oder?", rief sie über den heulenden Wind.

„Fürs Erste." Um Himmels willen, er würde erfroren sein, bevor sie das Auto erreichten. Er nahm Vivi den Koffer ab und versuchte, sie und Michael vor Blicken und dem Wind abzuschirmen. Er schaute sich auf dem Parkplatz um, suchte ihn nach den Attentätern ab, er wusste, dass sie überall sein konnten. Verdammt nochmal. Sie waren in den USA. Nichts von alledem sollte hier passieren können.

Ganz genau. Das war es, worum es diesen Arschlöchern ging. Willkommen im Rest der Welt.

———

PILAHS HERZ RASTE, als sie in ihrem kleinen, blauen Ford Focus mitten auf dem riesigen Hotelparkplatz wartete, mit laufendem Motor, um sich in dem immer dichter werdenden Schneesturm warmzuhalten, der die ganze Welt in eine weiße Decke hüllte. Die Heizung blies heiße Luft ins Innere des Wagens, aber ihre Hände und Füße waren taub vor Kälte. So raues Wetter war sie nicht gewöhnt. Ihre Mutter – eine wunderschöne, blonde Amerikanerin – hatte in Florida gelebt. Ihre Eltern hatten sich scheiden lassen, als sie zehn war, und ihr Vater hatte sie mit zurück in das ostsyrische Hochland genommen, ohne Einwände ihrer Mutter.

Sie wusste, wie es war, ohne Mutter aufzuwachsen, und sie wollte nicht, dass ihre Töchter diese Erfahrung ebenfalls machten.

Nachdem sie aus dem Krankenhaus entlassen worden war, war Pilah nach Hause gekommen und hatte einen Mann, Abdullah Mulhadre, in ihrem Wohnzimmer überrascht. Das kalte Glitzern in seinen Augen hatte sie zu Tode geängstigt. Zuerst dachte sie, er wäre hier, um sie umzubringen und alle losen Enden zu beseitigen, aber mit der Zeit entspannte sie sich etwas. Zusammen hatten sie den Nachmittag damit verbracht, im Fernsehen die Nachrichten über den Anschlag und das zunehmende Entsetzen darüber zu verfolgen. Dann war der Beitrag über den Jungen gesendet worden, und Pilah war ins Badezimmer gerannt, um sich zu übergeben.

Sie hatte nicht glauben können, dass sie sich so derart verkalkuliert hatte, als sie das Kind hatte leben lassen. Das Ausmaß ihres Fehlers hatte sie aus dem Nichts erwischt. Abdullah war ihr ins Badezimmer gefolgt, und sie musste ihm gestehen, dass sie sich nicht mehr genau erinnern konnte, worüber sie im Spielwarenladen gesprochen hatten, und dass der Junge etwas mitgehört haben *könnte*.

Mulhadre hatte ihr ins Gesicht geschlagen.

Ihre Wange brannte noch immer ein wenig, und sie berührte sie vorsichtig. Sie hatte ihm nicht gesagt, dass sie das Kind im Krankenhaus gesehen hatte. Abdullah hätte sie auf der Stelle umgebracht, weil sie das Problem nicht beseitigt hatte. In seiner Gegenwart lief es ihr kalt den Rücken hinunter. Sie zitterte. Fast alle Männer, mit denen sie in letzter Zeit zu tun hatte, machten ihr Angst.

„Warum hast Du Dich mit diesen Leuten eingelassen, Adad?", fragte sie wütend ihren toten Mann, und wischte das Kondenswasser von der beschlagenen Windschutzscheibe. Natürlich gab er keine Antwort, er war zu beschäftigt, sich die Zeit mit den paradiesischen Jungfrauen zu vertreiben, während sie händeringend versuchte, ihre gemeinsamen Kinder zu retten. „Du warst schon immer ein verdammter Idiot." Ihre Augen wurden feucht. Idiot oder nicht, sie hatte ihn geliebt.

Jetzt war es nur noch eine Frage der Zeit, bis der Junge den Behörden eine detailgetreue Zeichnung ihres Gesichts übergab oder die Amerikaner feststellten, dass die syrische Regierung keineswegs verantwortlich war, sondern dass die Rebellen das Einkaufszentrum angegriffen hatten und noch lange nicht fertig waren.

Der syrische Präsident würde all jene vernichten, die

versucht hatten, ihn des internationalen Terrorismus zu bezichtigen, und die US-Regierung würde ihn nicht aufhalten. Ihre Kinder würden mitten zwischen den Fronten festsitzen und wahrscheinlich umkommen.

Sie schaute auf ihr Telefon, wartete auf eine Nachricht von Abdullah. Wo war er? Aus dem Augenwinkel sah sie, wie ein großer, dunkelhaariger Mann eine Frau und ein Kind durch den Schnee vorbei an ihrem Auto zu einem schwarzen Geländewagen führte. Haare und Hose des Mannes waren nass und der Schnee klebte an ihm, während er zügig durch die eisige Kälte schritt. Das waren *sie*, begriff Pilah, und atmete erschrocken ein. Zum Glück lag so viel Schnee auf der Windschutzscheibe, dass sie nicht zu sehen war.

Was war passiert? Hatte Abdullah sie nicht rechtzeitig gefunden? Wo war er?

Ihr fiel die Pistole im Handschuhfach ein, aber der Mann auf dem Parkplatz war offensichtlich ein Gesetzeshüter, und seine harten Züge ließen ein beklemmendes Zittern über ihren Körper laufen. Bevor sie sich entscheiden konnte, ob sie das Problem selbst in die Hand nehmen sollte oder nicht, fuhr der schwarze Geländewagen vom Parkplatz. Sie merkte sich das Nummernschild.

Abdullah hatte offensichtlich versagt.

War er festgenommen worden? Sollte sie losfahren? Sargon mochte den überheblichen Mulhadre, und Pilah wollte keinen der beiden verärgern. Wenn Abdullah in ein paar Minuten herauskam und ohne die Jacke, die er im Auto gelassen hatte, mitten in einem Schneesturm stand, würde er rasend werden. Ihr Gesicht pochte noch immer von seinem früheren Wutausbruch. Ihr Kopf hämmerte – es war eine Mischung aus seinem Schlag, der Kälte, und ihrer Angst.

Polizeiautos rasten die Straßen entlang. Wenn sie nicht bald losfahren würde, säße sie in der Falle. Natürlich wartete die Polizei darauf, dass die Terroristen auftauchen und versuchen würden, den Jungen und seine Mutter zu beseitigen, aber das Kind war bereits fort. Im Handumdrehen einfach so fortgebracht.

Sie musste hier weg.

Ihr Telefon klingelte und sie blickte auf die Nummer.

Ihre Anspannung vermischte sich mit der Hoffnung, die Stimmen ihrer Kinder zu hören.

„Hallo?", sagte sie.

„Ist es erledigt?"

Wie hatte er von dem Jungen gehört? Hatte Abdullah ihn ohne ihr Wissen angerufen? Wahrscheinlich.

„Noch nicht." Sie wählten ihre Worte beide sehr vorsichtig, für den Fall, dass irgendjemand mithörte. Dass er sie auf einem weiteren Prepaidhandy anrief, das Abdullah ihr besorgt hatte, sollte genügen, um ihre Identität zu schützen, aber ihr wäre es lieber, er würde überhaupt nicht anrufen. Die plötzliche Sehnsucht, die Stimmen ihrer Kinder zu hören, machte sie rücksichtslos. „Kann ich Dahlia oder Corinne sprechen?", fragte sie.

„Nein." Das Wort peitschte ihr entgegen. „Bring die *Besorgung* zu Ende, dann kannst Du mit ihnen sprechen."

Sie brach innerlich zusammen.

Den Jungen jetzt noch zu finden, war nahezu unmöglich. Es tat ihr körperlich weh, so sehr wollte sie ihre Mädchen sprechen, nur für einen kurzen Augenblick. „Bitte?", flehte sie ihn an.

Sie hörte das Lachen der Mädchen und dann ihre Rufe, „Mami!", bevor sie wieder verstummten.

Sargons Stimme wurde sanfter. „Sie sind viel zu sehr mit Spielen beschäftigt, um zu telefonieren. Was kannst Du mir berichten?"

„Wir sind zu spät gekommen." Emotionen schnürten ihr den Hals zu. Sargon verabscheute Versagen. Sie wollte nicht, dass er ihre Kinder bestrafte, weil sie versagt hatte. „Aber ich habe das Nummernschild des Autos, mit dem er weggebracht wurde." Das war vermutlich nutzlos, aber sie versuchte es trotzdem.

„Sie werden ihn ins Zeugenschutzprogramm stecken." Eine lange Pause, während er diese Informationen verarbeitete. „Es ist noch nicht alles verloren. Ich kenne jemanden, der vielleicht weiß, wohin sie ihn bringen. Für Dich habe ich eine andere Aufgabe. Geh nach Hause und warte dort auf Anweisungen."

Was zum Teufel? Nein. Nein! Sie war fertig damit. Es reichte. Sie öffnete den Mund, um ihm das mitzuteilen. „Mädchen, kommt, sprecht mit eurer Mutter…"

Hoffnung überkam sie für einen kurzen Augenblick, nur um dann zunichtegemacht zu werden, als die Leitung plötzlich tot war. Ihr entfuhr ein Schluchzen, und sie lehnte ihre Stirn gegen das Lenkrad, während ihr die Tränen heiß über das Gesicht liefen. Die Handyverbindung in diesem Teil der Welt war berüchtigt für ihre Unzuverlässigkeit. Oder hatte er absichtlich aufgelegt, um sie daran zu erinnern, dass er die Kontrolle über ihre Kinder hatte?

Sie schmiss das Handy auf den Beifahrersitz. „Adad, wenn Du nicht schon tot wärst, würde ich Dich jetzt mit eigenen Händen umbringen." Sie wischte sich die Tränen ab und löste die Handbremse. Abdullah war entweder verhaftet worden, oder er hatte sich bereits davongemacht. Sie fuhr vom

Parkplatz, hielt die Augen weiterhin offen nach dem Kerl, und fuhr in die entgegengesetzte Richtung des SUVs davon.

Ihr Mund war trocken. Was wollte Sargon als Nächstes von ihr? Er hatte nie Details darüber verraten, was nach dem Anschlag auf das Einkaufszentrum passieren würde. Natürlich hätte sie die Anschläge nicht überleben sollen. Sie bog links ab und verirrte sich in einem Netz aus Seitenstraßen, als der Verkehr vom Einkaufszentrum fortgeleitet wurde.

Sie begriff, dass Abdullah überhaupt nicht damit gerechnet hatte, dass sie nach Hause kommen würde. Das Apartment war unter einem falschen Namen gemietet, der nicht zu ihr zurückverfolgt werden konnte. Er hatte geglaubt, die Wohnung als sicheren Unterschlupf nutzen zu können, weil sie tot sein würde. Dass ihr eigenes Leben so kaltherzig missachtet wurde, traf sie tief – aber was hatte sie anderes von diesen Leuten erwartet?

Die Reifen ihres Autos schlitterten auf der verschneiten Straße, und sie landete fast im Graben.

Das kam ihr vor wie eine Reflexion ihres eigenen Lebens – den Launen von Mächten ausgesetzt, die sie nicht kontrollieren konnte. Sie schaffte es, das Auto in der Spur zu halten und versuchte, weiterzufahren. Sie musste nach Hause. Sie musste an diesem Tag, der sich in eine absolute Hölle verwandelt hatte, einen Moment der Ruhe finden. Sie war schockiert darüber, wie einsam sie gerade war. Keine Freunde. Keine Familie. Niemand, der eine Verbindung mit ihr anerkennen würde, wenn ihre Beteiligung in dieser Sache herauskommen sollte. Sie hätte heute besser sterben sollen. Das wäre einfacher gewesen als alles, was sie nun erwartete.

———————

ELAN SCHAUTE AUS einiger Entfernung zu.

Dieses eine lose Ende drohte, alles zunichte zu machen. Er hatte geglaubt, dass diese Aufgabe für den ehemaligen Soldaten kein Problem sein würde, aber der Junge und seine Mutter waren jetzt in der Obhut des FBI, und der Syrer war verhaftet worden. Es sah schlecht aus.

Die zweite Phase dieser Operation war um Längen heikler und entscheidender, als der Anschlag auf das Einkaufszentrum. Es durften keine Fehler passieren. Hoffentlich wusste der Junge von nichts, aber nichtsdestotrotz musste diese Bedrohung beseitigt werden.

Er fluchte.

Er wollte keine Kinder umbringen, aber Kinder wuchsen zu Kämpfern heran, und manchmal war das ein notwendiges Opfer, das gebracht werden musste. Sollte er das selbst in die Hand nehmen? Er wollte sich eigentlich heraushalten, solange es ging. Sargon musste von dem Problem wissen, ansonsten hätte er nicht die Frau und seinen Handlanger geschickt, um sich darum zu kümmern. Der alte Syrer saß sicherlich panisch in seinem Versteck im Libanon, besorgt darüber, dass er den Rest seines Geldes nicht erhalten würde und keine Aussicht mehr auf die Macht hatte.

Elans Augen verengten sich zu Schlitzen. Er würde beobachten und abwarten. Sargon sollte die Möglichkeit bekommen, seine Versprechen ohne Elans Einmischung zu erfüllen. Die Frau im blauen Auto war ein weiteres loses Ende, aber Sargon hielt sie an einer kurzen Leine. Jetzt, wo der Soldat verhaftet war, könnte sie sich noch als nützlich erweisen.

Elan liebte seine Familie, aber er war froh, keine Kinder zu haben. Sie waren ein zu einfaches Ziel. Zu leicht umzubringen. Er verschwand im dichten Schneetreiben, nur noch der Geist eines Mannes.

SECHSTES KAPITEL

D IE STERNE LEUCHTETEN hell am dunkelblauen Himmel, und ihr Licht wurde vom knochenweißen Schnee reflektiert, während sie die lange, kurvige Straße entlangfuhren. Mehr als fünfzehn Zentimeter Neuschnee waren gefallen, seit sie das Hotel verlassen hatten. Eine zusätzliche Last für eine Stadt, deren Kapazitäten schon durch die verheerenden Folgen des Terroranschlags bis aufs Äußerste angespannt waren.

Vivi war zutiefst erschöpft, aber die Wut in ihr gab ihr die nötige Energie, zu tun, was sie tun musste. Wer hatte entschieden, dass ihr Kind sterben sollte? Wie hatte ein fremder Mann es wagen können, in ein Schwimmbad zu kommen und ihren Sohn so lange unter Wasser festzuhalten, bis er fast ohnmächtig geworden war?

Den Anschlag im Einkaufszentrum hatte sie nicht persönlich genommen, aber das? Das nahm sie sehr persönlich.

Das erste Mal in ihrem Leben bedauerte sie, dass sie die Forderungen ihres Ex-Mannes ignoriert hatte, einen Waffenschein zu machen. Sie wünschte, dass sie besser zugehört hätte, als er Sicherheitsfragen angesprochen hatte. Nicht etwa, dass sie ihn jetzt um Hilfe bitten würde. Dieser eiskalte Bastard hatte Michael schon vor Jahren in eine

Einrichtung stecken wollen. Ganz egal, ob Michael ein unschuldiges Kind war, das seine Familie brauchte. Ganz egal, ob Michael sein Sohn war. *Er* war eifersüchtig gewesen. David hatte die viele Zeit, die Vivi auf Michaels Betreuung verwendet hatte, missbilligt. Es hatte ihm nicht gefallen, dass sie sich nicht mehr herausgeputzt und in Designerkleider geworfen hatte, oder dass sie bei Geschäftsessen nicht mehr an seinem Arm gehangen hatte. Es gefiel ihm nicht, dass sie zu erschöpft und zu besorgt gewesen war, um ihm das Gehirn heraus zu vögeln, wann immer ihm der Sinn danach gestanden hatte.

Scheiß auf ihn, und scheiß auf all die Bastarde da draußen, die versuchten, ihr Baby umzubringen. Sie würde keinen von denen an Michael heranlassen.

Durch das Autofenster starrte Vivi auf das Haus, das nun auf unbestimmte Zeit ihr Gefängnis sein würde. Es stand in der Nähe eines wilden Hohlwegs am Ufer des Mississippis. Pittoresk und reizvoll, aber trotz alledem ein Gefängnis. Sie drückte die Autotür auf, bevor Brennan sie für sie öffnen konnte. Sie hatte nicht damit gerechnet, dass er sie begleiten würde, aber das hatte er getan, obwohl sie verdammt sicher war, dass er weitaus Wichtigeres zu tun hatte, als den Babysitter für sie und Michael zu spielen.

Vivi stieg aus, ihre Stiefel knarzten auf dem dicken Schnee. Ihre verletzten Füße pochten. Während sie im örtlichen FBI-Büro gewartet hatten, hatte sie die Verbände gewechselt, aber die Füße schmerzten noch immer. Es war nur eine kleine Verletzung im Vergleich zu dem, was andere heute erlitten hatten, und es erinnerte sie daran, wie viel Glück sie gehabt hatten. Sie drehte sich um, um ihren Sohn aus dem Auto zu holen. Zwei Hände griffen sie fest um die Taille, dann wurde sie zur Seite gehoben. Brennan. Er stellte sie ab, der Abdruck seiner Finger wie eingebrannt auf ihrer Haut. Dieser Mann fasste sie immerzu an. Daran war sie nicht gewöhnt – und sie verstand nicht, warum sie ihm nicht sagte, dass er damit aufhören sollte.

Er beugte sich ins Auto und kam mit Michael in seinen Armen wieder zum Vorschein. Fragend sah er sie an, als sie mit offenem Mund dastand.

Die Worte vertrockneten ihr auf der Zunge. Der Typ haute sie um. Nicht mit Worten. Mit Taten. Taten, die das Leben ihres Sohnes heute schon zweimal gerettet hatten, und noch immer warf er sich für einen kleinen Jungen, den er nicht einmal kannte, in die Schusslinie. Ihr war klar, dass er nur seinen Job machte, aber es fiel ihr schwer, ihre ganzen Emotionen von dieser einfachen Tatsache zu trennen.

Sie rannten gerade um ihr Leben, und Gefühle der gegenseitigen Anziehung kamen ihr unter diesen Umständen albern und unreif vor. Aber es war sehr lange her, dass sie so etwas überhaupt gefühlt hatte, und das verunsicherte sie.

Ein anderer FBI-Agent trug ihren Koffer und die Laptoptasche. Den Laptop hatten die Agenten so manipuliert, dass sie ihn noch benutzen konnte, ohne dass durch ihn ihr Standort verraten werden konnte, außer für das FBI. An irgendeinem anderen Ort hatten sie ein falsches Signal installiert, das sie überwachten, und das hoffentlich die Attentäter aus ihren Verstecken locken würde.

Sie stellten Fallen.

Wirklich überall wurden Fallen gestellt, denn irgendeine unbekannte Terrororganisation wollte ihren Sohn umbringen.

Vivi atmete die kalte Luft so tief ein, dass ihre Rippen schmerzten. Sie wollte ihre Wut hinausschreien, aber in dieser Landschaft wäre das meilenweit zu hören gewesen, und so folgte sie den beiden Agenten stumm bis zur Haustür, jedes kleinste Bisschen Angst und Verzweiflung fest in sich verschlossen.

„Ist es hier sicher?", fragte sie stattdessen.

Sie waren vierzig Minuten unterwegs gewesen, aber ihr war klar, dass sie im Kreis gefahren waren, um mögliche Verfolger abzuschütteln. Wahrscheinlich waren sie nicht mehr als fünfzehn Minuten vom Stadtrand von Minneapolis entfernt. Nah genug, dass im Notfall ein Einsatzteam des FBI in wenigen Augenblicken da sein konnte, aber weit genug entfernt, um ihre Privatsphäre zu garantieren. Hoffentlich.

Brennan hatte sich im FBI-Büro trockene Kleidung angezogen und sah in seiner Daunenweste, den ausgeblichenen Jeans, seinem blauen Flanellhemd und den dicken Winterstiefeln nun deutlich zugänglicher und auch deutlich aufgewärmter aus als zuvor. Seine große, schmale Statur und sein gut aussehendes Gesicht ließen sie darüber nachdenken, wie attraktiv er war, obwohl sie ihre Aufmerksamkeit besser auf den Aufwand um ihre Sicherheit hätte lenken sollen – aber wenn sie darüber nachdachte, wollte sie vor lauter Angst und Frust am liebsten laut schreien.

Es war alles so absurd.

„Das hier ist ein Haus der U.S. Marshal Services und sollte sicher für Sie sein." Er schaute sie geduldig an. Seine Geduld ließ ihren Ärger verschwinden. Ihre Verzweiflung ebbte ab.

Ein Mann mit Glatze und dickem Schnauzer öffnete die Tür, und sie, Brennan, und Michael traten zügig ein. Der andere Agent blieb beim Wagen.

Der Marshal mit dem Schnauzbart bedeutete Brennan, dem anderen Marshal, einer großen, blonden Frau mit wohlgeformten Kurven, die Treppe hoch zu folgen. Vivi ging hinterher. Die Marshals hatten ein Zimmer mit einem großen Doppelbett für sie vorbereitet. Brennan zog Michael die Stiefel aus und ließ sie vorsichtig auf den Boden fallen. Er schlug die Bettdecke zurück und legte Michael sanft auf das Bett, machte den Reißverschluss seiner Jacke auf und zog sie ihm von seinem schlaffen Körper.

Vivi starrte ihn fasziniert an.

Das war es, was David hätte tun sollen. *Das* war es, was ihrem Sohn fehlte. Wie erbärmlich, dass zwei Anschläge auf sein Leben nötig gewesen waren, damit ein Mann Michael abends ins Bett brachte. Die Tränen, die sie den ganzen Tag über zurückgehalten hatte, bahnten sich jetzt ihren Weg, aber Vivi blinzelte sie eilig weg. Dann drehte sie sich um und sah, wie die hübsche Beamtin sie beobachtete.

Die Frau hielt Vivi ihre ausgestreckte Hand hin und flüsterte. „Deputy U.S. Marshal Keene. Nennen Sie mich einfach Penny. Einen netten Jungen haben Sie da.“

„Vielen Dank.“ Vivi gab ihr die Hand. Es entging ihr nicht, dass die andere Frau Brennan auf eine Art und Weise beäugte, die klarmachte, dass sie ihn ebenfalls nett fand. Das ging Vivi nichts an. *Er* ging sie nichts an.

„Wie lange müssen wir hierbleiben?“, fragte sie, als Brennan aus dem Zimmer kam, und die Tür bis auf einen kleinen Spalt hinter sich schloss.

„Lassen Sie uns hinuntergehen und das dort besprechen“, erwiderte er.

Deputy U.S. Marshal Keene ging voran. Brennan klebte an Vivi wie ein Schatten.

Etwas knisterte zwischen ihnen. Vielleicht ging es auch nur ihr so – ein übertriebener Fall von Heldenverehrung. Oder vielleicht hatte er diese Wirkung auf jede Frau, die er traf.

Vielleicht war es ihm überhaupt nicht bewusst, dass sein attraktives Aussehen, gepaart mit seinem Beschützerinstinkt, verdammt unwiderstehlich auf Frauen wirkten, vor allem auf erschöpfte, verängstigte alleinerziehende Mütter kurz vor einem Nervenzusammenbruch. Außerdem verlor sie gerade ganz sicher den Verstand, wenn sie über einen Mann ins Schwärmen geriet, während ihr Kind in Lebensgefahr schwebte.

Ihr Kopf war kurz davor, zu explodieren.

Sie berührte ihre Stirn und atmete tief ein, um sich zu beruhigen. Jed legte ihr seine Hand auf den Rücken. Diese Geste erdete sie auf eine Art und Weise, die sie nicht erwartet hatte. Als ob er wusste, dass sie innerlich wahnsinnig wurde und versuchte, ihr zu helfen. Vielleicht sollte sie nicht so hart mit sich sein und akzeptieren, dass sie ein Mensch aus Fleisch und Blut war, der an etwas anderes denken wollte, als nur an Tod und Blutvergießen.

In der Küche wurde ihr der Schnauzbart vorgestellt, Deputy U.S. Marshal Bob Townsend.

Vivi wollte nicht undankbar erscheinen, aber alles, was sie wirklich wollte, war nach Hause fahren und vergessen, was passiert war. „Wie lange müssen wir hierbleiben?", fragte sie erneut.

Die beiden Marshals sahen Brennan an, vermutlich weil er vom FBI war und die Verantwortung für diesen Einsatz trug.

„Hängt davon ab", sagte er.

Sie verschränkte die Arme vor ihrer Brust. „Wovon?"

„Ob wir alle Leute schnappen, die heute bei dem Anschlag beteiligt waren, oder…"

„Oder?"

„Oder, ob Michael es schafft, die Gesichter aller Angreifer

zu zeichnen, die er im Spielzeuggeschäft gesehen hat, und wir so die Bedrohung neutralisieren können."

Plötzlich trat Stille im Haus ein.

„Sie verstehen es nicht." Wie oft hatte sie in den letzten Jahren diesen Satz in Bezug auf ihren Sohn gesagt? Weil niemand es verstand. Nicht einmal sie selbst. „Nach allem, was passiert ist, bin ich nicht einmal sicher, wann und *ob* er überhaupt wieder zeichnen wird."

„Sie müssen ihn dazu bringen, es zu versuchen."

Sie schüttelte den Kopf. „Ihn dazu bringen zu wollen, wird nur dazu führen, dass er sich noch weiter zurückzieht. Ich kann ihn zu gar nichts *bringen*."

Als Brennan ihre Hand nahm, die zu einer verkrampften Faust geballt war, zuckte sie zusammen. Er massierte ihre Finger, so als ob er spürte, dass sie vor lauter Anspannung kurz davor war, zu zerbrechen.

„Vivi." Seine Stimme war tief und weich und liebkoste ihre zerrissenen Nerven. Aber sie würde sich nicht manipulieren lassen. Sie würde nicht zulassen, dass er Michael manipulierte. „Für diese Situation gibt es keine Gebrauchsanweisung. Ich sage ja nur, dass die schnellste Methode, alle Bedrohungen gegen ihn zu neutralisieren, die ist, sicherzugehen, dass wir alle Informationen haben, die er gerade in seinem Kopf verschlossen hat. Dann werden sie ihn nicht länger als eine Bedrohung für ihre Organisation wahrnehmen. In der Zwischenzeit werden wir alles tun, was wir können, um diese Arschlöcher zu fassen, und die Gefahr zu beseitigen. Aus diesem Grund muss ich ins Büro zurück und nachsehen, wie der neueste Stand ist." Aber er ließ ihre Hand nicht los. Er streichelte und massierte sie noch so lange, bis sich ihre Anspannung langsam löste, sich ihre Hand und ihr Kiefer wieder lockerten, und sie langsam ausatmete. Es war sehr lange her, dass jemand sie so tröstlich berührt hatte. Und noch viel länger, dass es jemand aus Verlangen getan hatte.

Ihr Gesicht begann zu glühen, und sie zog ihre Hand fort. Sie war selbst daran schuld, das wusste sie. Sie stieß die Menschen fort. Alle, bis auf ihren Sohn.

Beide Marshals schauten der Unterhaltung aufmerksam zu. Vivi wusste nicht, was sie dachten, oder was in einer solchen Situation angemessen war. Vielleicht war *das hier* normal? Diese sofortige Verbundenheit mit jemandem, der das eigene Kind gerettet hatte. Wieso denn nicht?

„Machen Sie eine Liste mit den Dingen, die Sie und Michael benötigen, ich werde versuchen, sie morgen früh vorbeizubringen." Seine dunklen Augen waren warm und voller geduldiger Sorge.

Sie trat ein paar Schritte zu Seite. So wollte sie nicht auf ihn reagieren. So wollte sie auf niemandem reagieren. Sie wollte einfach nur nach Hause.

Schnell schrieb sie eine kurze Liste, während ihre Beschützer diskutierten, wie lange die Verstärkung hierher brauchen würde, und wie viel Feuerkraft sie hier vor Ort hatten. Jedes ihrer Worte brachte sie zum Schaudern. Wie dumm von ihr, heute früh beim Aufstehen zu glauben, dass ihr Leben kompliziert war. Oder nachdem sie den panischen Michael aus dem MRT-Gerät gezogen hatten. Da war ihr Leben noch rosarot gewesen. Sie war nur zu töricht gewesen, es zu erkennen.

So sehr sie Brennan auch mochte, so anziehend sie ihn auch fand – und das hatte sie getan, seit er ihr heute Morgen in dem überfüllten Einkaufszentrum wieder auf die Füße geholfen hatte –, sie würde sich nicht von ihm dazu manipulieren lassen, etwas zu tun, was sie nicht tun wollte.

Sie drehte sich ohne ein Wort um. Sollten sie am Küchentisch die Köpfe zusammenstecken und Pläne schmieden, wie es sich für die Sicherheitsexperten, die sie zu sein vorgaben, gehörte. Die schlichte Tatsache war, dass sie niemandem vertraute. Vor allem dann nicht, wenn es um ihren Sohn ging. Sie ging in den oberen Stock, kroch neben Michael ins Bett, und hielt seinen schmalen Körper fest an ihren gedrückt. Sein Herz schlug wild gegen ihre Handfläche, dieses kleine, lebenswichtige Organ – und der lauteste Teil seines Körpers.

ACHTZEHN STUNDEN NACH Beginn des Anschlags saß Jed im FBI-Büro am Freeway Boulevard und wartete darauf, dass die Lagebesprechung begann. Draußen war es längst dunkel geworden, aber der helle Schnee hüllte die ganze Stadt in ein unheimliches Licht.

Jede einzelne U.S.-Behörde, von der Homeland Security bis hin zu ICE, hatte Abgeordnete nach Minneapolis ausgesandt, um der aktuellen Terrorbedrohung entgegenzutreten, die immer noch als extrem akut eingeschätzt wurde. Das ganze Land war in Alarmbereitschaft. Alle kommerziellen Flüge wurden bis auf Weiteres ausgesetzt.

Mehr als fünfzig Todesopfer waren aus dem Einkaufszentrum geborgen worden, darunter dreizehn Kinder, das jüngste gerade drei Jahre alt. Es war ekelerregend und hätte noch um einiges schlimmer enden können. Er dachte an Vivi Vincent. Als er sie vor ein paar Stunden in dem Haus zurückgelassen hatte, wirkte sie nur noch wie die ausgehöhlte Hülle der Frau, die er am Morgen im Einkaufszentrum getroffen hatte. Ausgelaugt und erschöpft. Allem und jedem gegenüber misstrauisch. Es schien albern, aber er wollte sie wieder zum Lächeln bringen. Eine einfache Aufgabe, unter normalen Umständen. Ein verdammtes Stück schwerer, wenn ihr Sohn und sie von einer undurchsichtigen Terrororganisation mit unklaren Absichten zum Abschuss freigegeben worden waren.

Jed lehnte seinen Kopf an die Wand des Besprechungsraums. Das FBI hatte die Aufgabe, eine behördenübergreifende Anti-Terrorismus Einsatzgruppe aufzustellen, was wiederum Homeland Security, das Verteidigungsministerium, und den nationalen Verbund von Anti-Terror Einheiten verärgerte, die auch alle gerne diese Verantwortung übernehmen wollten. Die Terrorismusexperten der Fallanalyse-Einheit waren mit dem nächsten Militärtransport auf dem Weg hierher.

Er hatte noch nicht erwähnt, dass er offiziell im Zwangsurlaub sein sollte.

Er kannte den Typen, der den Laden hier schmiss; sie hatten beide als Fallanalytiker am Zentrum für Fallanalyse bei Gewaltverbrechen in Quantico gearbeitet. Supervisor Special Agent Steve McKenzie war ein erfahrener Agent mit einem exzellenten Ruf, der die Dinge durchzog. Jed wollte in die Sondereinheit berufen werden, auch wenn das bedeutete, dass er einige Monate nicht in Virginia sein würde – sein Boss würde das vermutlich ganz gut finden. Er wollte diese Terrorzelle eliminieren, sodass sie niemandem mehr schaden konnte, vor allem nicht einem kleinen, rothaarigen Jungen, den er zu mögen begann.

Die Tatsache, dass er vor Ort gewesen war, als der Anschlag stattfand, war womöglich ein Vorteil, und er würde ihn nutzen. Er wünschte sich nur, dass er besser bewaffnet gewesen wäre. Mehr Zivilisten hätten gerettet werden können – auch wenn eine SIG Sauer gegen ein Sturmgewehr kaum etwas hätte ausrichten können, und er jetzt wahrscheinlich tot wäre.

Die Besprechung konnte starten. Der Raum war vollgestopft mit Personal, aber es war still wie auf einem Friedhof. Schockiert und müde hörten alle aufmerksam zu. McKenzie erläuterte, was sie bisher wussten.

„Sieben tote Terroristen. Ein Terrorist auf der Intensivstation, mit bewaffneten Wachen vor der Tür."

„Wird er durchkommen?" Die Frage kam von einem Kerl in Jeans und einem ausgewaschenen University of Michigan T-Shirt, der zu spät gekommen war. Er sah aus wie ein Hippie. Jed kannte ihn nicht und wusste auch nicht, zu welcher Behörde er gehörte.

„Die Ärzte geben ihm eine fünfzig-fünfzig Chance. Eine Kugel hat seine Lunge durchbohrt, da ist viel kaputt."

„Stellen Sie sicher, dass er rund um die Uhr bewacht wird, und durchsuchen Sie ihn nach Selbstmordpillen. Niemand spricht mit ihm, außer mir."

Ein Geheimagent – Jed kannte diese Typen noch von seiner Zeit in Kandahar.

Der Mann fuhr fort: „Nicht die Ärzte, nicht die Pfleger, nicht die Wachen. Nur ich. Entfernen Sie die Wanduhr, den Fernseher, und jede Art von Kommunikationsmittel aus seinem Zimmer. Radio, Internet, alles muss weg. Ich will, dass er komplett isoliert ist, dass er keine Ahnung hat, welche Tageszeit es ist, ohne Informationen von draußen. Und ich will sofort informiert werden, wenn er aufwacht." Das Funkeln in seinen Augen machte Jed klar, dass dieser Kerl wusste, wie man Informationen aus solchen Leuten herausbekam. *Gut.* Er wollte, dass diese Typen so lange ausgequetscht wurden, bis kein einziger Tropfen an Information mehr in ihnen steckte. Und dann sollten sie für den Rest ihres Lebens in einer stinkenden Zelle verrotten.

„Derzeit halten wir den Mann fest, den Brennan aus dem Pool gefischt hat. Er weigert sich, uns seinen Namen zu geben, und bisher taucht er in keiner der Datenbanken auf. Der Witzbold behauptet, er hätte gesehen, wie der Junge am Ertrinken war, und wollte ihn retten. Er verlangt einen Anwalt, damit er Brennan wegen Körperverletzung verklagen kann", erklärte McKenzie der Truppe.

„Guantanamo wünscht viel Erfolg dabei", murmelte Jed.

Der Geheimdienstmitarbeiter warf ihm einen amüsierten Blick zu.

„Wir haben vier tote Terroristen identifizieren können." McKenzie ratterte eine Liste von Namen herunter, die Jed nichts sagten. Seit seiner Probationszeit bei den Fallanalytikern hatte er nicht mehr mit Terrorismus zu tun gehabt, und die internationale Lage änderte sich permanent, dank der vielen freiwilligen Rekruten, die sich begeistert in die Luft sprengten. Der Geheimdienstler schrieb sich alle Namen auf.

„Wir schicken die Namen durch sämtliche Datenbanken, aber bisher sieht es so aus, als ob keiner von denen auf einer U.S.-Überwachungsliste stand." Das war ungewöhnlich und besorgniserregend. „Sie waren alle Muslime. Zwei von ihnen waren U.S. amerikanische Staatsbürger."

Das war ein Rückschlag. Die muslimische Gemeinschaft hatte in den vergangenen Jahren ihre Beziehungen zur Öffentlichkeit immer weiter verbessert, aber dieser Anschlag warf ihre Bemühungen um ein ganzes Jahrzehnt zurück und würde womöglich als Resultat eine ganze Generation radikalisieren.

„Was ist mit der weiblichen Terroristin?" Die Verantwortung für ihre Flucht kratzte an Jeds Nerven.

McKenzie wirkte von den ganzen Unterbrechungen etwas irritiert, aber Jed machte sich mehr Sorgen um Vivi und ihren Sohn. Er würde nicht zulassen, dass ihre Sicherheit bei einer Operation dieser Größenordnung auf der Strecke blieb. Streng genommen war McKenzie nicht sein Vorgesetzter, also würde er nicht gefeuert werden, wenn er ihm auf die Nerven ging. Andererseits würde er so vermutlich auch nicht in die Sondereinheit aufgenommen werden. Jed kochte vor Frustration.

„Dank Ihrer schnellen Reaktion im Bekleidungsgeschäft wissen wir, dass sie in schwarzen Hosen, dunkelrotem T-Shirt und einem grauen Wollmantel abgehauen ist. Sie ist ungefähr eins achtundsechzig groß, sechzig Kilo, und ihre DNA wird just in diesem Moment ausgewertet."

Das war der Verdienst der FBI-Einsatztruppe im Einkaufszentrum, was Jed in seinem Bericht vermerkt hatte. „Irgendetwas auf den Fotos der Leute, wie sie aus dem Einkaufszentrum kommen?"

McKenzie schüttelte den Kopf. „Wir durchforsten die Medien und sammeln Fotos aus den sozialen Medien, aber das kann dauern. Wir wollen nicht noch mal die gleichen Fehler wie in Boston machen oder irgendwelche unsinnigen Bürgerwehren animieren."

„Alle Überwachungskameras im Einkaufszentrum waren lahmgelegt?", fragte jemand aus den hinteren Reihen.

McKenzie nickte. „Ab dem Zeitpunkt der Explosion. Wer

auch immer diese Typen waren, sie hatten Hilfe bei der Planung des Anschlags. Gerade sichten die Analytiker die heutigen Aufnahmen, die vor der Explosion gemacht wurden, danach werden sie die Daten der letzten Tage und Wochen durch eine Gesichtserkennungs-Software schicken, und hoffentlich können wir die bösen Jungs dabei entdecken, wie sie das Einkaufszentrum auskundschaften." Er rieb seine Stirn. „Wir bitten jeden, der in den letzten Tagen Aufnahmen in oder um das Zentrum herum gemacht hat, sie uns zu schicken. Das ist ein sehr langwieriger Prozess, aber wir wollen unbedingt sicher gehen, dass wir diese Bedrohung so schnell wie möglich eingrenzen."

Das Problem heutzutage war nicht das Fehlen von Informationen. Es gab schlicht *zu viele* Informationen. Bis sie sich durch die riesige Masse an Aufnahmen und Daten gewühlt haben würden, wären die Attentäter längst über alle Berge.

Niemand wollte das zulassen.

McKenzie fuhr fort: „Die Waffen wurden alle illegal ins Land gebracht, wir verfolgen derzeit die Seriennummern zurück. Munition wurde legal erworben. Die Waffengegner und die Waffenlobby werden darüber beide völlig aus dem Häuschen sein und behaupten, diese Fakten würden ihr jeweiliges Ziel unterstützen." Als ob sie noch zusätzlichen politischen Druck während ihrer Ermittlungen brauchten. „Aber auf keinen Fall irgendwelche Kommentare über die Ermittlungen an die Medien – verstanden?" Er sah sie streng an.

„Ich bin ein großer Fan davon, Waffenbesitz zu kontrollieren, solange ich meine behalten kann", lachte ein Agent.

Jed sagte nichts. Weniger Schusswaffen auf den Straßen würden sein Leben vermutlich sicherer machen, aber die Leute konnten sich gegenseitig immer noch problemlos mit Brecheisen, Schraubendrehern, Messern, Feuer, Elektrizität, und unzähligen anderen Gerätschaften umbringen. Schusswaffen waren auch nur Mittel zum Zweck, aber sie waren verdammt effektiv, wenn es darum ging, möglichst viele Menschen in möglichst kurzer Zeit umzubringen.

Um die Waffengesetze in den Staaten tatsächlich zu ändern, würde es einen Akt Gottes brauchen. Jeder in seiner Familie besaß eine Lizenz zum verdeckten Tragen von Schusswaffen, einschließlich seiner Mutter. Die Behörden würden ihnen die Waffen aus ihren toten Händen reißen müssen, bevor sie sie freiwillig hergaben. Und unter Anbetracht der Tatsache, dass sein Zwillingsbruder der örtliche Polizeichef war, würde das so schnell nicht passieren.

„Was ist mit dem Jungen?", fragte der Geheimdienstler. „Was kann er uns erzählen?"

Fünfzig Augenpaare richteten sich auf Jed. *Mist.* „Er ist ein stummer, autistischer achtjähriger Junge. Klar, er kann zeichnen, aber ich bin nicht überzeugt davon, dass er überhaupt irgendwas gesehen hat." Jed zuckte mit den Schultern. „Er ist traumatisiert, und es schien nicht einmal so, als ob er sich an seinen eigenen Namen erinnern könnte, als ich ihn das letzte Mal sah."

„Ist er in dem Safe House?" Der Geheimagent kritzelte in sein Notizbuch.

Jed würde den genauen Aufenthaltsort der Vincents nicht in einem Raum mit fünfzig Leuten besprechen. Er richtete sich auf und erwiderte herausfordernd den Blick des Mannes. „Die CIA wird den Jungen nicht verhören."

Die Lippen des Agenten verzogen sich zu einem schrägen Grinsen. „Ist mir nie in den Sinn gekommen."

„Natürlich nicht." Anspannung legte sich über Jeds Körper und sein Kiefer schmerzte, so sehr presste er ihn zusammen.

„Aber vielleicht die Mutter?" Das Grinsen des Mannes war schmal und hinterlistig. Er hatte zu lange, dreckig-blonde Haare, und die tiefenentspannte Aura eines Surfers, wovon sich Jed keinen Augenblick blenden ließ.

„Sie hat nichts gesehen."

„Sicher?"

„Sicher."

„Na wunderbar, wenn *Sie* sich sicher sind…" Er presste für einen kurzen Moment die Lippen zusammen. „Sie ist Dolmetscherin?"

„Hat für die UN gearbeitet." Jed hatte ein paar oberflächliche Nachforschungen angestellt, aber nichts gefunden, was seine Aufmerksamkeit erregt hätte. Ihre Sicherheitsüberprüfungen waren einwandfrei gewesen.

„Besteht die Möglichkeit, dass *sie* das eigentliche Ziel des Anschlags war?"

„Nein. Auf keinen Fall." Jed schüttelte den Kopf, er erinnerte sich daran, wie der riesige Kerl sie umgerannt hatte, ohne sie auch nur eines Blickes zu würdigen. Wenn Vivi das Ziel gewesen wäre, dann hätte er zu schießen begonnen, sobald er sie entdeckt hatte.

„Gott sei Dank waren Sie vor Ort, sonst müssten wir am Ende noch richtige Ermittlungen anstellen." Sein Tonfall klang spöttisch, und irgendjemand lachte.

„Ich *war* da." Jed stieß sich von der Wand, an der er lehnte, ab. „Wenn sie das Ziel gewesen wäre, wäre sie jetzt tot." Er blickte den Agenten unbeirrt an. „Das letzte, was diese Ermittlung jetzt braucht, ist, sich in Nebensächlichkeiten zu verfangen." Aber da war was. „Sie hat Arabisch mit dem Typen gesprochen, als er sie in der Restaurantküche in die Enge getrieben hatte. Was auch immer sie zu ihm gesagt hat, es hat nur zwei Sekunden gedauert, bis er abgedrückt hat. Sie hatte verdammtes Glück, dass sie da lebend wieder raus gekommen ist, aber ich glaube nicht, dass der Kerl ausdrücklich hinter ihr her war. Er war schießwütig und auf der Jagd nach allen, die noch geatmet haben."

„Wie schon gesagt, gut, dass Sie da waren", erklärte der Agent und schaute ihn ungerührt an.

Jed wusste genau, wann er aufgezogen wurde. Er war fast versucht, diesen Kerl Vivi Vincent befragen zu lassen, solange er zuschauen durfte. Sie würde ihn nie an ihren Sohn heranlassen. Das Auftreten dieses Typen täuschte Jed nicht. Er war ein Verhörspezialist, und seit dem 11. September wussten alle, was das mit sich bringen konnte. Er *würde* versuchen, mit Vivi und ihrem Sohn zu sprechen. *Ach, Scheiße.* Der Typ *sollte* wahrscheinlich sogar mit ihnen sprechen, auch wenn das Jed kein bisschen gefiel. Die Vincents waren bereits durch die Hölle gegangen.

Als Nächstes nahmen sie die Liste mit den Angestellten des Einkaufszentrums durch – hunderte von Namen. Die Kriminaltechniker hinkten hinterher, das Volumen an Informationen war einfach zu riesig.

„Die Handys wurden in ein paar verschiedenen Läden in Madison gekauft. Der Käufer hat bar bezahlt, und auch da, wo wir ihn auf den Überwachungskameras haben, trägt der Täter Hut und Sonnenbrille und ist nicht zu erkennen. Es könnte allerdings der Typ sein, den Brennan im Pool erwischt hat. Er hat die richtige Größe und Statur, wir brauchen nur einen wasserdichten Beweis, dass er es ist", erklärte McKenzie.

„Seine DNA könnte auf einem der Handys oder auf einer SIM-Karte sein", schlug Brennan vor.

McKenzie stimmte ihm zu. „Darum kümmern wir uns gerade. Wir gleichen das so schnell wie möglich ab." Er schaute auf seine Uhr. „Aber es wird noch ein paar Stunden dauern, bevor wir die vorläufigen Ergebnisse für den DNA-Abgleich haben."

Brennan versuchte, seine Ungeduld im Zaum zu halten. Verglichen damit, wie langsam die Dinge normalerweise voran gingen, war das hier Lichtgeschwindigkeit. Und er wusste, dass der Bastard aus dem Pool Teil der Gruppe war. Er brauchte keine Beweise.

„Die Telefone wurden nur dazu benutzt, um untereinander zu kommunizieren. Dieselben zehn Nummern waren in allen Handys eingespeichert." McKenzie fuhr fort. „Die Daten zeigen, dass die Telefone gestern Morgen aktiviert und eingerichtet wurden."

Nur für den Anschlag. „Irgendwelche vergleichbaren Aktivitäten auf dem Telefon des Pool-Typen?", fragte Jed.

„Wir haben kein Handy und keine Brieftasche in seinen Sachen gefunden."

Das ergab keinen Sinn. Sehr wenige Menschen waren ohne Handy unterwegs, und der Kerl hatte sicher nicht damit gerechnet, erwischt zu werden – aber er war offensichtlich ein Profi. Jed versuchte, sich zu erinnern, ob er irgendwo am Schwimmbecken ein Handy gesehen hatte, aber ihm fiel nichts ein.

Der Geheimdienstagent sprach etwas lauter, um sich über das Gemurmel im Raum Gehör zu verschaffen. „Es ist von höchster Priorität, dass wir die unbekannte Frau identifizieren. Das war kein Anschlag eines Einzeltäters. Das war eine Terrorzelle, und Terrorzellen sind immer mit irgendjemandem im Hintergrund vernetzt, der für Training, Indoktrinierung und Finanzierung zuständig ist. Wir müssen die Frau finden, und wir müssen herausfinden, wer sie geschickt hat und diese Personen eliminieren, bevor sie das nächste Einkaufszentrum oder gar verdammt nochmal Disney World angreifen."

„Danke für den Tipp, da wären wir von allein nie drauf gekommen." McKenzie verdrehte die Augen. Er schlug das Cover auf das Tablet, das er in der Hand hielt. „Wir haben Leute darauf angesetzt, aber wir haben hunderte von Zeugenaussagen, die wir sortieren müssen, Berge von Beweismaterial, das wir untersuchen müssen, und mehr Bildaufnahmen als ganz Hollywood zusammen. Ich schlage vor, dass Sie, Killion, mit den verdächtigen Terroristen starten, die wir bereits in Gewahrsam haben. Mir wurde gesagt, dass das Ihre Spezialität sei, nachdem uns Ihre Dienste vom Direktor der Nationalen Nachrichtendienste zur Verfügung gestellt wurden." McKenzies skeptisch hochgezogene Augenbraue stellte die Fähigkeiten des Geheimagenten infrage, aber dieser schien nicht im Geringsten beunruhigt. Jed betrachtete ihn eingehender. Es kam selten vor, dass der Direktor der Nationalen Nachrichtendienste sich höchstpersönlich einschaltete, aber natürlich kam es auch nur selten vor, dass Terroristen ein amerikanisches Einkaufszentrum angriffen – Gott sei Dank.

„Das wär's fürs Erste, Leute. Wir treffen uns morgen Mittag zur nächsten Besprechung. Halten Sie mich auch über die kleinsten Entwicklungen auf dem Laufenden." Supervisor

Special Agent McKenzie verließ den Raum. Der Geheimagent starrte ihm hinterher, bevor er sich umdrehte und zielsicher Brennans Blick traf. Der Kerl grinste, dann packte er seine Sachen zusammen und ging zur Tür.

Jed traute ihm keinen Meter weit, aber wenn er extra vom Direktor der Nationalen Nachrichtendienste hergeschickt worden war, dann musste er scheinbar mehr drauf haben, als nur Mist zu reden.

Alle liefen in unterschiedliche Richtungen davon. Sie alle würden jetzt jede Menge Überstunden machen. Aber bevor er sich durch die Aktenberge grub, wollte Jed noch etwas überprüfen, etwas, bei dem ihm sein Bauchgefühl sagte, dass ganz und gar nicht alles in Ordnung war.

———

PILAH SAß IN ihrer Wohnung und starrte auf den Fußboden. Abdullah war nicht zurückgekommen, darüber war sie froh. Sie hatte hier stundenlang ausgeharrt und auf Anweisungen gewartet. Auf eine Nachricht. Was sie wirklich machen wollte war, in ein Flugzeug nach Damaskus zu steigen, ihre Kinder zu finden, und sie nie wieder loszulassen. Aber Sargon wüsste in dem Augenblick Bescheid, in dem sie zum Flughafen fuhr, und er würde ihr befehlen, zu warten. Sie hatte zu viel Angst, um sich ihm zu widersetzen.

Hatte ihr Mann sich darüber auch nur einen Gedanken gemacht, als er zu den Waffen gegriffen hatte?

Oh, sie verstand den Zorn, der einen in der Trauer überkam, nur zu gut. Sie spürte das Verlangen nach Rache – aber Vergeltung verwandelte sich letzten Endes in eine Spirale aus Hass, der niemand entkommen konnte. Die Bilder der

Menschen, die sie heute umgebracht hatte, schossen ihr durch den Kopf. Sogar wenn sie versuchte, zu schlafen, ließen ihre Schreie sie nicht los.

Was hatte sie getan? Was hatte sie nur getan? Sie schluchzte und wiegte sich vor und zurück und betete, aber nichts konnte die Vergangenheit ändern. Nichts konnte ihren Mann und ihre Tochter zurückbringen.

Diese Erkenntnis kam zu spät.

Sie schritt hektisch durch die Wohnung. Wenn sie nur ihre Mädchen aus Syrien herausholen könnte, dann könnten sie irgendwo anders von vorne beginnen. Ihr Leben neu aufbauen. Sie könnten weit wegziehen – Indonesien oder Australien, irgendwohin, wo sie niemand kannte. Sie könnte vergessen, was sie getan hatte. Sie könnte jemand anderes werden.

Das Telefon klingelte. Sie schreckte zusammen und starrte es an. Furcht lag bleiern auf ihrer Brust. Es klingelte noch einmal und sie schnappte sich den Hörer. „Hallo?"

„Im Krankenhaus liegt ein Mann. Er heißt William Green."

„Ich… ich verstehe nicht."

„Er wurde bei dem Anschlag verletzt."

Wollte er, dass sie die Sache zu Ende brachte? Der Gedanke daran ließ sie erschaudern.

Sie wartete. Sie wollte nichts Falsches sagen und Sargon verärgern.

„Er liegt im Koma und hat keine nahen Verwandten. Ich will, dass Du ihn besuchst."

„Warum?"

„Es wäre eine nette Geste."

Sie konnte seine Ungeduld hören. *Wollte* er etwa, dass sie

erwischt wurde? Sie rieb sich die Stirn und lief weiter nervös auf und ab. „Ich verstehe wirklich nicht."

„Du musst nichts verstehen. Du musst nur einen kranken Mann im Krankenhaus besuchen – vielleicht bist Du seine Nichte." Seine Stimme war voll kalter Berechnung, verdeckt durch einen Mantel des Mitgefühls.

„Ich habe mich bereit erklärt, Ihnen mit dem Einkaufszentrum zu helfen, aber das war alles. Zu mehr habe ich nie zugestimmt." Ihre Finger fühlten sich auf dem harten Plastik des Telefons steif an. „Ich werde meine Kinder holen kommen…"

„Genug! Wage es nicht, mich jemals wieder zu hinterfragen." Sein Zorn schwallte durch die Leitung.

„Ich werde es nicht tun." Ihre Stimme brach. „Ich *kann* das nicht tun."

„Dann sage Deinen Töchtern auf Wiedersehen. Und sei Dir gewiss, dass sie Deinetwegen leiden müssen", fauchte er.

Ihr war so schwindelig, dass sie stolperte. „Sie haben versprochen…"

„Wage es nicht, mich zu hinterfragen!" Sie hörte seinen abgehackten Atem, aber seine Stimme war schon wieder ruhiger, als er fortfuhr. „Ich habe Dir eine Aufgabe gegeben. Es ist doch wirklich nicht schwer, einen kranken Mann zu besuchen, oder?" Seine Stimme wurde noch weicher. „Mach, was ich von Dir verlange, und nichts wird sich ändern. Deine Töchter werden weiterhin mit meinen Kindern zusammen aufwachsen. Du wirst sie wiedersehen, sobald wir unser Ziel erreicht haben."

Aber Pilah begriff plötzlich, dass sie keine Ahnung hatte, was das Ziel überhaupt war, und dass sie es wahrscheinlich nie herausfinden würde. Bitter enttäuscht zerfiel ihr Entschluss zu

Staub. Ihre Finger schmerzten, so verkrampft hielt sie das Telefon. „Sie müssen mir *versprechen*, dass ihnen kein Leid zustoßen wird. Niemals.“

„Das liegt in Deiner Hand. Was wirst Du also tun?“

Sie hatte keine Wahl, und das wusste sie.

„Welches Krankenhaus?“, fragte sie.

SIEBTES KAPITEL

NACH DER GEFÜHLT längsten Nacht seines Lebens war es immer noch dunkel draußen. Schnee wehte über die leeren Highways und Straßen, die nach einem schockierenden Tag des Massenmordes völlig still dalagen. Jed betrat das Hotel und ging zu den Männerumkleiden des Pools. Nie im Leben wäre der Verdächtige, der Michael Vincent zu ertränken versucht hatte, ohne ein verdammtes Handy unterwegs gewesen. Er suchte die Umkleidekabine ab, kletterte auf die Bank, die zwischen den Spinden stand, um nachzusehen, ob irgendetwas auf den Schränken lag. Nada. Niente. Nichts. Zu einfach. Zu offensichtlich.

Die anderen Beamten hatten in jedem Spind nachgeschaut, die waren also sauber.

Wo würde er etwas verstecken, an das er schnell wieder herankommen musste? Links neben dem Eingang zu den Duschen stand ein Schrank mit einer blauen Tür. Jed versuchte, sie zu öffnen, aber sie war verschlossen. Eine riesige künstliche Palme stand in der Ecke. Jed ging hinüber, zog ein Paar Latexhandschuhe über und wühlte durch die Erde. Er grub alles durch, und berührte bald etwas Hartes. *Hab ich dDich.* Er zog ein schwarzes Portemonnaie hervor, das er vorsichtig an einer Ecke hochhielt.

Im Portemonnaie waren Bargeld – mehrere tausend

Dollar –, Kreditkarten, auf drei verschiedene Namen ausgestellt, Führerscheine und noch weitere gefälschte Ausweise. Die Fälschungen waren sehr gut gemacht. Hervorragend sogar. Aber kein verdammtes Handy. Er tütete das Portemonnaie für die Beweisaufnahme ein und steckte es in seine Jackentasche.

Er grub noch tiefer in dem blauen Keramikübertopf, aber mehr war dort nicht versteckt. Jed wischte seine Hände sauber. Er versuchte, so zu denken, als würde er mitten in einer Militäroperation stecken. Der Kerl hatte also sein Portemonnaie versteckt, damit nichts gefunden werden konnte, wenn die Dinge schiefgingen.

Er hatte also gewusst, dass er sich auf eine riskante Sache eingelassen hatte. Es musste jedoch ungeplant gewesen sein, denn Michael Vincent war eine unvorhergesehene Komplikation. Jed dachte für einen Augenblick nach. Die Tatsache, dass dieser Mann nicht an den Kämpfen direkt im Einkaufszentrum beteiligt gewesen war, musste bedeuten, dass er wichtig war. Dass er der Organisation lebendig mehr wert war, statt als Märtyrer für die Sache.

Warum also wegen eines Kindes riskieren, dass seine Identität herauskam?

Jed musste etwas übersehen haben.

Mit einer Serie von verstümmelten Opfern konfrontiert, konnte er eine ganze Reihe an auffälligen Details über den Killer prognostizieren. Aber Terroristen töteten aus anderen Motiven, sie mordeten aus ideologischer Überzeugung. Jetzt, mit dem Anschlag auf Michael Vincents Leben, hatte die Motivation der Attentäter eine andere Richtung eingeschlagen. Mord, um zu beseitigen. Michael stellte für sie eine unbequeme Gefahr dar. Jed verstand nur nicht, warum.

Es waren organisierte Angreifer. Gut organisiert in diesem Fall. Die Tatsache, dass sie ein solches Risiko eingingen, den Jungen zu verfolgen… Vielleicht hatte die Frau, die entkommen war, eine Beziehung mit dem Kerl vom Pool, und er hatte nicht gewollt, dass sie auffliegt, weil sie ein Paar waren? Vielleicht planten sie weitere Anschläge? Diese Möglichkeit schien um einiges plausibler, denn die Terroristin hätte ohne Weiteres bei den Anschlägen umkommen können. Ihre Flucht war mutig und gewagt gewesen.

War sie die treibende Kraft der Organisation? Versuchten sie einfach nur, die Identität ihres Drahtziehers zu schützen?

Was war nur in Michaels Kopf verschlossen?

Jed ging durch den Poolbereich, Hitze und Feuchtigkeit klebten an seiner Haut, und der leichte Chlorgeruch brannte in seinen Augen. Schweiß lief ihm die Schläfen herunter. Er schlüpfte aus seiner Daunenweste und suchte den Rand des Schwimmbeckens ab. Es war noch früh, aber die Halle füllte sich schon mit Menschen. Kinder lachten und plantschten, als ob gestern nichts passiert wäre – und warum auch nicht? Das war besser, als wenn diese sadistischen Idioten das Leben dieser Menschen mit ihrem Hass und ihrer Grausamkeit völlig aus der Bahn geworfen hätten, was genau das war, was diese Dreckskerle gewollt hatten. Ein Paar klare, blaue Augen und rotes Haar schossen ihm durch den Kopf. Je schneller er diese ganze Sache beenden konnte, desto schneller konnten Vivi Vincent und ihr Sohn nach Hause.

Also gut.

Denk nach.

Der verletzte Bademeister hatte eine ordentliche Beule am Kopf, dort, wo ihn der Kerl erwischt hatte. Womit hatte er ihm eins übergezogen? Jed ging zu der abgelegenen Grotte, wo der

Bademeister gestern stationiert gewesen war, nicht weit von der Stelle entfernt, wo Michael unter Wasser gezogen worden war.

Ein Lüfter blies gegen eines der Fenster, und das Kondenswasser legte einen dichten Dunstschleier auf die große Glasscheibe. An der Wand war ein Erste-Hilfe-Kasten befestigt. Jed schaute hinein, sah aber nichts Auffälliges. Eine weitere künstliche Palme stand in der Nähe. Es konnte doch nicht so einfach sein, oder? Er strich mit einer Hand am inneren Rand des Übertopfes entlang und berührte etwas glattes, hartes, nicht vergraben, nur außer Sichtweite gelegt.

Eine Waffe. *Heilige Scheiße.* Er zog sie hervor, erkannte die Pistole als eine Browning Hi-Power. Der Bademeister hatte verdammtes Glück gehabt, dass er nur niedergeschlagen und nicht erschossen worden war. Jed vermutete, dass der Terrorist kein Aufsehen hatte erregen wollen, wodurch er Michael womöglich im allgemeinen Chaos hätte verlieren können. Stattdessen hatte er geduldig gewartet und so plötzlich wie ein Krokodil zugeschnappt.

Jed steckte seine Hände tiefer unter den Rand des Topfes und stieß auf Gold. Ein Handy. *Jackpot.* Grinsend tütete er es ein und ging aus dem Schwimmbad. Dieser Typ war wichtig, Jed konnte es spüren. Diese beiden Beweisstücke würden wertvolle Informationen liefern und dabei helfen, den Abschaum dieser Terrorzelle dingfest zu machen.

Auf dem Weg aus den Umkleiden zog er seine Weste über, dann blieb er abrupt stehen, als er den Geheimdienstagenten von der Lagebesprechung sah, der sich in der Lobby kniend durch den Blumentopf eines Farns wühlte. Um sämtliche Pflanzentöpfe in der Lobby waren Kreise aus Erde verstreut. Jed lehnte sich an die Wand und sah dem Typen ganze zehn

Sekunden zu, bevor er sprach.

„Ziemlich gutes Gespür haben Sie da, Kollege CIA."

Der Mann hockte sich auf seine Fersen. „Warum sprechen Sie nicht noch lauter? Ich glaube, in Kanada hat man Sie nicht hören können."

Jed grinste. Es war niemand in der Nähe, der sie hätte hören können, und der Kerl wusste das auch. Der Geheimdienstler schaute ihn an. „Haben Sie es gefunden?"

Jed unterdrückte sein selbstgefälliges Grinsen. Niemand konnte Angeber leiden. „Jep."

Der Mann sah ihn prüfend an. „Teilen Sie Ihre Meinung mit mir?"

„Ich denke, die Frage sollte eher sein, teilen *Sie*?"

„Die Typen, die die Ermittlungen leiten, sind Idioten." Er stand auf und wischte seine Hände an der Hose ab. „Ich schaue mir an, was Sie haben, während Sie mich fahren. Was meinen Sie dazu?"

„Sie fahren? Wohin?" Der Kerl war zu eingebildet und selbstsicher. Ehrlich gesagt traute Jed ihm nicht.

„Zu dieser Vincent-Frau und ihrem Sohn." Jed wollte etwas dagegen erwidern, aber sein Gegenüber unterbrach ihn. „Schauen Sie, ich mag Sie, Brennan. Ich mag, wie Sie denken. Ich mag die Ergebnisse, die Sie bisher geliefert haben. Diese Frau vertraut ihnen. Helfen Sie mir, und ich verspreche, dass ich die Plastikfolie und die Wassereimer zu Hause lasse."

„Nicht lustig, Arschloch."

„CIA-Humor. Kommen Sie schon, Brennan, machen Sie es mir nicht so schwer." Er ging hinter Brennan her. Seinen Dreck in der Lobby wegzumachen, überließ er jemand anderem – ein klares Zeichen dafür, wie die CIA normalerweise arbeitete, immer musste jemand anderes ihr Chaos beseitigen.

Der Geheimdienstler hörte nicht auf. „Es geht einfacher, wenn Sie auch dabei sind. Ich muss mit ihr sprechen. Um sie und das Kind einzuschätzen. Hey, vielleicht gefalle ich ihr ja." Das Grinsen war eingeübt und aalglatt. Jed wollte ihm seine glänzend weißen Zähne herausschlagen.

Die Anspannung in seinem Kiefer verstärkte sich noch etwas, und er rieb sich den Nacken. Je schneller sie die Sache abgehakt hätten, umso schneller könnten Vivi und Michael wieder ihr normales Leben führen. Dieser Typ sollte eigentlich auf ihrer Seite sein.

„Na gut, aber ich will über Ihre Informationen Bescheid wissen." Jed lief unbeirrt weiter, jemand von der CIA würde ihm schon zu seinem Wagen folgen können, ohne ihn zu verlieren. Er stieg in seinen SUV und ließ den Motor an. Dann blies er auf seine Hände, um sie zu wärmen, während der Agent durch den Schnee joggte, um ihn einzuholen. „Wo ist Ihr Wagen?", fragte Jed.

„Ich bin mit dem Taxi hergekommen."

Weil er niemandem hatte sagen wollen, wo er hinwollte, oder was er vorhatte.

„Wo wohnen Sie?", fragte Jed.

„Wo auch immer meine Vorgesetzten mich hinschicken."

„Nicht gerade ein tolles Leben."

Der Kerl zuckte mit den Schultern. „Hab mich dran gewöhnt."

„Wie soll ich Sie nennen?", fragte Jed. „Abgesehen vom Offensichtlichen." Er grinste ihn grimmig an. Jed wollte, dass der Typ genau wusste, dass er ihn durchschaut hatte – die für die Strategie Verantwortlichen waren tausende Kilometer weit entfernt und versuchten, den Kern des Problems zu finden.

Jed verstand das, er bewunderte es sogar, aber er würde nicht der Handlanger für irgendwen sein. Und Vivi und Michael waren nicht irgendwelche Bauernopfer.

„Patrick Killion. Alle sagen Killion zu mir."

„Alles klar, Killion, wir müssen zunächst ein paar Stopps einlegen." Jed hielt dem Kerl ein paar Latexhandschuhe hin, die er aus einer Box im Handschuhfach holte, dann zog er Portemonnaie und Handy, die er gefunden hatte, aus den Plastiktüten. Die Pistole hob er sich für den Schluss auf. „Viel Spaß damit."

Killion schaltete das Handy ein, während sie vom Parkplatz fuhren. „Und wir haben einen Namen – Abdullah Mulhadre." Er zog sein eigenes Handy aus der Tasche und sprach mit jemandem, vermutlich im CIA-Hauptquartier in Langley.

„Irgendetwas Interessantes?", fragte Jed ungeduldig nach einer Minute der Stille im Auto, in der der Agent nur durch sein Handy scrollte.

Killions Ausdruck wurde verschlossen. „Ja, es gibt Aufzeichnungen darüber, dass ein gewisser Abdullah Mulhadre zur syrischen Botschaft gehört – sie prüfen gerade seinen Immunitätsstatus, auch wenn bei Terroranschuldigungen niemand Immunität genießt." Killions Augen funkelten. „Wenn das der Typ ist, dann ist er ein Mitglied der syrischen Präsidentengarde."

Jed wurde es heiß. „Wollen Sie damit sagen, dass dieser Anschlag von der syrischen Regierung selbst verübt wurde?" Er wusste, wie ein Krieg aussah. Zur Hölle, er hatte seinen besten Freund im Krieg verloren und wollte auf keinen Fall mehr davon hier zu Hause.

Killions Lippen wurden schmal. „Kein Wort davon zu

niemandem, Brennan. Kein verdammtes Wort, bis ich mehr aus Langley höre."

Jed stieß frustriert den Atem aus. *Verdammt.* Sollte er seine Kollegen anlügen? Aber diese Informationen mit jedem im Büro zu teilen konnte bedeuten, dass Details nach außen gelangten, und das könnte eine Reihe von Folgen mit sich bringen, die sich zu einem offenen Krieg entwickeln könnten. Auf keinen Fall wollte er tausende von Leben riskieren. Und was war mit den Vincents? Wenn sie tatsächlich der gesamten syrischen Regierung gegenüberstanden, wären ihre Leben nie wieder sicher. Andererseits, wenn das das große Geheimnis war, das die Terroristen zu bewahren versuchten, dann wäre Michaels Sicherheit vielleicht kein Thema mehr, sobald sie öffentlich machten, dass die syrische Regierung amerikanische Bürger auf amerikanischem Boden angegriffen hatte."

Dann würde vermutlich Krieg erklärt werden.

Diese Geschichte war zu groß, um Fehler zu machen.

„Wir sagen es McKenzie, aber niemandem sonst. Auf diese Weise können wir den Informationsfluss kontrollieren, und er kann es nach oben weiterleiten." Jed wollte nicht dafür verantwortlich sein, wenn der Untersuchung wesentliche Hinweise fehlten, oder wenn in eine falsche Richtung ermittelt wurde. Aber er wollte auch nicht dafür verantwortlich sein, einen Krieg angezettelt zu haben. Er vertraute Geheimagenten nicht. Und die Geheimdienstler trauten dem FBI nicht. *Scheiße.* Sie hatten einen Höllenritt vor sich.

VIVI SCHRECKTE AUS dem Schlaf auf. Unten knallte eine Tür ins Schloss. Ihr Herz hämmerte. Dann hörte sie das Murmeln einer gedämpften Unterhaltung und leises Lachen. Die U.S. Marshals gingen ihrem gewohnten Tagesablauf nach.

Gut. Es waren nicht die Attentäter. Sie waren sicher.

Sie stützte sich auf ihre Ellenbogen auf und schaute Michael an. Seine Augen waren zu fest geschlossen. Er schwindelte ihr etwas vor.

„Okay, Du Schlafmütze. Zeit, aufzustehen und zu frühstücken." Er drückte seine Augen noch fester zu. *Mist.* Auch wenn das besser als der tranceartige Zustand war, in dem er hierhergebracht worden war, war auch das nicht gerade normal. „Wie wäre es, wenn ich Dir das Frühstück ans Bett bringe? Ausnahmsweise?"

Er reagierte nicht, und ein leichter Anflug von Panik machte sich in ihrer Brust breit. Der Angriff am Pool gestern Abend hatte jeden Fortschritt nach den Anschlägen im Einkaufszentrum wieder zunichte gemacht. Sie hatte geschworen, dass ihm niemand wieder wehtun würde, aber ein fremder Mann hatte ihn im Schwimmbad unter Wasser festgehalten, bis er fast ertrunken wäre.

Zu was für einer Mutter machte sie das?

Fehlbar.

Unzulänglich.

Überfordert.

Normal.

Zeit. Er brauchte nur ein bisschen Zeit und Abstand zu dem, was gestern passiert war. Sie würden wieder in Ordnung kommen.

Sie stand auf und zuckte zusammen, als ihre Füße den Boden berührten. Sie duschte, ignorierte den leichten, pochenden Schmerz, und legte frische Verbände an. Sie zog eine Jeans, eine grüne Bluse und dicke Socken aus dem Koffer.

Ein Blick in den Spiegel, und sie holte ihre Schminktasche – sie hatte schon Zombies mit mehr Farbe im Gesicht gesehen. Dezenter Lidschatten, Mascara und ein bisschen Lipgloss, und sie sah beinahe schon wieder wie ein Mensch aus. Sie schaute noch einmal kurz auf Michaels schlafenden Körper – er war wieder eingedöst –, dann ging sie nach unten, um nachzuschauen, was sie ihm zum Frühstück machen konnte.

Zwei ihr fremde Personen standen in der Küche, beide in dunklen Anzügen und mit Schulterholstern. Es war ein unwillkommener Realitätsschock. Die beiden blickten auf, als sie hereinkam.

„Ich habe mich schon gefragt, wann wir Sie kennenlernen." Einer der Männer, nicht groß, blond und freundlich aussehend, kam mit ausgestreckter Hand auf sie zu. Energisch schüttelte er ihre Hand. „Wir sind die Tagschicht. Ich bin Inspektor Patton, und das dort ist Deputy U.S. Marshal Rogers."

Sie nickte Rogers zu, der ein wenig älter wirkte – etwa fünfzig, mit leicht grauem Haar und mit harten Zügen, die ihn sowohl kompetent als auch gefährlich erscheinen ließen.

„Wie geht es ihrem Sohn?", fragte Patton. Er trug einen Ehering und wirkte unbekümmert. Dass er Inspektor war, legte nahe, dass er der Boss war.

Sie räusperte sich. „Nicht so gut, ehrlich gesagt. Ich wollte gerade warme Milch und eine Schüssel Cornflakes nach oben bringen, um ihn ein bisschen aufzupäppeln."

„Setzen Sie sich erst mal hin, und trinken Sie einen Kaffee. Ich mache sein Frühstück fertig." Patton holte schon die Milch aus dem Kühlschrank. Entweder war er Vater, oder aber er war mit vielen Geschwistern aufgewachsen. „Mag er Cheerios?"

„Ja. Vielen Dank." Nicht alle Männer konnten so gut mit Kindern umgehen oder waren so geübt darin, anderen zu helfen.

Agent Brennan war auch gut mit Michael umgegangen, dachte sie mit einem Stich in der Brust. Vielleicht war das die Regel, und ihre Erwartungen an Männer waren durch Michaels Vater in unfairem Maße verdreht worden. Es war traurig, dass sie mehr Fürsorge von Fremden erfahren hatte, als jemals von ihrem Ex.

Der andere Marshal, Rogers, reichte ihr einen Kaffee und unkte: „Gott sei Dank sind Sie wach. Dieser Kerl kann einfach nicht stillsitzen. Als Nächstes wollte er das Wohnzimmer neu dekorieren, in weichen Pastelltönen, die sich ‚heimeliger‘ anfühlen, und dann neue Vorhänge nähen." Er zwinkerte ihr zu. „Er geht mit Lichtgeschwindigkeit auf die Pensionierung zu, und ich persönlich kann es gar nicht abwarten, bis es so weit ist."

„Genau, wir warten mal ab bis heute Nachmittag Dr. Phil im Fernsehen kommt, und dann wird sich ja zeigen, wer hier die kleine Hausfrau ist", spottete Patton zurück. Rogers zwinkerte ihr wieder zu.

Die beiden Marshals arbeiteten offensichtlich seit vielen Jahren zusammen, beide hatten keine Probleme mit ihrer Amtsgewalt, und versuchten, ihr die Nervosität zu nehmen. Sie lächelte zurück. Sie hatte vergessen, wie sehr sie die Gesellschaft von Männern genoss. Heutzutage war ihre Welt ausgefüllt von Michael, seinen Freunden und ein paar der Mütter, die sie über Michaels Schule kannte. Sie arbeite im Homeoffice. Sie hatte keine engen männlichen Freunde. Und ganz sicher keine Dates oder Liebhaber.

Ihre Stimmung wurde bedrückter.

Mütterliche Schuldgefühle verbaten ihr, in dieser furchtbaren Situation irgendetwas zu genießen. Gestern waren Menschen *gestorben*. Michael wäre zweimal beinahe umgekommen. Aber alles, was passiert war, machte ihr auch bewusst, wie einsam ihr Leben geworden war. Es würde niemanden kümmern, falls sie nicht nach Hause kam. Das war ein ernüchternder Gedanke.

Vivi kletterte auf einen hohen Hocker. Patton schob ihr einen Teller mit Toast und Marmelade über die Kücheninsel zu. Es schmeckte fantastisch. Sie hatte Heißhunger.

Das Handy von Rogers klingelte, und er schaute aus den Fenstern, die die lange, kurvige Auffahrt überblickten. „Stellen Sie nur sicher, dass Sie beide Ihre Ausweise dabeihaben und Ihre Hände nicht in die Hosentaschen stecken, bis ich den Neuen überprüft habe." Rogers legte auf und wählte eine neue Nummer. „Besuch", sagte er zu ihr und Patton, der seinen Posten als Koch verließ und den Hintereingang kontrollierte.

„Wer ist es?", fragte Vivi nervös.

„Jed Brennan und ein Typ vom Geheimdienst."

Ihr Magen überschlug sich. Hatten sie herausgefunden, wer Michaels Vater war? Was wäre, wenn sie ihr Michael wegnahmen oder ihn wegsperren wollten? Nur über ihre Leiche. Nein. David hatte sie gestern nicht einmal zurückgerufen. Er hatte das Interesse an ihnen vor Jahren verloren, aber er genoss es auch, seine Macht auszuspielen, einfach, weil er es konnte. Sie stand steif vor Unentschlossenheit da und kam sich töricht vor. Jede Anti-Terror-Behörde der Welt würde wissen wollen, was man aus Michael herauskriegen konnte. Für sie war er ein Glücksfall, ein Werkzeug.

Selbst, wenn Michael ein normales Kind wäre, wäre das

eine traumatisierende Erfahrung gewesen, aber für seinen Verstand, der so unsicher zwischen dieser Welt und einem ihr unbekannten Ort balancierte, war es umso schwieriger. Sie würde nicht zulassen, dass sie ihn bedrängten.

Rogers winkte ihr zu, damit sie sich außer Sichtweite hinter der Anrichte versteckte. Sie kniete sich hin. Vivi verstand, dass diese Männer nur ihren Job machten, und dass sie ihnen diesen Job einfacher oder schwerer machen konnte. Michaels Sicherheit und sein Wohlergehen waren das Einzige, was wirklich zählte. Nicht David. Nicht die CIA. Nicht Jed Brennan. Nur Michael.

Vivi hörte Stimmen an der Tür. Schritte. Als sie aufblickte, stand ein sehr großer Special Agent Brennan vor ihr. Sein Ausdruck vermittelte ein gewisses Maß an Distanz, was ihr half, ihn als Bundesagenten wahrzunehmen, und nicht als einen attraktiven Mann. Das beruhigte sie. Es gab ihr das Gefühl, dass sie es vielleicht schaffen konnte. Sie stand auf und fühlte sich ein bisschen albern. Im Flur hörte sie einen anderen Mann mit den Marshals sprechen. Sehen konnte sie ihn nicht.

„Alles in Ordnung?" Jed klang müde. Vor Erschöpfung waren seine Augen gerötet und ein dunkler Bartschatten umrahmte sein Kinn. Er trug immer noch das karierte Hemd und die Jeans, die er gestern angezogen hatte, aber dieser Outdoor-Stil stand ihm besser als ein Maßanzug. Als eine Frau, die früher immer Maßanzüge bevorzugt hatte, fand sie das beunruhigend.

„Michael schläft." Sie zog eine Grimasse, als sie bemerkte, dass sie sich wieder einmal hinter ihrem Sohn versteckte.

„Was ist mit Ihnen? Haben Sie gut geschlafen?" Brennan sah sie mit so etwas wie Mitleid an. Sie wollte ihren Kopf hängen lassen und davon schlurfen, als sie merkte, dass er sie direkt durchschaute.

Anstatt abzulenken, entschied sie sich für Ehrlichkeit. „Ich halte durch. Was ist mit Ihnen?"

„Zu viel zu tun, um zu schlafen." Seine dunklen Haare standen in alle Richtungen ab, als ob er unzählige Male mit den Händen hindurchgefahren war. Seine Ohren waren rot von der Kälte.

„Haben Sie schon jemanden verhaftet?"

Brennan schüttelte den Kopf. „Wir sind dran. Ich habe das Krankenhaus angerufen, wie Sie mich gebeten haben. Die Frau, deren Kinder sie gerettet haben, hat mittlerweile die Intensivstation verlassen. Sieht so aus, als würde sie durchkommen."

„Gott sei Dank."

Er lächelte, und eine Welle der Anziehung durchfuhr sie, stärker als bisher.

Er war genau der gleiche dunkle, große, attraktive Typ, der ihr zehn Jahre zuvor zum Verhängnis geworden war. Er hatte die gleichen breiten Schultern, die schmale Statur, die gleiche selbstbewusst-herausfordernde Art. Aber hier hörten die Ähnlichkeiten mit ihrem Ex auf. Brennans Augen waren warm, sein Lächeln offen. Seine Stimme war ruhig und nicht bedrohlich, auch wenn sein ganzes Auftreten, die Art und Weise, mit der er Aufmerksamkeit verlangte, seine Stärke zeigte. Selbst als sie ihn gestern in vollem Einsatz erlebt hatte, war er kein einziges Mal laut oder ärgerlich worden. Er hatte weder die Geduld noch seine Beherrschung verloren.

Aber all das konnte auch nur Show sein. Sie war schon einmal hinters Licht geführt worden. Sie konnte es sich nicht leisten, zu vergessen, dass das FBI ein ganz klares Ziel hatte, wenn es um sie und ihren Sohn ging.

Ein eindeutiges Zeichen dafür erschien hinter Brennan.

Alles in ihr wurde sehr still und ruhig, so wie eine Maus erstarrt, wenn über ihr ein Bussard kreist. Die Augen des Fremden waren blassblau, sein Blick nahm sie mit der Präzision eines Skalpells auseinander. Das lange, sonnengebleichte Haar machte seine Erscheinung etwas weicher, aber sie wusste genau, was für ein Mann er war. Kalt. Hart. Skrupellos. Niemals würde sie ihn in die Nähe ihres Sohnes lassen.

Jed stellte ihn vor. „Vivi, dies ist Nachrichtenoffizier Patrick Killion. Er hofft, dass er mit Ihnen und Michael über die gestrigen Ereignisse sprechen kann." Es lag etwas in Brennans Stimme, das sie nicht einordnen konnte. Beinahe so etwas wie Humor.

Die beiden Marshals beobachteten ihre Unterhaltung.

„Freut mich, Ma'am. Ich wollte nur Michael ein paar Fragen stellen." Killion gab ihr die Hand, und sie schüttelte sie.

Trotz des festen Händedrucks bekam Vivi bei seiner Berührung eine Gänsehaut. Es lief ihr kalt den Rücken hinunter, aber sie ließ sich nichts anmerken. „Hat Ihnen niemand gesagt, dass mein Sohn stumm ist, Mr. Killion?"

Etwas im Blick des Nachrichtenoffiziers wurde noch stechender.

„Es wurde erwähnt, Ms. Vincent. Ich hatte gehofft, ich könnte schauen, inwieweit er bereit wäre, uns zu helfen."

„Bereit wäre, Ihnen zu helfen?" Mit diesen Worten hatte er ihr Level an Verärgerung um ein Tausendfaches erhöht. „Wollen Sie implizieren, dass er absichtlich *nicht* hilft?" Sie richtete sich auf und trat dem Mann unbeirrt entgegen. Oh, sie hatte mit dieser Sorte Menschen schon öfter das Vergnügen gehabt. Zur Hölle damit, sie hatte einen von ihnen sogar

geheiratet. „Er ist acht Jahre alt, und selbst an seinen besten Tagen spricht er nicht. Und Sie wollen mir sagen, dass er das mit Absicht macht? Oder glauben Sie etwa, dass Sie ihn auf magische Art und Weise *heilen* können, wenn das selbst die Experten nicht schaffen?"

„Nun", Killion hob beschwichtigend die Hände, „Immer mit der Ruhe. Soweit ich gehört habe, besteht kein Defekt an seinen Stimmbändern." *Woher zum Teufel wusste er das?* „Es ist nicht völlig abwegig, dass das Trauma von gestern der erste Schritt dahin ist, dass Ihr Sohn wieder spricht."

Ihr Gesicht war jetzt nur noch wenige Zentimeter von dem Killions entfernt. „Wie können Sie es wagen, mir so etwas in Aussicht zu stellen, nur damit ich Sie meinen Sohn *verhören* lasse? Er hat seit gestern nichts gegessen. Er öffnet kaum seine Augen, aber Sie kommen hierher, als hätten Sie das Recht, ihn anzuzweifeln?" Feuer loderte in ihr, heiß und rasend. Sie stieß ihn nach hinten. Ein Arm fasste um ihre Taille, und Brennan zog sie zurück.

„Ich *habe* dieses Recht, Ma'am. Die Bedrohung der nationalen Sicherheit gibt mir das Recht dazu." Auch Killion wurde jetzt wütend. Sie konnte es an seinem zusammengepressten Kiefer und seinen schmalen Augen sehen. Gut. Sie wollte wieder einen Schritt vorgehen, aber Brennan hielt sie noch immer fest. Die plötzliche Erkenntnis, dass seine Hand über ihrem Bauch lag, ließ sie die nächsten logischen Gedanken vergessen.

Ihre Wut kühlte sich etwas ab, nicht aber ihre Entschlossenheit, ihr Kind zu beschützen. „Aber nicht heute. Nicht heute. Und nicht jemand wie Sie."

Killion schaute zu Boden, und seine Brust hob und senkte sich langsam, als ob er durch ruhiges Atmen seine Geduld wiederfinden wollte. „Wenn nicht ich, wer dann, Mrs. Vincent? Und wann? Wenn alle Terroristen wieder in ihren Verstecken hocken? Oder wenn Sie und Michael beide tot sind?" Killions Gesichtsausdruck war nun nicht mehr wütend, sondern zynisch. Aber seine Fassade bröckelte, und Vivi würde nicht zulassen, dass er sie wieder aufbaute.

Er war ein Chamäleon, und sie vertraute Leuten, die im Verborgenen arbeiteten, nicht. Sie verlangte Ehrlichkeit und Wahrheit. Das hatte sie von ihrem Mann gelernt. Als Dolmetscherin hatte sie an Fällen mit höchster Geheimhaltungsstufe gearbeitet und wusste, wie diese Leute arbeiteten. Natürlich, er war ein Patriot, aber er spielte auch ein Spiel, bei dem es um viel mehr ging als nur um Michaels Sicherheit. Wenn es um das ‚große Ganze' ging, waren Bauernopfer schnell gebracht, und sie würde nicht zulassen, dass das mit ihrem Sohn passierte. Aber sie wusste auch, dass die US-Regierung sich nicht zurückhielt, wenn es um Terrorismus ging.

Das bewies er ihr im nächsten Moment. „Vielleicht sollte ich Michaels Vater kontaktieren?"

Der Nachrichtenoffizier blickte auf Brennans Arm um ihre Taille und grinste herablassend. Jetzt wollte sie ihn wirklich wegstoßen. *Weiß er Bescheid oder fischt er im Trüben?*

Obwohl ihr Blut im Rhythmus ihrer Angst durch ihre Adern pumpte, blieb ihr Gesicht regungslos. „Er hat Michael seit vier Jahren weder gesehen noch gesprochen. Sie glauben, ein Richter wird *ihn* entscheiden lassen, was das Beste für Michael ist? Ich habe das alleinige Sorgerecht. *Ich* bin diejenige, die Sie überzeugen müssen." Die Sache über den Rechtsweg laufen zu lassen, würde den Kerl in einen derartigen Papierkrieg verstricken, dass er daran ersticken würde. Und jetzt so schnell wie möglich zu reagieren, war das Wichtigste für diese Ermittlung. Das wusste jeder Idiot. Stille machte sich breit. „Schauen Sie. Ich will genauso wie Sie, dass diese Kerle geschnappt werden." *Vielleicht sogar noch mehr.* „Aber Michael ist nicht wie andere Kinder. Er hat seit seinem Unfall keinen einzigen Ton mehr herausgebracht. Nicht mal, wenn er verletzt oder wütend oder traurig war." Vivi brach das Herz, wenn sie daran dachte.

Sie bemerkte, dass ihr Rücken noch immer gegen den warmen, unerschütterlichen Körper von Special Agent Brennan gepresst war. Ihm musste das in demselben Augenblick aufgefallen sein, denn er ließ sie los und trat schnell einen Schritt zur Seite. Sofort vermisste sie die Berührung.

Wie unglaublich attraktiv diese sexuell ausgehungerte, geschiedene Frau ist.

Sie fuhr fort. „Es gibt in Minneapolis einen sehr angesehenen psychiatrischen Neurowissenschaftler, Dr. Hinkle. Seinetwegen sind wir überhaupt nur hier." Michael hatte den Arzt gemocht, aber sie hatte ihn nicht zu etwas zwingen wollen, was ihn in Panik versetzte.

Aufgrund des Terroranschlags war sie am Rat dieses Fachmanns über die jetzige Vorgehensweise händeringend interessiert, nicht aber daran, was ein plötzlich aufgetauchter Agent für richtig hielt. „Bringen Sie ihn her, und lassen Sie ihn mit Michael sprechen. Je nachdem, was er sagt, werde ich darüber nachdenken, Sie danach mit meinem Sohn sprechen zu lassen. Hier." Sie nickte in Richtung des offenen Wohnzimmers. „*Falls* Dr. Hinkle zustimmt." Sie blickte zu Brennan. „Und ich will, dass Special Agent Brennan auch dabei ist."

Die Pupillen des Geheimagenten weiteten sich vor

Erstaunen, aber abgesehen davon ließ er seine Gedanken nicht erahnen. Trotz allem, was passiert war, vertraute sie ihm. Wie zum Teufel war das passiert?

Der CIA-Agent überraschte Sie. „Abgemacht. Was haben Sie zu dem Mann gesagt, der Sie gestern in der Restaurantküche erschießen wollte?"

„Wie bitte?" Sie runzelte verwirrt die Stirn.

„Sie haben irgendetwas in einer fremden Sprache zu ihm gesagt, bevor ich, äh…aufgetaucht bin", sagte Brennan.

„Ach, *das*." Die Bilder von Blut, das von einer Messerklinge tropfte, tauchten vor ihrem inneren Auge auf. Sie schluckte die anhaltende Angst, die dieses Bild hervorrief, herunter. „Ich habe ihn auf Arabisch gefragt, warum er das macht – Menschen erschießen."

„Hat er Sie verstanden?", fragte Killion.

Sie nickte. „Er hat nichts gesagt, aber ich konnte in seinen Augen sehen, dass er mich verstand. Sie wurden ganz weit, er war überrascht, dass ich seine Sprache sprach."

„Hat er irgendwas erwidert?" Killions blasse, blaue Augen bohrten ihren Blick in sie.

„Alles, was er getan hat war, den Abzug seiner riesigen Waffe zu ziehen, um mich und die beiden kleinen Kinder auszulöschen."

„Versteht Michael Arabisch?", bohrte Killion weiter nach.

Jede Zelle ihres Körpers erstarrte. Als er ein Baby gewesen war, hatte sie oft Sprach-CDs abgespielt. Es hatte ihr bei ihrem Hörverstehen geholfen. Und ja, sie hatte gehofft, dass es auch auf Michael abfärbte. Aber sie konnte nicht sicher sagen, ob etwas davon hängengeblieben war. „Nein, tut er nicht."

Killion starrte sie lange an, dann nickte er knapp. „Sie hatten Glück, dass sie gestern überlebt haben. Ich werde das

Grundstück hier erkunden, wenn das für Sie in Ordnung geht?" Der abrupte Themenwechsel irritierte sie. Eine typische Vorgehensweise, um sein Gegenüber permanent zu verunsichern. Sie stieß einen Seufzer aus und fragte sich, ob er ihr glaubte. „Ich kontrolliere das Gelände und die Sicherheit, während Sie mit Agent Brennan sprechen? Vielleicht kann er Sie davon überzeugen, dass ich nicht vorhabe, Ihren Jungen aufzufressen."

„Ich zeige Ihnen alles", bot Rogers an. „Der Schnee ist mindestens dreißig Zentimeter hoch, Sie sollten sich also ein Paar Stiefel ausleihen."

Der Nachrichtenoffizier drehte Vivi und Brennan den Rücken zu. Sie verstand diesen Kerl nicht. Begriff er wirklich nicht, dass Michael ein Kind mit großen Problemen war? Oder dachte er, das dies alles ein Trick sei? Was sie über solche Leute wusste war, dass sie niemandem vertrauten. Niemals. Vielleicht also hatten sie mehr gemeinsam, als sie dachte.

ACHTES KAPITEL

J ED NAHM EINE Plastiktüte von der Anrichte und hielt sie Vivi hin. „Die Sachen, die Sie für Michael wollten."

Dieser Mann hatte etwas so Aufrichtiges und Ernsthaftes an sich, das alle ihre Schutzmechanismen untergrub. Ihr Verstand warnte sie lauthals, denn so zynisch und abgestumpft sie auch war, sie vertraute diesem Kerl und sollte es eigentlich besser wissen. Sie räusperte sich. „Vielen Dank, ich weiß das zu schätzen."

„Kann ich Michael kurz Hallo sagen?", fragte er.

„Nur, wenn sie Killion nicht erwähnen." Sie hatte Michael sein Frühstück immer noch nicht gebracht, also suchte sie in den Schränken nach einem Tablett für die Frühstücksflocken, die warme Milch, und den Toast, die der Marshal vorbereitete hatte. „Er hat noch geschlafen, als ich aufgestanden bin. Wir können nachsehen, ob er mittlerweile wach ist."

Er stoppte sie mit einer Hand auf ihrem Ellenbogen. „Wie lange geht das schon so?"

Ihre Gedanken überschlugen sich bei dieser einfachen Frage. Es hatte eine Zeit gegeben, als sie selbstsicher und gelassen erschienen war. Sie konnte nicht genau sagen, ob es das Muttersein, die Scheidung, oder Michaels unklare Diagnose war, weswegen ihr diese Eigenschaften abhandengekommen waren. „Ich verstehe die Frage nicht…"

„Michael. Warum hat er aufgehört, zu sprechen?"

Ah. Sie stellte das Tablett ab, stütze sich mit den Händen auf der Anrichte ab und schloss ihre Augen. Jetzt war ein guter Zeitpunkt, um ehrlich darüber zu sein, wie ihr Leben aussah, anstatt eine dumme Wunschvorstellung zu unterstützen, die nur in ihrer Fantasie existierte. Hysterische geschiedene alleinerziehende Mütter waren in den Augen von *Ich-kann-jede-Frau-haben-die-ich-will* FBI Special Agents nicht besonders attraktiv. Sie musste ihren Wahnsinn offen auf den Tisch legen und den netten Mann in Ruhe lassen. „Das hat mit der Trennung zwischen Michaels Vater und mir vor vier Jahren zu tun."

Er schaute sie unverwandt an, also fuhr sie fort. „Was natürlich allein meine Schuld war."

„Natürlich."

„David hatte behauptet, ich sei kalt und distanziert geworden. Kontrollierend."

Brennans Blick schien zu sagen, dass er nicht dieser Meinung war, aber er kannte sie auch nicht besonders gut.

„Er hatte recht." Sie brauchte keine Plattitüden. Sie brauchte keine Lügen. „Michael war ein normales Baby. Süß und mit einem ordentlichen Organ." Wie sehr sein Vater sein Kolik bedingtes Schreien gehasst hatte. Sie verdrängte den Mann aus ihren Gedanken. Er hatte sie mit einem Zynismus und einer Verbitterung infiziert, die sie leid war. „Er war ein normales Baby. Er hat als Kleinkind minimale Anzeichen von Autismus gezeigt, ganz am Rand des Spektrums. Er mochte es, wenn seine Sachen ihren festen Platz hatten, und liebte Muster und Symmetrie. Und er mochte schon immer Routinen – ich meine, er mag Routinen *wirklich sehr*. Er geht jeden Abend zur gleichen Zeit ins Bett, ohne dafür eine Uhr zu brauchen. Auch deshalb war der Tag gestern so anstrengend für ihn. Als Baby hatte er keine offensichtlichen Beeinträchtigungen und wurde als ‚normal‘ eingestuft, bis zu dem Tag, als er in der Kita von einem Klettergerüst gestoßen wurde und sich den Kopf anstieß. Er hatte eine ordentliche Gehirnerschütterung. Ich muss nicht erwähnen, dass ich damals ausgeflippt bin.“

Sie sah Brennan an. Er sollte erkennen, dass sie hinter ihrer Fassade komplett geistesgestört war, wenn es um ihren Sohn ging – auch, wenn er sie natürlich schon in ihrem schlimmsten Zustand erlebt hatte, von Polizisten mit Handschellen gefesselt, auf dem Betonboden liegend und ihn anschreiend. Sie sollte sich dafür wahrscheinlich noch bei ihm entschuldigen.

„Nach dem Unfall konnte ich Michaels Vater nicht erreichen. Er hatte die Tendenz, meine Anrufe zu ignorieren.“ Manche Dinge änderten sich eben nie. „Michael und ich kamen aus dem Krankenhaus zurück, und er hatte immer noch nicht zurückgerufen. Um neun Uhr abends kam er nach Hause und hat sich darüber beschwert, dass ich zu oft im Büro angerufen und ihn und seine Mitarbeiter permanent gestört hätte. Ich erzählte ihm von Michaels Unfall, und er erwiderte, dass Kinder sich auf Spielplätzen ständig verletzen würden. Dass es gut für sie sei. Ich habe ihm erzählt, dass Michael eine Gehirnerschütterung hatte und seit dem Unfall nicht mehr sprach. Anstatt sich Sorgen zu machen, wie es Eltern eigentlich tun, verhielt David sich wie ein Drill Sergeant. Er schrie Michael an, aber er sprach immer noch nicht, und wirkte ehrlich gesagt ganz zufrieden darüber. So, als hätte er plötzlich etwas entdeckt, das sein Vater nicht kontrollieren konnte.“

„Glauben Sie, er hat absichtlich aufgehört, zu sprechen?“

Sie hob fragend beide Hände. „Ich weiß es nicht. Hat sich sein Schock in Wut und dann in einen Abwehrmechanismus gegen den Mann, der ihn so misshandelt hat, gewandelt?" Brennan versteifte sich, sagte aber nichts. „Oder wurde bei seinem Sturz irgendwie sein Sprachzentrum verletzt? Ich weiß es nicht." Unruhe rumorte in ihr. „Ich weiß nur, dass David ihn geschlagen hat, als Michael weiterhin nicht sprach. Zweimal." Sie biss die Zähne zusammen. Das würde sie ihm nie vergeben. Oder sich selbst, dafür, dass sie es nicht verhindert hatte. „Ich habe ihm gesagt, dass er verschwinden und nie wiederkommen soll. Wie sich herausstellte, war *das* überhaupt kein Problem, denn er hatte schon eine neue, schöne Frau gefunden. Julie, die weder kalt noch distanziert noch kontrollierend war." Ihre Augen wurden hart wie Diamanten. „Es war also vielleicht gar nicht *alles* meine Schuld. Nur eben das meiste."

Er nahm ihre Hand und drückte sie fest, so als ob er sie nie wieder loslassen wollte, aber das war ein alberner Gedanke. Sie stellte fest, dass sie trotz aller Verletzungen und Herzschmerz immer noch eine Romantikerin war. Ganz schön jämmerlich, ehrlich gesagt.

„Sie hätten ihn fertig machen sollen."

„Ganz ehrlich, wenn ich eine Waffe gehabt hätte, hätte ich den Bastard auf der Stelle erschossen." Zuerst hatte sie David selbst einen Bruchteil der Schmerzen zufügen wollen, die er ihr und Michael zugefügt hatte, aber dann wollte sie ihn einfach nur loswerden. Etwas von der zurückgebliebenen Wut löste sich mit einem rauen Ausatmen auf. „Wir sind ohne ihn viel besser dran, glauben Sie mir." Sie rieb sich die Stirn. So in der Vergangenheit zu wühlen, verursachte in ihr immer eine leichte Übelkeit. Rückblickend alle ihre Fehler in ihrer vollen

Pracht zu bestaunen, war demütigend. „Der Punkt ist, dass mir niemand definitiv sagen kann, welches dieser Ereignisse Michael die Stimme gestohlen hat, oder ob es das Resultat des Autismus ist, von dem sich die Ärzte nicht einmal sicher sind, dass er ihn hat." Unsicherheit war eine der Sachen, die ständig an ihr nagten. Es war schwer, ein Problem zu lösen, wenn man die Ursache dafür nicht kannte.

„Und ich vermute, Ihr Ex hat Ihnen auch beigebracht, dass Männer lügen." Brennan betrachtete sie vorsichtig.

„Er war sicher einer der Männer, die das getan haben." Sie starrte ihn direkt an.

Brennan nickte, er gestand die Lügen, die er ihr erzählt hatte, ein. Aber das war eine andere Art von Lüge gewesen. Und um diese Lügen wieder aufzuwiegen, hatte er bisher alle Versprechen gehalten, die er ihr gegenüber gemacht hatte. Sie verstand den Unterschied.

Vivi hörte Schritte, dann sah sie Inspektor Patton pfeifend durch die Haustür kommen. Sie wollte tausend Dollar wetten, dass er jedes ihrer Worte mitgehört hatte. Auch wenn das letztlich egal war.

Sie nahm das Tablett, und Brennan folgte ihr die Treppen hinauf. Obwohl er ein so großer Mann war, bewegte er sich wie ein Geist. Seine Nähe ließ ihre Haut kribbeln, aber sie ignorierte es. Es war einfach nur sehr lange her, dass sie Zeit mit einem Mann verbracht hatte, den sie auch nur ansatzweise attraktiv fand. Das Kribbeln war wie ein Echo der Frau, die sie einmal gewesen war.

Brennan ging voran, um die Schlafzimmertür zu öffnen. Er winkte sie herein, dann hielt er die Plastiktüte mit den Sachen für Michael hoch. „Hey, Kumpel! Raus aus den Federn!"

Von wegen nachschauen, ob er wach war…

Sie verdrehte die Augen, als Brennan in das Zimmer platzte, und versuchte, nicht zusammenzuzucken, als sie ihren offenen Koffer mit ihrer Unterwäsche darin entdeckte. Sie stellte das Tablett auf dem Nachttischchen ab, strich ihrem Sohn die Haare aus der Stirn, und schlug den Koffer mit ihrem Fuß zu. Michaels Blick schien abzudriften. Dieser kleine Augenblick ließ alle Gedanken an Unterwäsche und an Brennan ins Nichts entschwinden. Die Vorstellung, ihr Sohn könnte ihr einfach entgleiten, bereitete ihr riesige Angst.

Die Matratze sank an der Stelle ein Stück ein, an der der FBI-Agent auf dem Bett saß. „Na, was treibst du, Sportsfreund? Heute schon irgendwelche bösen Jungs erwischt?"

Die Spur eines Lächelns huschte über Michaels Gesicht, dann schüttelte er kaum merklich den Kopf. Vivi blinzelte. Aus irgendeinem Grund konnte ihr Sohn zu diesem Mann eine Verbindung herstellen. Es war richtig gewesen, dass sie ihn bei dem Treffen mit dem kalten, berechnenden CIA-Mann dabeihaben wollte.

„Ich habe Dir richtig tolle Sachen mitgebracht, aber erst musst Du Dein Frühstück essen. Los geht's." Brennan schüttelte Kissen auf, dann setzte er Michael aufrecht im Bett auf. Er reichte ihm zuerst die warme Milch, und als ihr Sohn einen vorsichtigen Schluck trank, hielt Vivi die Luft an. Endlich. „Und jetzt den hier." Brennan biss in eine Scheibe Toast. „Und dann zeige ich Dir, was ich mitgebracht habe."

Brennan begann, die Sachen aus der Plastiktüte zu ziehen, während nun Michael in den Toast biss. Die ruhige Art und das Fehlen jeglichen Aufsehens des Mannes um Michaels Verhalten funktionierten wirklich. Vivi waren sogar die Krümel im Bett egal, solange ihr Sohn nur aß.

Brennan reichte Michael eines seiner liebsten Bücher. Eine Enzyklopädie. Und einen Almanach. Michael liebte Sachbücher, aber Brennan hatte dennoch auch ein paar Pokémon-Stickerbögen und Alben mitgebracht. Ihr hielt er ein Heft mit extra schweren Sudokus hin, aber Vivi schüttelte schnell den Kopf und nickte in Michaels Richtung. Brennan kam für keine Sekunde aus dem Konzept. „Ist das hier Dein Fall, Mikey? Für mich ist das einfach zu hoch."

Ihre Augen weiteten sich, als sie den Spitznamen hörte. Seine Freunde in der Schule nannten ihn so. Michael nahm das Heft und strich über den glänzenden Einband. In seinen Augen leuchtete jetzt weit mehr als nur ein Funke Leben. Er liebte Mathe-Rätsel. Zum ersten Mal seit vierundzwanzig Stunden grinste er sie an, und sie lächelte zurück. Sie war so bewegt, dass sie Angst hatte, ihr Herz würde zerspringen. Brennans dunkle Augen sahen sie an, auch er lächelte, wodurch sein Gesicht nicht mehr nur attraktiv war, er war nun geradezu lächerlich gut aussehend.

Das warf sie um. Die Schmetterlinge in ihrem Bauch flogen nun regelrecht Kamikazemanöver in Körperteilen, die seit Jahren im Tiefschlaf gelegen hatten. Die unglaubliche Dankbarkeit, die sie ihm schon jetzt entgegenbrachte, verwandelte sich nun in etwas noch viel Stärkeres, viel Tieferes, das sich als eine unfassbar starke Anziehung zu ihm äußerte.

Seine Augen suchten die ihren, als ob er es auch fühlte.

Sie schaute weg.

Vivi konnte es sich nicht erlauben, diesem Typen zu verfallen. Michael konnte es sich nicht erlauben, diesem Typen zu verfallen. Denn wenn sie das zuließe und Jed abhauen würde… sie wollte nicht darüber nachdenken, was das mit ihrem Sohn machen würde. Und sie wollte auch nicht darüber nachdenken, was das mit ihr machen würde. Sie hatte es schon einmal durchgemacht und war nicht darauf aus, diese Erfahrung noch einmal zu wiederholen.

Aus dem Erdgeschoss klangen Geräusche nach oben, der Marshal und der Geheimagent waren wieder zurück im Haus.

„Brennan?", rief Killion die Treppe hinauf.

„Komme schon." Brennan stand auf. „Tschüss, Mikey. Bis später, okay?" Er fuhr Michael durch die karottenroten Haare und erhielt im Gegenzug ein weiteres, winziges Lächeln. Mehr als sie in den letzten acht Stunden aus ihm hatte herausholen können. Allein dafür hätte sie den Kerl knutschen können.

Vor der Schlafzimmertür drehte Brennan sich abrupt um und stieß fast mit ihr zusammen. „Ich verspreche Ihnen, ich werde nicht zulassen, dass Killion Michael in die Ecke treibt oder ihm zu hart zusetzt – immer vorausgesetzt, der Arzt gibt sein Einverständnis." Er zupfte eine Daunenfeder von seinem Hemd. „Aber es wird womöglich einfacher sein, wenn er die schweren Fragen stellt, als wenn Sie das machen."

Die Realität holte sie mit schnellen Schritten ein, und sie verschränkte die Arme vor der Brust. Er hatte recht. „Aber er spricht nicht, Jed." Sein Name kam ihr einfach über die Lippen. Zu einfach. Sie wollte die Distanz zu ihm wahren und ihm als Bundesbeamten gegenübertreten – und *nur* als Bundesbeamten. „Wie kann er die Fragen dieses Mannes beantworten, wenn er nicht spricht?"

„Kann er schreiben oder tippen?" Brennan war geduldig mit ihr, er *bevormundete* sie nicht – was sie schon immer wahnsinnig gemacht hatte –, sondern er wollte ihr dabei helfen, das Problem zu lösen.

Ihre Besorgnis machte sich bemerkbar. Sie schüttelte den

Kopf. „Das letzte Mal, dass er in der Schule ein Tablet benutzt hat, ist es ihm runtergefallen und kaputtgegangen. Seitdem fasst er die Dinger nicht mehr an." Angst davor, Ärger zu bekommen, weil er die ersten vier Jahre seines Lebens immer nur angeschrien wurde, sobald er einen Fehler gemacht hatte.

Warum war sie so lange bei David geblieben? *Weil du an das Sakrament der Ehe geglaubt hast, verdammt, und er die meiste Zeit sowieso nicht da war.* Sie schloss die Augen. Alte Erinnerungen halfen ihr jetzt nicht weiter. „Ich hoffe, ich kann ihn bald dazu bringen, wieder zu zeichnen, aber er malt nicht immer das, worum ich ihn bitte. Manchmal zeichnet er einfach alles, was in seinem Kopf herumschwirrt, ohne erkennbare Ordnung."

„Wir finden schon eine Lösung." Brennan zuckte mit den Schultern, als ob das alles überhaupt kein Problem wäre, aber Michaels Leben hing schließlich davon ab.

Sie begann zu zittern.

„Hey." Er hielt sanft ihre Arme fest, und etwas von seiner Kraft schien in ihre müden Muskeln hinüberzugleiten. „Wenn wir es nicht mal schaffen sollten, zwei Menschen vor einer Gefahr zu beschützen, dann brauchen wir gar nicht erst anzutreten. Wir werden diese Leute schnappen, ob mit oder ohne Michaels Hilfe. Sie beide sind hier sicher. Ich schwöre bei meinem Leben, dass Sie hier sicher sind."

„O-Okay", stotterte sie. „Ich bin nur einfach nicht sehr gut darin, anderen Menschen zu vertrauen, oder…"

Brennans Mundwinkel zuckte nach oben. „Oder Männern zu vertrauen."

Sie stieß angespannt ihren Atem aus. „Oder das."

Sein Blick fiel auf ihre Lippen. Vivi erstarrte. Die Anziehung prickelte zwischen ihnen, und er sah darüber nicht glücklicher aus als sie selbst.

„Manche von uns müssen noch arbeiten!“, rief Killion die Treppe hoch, ungeduldig und drängelnd. Er schleuderte sie beide wieder zurück ins Hier und Jetzt und zu dem Grund, weshalb sie alle hier waren.

„Ich hatte gar nicht mitbekommen, dass ich Ihr verdammter Chauffeur bin.“ Brennan drückte noch einmal Vivis Arm, dann drehte er sich um und polterte die Treppe hinunter.

Eine Welle der Einsamkeit fegte über sie hinweg. Es war albern, seine Gegenwart zu vermissen, bevor er überhaupt fort war. Es war albern, ihm nach so kurzer Bekanntschaft schon zu vertrauen. Er machte nur seine Arbeit und hätte in dieser Situation für jeden anderen genau dasselbe getan. Aber sie glaubte ihm. Bei ihm fühlte sie sich sicher.

Wenn Michael nicht wäre, dann wäre sie längst über alle Berge, wäre verschwunden, bis die Gefahr vorüber war, aber das konnte sie jetzt nicht riskieren. Nicht mit ihrem Sohn. Sie saß fest, und sie hatte ein riesiges Problem.

„SIE HAT SICH also an Sie geklammert und sieht Sie als ihren edlen Ritter an?“ Killion legte seine Füße auf das Armaturenbrett aus Walnussholz. „Sie ist heiß. Ich hätte nichts dagegen, sie selbst ein bisschen zu beschützen.“

Jed hatte zwei Brüder. Er war alt und gerissen genug, um zu bemerken, wenn ihn jemand aufzog. Was nicht bedeutete, dass derjenige nicht eine dicke Lippe riskierte, wenn er es zu weit trieb.

„Vielleicht, weil ich ihr Kind gerettet habe.“ Er lenkte den

Geländewagen vorsichtig über die schneeglatte Auffahrt. „Oder, weil ich wie jemand aussehe, dem sie vertrauen kann."

Killion grunzte verächtlich. „Von FBI-Agenten scheint sie ja keine Ahnung zu haben."

Jed zog eine Grimasse. Vielleicht benutze er Vivi tatsächlich – benutzte die feurige Anziehung, die zwischen ihnen knisterte. Er hatte auf dem Treppenabsatz darüber nachgedacht, sie zu küssen – *Idiot* – aber er hatte nicht vor, diese Grenze je zu überschreiten. Dieser Fall war kompliziert genug, ohne dass er sich mit einer Zeugin einließ. Zur Hölle, sein Leben war kompliziert genug. Aber sie mussten wissen, was Michael gesehen und gehört hatte. Jed würde nicht zulassen, dass irgendwer dem Kind Schaden zufügte, um an diese Informationen zu kommen, aber sie mussten es *wirklich* herausbekommen. Und auch die Vincents mussten Klarheit erhalten.

„Sollten Sie nicht gerade irgendwelchen Terroristen Nägel durch die Handflächen bohren oder so?", fragte er den Agenten.

Killion schaute auf seine Uhr. „Ziemlich genau jetzt."

„Lassen Sie sie schmoren?"

„Das ist eine Taktik, die funktioniert." Es lag Schärfe in Killions Stimme. Vivi hatte seine Coolness ins Wanken gebracht, der Kerl war nicht so abgebrüht wie er gerne vorgab. „Bei dem Kerl auf der Intensivstation habe ich keine Wahl, er ist immer noch nicht aufgewacht. Abdullah Mulhadre ist eine ganz andere Nummer. Er weiß nicht, dass wir wissen, wer er ist. Die CIA ist dabei, mir so viele Informationen wie möglich über ihn zu besorgen, bevor ich ins Verhör mit ihm gehe." Killions Gesichtsausdruck wurde hart. „Wir mühen uns gerade damit ab, herauszufinden, wer der Drahtzieher ist, und ob noch weitere Anschläge geplant sind. Mulhadre könnte seine diplomatische Immunitäts-Karte ausspielen, aber das hat er bisher noch nicht getan. Und das lässt ihn noch verdächtiger wirken, im Auftrag seiner Regierung gehandelt zu haben. Allerdings können wir nicht einfach die Syrer beschuldigen, einen Anschlag ausgeübt zu haben, ohne einen offenen Krieg auf der gesamten arabischen Halbinsel anzuzetteln, in den sich dann noch Israel, Russland, China, und eigentlich der gesamte verdammte Planet verwickeln. Also ja, ich warte lieber noch auf ein paar Details, während Abdullah schmort." Killions Augen waren glasig vor Übermüdung. Keiner von ihnen beiden hatte geschlafen. Jed sah ihm zu, wie er seine Schläfen rieb. „Diese ganze Sache ist einfach nur eine riesige Scheiße. Es ist eine Sache, wenn es tausende Meilen entfernt in Kabul passiert..."

„Eine ganz andere Sache, wenn es zu Hause passiert." Jed verstand. „Ich bezweifle allerdings, dass sich die Opfer anders fühlen."

„Wir sind alle nur Menschen."

„Sogar die CIA?"

Killion grunzte. „Die CIA ist davon ausgenommen."

„Verteidigungsministerium?"

„Die im Verteidigungsministerium sind Menschen. Leider aber auch ein Haufen Volltrottel." *Die Beziehungen zwischen den Behörden waren wie immer ausgezeichnet.* „Wenigstens können wir uns darauf verlassen, dass das FBI zwischen allen Beteiligten für Waffenruhe sorgt." Killions Mund verzog sich. Politische Interessen hatten mehr als einmal dafür gesorgt, dass Leute aus allen Organisationen ihr Leben lassen mussten, das wussten sie alle. „Ich bin kein Monster, verstehen Sie? Ich werde dem Kind nicht wehtun. Ich muss nur herausfinden, ob er irgendetwas weiß. Selbst der kleinste Hinweis könnte helfen. Die Mutter verschweigt mir etwas." Killion schnaubte. „Aber das ist keine Überraschung."

„Sie wollen wirklich den Vater kontaktieren?", fragte Jed. Das würde Killion bei Vivi keinerlei Pluspunkte bringen, aber er hatte eine Aufgabe zu erledigen, auch wenn es Jed nicht gefiel.

„Nur als letzten Ausweg." Killions Grinsen kam zurück. „Sie hat Temperament. Ich kann verstehen, warum sie Ihnen gefällt."

Jed ließ sich nicht darauf ein.

„Was haben Sie heute noch vor?" Der CIA-Agent schien irgendwie viel zu interessiert an Brennan zu sein. Aber Informationen waren das A und O für diese Typen. „Sollten Sie nicht irgendein Profil erstellen?"

Jed schüttelte den Kopf. „Ich nicht. Die Fallanalyse hat ein paar Jungs der Anti-Terroreinheit hergeschickt, um das zu übernehmen. Ich bin auch nur ein Laufbursche, der Beweise sammelt. Sie übergeben das Handy an McKenzie, sobald wir in der Zentrale sind, richtig?"

„Natürlich." Killion klappte seinen Sitz nach hinten und schloss die Augen. „Warum sind Sie überhaupt hier? Arbeiten Sie nicht in Quantico?"

„Ich bin im Urlaub."

Killion schielte ihn aus einem Auge an. „Im Ernst?"

„Ja. Was ein beschissener Zufall, oder?" Jed fuhr auf den Highway in Richtung Stadt. „Ich rufe Dr. Hinkle an und frage ihn, ob er heute zu Michael in das Haus kommen kann. Dann werde ich die Zeugenaussagen durchgehen um herauszufinden, ob irgendjemand unsere Schwarze Witwe gesehen hat. Ich versuche, genug Informationen herauszubekommen, damit ein Phantombild gezeichnet werden kann und wir es an die Medien geben können."

„Und wir somit nicht mehr auf die Informationen im Kopf des Jungen angewiesen sind", stellte Killion leise fest.

„Und somit hoffentlich die Bedrohung beseitigen, genau. Es kann sein, dass er nicht einmal ihre Gesichter gesehen hat. Die Schranktür war fast komplett geschlossen. Er hat womöglich keinerlei verwertbare Informationen."

„Ja, aber *vielleicht doch*, und wissen Sie was? Das könnte ausreichen, um Leben zu retten, und alles andere ist mir egal."

Langsam stieg Ärger in Jed auf und zerschlug das Gefühl der Kameradschaft, das sich vorhin noch eingestellt hatte. Michael war kein gewöhnlicher Zeuge.

„Er ist ein achtjähriger Junge, der nicht spricht. Das Kind hat Probleme." Jed umklammerte das Lenkrad, als er daran dachte, was Michaels Vater seinem Sohn und Vivi angetan hatte. Klang nach einem üblen Brocken. „Und er ist minderjährig und amerikanischer Staatsbürger, also viel Glück dabei, an ihn heranzukommen, wenn Sie die Mutter verärgern oder seine verfassungsmäßigen Rechte mit Füßen treten."

Das war es, warum der Kerl Jed wie ein Schatten folgte. Die Amtsgewalt der CIA lag außerhalb der Grenzen der USA. Er musste die Zuständigkeit des FBI nutzen, und Jeds Einfluss auf Vivi, um an den Jungen heranzukommen.

„Wir wollen beide das gleiche", versicherte ihm der Agent, als hätte er Jeds Gedanken gelesen.

Sicher. „Nur, dass ich ethische Grundsätze befolge, wenn ich die Sachen angehe."

„Was Sie nicht davon abgehalten hat, diesem Mörder in Washington die Nase zu brechen."

Jed zeigte ihm ein breites Grinsen. „Denken Sie nur immer

daran." Der Geheimdienstler hatte sehr wohl gewusst, warum Jed hier war. Was wusste er sonst noch, das er nicht teilte?

Der Blick in Killions Augen wurde dunkler als der Winter in Minnesota. Aber Jed war in Wisconsin aufgewachsen, Winter konnten ihm nichts anhaben. Der andere Kerl hielt endlich den Mund, als sie auf den Parkplatz der Zentrale fuhren. Immerhin.

———

PILAH BETRAT DAS Krankenhaus mit einem riesigen Strauß rosafarbener Nelken. Sie hatte vorhin angerufen und erklärt, dass sie auf der Suche nach ihrem „Onkel" war, der womöglich unter den Opfern des Terroranschlags war. Die Dame an der Rezeption bestätigte ihr, dass er tatsächlich ein Patient war. Schilder wiesen ihr den Weg auf die Intensivstation.

Der Korridor war voller Polizisten, die mit Zeugen sprachen und ihre Aussagen aufnahmen. Pilah spürte Hitze in ihre Brust und in ihr Gesicht steigen. Ihre Angst war greifbar, und sie fragte sich, ob man ihr das ansehen konnte. „Ich möchte William Green besuchen", sagte sie der Krankenschwester.

Die Augen der Schwester wurden groß. „Sind Sie die Frau, die vor ein paar Stunden angerufen hat?"

Pilah runzelte die Stirn. „Ich habe angerufen, aber ich habe nicht mit Ihnen gesprochen, glaube ich. Ich bin seine Nichte." *Verdammt.* War noch jemand anderes auf dem Weg hierher, der ihre Deckung auffliegen lassen würde? Sargon würde keinerlei Skrupel haben, ihre jungen Töchter an einen alten, abstoßenden Mann zu verkaufen, sollte sie jetzt versagen. Vorausgesetzt, er würde sie nicht gleich erschießen oder verhungern lassen. Ihr Magen zog sich zusammen. „Hat die Person gesagt, wie sie heißt?“

Die Schwester schaute auf eine kleine Haftnotiz, die am Empfangstresen klebte. „Marie Thomas.“

„Ach, Marie.“ Pilah nickte vielsagend, tat als ob sie sie kannte. „Ich rufe sie an und sage ihr Bescheid, dass ich hier bin. Ich war nicht in der Stadt und bin sofort hergekommen, als ich gehört habe, dass Onkel Will in die Anschläge verwickelt war.“

Ein Schütteln durchfuhr die Schwester. „Diese Leute sollten sich schämen, obwohl ich nicht glaube, dass sie überhaupt ein Gewissen haben. Ich verstehe nicht, was sie erreichen wollten. Sie haben nur eine Menge Leute getötet und verstümmelt. Ich weiß schon, was ich mit ihnen anstellen würde, sollte ich sie erwischen.“

Die Schwester war übergewichtig und selbstgefällig. Es war einfach, zu verurteilen, wenn man in einer Demokratie lebte, die die Rechte aller Bürger anerkannte. In Pilahs Heimat waren ganze Städte abgeschlachtet worden – Männer, Frauen, Kinder, gefoltert und getötet aufgrund der Befehle ihres eigenen Präsidenten. Pilah versteckte ihre Gefühle, ihren Zynismus, ihre Verachtung. Die Amerikaner wussten nur sehr wenig über das Leid. Auch sie hatte nur wenig darüber gewusst, bis der Bürgerkrieg ihr Land in einen erbitterten Kampf um Freiheit verwickelt hatte.

Sie hatte erwartet, dass mittlerweile Gerüchte und Spekulationen über die Beteiligung Syriens durch die Medien gehen würden, aber das war nicht der Fall. Bis jetzt zumindest nicht.

Hatte Sargon bezüglich der Absichten der Organisation gelogen, oder hielten die Behörden alle bisher bekannten

Informationen vorerst unter Verschluss? Beides, vermutlich.

„Liegt er noch im Koma?", fragte Pilah.

„Er wurde in ein künstliches Koma versetzt, bis die Schwellungen in seinem Gehirn zurückgehen. Es ist nicht so schlimm wie es klingt", versicherte sie.

Die Schwester ging voran in ein Zimmer mit drei Betten. *Oh, nein...* Pilah betrachtete hektisch die Patienten. Zwei bewusstlose Männer lagen in ihren Betten, aber sie wusste nicht, welcher von beiden ihr Onkel sein sollte.

Pilah blieb abrupt stehen. „Ich habe ganz vergessen, dass ich die Blumen nicht mit hereinbringen darf." Sie deutete auf den Strauß und spielte auf Zeit. „Ich bringe sie nach draußen und rufe auch direkt Marie an. Dann würde ich mich zu ihm setzen, wenn das in Ordnung ist?" Ihre Taktik hatte funktioniert, die Schwester war nun bei dem Bett am Ende des Raumes angekommen und schaute sie an.

„Das ist in Ordnung. Er hat mir schon leidgetan, weil er keinen Besuch bekommen hat. Die Gesellschaft wird ihm guttun."

Pilah erkannte ihn. Er war in der Nähe gewesen, als sie die Detonation im Sicherheitszentrum ausgelöst hatten. Amir hatte ihn angeschossen, als er auf sie zukam. Sie hoffte nur, dass er sie nicht erkannte, wenn er aufwachte. Natürlich sah sie anders aus. Kein Kopftuch, engere, westliche Kleidung. Ihre Haare waren von Natur aus dunkelblond, das hatte sie von ihrer Mutter geerbt, und das war auch der Grund, weshalb Sargon sie gut gebrauchen konnte. Sie hatte sich einen langen Pony geschnitten, der bis zu ihren Augen reichte, und trug auffälliges Make-up und pinken Lippenstift.

„Er sieht furchtbar aus." Pilah sah sich das Gesicht des Mannes genau an. Graue Haut, der Mund hing herunter, weiße Verbände waren um seinen Kopf gewickelt. Er sah aus, als ob er Schmerzen hatte, und aus irgendeinem Grund war das schlimmer, als ihn tot zu sehen. Sie hatte dabei geholfen, ihm das anzutun. Sie war für sein Leiden verantwortlich. Zum ersten Mal fühlte sie wirkliche Reue für das, was sie getan hatte. „Ich bin in zwei Minuten zurück." Sie ging aus dem Raum und den Korridor entlang zum Haupteingang. Sie wählte eine Nummer, die Sargon ihr gegeben hatte, und ihre Finger zitterten so sehr, dass sie sich zweimal verwählte.

Als jemand am anderen Ende abnahm, sagte sie: „Das funktioniert nicht. Er hat eine Nichte, die vorhin schon angerufen hat."

„Name?"

Sie presste die Lippen zusammen. „Marie Thomas."

Ihr Kontaktmann war schon dabei, etwas in seinen Computer zu tippen. Er las eine Adresse vor. „Hab sie. Nicht verheiratet. Scheint allein zu leben, soweit ich das sagen kann."

„Soll ich gehen?"

„Nein. Tu genau das, was Dir gesagt wurde. Später musst Du Dich um sie kümmern. Ich habe genug andere Sachen zu erledigen."

„Ich?"

Ein leises Schnauben klang durch das Telefon. „Ja, Du. Du hast Dich bisher als überraschend einfallsreich erwiesen. Du weißt, was Du zu tun hast."

Aber ich will es nicht tun! Innerlich schrie sie. Äußerlich blieb sie ruhig. Wie konnte sie sich aus diesem Chaos befreien, in das sie sich selbst gebracht hatte? „Haben Sie das Kind gefunden?"

„Kein Wort darüber", fuhr er sie an. Er legte auf.

Die Bilder der rothaarigen Frau und ihres Sohnes

begannen, Pilah zu verfolgen, genau wie all ihre anderen Geister. Waren sie noch irgendwo da draußen? Konnte der Junge sie identifizieren? Hatte er irgendetwas Wichtiges mitgehört?

Sie legte die Blumen auf dem Tresen der Schwestern ab. Dann schaltete sie ihr Handy aus und betrat die Intensivstation. Verstohlen las sie die Notizen am Ende des Bettes – etwas, das jedes Familienmitglied machen würde. William Green. Fünfundfünfzig Jahre alt. Sie setze sich neben ihn und nahm seine Hand. Seine Haut war kühl und trocken. Sie drückte seine Finger und war beunruhigt, als sie eine leichte Erwiderung des Händedrucks spürte.

NEUNTES KAPITEL

VIVI LIEF AUF und ab. Sie hatte Michael dazu bekommen, aufzustehen und sich anzuziehen, aber er hatte den ganzen Tag auf dem Sofa gelegen, unfähig oder unwillig, zu reagieren. Ihr Kiefer war verkrampft. Ihr Sohn entglitt ihr. Sie spürte es bei jeder ausbleibenden Reaktion, jedem vermiedenen Blickkontakt.

„Wann wird er hier sein?", fragte sie Inspektor Patton zum fünften Mal in dieser Stunde. Dr. Hinkle hatte versprochen, zu kommen, sobald er seine Nachmittagsvisite im Krankenhaus beendet hatte. Die Marshals hatten angeblich den CIA-Agenten und das FBI informiert, aber sie würde nicht warten, bis auch sie ankamen. Das Warten auf Dr. Hinkle reichte aus, um sie in den Wahnsinn zu treiben. Sie fühlte sich so hilflos.

„Er ist auf dem Weg."

Die ganze Angelegenheit begann, ihr wie eine riesige Verschwendung von Zeit und Ressourcen vorzukommen. Dass sie bedroht wurden, schien lächerlich. Je mehr sie darüber nachdachte, desto mehr war sie der Überzeugung, dass die Behörden überreagierten. In den Nachrichten wurde berichtet, dass alle Terroristen tot waren, und die allgemeine Aufregung begann, sich zu legen. In einigen Bereichen des Einkaufszentrums wurde schon aufgeräumt.

„Ich kann nicht glauben, dass sich irgendwer die Mühe

machen würde, uns zu suchen. *Wir wissen nichts.*"

„Wissen Sie, was ich nicht glauben kann?", fragte Patton ungerührt zurück. „Dass so viele meiner Mitbürger gestern im örtlichen Einkaufszentrum niedergeschossen wurden. Ein bisschen Vorsicht ist sicherlich angebracht, auch in Anbetracht des Vorfalls am Pool gestern."

Galle stieg in Vivis Hals hoch. *Natürlich, ja.* Aber die ganze Sache wirkte so surreal.

Patton legte ihr eine Hand auf die Schulter. „Es ist okay, die Fassung zu verlieren, wissen Sie? Niemand wird Ihnen Noten dafür geben, wie wacker Sie sich schlagen."

„Zum Glück nicht." Sie lachte kurz und seltsam auf und schüttelte ihren Kopf. „Aber ich kann es mir nicht erlauben, die Fassung zu verlieren. Ich habe einen kleinen Jungen, den ich beschützen muss."

Patton legte seine Hand auf ihren Arm. Er schien ein guter Mann zu sein. Rogers ebenfalls, auch wenn er deutlich strenger wirkte. „Das ist auch meine Aufgabe, vergessen Sie das nicht. Seien Sie nicht zu hart mit sich selbst."

Das war einfacher gesagt als getan, jetzt, wo sie in diesem Haus festsaß, nichts tun konnte, und Michael ihr immer mehr entglitt. „Ich weiß ihre Hilfe zu schätzen. Ich möchte einfach nur, dass alles wieder normal ist. Haben Sie Kinder?"

„Ja, zwei Jungs. Einer im College, der andere macht gerade seinen Abschluss auf der High School."

„Die beiden wissen hoffentlich, wie viel Glück sie mit Ihnen haben."

Er wollte etwas erwidern, wurde aber von dem Geräusch eines Autos unterbrochen, das die Einfahrt hochfuhr. Er ging zur Haustür, seine Waffe im Anschlag. Sein Handy hatte er am Ohr.

„Das ist Hinkle", sagte er.

Rogers führte den Arzt herein, dessen Brillengläser im warmen Haus sofort beschlugen. Er machte einen leicht irritierten Eindruck. Gestern noch hatte Vivi ihm untersagt, weitere Tests an Michael durchzuführen, nachdem die MRT-Prozedur in einem Desaster geendet hatte. Jetzt flehte sie ihn an, hierher zu kommen und ihren Sohn zu untersuchen. „Dr. Hinkle. Vielen Dank, dass sie hergekommen sind."

„Ms. Vincent. Normalerweise wäre ich erfreut, Sie so schnell wiederzusehen, aber unter diesen Umständen…"

Vivi nickte. Die Umstände waren kein Zuckerschlecken.

Der Arzt kam in die Küche und starrte auf Michael, der schlapp auf dem Sofa lag. „Ist er seit dem Anschlag so?"

„Es ist ein Auf und Ab, aber im Prinzip, ja." Sie nickte. „Er isst nichts, es sei denn, ich zwinge ihn dazu. Er möchte nichts machen, außer zu schlafen. Ich mache mir solche Sorgen…" Ihre Stimme brach. *Sorgen darüber, dass er einfach immer mehr in sich zusammenfallen und schließlich sterben könnte. Und niemanden würde es kümmern, außer mir…*

Der Arzt tätschelte ihren Arm. „Natürlich machen Sie sich Sorgen. Ich werde mit ihm reden, aber…"

„Was?"

„Es ist durchaus möglich, dass das eine völlig angemessene Reaktion auf ein sehr traumatisches Ereignis ist."

Normal? „Eine Art posttraumatische Belastungsstörung?"

„Ich bezweifle, dass es überhaupt schon an diesem Punkt angekommen ist, aber sicherlich eine normale Reaktion auf ein Trauma. Wir alle brauchen Zeit, um Angst zu verarbeiten, das Gleiche gilt für Trauer, und manchmal auch für Schuldgefühle, weil wir überlebt haben und andere nicht. Trauer ist ein Prozess. Das braucht Zeit. Tage. Wochen.

Manchmal Jahre." Warme blaue Augen schauten sie an. „Das gilt auch für Sie."

Vivi war egal, was für sie galt. Sie war stark genug, das allein durchzustehen, solange ihr jemand mit Michael half.

„Aufgrund von Michaels Alter und der Tatsache, dass er nicht spricht, müssen wir eine besondere Art der Therapie für ihn entwickeln, mithilfe derer er die gestrigen Erlebnisse und die Emotionen, die damit einhergehen, angemessen verarbeiten kann."

„In Ordnung." Sie verschränkte die Arme vor der Brust. Los geht's. Sie war sehr gut darin, Dinge anzuschieben. Sie hatte ein Problem damit, Sachen schleifen zu lassen.

„Ich sage nicht, dass Sie sich *nicht* sorgen sollen. Aber ich glaube, dass dieses Verhalten nach einer Schießerei wahrscheinlich zu erwarten ist. Diese angemessene Reaktion auf die Ereignisse ist sogar einigermaßen ermutigend."

Ermutigend? *Wirklich?*

„Denn er verarbeitet das, was ihm passiert ist, genau auf die Art und Weise, die wir von einem neurotypischen Kind erwarten würden."

Sein geduldiges Lächeln fing an, ihr auf die Nerven zu gehen. Fast so sehr, wie es sie genervt hatte, als er ihr mit sehr einfachen Worten erklärt hatte, dass nicht alle Menschen mit herausragenden Talenten – wie Michaels Zeichenkünsten – gleich Genies waren. Und dass Menschen mit dem Savant-Syndrom immer auch eine latente Entwicklungsstörung oder körperliche Beeinträchtigung hatten. Und der gute Mann war sich nicht sicher, ob Michaels Stummheit in diese Kategorie fiel. „Ein Paradoxon, dass Genie und Behinderung auf diese Art verbunden sind", hatte er bemerkt. Ihrer Meinung nach war Michaels künstlerische Begabung zusammen mit seinem unglaublich detaillierten Erinnerungsvermögen – er musste Dinge nur einmal sehen, um sie perfekt darzustellen – ein eindeutiger Beweis. Aber anscheinend war dem nicht so.

Manche Menschen waren einfach *begabt*, hatte der Arzt erklärt. Und manche Menschen waren *stumm*. Soweit ihm bekannt war, war Michael das einzige Kind, das beides war. Er weigerte sich, Michael einen Stempel aufzudrücken, bevor er nicht weitere Tests durchgeführt hatte.

Sie wünschte sich nicht etwa, dass Michael Autist war oder Asperger hatte. Was sie wollte, waren Antworten auf Fragen, die sie schon seit Jahren plagten, und eine Möglichkeit, ihrem Sohn zu helfen, damit er alles im Leben erreichen konnte, was er wollte.

Sie atmete tief ein. Hinkle war der Experte, und das menschliche Gehirn war immer noch größtenteils ein Mysterium. Wenn irgendjemand zu Michael durchdringen konnte, dann ein Experte, der sich auf dieses Mysterium spezialisiert hatte. „Nicht, dass er eine anerkannte *Erkrankung* hätte", flüsterte sie halblaut.

„Wie bitte?" Seine Augen blitzten auf.

„Nichts. Verzeihung." Sie schluckte einen Kloß aus Frustration in ihrem Hals hinunter. Sie hatte ihn hierher gebeten. Es war nur fair, sich auch anzuhören, was der Mann zu sagen hatte.

„Ich werde jetzt mit ihm sprechen." Er zog seinen Mantel aus und gab ihn ihr. „Kaffee wäre wunderbar. Milch, zwei Stück Zucker bitte."

Der Arzt ließ sie mit offenem Mund stehen. Rogers wackelte mit seinem Zeigefinger in ihre Richtung, als könnte er ihre Gedanken lesen und sie vor ihrem nächsten Schritt bewahren. Sie lachte kurz auf. Die Marshals waren wunderbar, sie versahen ihre Pflicht mit einem Sinn für Humor, der sie davor bewahrte, an ihrer ganzen Angst zu ersticken.

Sie setzte den Kaffee auf.

Hinkle saß auf einem Stuhl neben dem Sofa und begann, leise mit Michael zu reden. Vivis Sohn drehte sich von ihm weg, aber der Arzt sprach weiter. Sie stand in der Küche und beobachtete die Szene. Draußen war es bewölkt. Es hatte endlich aufgehört, zu schneien, aber der Winter fing gerade erst an. Sie trommelte mit ihren Fingernägeln auf die Granitarbeitsfläche und versuchte zu verstehen, worüber Hinkle sprach. Vielleicht würde sie eines Tages damit aufhören, ein Kontrollfreak zu sein, wenn es um ihren Sohn ging, aber dieser Tag war nicht heute. Sie schob sich vorsichtig weiter in Richtung des Sofas, aber der Arzt stieß einen lauten Seufzer aus, klappte seine Mappe zu, und stand auf. Er kam zu ihr herüber, und sie goss ihm eine Tasse Kaffee ein.

Hinkle nahm die Tasse und rührte den Zucker hinein. Drei Teelöffel voll. „Ich glaube, Michael braucht noch ein bisschen mehr Zeit, um zu begreifen, was passiert ist. Ich will ihn nicht drängen. Sein Gehirn ist schlicht überfordert und übermäßig stimuliert, und er zieht sich aus Selbstschutz zurück."

„Was kann ich für ihn tun?", fragte sie.

„Ruhe. Stille. Abstand, um für einen Moment einfach durchzuatmen."

War das alles? Das war sein Expertenrat? „Okay."

„Wollen *Sie* darüber reden, was passiert ist?" Er schaute sie freundlich an.

Vivi zuckte zusammen. Bilder von Blut, das über den Boden im Einkaufszentrum verschmiert war, zuckten durch ihre Erinnerung. Angstverzerrte Schreie und laute Schüsse. Sie verschränkte die Arme. „Nein, ich will nicht darüber sprechen. Noch nicht."

Er lächelte geduldig.

Vielleicht hatte er recht. Vielleicht brauchte ihr Sohn einfach Zeit, und sie war zu ungeduldig, ihm diese Zeit zu lassen. Der Arzt war völlig umsonst gekommen. „Tut mir leid, dass ich Ihre Zeit verschwendet habe, Dr. Hinkle."

„Keineswegs, Ms. Vincent. Keineswegs. Ich denke sogar, dass ihm ein bekanntes Gesicht aus der Zeit vor dem Anschlag helfen konnte, zu erkennen, dass die Welt gestern nicht untergegangen ist. Unter normalen Umständen würde ich Ihnen dazu raten, nach Hause zu fahren und ihn sich in seiner gewohnten Umgebung erholen zu lassen. Aber so wie die Dinge stehen, und mit der Bedrohung für sein Leben, müssen Sie improvisieren. Versuchen Sie, die für ihn wichtigsten Dinge alle möglichst detailgetreu auch hier anzubieten. Was er gerne isst. Ihre täglichen Routinen."

Vivi dachte über Michaels Routine nach. Schule, Freunde und ihr Zuhause waren nicht verfügbar. Aber sie konnte das Zimmer neu anstreichen und einige der Poster besorgen, die er in Fargo an seiner Wand aufgehängt hatte. Sie würde sie im Internet bestellen. „Vielen Dank für Ihre Hilfe, Dr. Hinkle."

„Ich bin froh, dass ich in dieser schweren Zeit helfen konnte."

Vivi sah zu Michael hinüber, aber das Sofa war leer. Sie blinzelte überrascht.

„Er ist sicher nur zur Toilette gegangen", versicherte der Arzt mit einem ermunternden Händedruck. „Lassen Sie ihm ein bisschen Freiraum." Jeder Millimeter seiner gerunzelten Augenbrauen deutete darauf hin, dass er sie gerade als überbesorgte Mutter diagnostizierte.

Entspann Dich. Ruhig. Es wird ihm nichts passieren. Alles alte Mantras aus ihrer Ehe. Und ihre Scheidung war der Beweis dafür, dass sie nichts davon umsetzen konnte, wenn es um ihren Sohn ging.

Sie lächelte verkniffen zurück. „Natürlich."

Rogers stellte dem Doktor ein paar Fragen über den Verkehr auf der Hinfahrt, und Vivi nutze die Gelegenheit, um sich in das Wohnzimmer davonzuschleichen. Sie schaute hinter den Vorhängen und dem Sessel nach. Sie schaute sogar in ein kleines Sideboard unter dem Bücherregal, fand aber nichts darin, außer einem Schachspiel. Gut zu wissen. Michael liebte Schach.

Sie ging weiter durch den Flur, der zum Hintereingang des Hauses führte. Nichts. Sie ging in die Waschküche, öffnete alle Schränke und schaute unter dem Waschbecken nach.

„Michael?", rief sie. Ein Geräusch drang aus der Garage nebenan, in der die Marshals ihre Autos parkten. Sie zog die Tür auf und ein kalter Luftstoß wehte ihr entgegen. Schnell schloss sie die Tür hinter sich, damit das Haus nicht noch eisiger wurde, als es ohnehin schon war. Vivi klapperte mit den Zähnen. „Michael, komm schon, es ist hier zu kalt für Dich." Sie hatte mitbekommen, dass die Heizung heruntergedreht worden war, damit niemand die Stromzähler ausspionieren und feststellen konnte, dass neue Bewohner in das Haus gezogen waren. Auch wenn sie die Gründlichkeit des Einsatzteams schätzte, hätte sie auch nichts gegen ein bisschen mehr Wärme. Die Kälte kroch durch ihre dicken Wollsocken. Die Schnitte an ihren Fußsohlen waren noch empfindlich, heilten aber schnell. Sie suchte die gesamte Garage ab, aber es gab hier keinen Ort, an dem man sich verstecken konnte. Wo war er? Sie schaute in beide Autos. Dann bemerkte sie, dass der Kofferraum von Rogers silbernem Sedan einen winzigen Spalt weit offenstand. Da! Sie stieß einen langen, erleichterten Seufzer aus.

Enge, dunkle Räume.

Sie öffnete den Kofferraumdeckel und fand Michael in eine dicke Wolldecke eingerollt, neben einer Schneeschaufel liegend. „Oh, Michael." Die Traurigkeit in seinem Blick flehte sie an, ihn allein zu lassen, aber sie brachte es nicht übers Herz.

Stattdessen kletterte sie vorsichtig zu ihm in den Kofferraum. Die Kofferraummatte war sauber und roch nach Neuwagen. Sie seufzte, als sie daran dachte, dass ihr eigenes Auto noch immer am Hotel stand. Sie musste Brennan darum bitten, das für sie zu regeln. Sie zog die Kofferraumklappe zu, bis sie beide im Schatten verschwanden, dann hielt sie den zitternden Körper ihres Sohnes fest umschlungen und kroch mit unter die Decke. Sie küsste seine Haare. „Ich liebe Dich, Michael."

Er drückte ihren Arm. Nicht fest, aber tausendmal besser als nichts. Sie lagen still da und lauschten dem Flüstern des Winds. Michael hatte kein Gramm zu viel auf den Rippen, sein Körper klapperte vor Kälte regelrecht gegen ihren, aber offensichtlich wollte er lieber hier sein als woanders, Wärme hin oder her. Und im Moment musste sie ihm geben, was er brauchte. Nach ein paar Minuten hatten sich ihre Körper genug aneinander aufgewärmt, dass sie zu zittern aufhörten. Ihre Gedanken wurden still. Wer hätte gedacht, dass ein Kofferraum so beruhigend sein konnte. Sie begannen beide, einzudösen.

Das Geräusch von splitterndem Glas zerstörte ihre Ruhe. Jeder Muskel in ihrem Körper war mit einem Mal angespannt. Was war das? Hatte jemand ein Glas fallen lassen?

„Bleib hier." Sie kroch aus dem Kofferraum, öffnete vorsichtig die Tür zum Haus, und spähte hinein. Sie huschte durch die Waschküche und den Flur, dann ins Wohnzimmer. Was ging hier vor? Dr. Hinkle kauerte hinter der Küchenzeile. Sie wollte fliehen, als sie das unverwechselbare Knallen von Schüssen hörte, aber ihr Körper gehorchte ihr nicht mehr. Die Haustür ging auf. Marshal Rogers ging auf Position und feuerte auf etwas vor der Tür. Eine Kugel schlug in die Wand über ihrem Kopf ein, und sie duckte sich instinktiv. Ein Mann schrie vor Schmerzen auf. *Nein!* Es war Rogers. War er getroffen worden?

Vivi drückte sich gegen die Wand und schluchzte fast vor Angst. Sie brauchte eine Pistole. Eine Waffe. Irgendetwas, womit sie sich verteidigen konnte. Schritte polterten die Treppe hinauf zu dem Zimmer, in dem sie und Michael schliefen.

Die Terroristen hatten sie gefunden. Sie hatten sie ausfindig gemacht und wollten sie wirklich tot sehen. Vivi krabbelte auf den Knien in die Küche, um Dr. Hinkle mit in ihr Versteck zu holen. Aber bevor sie bei ihm ankam, sackte sein Körper zusammen und fiel um.

Ein fremder Mann in einer Sturmhaube stand vor ihr. Nicht mit dunkler oder brauner Haut, sondern blass um die blauen Augen. Sie atmete scharf ein, um zu schreien, aber ein Schuss und dann ein rot aufblühender Kranz aus Blut auf der Brust des Mannes stoppten sie. Der Angreifer knallte auf den Fußboden, und Rogers suchte ihren Blick.

„WEG", formte er lautlos mit seinen Lippen. Das Licht in seinen Augen erlosch und er fiel zur Seite um. Direkt vor ihren Augen starb der Mann, der versprochen hatte, sie zu beschützen.

Auch von oben hallten nun Schüsse. Die Marshals hatten mit Sicherheit Verstärkung angefordert, aber wie lange würde es dauern, bis sie hier war? Kämpfen oder fliehen? Nichts von beidem würde sie heute retten. Weder hatte sie die Autoschlüssel, noch konnte sie einen Wagen kurzschließen. Sie musste Michael beschützen, und Unsichtbarkeit und Vorsicht waren ihre beste Chance. Sie riss die Pistole aus der Hand des toten Angreifers, dann rannte sie lautlos zurück in die Garage, schloss leise die Tür hinter sich, und hörte, wie im oberen Stockwerk weitere Schüsse fielen. Patton musste dort oben sein. *Oh, Gott. Bitte lass die Verstärkung eintreffen, bevor ihm etwas zustößt.* Sie kletterte in den Kofferraum, dankbar, dass Michael noch da war, unverletzt. Der Klang von Sirenen begann, die Luft zu füllen. *Danke.*

„Da kommt Hilfe."

Michael wurde von erneuter Angst geschüttelt.

„Ich lasse nicht zu, dass sie dir wehtun." Sie legte sich schützend über Michaels Körper, breitete die Decke über ihnen aus und vergewisserte sich, dass sie von Kopf bis Fuß bedeckt waren. Schnell griff sie den Kofferraumdeckel und zog ihn zu. Das metallische Klicken klang wie eine Zellentür, die ins Schloss fiel. Wenn die Angreifer sie hier entdeckten, konnten sie nicht mehr fliehen.

Aber es war ihre beste Chance. Sie zielte mit der Pistole dorthin, wo jemand stehen würde, der den Kofferraum aufmachte. Sie war mehr als gewillt, auch abzudrücken. Die metallene Karosserie des Wagens ließ die Geräusche von draußen verstummen, dämpfte die stampfenden Fußtritte, die Schreie der Männer, die Schüsse. Alles, was sie tun konnte war, ihren Sohn zu verteidigen und zu hoffen, dass die Polizei sie vor den Angreifern fand.

Sie schienen in einem Albtraum gefangen zu sein, der niemals aufhörte. Michaels schmale Finger krallten sich in ihr Oberteil und kniffen in ihre Haut. Vivi genoss dieses Gefühl mit jeder Zelle ihres Körpers. Sie würde sterben, um Michael zu retten. Aber sie betete darum, dass sie es nicht würde tun müssen.

———

JED SPÜRTE, WIE ihm immer wieder die Augen zufielen, während er die tausendste Zeugenaussage darüber las, wo sich jemand zu Beginn der Anschläge befunden hatte. Viele der Betroffenen hatten sich in Lagerräumen verbarrikadiert oder in voll behangenen Kleiderstangen versteckt. Ein Mann war in einem Kühlraum gefunden worden, in dem er fast erstickt wäre. Ehrlich gesagt war es ein Wunder, dass nicht mehr Menschen gestorben waren. Es war grauenhaft. Aber er hatte nicht geschlafen, und sein Gehirn war ausgebrannt. Er brauchte eine Pause.

Bis jetzt hatte niemand die Frau erwähnt, die – wie er wusste – Teil des Angriffs gewesen war. Ihre DNA war zurückgekommen, ohne brauchbare Ergebnisse. Keinerlei Übereinstimmung in den Datenbanken. Die Pressefotos hatten auch keine neuen Erkenntnisse gebracht. Sie hatte die Kameras wohl ganz bewusst gemieden.

Sein Handy klingelte, es war die Nummer seines Vorgesetzten, Lincoln Frazer. Für einen Moment lang war er versucht, nicht abzuheben… „Brennan.“

„Ich habe gerade einen Anruf vom Leiter der U.S. Marshal Services in Minnesota bekommen. Das Haus wurde angegriffen“, ratterte Frazer ohne Einleitung los.

Schon als er aufsprang, sah Jed die anderen Agenten ihre kugelsicheren Westen greifen und aus der Zentrale stürmen. „Irgendwelche Todesopfer?"

„Es sieht übel aus, Jed."

Sofort schaltete er auf Tunnelblick. Er konnte nicht einmal die Worte hervorzwingen, um nach Vivi und Michael zu fragen, vor allem nicht einen Mann, der ihn wiederholt davor gewarnt hatte, sich nicht emotional in Fälle hineinziehen zu lassen. Sollte ihnen irgendetwas zugestoßen sein, dann…

Sie sollten ihm nicht so viel bedeuten. Er hätte es nicht zulassen dürfen. Er rannte zu seinem Auto und hörte ein Rufen. Patrick Killion rannte zu ihm hin. „Habe es gerade gehört. Beide Marshals hat es erwischt. Den Psychodoktor auch. Keine Informationen über Vivi und Michael."

„Hinkel war da?" Niemand hatte ihm mitgeteilt, dass das Treffen schon arrangiert worden war. Jed stieg in sein Auto, startete den Motor, und trat aufs Gaspedal, noch bevor Killion die Tür zugezogen hatte.

„Jep. Ich habe vorhin einen Anruf erhalten, aber ich war gerade dabei, ein Schwätzchen mit unserm Freund Abdullah zu halten. Er sitzt bis zum Hals in der Scheiße, aber er glaubt, er kann mich an der Nase herumführen wie einen verdammten Anfänger." Killion überprüfte die Munition in seiner SIG. Nachrichtenoffiziere führten für gewöhnlich keine Waffen mit sich, aber es überraschte Jed nicht, dass dieser hier eine dabei hatte. „Der Arzt muss die Attentäter direkt zum Haus geführt haben. Verdammt clever, den Kerl zu beschatten."

„Oder sie haben einen Informanten." Jed sah Killion nicht an, aber es war offensichtlich, was er dachte.

„Nicht besonders schlau, den Typen auf dem Beifahrersitz

in einen Topf mit den Terroristen zu schmeißen", antwortete Killion kühl. „Vor allem dann nicht, wenn der gerade seine Waffe kontrolliert."

Jeds Körper spannte sich an.

„Ein Glück für Sie, dass ich nicht nachtragend bin, und dass ich nicht mit verrückten Arschlöchern unter einer Decke stecke, die Schießereien in Einkaufszentren anzetteln. Ich bin vielleicht ein Arsch, aber ich bin ein patriotischer Arsch."

„Gut zu wissen." Nicht, dass Jed dem Kerl unbedingt glaubte, aber im Moment war ihm das egal. Irgendjemand hatte irgendwo Informationen durchsickern lassen, oder diese Typen hatten Augen und Ohren an mehr Orten als sie sollten. Das ließ auf einflussreiche Verbündete schließen, die Geld wie Heu hatten. Daran schien es diesen Organisationen nie zu fehlen.

„Wir haben nicht alle erwischt", bemerkte Jed.

„Was Sie nicht sagen."

„Sie haben weitere Anschläge geplant", fuhr Jed fort.

„Denn sonst hätten sie sich wie die Kakerlaken verkrochen und würden sich keine Sorgen wegen dem Jungen machen."

Ganz genau. Sie befürchteten, dass Michael ihre Pläne mitgehört hatte.

Die Straßen waren vereist. Zum Glück hatte er vor seiner Fahrt nach Wisconsin die Winterreifen aufgezogen, aber sie schlingerten immer noch wie ein Eishockeyspieler auf dem Weg zum Tackling. Jed musste langsamer fahren. Erst heute Morgen hatte er Vivi bei seinem Leben geschworen, dass sie sicher wären. Was waren seine Versprechen verdammt noch mal wert, wenn Terroristen die Polizeieinheiten infiltrieren und den Standort des Safe House der U.S. Marshal Services herausfinden konnten? Warum taten sie überhaupt so, als ob sie Herr dieser Lage waren?

Sie waren nun auf dem Highway, und Jed klemmte sich hinter einen Krankenwagen, der sich mit Sirene und Blaulicht einen Weg durch den stockenden Verkehr pflügte. Er verbot sich, an Vivi und Michael zu denken. Das würde sie auch nicht wieder lebendig machen, sollten sie tot sein. Und es würde sie nicht herbeizaubern, wenn sie verschwunden waren. Er vergrub die Schuldgefühle noch tiefer in seinem Inneren, zusammen mit der Wut, und holte die kalte, harte Version seiner selbst hervor – die Version, die den Job erledigen würde. Er würde diese Kerle kriegen. Er würde sie fertig machen.

Jed und Killion sprachen während der nächsten fünf Minuten nicht, und Jed konzentrierte sich darauf, in diesen widrigen Umständen so schnell wie irgend möglich zu fahren. Ein Uniformierter versuchte, sie am Beginn der Auffahrt zu stoppen, aber Jed zeigte seine Marke und fuhr ohne anzuhalten weiter. Zwei weitere Krankenwagen standen vor der Eingangstür des Hauses, aber die Sanitäter behandelten niemanden. *Fuck.* Überall waren Einsatzwagen, Hilfssheriffs, Polizisten. Die Gesetzeshüter schwirrten durch die Gegend und versuchten zu erörtern, wer den Einsatz leitete und wo die Amtsgewalt lag. Bei zwei toten Marshals und einem kompromittierten Safe House würde diese Aufgabe den U.S. Marshals, dem Justizministerium, dem FBI und der Sonderermittlungseinheit zufallen. Jed fuhr um das Haus herum und parkte vor der Garage, wo er den Einsatzwagen nicht im Weg war. Killion sprang aus dem Wagen, wartete aber auf ihn. Jed war momentan vermutlich der dienstälteste FBI-Agent vor Ort, nur deshalb klebte er ihm an den Fersen. Es hatte sicher nichts mit seiner einnehmenden Persönlichkeit oder seinem fabelhaften Eau de Cologne zu tun.

Die Haustür stand weit offen. Zersplittertes Holz und Glasscherben lagen überall. Ein Marshal lag blutüberströmt im Flur. Ein ihm unbekannter Mann lag am Fuß der Treppe, ein AK-47 Sturmgewehr fest umklammert. Er hatte drei Löcher in seiner Brust.

Sie traten ein und versuchten, nicht in die Blutspritzer zu treten. Hinkle lag zusammengesackt auf dem Küchenboden, sie hatten ihm den Schädel weggepustet. Ein weiterer Terrorist lag mit einer Schusswunde im Rücken neben ihm. Jed wollte wetten, dass der Marshal ihn noch erledigt hatte, als er schon im Sterben lag.

Gut gemacht. Verdammt noch mal, sehr gut gemacht. Er schob die Trauer um seinen Kollegen zur Seite und konzentrierte sich auf seinen Job.

Finde Vivi und Michael.

„Wie viele Terroristen?", fragte Jed, während er zwei Stufen auf einmal die Treppe hinauflief.

„Einer der Marshals hatte vier bewaffnete Angreifer gemeldet."

„Sind Suchtrupps aufgestellt?"

„McKenzie hat Straßensperren angeordnet, und die Stadt ist in Alarmbereitschaft."

Jed eilte in Vivis Zimmer und machte sich bereit für das, was er dort vorfinden würde. Einer der Marshals lag in einer Blutlache am Boden. Ein Sanitäter trat zur Seite und schüttelte den Kopf. Auf dem Boden lag noch ein Terrorist, sein Gesicht war weggeschossen. *Gott.* Jeds Mund wurde trocken. Der Marshal hatte Mutter und Kind mit seinem Leben beschützt. Alle Schranktüren standen weit offen, als hätte jemand darin nach etwas gesucht. Jed kontrollierte das Badezimmer, während Killion die anderen Schlafzimmer überprüfte.

Beide kamen wieder auf den Flur.

„Keine Spur?", fragte Jed.

„Nichts", bestätigte Killion.

Jed ging die Treppe hinunter. „Haben Sie im Erdgeschoss noch weitere Opfer gefunden?", fragte er einen der Hilfssheriffs.

„Nein. Und es gibt auch keinen Keller, das haben wir überprüft."

Verzweiflung überkam ihn, und er wandte sich an Killion. „Rufen Sie McKenzie an und informieren Sie ihn darüber, dass wir davon ausgehen, dass die Angreifer Vivi und Michael mitgenommen haben. Hey!", er winkte eine Gruppe von Polizisten herüber. „Durchsuchen Sie den Wald bis zum Fluss hinunter. Folgen Sie allen Spuren. Markieren und fotografieren Sie sie und versuchen Sie, Beweise zu sichern. Und sehen Sie sich vor, es ist mindestens ein Verdächtiger auf freiem Fuß, und zwei Zeugen werden vermisst. Ein Junge und seine Mutter, beide mit roten Haaren."

Die Polizisten nickten und organisierten sich in Suchmannschaften, froh darüber, endlich etwas Sinnvolles tun zu können.

In der Küche beugte sich Killion zum Psychiater hinunter und fühlte an seinem Hals nach dem Puls. „Er ist noch warm. Sie können nicht weit gekommen sein. Wir werden sie finden."

Natürlich würden sie sie finden. Von Kugeln durchlöchert und am Straßenrand entsorgt.

Jed war nutzlose Plattitüden leid. „Rufen Sie Ihre Leute an. Finden Sie heraus, wer diese ganze Scheiße leitet." Er schaute grimmig auf das Meer aus Patronenhülsen, die auf dem

Fußboden verstreut lagen. „Die Sonderermittlungseinheit braucht dringend genaue Fakten, damit wir das alles stoppen können – auch wenn es jemanden betrifft, der über ihnen steht." *Syrien.* Er sagte es nicht laut. Er wollte nicht derjenige sein, der einen Krieg anzettelte. Aber er würde nach Antworten bohren, egal wie schwer sie zu ertragen sein mochten.

Er machte sich wegen Vivi und Michael keine Hoffnungen. Das Beste, was er ihnen wünschen konnte war, dass sie schnell gestorben waren. Die Trauer traf ihn hart und drohte, ihn in die Knie zu zwingen. Auch wenn sein Vorgesetzter das anders sah, hatte Jed durchaus gelernt, seine Gefühle in Schach zu halten, die Menschlichkeit der Opfer in einer Box zu verschließen, damit sie ihm nicht in seinen Träumen erschienen. Zum Teufel, er hatte fast tagtäglich mit irgendwelchen Albtraumszenarien zu tun, es war also ein Muss, sich distanzieren zu können, um seine Arbeit zu machen. Er hatte versucht, Vivi und Michael in eine dieser Boxen zu stecken, aber er hatte versagt.

Das hier war persönlich.

Die Vincents bedeuteten ihm etwas.

Vielleicht hatte sein Boss also doch recht gehabt. Vielleicht war Jed wirklich nicht für diesen Job gemacht. Vielleicht wäre irgendein eiskalter Schwachkopf ein besserer Agent, als er es jemals sein konnte.

Etwas, was sich verdächtig nach Tränen anfühlte, brannte ihm in den Augen. Auf gar keinen Fall würde er vor den anderen anfangen zu weinen. Er ging durch die Hintertür des Hauses nach draußen, dann stand er mit den Händen in den Jackentaschen da und atmete heftig ein. Jesus, die Luft hier war so kalt, dass das Atmen wehtat, aber das war ihm egal. Er fühlte sich wie betäubt.

Er hatte sich zu Vivi hingezogen gefühlt, zu ihrer Schönheit, ihren leuchtenden Haaren, ihrer Abneigung gegen Unaufrichtigkeit. Er hatte ihre große Verletzlichkeit gesehen, die sie so sehr zu verstecken versucht hatte. Und er hatte ihren Jungen wirklich gerne gemocht. Das Kerlchen war mutig und süß.

Er presste den Mund zusammen, um gegen seine Emotionen anzukommen. *Reiß Dich zusammen, Brennan. Mach Deine verfickte Arbeit.* Er hatte auch früher schon Menschen verloren – Bobby, Mia. Sie war auf dem Armeestützpunkt umgekommen, und die Armee hatte den Mord an ihr bereitwillig unter den Teppich gekehrt, bis Jed in Quantico angerufen und das FBI davon überzeugt hatte, dass ein Serienmörder am Werk war. Er hatte den Fall nicht ruhen lassen, bis Lincoln Frazer den Mörder tatsächlich dingfest gemacht hatte. Seine Hartnäckigkeit machte ihn zu einem guten Agenten, aber sein Bedürfnis, Ergebnisse zu liefern bedeutete, dass er *nichts* loslassen konnte – der Grund für sein Arbeitspensum und sein nicht vorhandenes Privatleben.

Er ging zurück nach drinnen, warf einen Blick in die Garage, und machte einen kurzen Rundgang. Zwei Autos waren hier geparkt. Ein SUV und ein Sedan. Er ging um beide Fahrzeuge herum. Es waren keinerlei Einschusslöcher zu entdecken. Scheinbar waren die Angreifer nicht bis in die Garage vorgedrungen. Er zog Latexhandschuhe an und drückte auf den Garagentoröffner. Das Tor ratterte nach oben. Er betrachtete den Schnee auf der Einfahrt. Heute früh war offensichtlich Schnee geräumt worden, aber mittlerweile lag wieder eine dünne Schicht Neuschnee, und es war klar, dass niemand auf diesem Weg das Haus betreten hatte. Er ging zurück in die Garage, schloss das massive Tor und knipste das Garagenlicht aus.

Ein dumpfer Schlag ließ ihn innehalten.

War das von oben gekommen?

Er schüttelte den Kopf und entschied, dass er sich das Geräusch eingebildet hatte. Dann hörte er es wieder und erstarrte. Das Geräusch kam aus dem Kofferraum des silbernen Autos. Er zog seine Pistole und schlüpfte aus seinen Schuhen, um leise über den Betonboden gleiten zu können, der verdammt kalt war.

Er stand seitlich des Wagens, seine Hand auf dem Kofferraumgriff, öffnete ihn so sachte wie möglich, während er seine Waffe auf die Mitte des Kofferraums gerichtet hielt, den Finger am Abzug.

Ein blasses Gesicht, das aus nichts als riesigen, blauen Augen zu bestehen schien, schaute ihm entgegen. Eine verdammte Beretta in ihrer zitternden Hand zielte direkt auf seine Brust. *Vivi.* Und hinter ihr bewegte sich etwas unter einer Decke. *Michael.* Sie waren in Sicherheit. Sie waren am Leben.

Sie senkte die Waffe. „Sieht so aus, als hätten diese Kerle uns gefunden, Jed."

ZEHNTES KAPITEL

NACHDEM ER SEINE Pistole zurück ins Holster gesteckt hatte, beugte sich Jed in den Kofferraum, hielt Vivis Kopf mit beiden Händen fest und küsste sie mitten auf den Mund. Ihre Lippen waren eiskalt und schmeckten nach süßem Kaffee und Tränen. Sie klammerte sich an ihn, zu Tode geängstigt. Der Kuss war nur wenige Sekunden lang gewesen, gerade lange genug, um sich daran zu erinnern, dass sie eine Zeugin und sein Verhalten völlig unangemessen war, aber sie hatte verdammt gut geschmeckt. Es war ein Jammer, dass er das nie wieder tun durfte. Er ließ ihr Gesicht los und schaute sie an. Dann umarmte er sie fest. „Großer Gott, haben Sie mir eine Angst gemacht."

Sie zitterte so sehr, dass ihre Knochen in seiner Umarmung geradezu klapperten.

Es dauerte eine halbe Minute, bis er sie losließ.

„Sind die Marshals…?" Ihre Stimme zitterte. Sie brachte die Frage nicht zu Ende, ihr Blick fiel auf Michael.

Tot?

Er nickte.

„Wie haben die uns gefunden?"

Diese Frage brachte Jed ins Straucheln. Wie hatten diese Typen sie gefunden? Waren sie dem Arzt gefolgt? Möglicherweise. Oder gab es eine undichte Stelle in einer der vielen

Abteilungen, die in diese Ermittlung involviert waren?

„Ich weiß es nicht." Sie flüsterten beide. Er hörte Leute im Innern des Hauses reden und traf eine plötzliche Entscheidung. Eine Entscheidung, die ihn wahrscheinlich den Job kosten würde, den er liebte. Verdammt, vielleicht würde er sogar verhaftet werden, aber er sah keine Alternative, um Vivis und Michaels Sicherheit zu garantieren. „Ich werde das Garagentor öffnen. Mein Auto steht direkt davor. Ich lasse die Tür zu den Rücksitzen offen. Sie beiden legen sich auf den Boden vor der Rückbank, mit der Decke über Ihnen. Passen Sie auf, dass Sie niemand sieht."

Der Mascara um Vivis Augen war dunkel verschmiert, ihre Stirn gerunzelt.

„Kommen Sie mit ihm klar?" Jed zeigte auf Michael.

„Natürlich." Als ob sie jemals etwas anderes zugeben würde.

Er schloss die Tür, die ins Haus führte und drehte den Schlüssel um, dann zog er seine Schuhe wieder an. Schnell kam er zurück, um ihr dabei zu helfen, aus dem Kofferraum zu klettern. Es war nicht so einfach, wie es aussah, und er hob sie vorsichtig heraus, stellte sie sachte auf den Fußboden ab, während sie ihr Gleichgewicht wiederfand. Sie reichte ihm nur bis zum Kinn, ihr Körper war unter seinen Händen so zerbrechlich wie Glas. „Ich würde Ihnen ja meine Schuhe geben, aber das würde auffallen."

Sie lächelte ihn herzzerreißend an. Sie und ihr Sohn waren in den letzten beiden Tagen durch die Hölle gegangen, kalte Füße waren das geringste ihrer Probleme.

„Sie haben schon genug getan."

Wohl kaum. Bis jetzt hatte er vor allem sein Versprechen gebrochen, und sie waren beinahe umgekommen.

Er hob Michael aus dem Kofferraum und wickelte ihn in die Decke, dann reichte er ihn seiner Mom. „Bleiben Sie in der Ecke dort stehen, bis ich überprüft habe, ob draußen die Luft rein ist. Falls jemand vor der Garage sein sollte, versuche ich, ihn wegzulocken. Ich will auf keinen Fall, dass irgendjemand weiß, dass Sie noch leben. Jetzt noch nicht."

Sie fragte nicht nach, warum. Womöglich hatte sie es sich schon zusammengereimt. Er ließ ein weiteres Mal das Garagentor hoch, dann tat er völlig übertrieben so, als ob er etwas vom Rücksitz seines SUVs holte, was er in die Garage zurücktrug. Die Autotür ließ er sperrangelweit offenstehen. Vivi huschte eilig mit Michael in den Wagen. Jed kam zurück und schlug die Tür zu, ihre Fußspuren auf dem feinen Schnee hatte er auf dem Weg zum Auto verwischt. Er ging zurück in die Garage, ließ das Tor zu, und schloss die Tür zum Haus auf. Dann klemmte er sein Handy ans Ohr und tat so, als würde er in die Zentrale zurückbeordert werden. Killion war glücklicherweise im oberen Stockwerk damit beschäftigt, Beweisfotos aufzunehmen.

Jed verließ das Haus. Ein Team von Marshals stieg gerade aus einem Transporter. Keene und Townsend – die Marshals von gestern Abend – kamen aus dem Wagen, beide sahen mitgenommen und wütend aus. Wenn der Angriff heute früher stattgefunden hätte, dann lägen sie jetzt blutüberströmt im Haus. Das Wissen darum, gepaart mit dem Verlust von Freunden und Kollegen, würde ihnen noch lange nachgehen, ganz abgesehen davon, dass die U.S. Marshals es hassten, Zeugen zu verlieren. Wenn sie herausfänden, dass er Vivi und Michael weggebracht hatte, ohne ihnen Bescheid zu geben, dann würden sie ihn lynchen.

Aber es ging hier nicht um *sein* Leben.

Er stieg auf den Fahrersitz seines SUVs und nickte den Marshals knapp zu.

„Bleiben Sie unten", murmelte er Richtung Rückbank, während er die Einfahrt hinunterfuhr, durch einen Konvoi von Einsatzfahrzeugen und Rettungswagen hindurch. Die hinteren Fenster waren getönt, dennoch schlug ihm sein Herz bis zum Hals bei dem Gedanken, dass jemand die beiden entdecken könnte. Jedes Mal, wenn jemand nur ansatzweise in seine Richtung schaute, fürchtete er, aufzufliegen, aber als er die Straße erreichte, kümmerte sich schon niemand mehr um ihn.

Er rief in der Zentrale an und fragte nach dem neusten Stand hinsichtlich der Straßensperren, worauf er die exakten Positionen durchgegeben bekam. Jetzt konnte er sie umfahren.

Jed schaute in den Rückspiegel, konnte aber weder Vivi noch Michael sehen. „Ich würde Sie gerne vorne sitzen lassen, aber ich glaube, es ist besser, wenn Sie unsichtbar bleiben, bis wir ankommen. Aber Sie können sich natürlich auf die Rückbank legen." Er hörte das Rascheln der Decke und Vivi, die Michael zu überreden versuchte, auf den Rücksitz zu klettern. Aber er bewegte sich nicht, und Vivi wurde zunehmend aufgewühlter.

„Vivi, lassen Sie ihn. Er kann ruhig da unten liegen bleiben. Legen Sie sich einfach auf den Sitz und machen es sich bequem. Mein Parka ist im Kofferraum, damit können Sie sich zudecken." Sein Handy klingelte. *Killion.* „Ich geh' besser ran. Sagen Sie kein Wort, verstanden?"

Ihre Blicke trafen sich für einen Moment im Rückspiegel. Sie sah zerbrechlich und mitgenommen aus. Ein bleiches Gesicht voller Angst. Er hatte ihr versprochen, dass sie in Sicherheit sein würden, und was war passiert? Zwei tote

Marshals und kein einziger Hinweis, wer dahintersteckte.

Er wusste, dass er sich keinen Fehler erlauben durfte, wenn er jetzt mit Killion sprach, also schaute er wieder auf die Straße und stellte sich vor, wie Vivi und Michael tot in einer Blutlache lagen. Plötzlich war es gar nicht mehr so schwer, den Kerl anzulügen.

MARIE THOMAS LEBTE in Camden, einem Vorort von Minneapolis, in einem heruntergekommenen Bungalow aus den 1950er Jahren. Die ursprünglich weiß gestrichene Holzverkleidung war längst grau geworden und begann abzublättern, die hellgrünen Fensterbeschläge waren verblasst und moosbewachsen. Die drei Treppenstufen, die zum Bürgersteig führten, waren akkurat freigeschaufelt, aber der Beton war rissig und brüchig.

Auf der Straße war niemand zu sehen. Die Menschen hatten sich in ihre Häuser zurückgezogen, was Pilah sehr entgegenkam. Sie hatte ein Klemmbrett dabei und trug einen schwarzen Wollmantel über einem schwarzen Hosenanzug, den sie in einem Secondhand-Laden gekauft hatte. Sie hielt den Kopf gesenkt, weil man nie wissen konnte, wo überall Überwachungskameras hingen, auch wenn das hier eigentlich keine Gegend war, in der die Leute so etwas auf ihren Grundstücken installierten.

Pilah drückte auf die Klingel, dann wischte sie den Klingelknopf mit ihrem Mantelärmel ab.

Im Haus bellten Hunde. *Mist.* An Hunde hatte sie nicht gedacht. Schwere Schritte näherten sich. Eine Frau öffnete die Tür. Sie hatte das verbrauchte Gesicht eines Menschen, der sehr viel und sehr lange gearbeitet hatte und wusste, dass eine Pause noch lange nicht in Sicht war. Um ihre Augen herum spielten Fältchen, als sie lächelte. „Ja, bitte? Wie kann ich Ihnen helfen?"

Im Hintergrund lief Klaviermusik im Radio.

„Mrs. Thomas?", fragte Pilah.

„Ms." Die kleine Verbesserung klang entschieden.

Gut. „Mein Name ist Pat Jones. Ich komme vom städtischen Klinikum, in dem Ihr Onkel behandelt wird."

Die Frau stützte sich am Türrahmen ab. „Armer Onkel Billy." Sie schaute auf ihre Uhr. „Ich hatte gehofft, dass ich es heute nach der Arbeit noch schaffe, ihn zu besuchen, aber ich bin zu erledigt." Sie wischte sich den Pony aus dem Gesicht. „Kommen Sie doch herein ins Warme."

Pilah nahm das Angebot dankend an.

„Aus, Rhett! Aus, Ginger!" Beide Hunde hörten auf, herumzuspringen, und standen mit wedelnden Schwänzen da. „Keine Angst. Die sind beide sehr lieb."

Pilahs Magen zog sich zusammen. Sie wollte das nicht tun. Warum zur Hölle tat sie das? „Was sind Sie von Beruf, Ms. Thomas?"

„Oh, Gott. Sie werden mir doch keine horrende Rechnung für seine medizinische Behandlung schicken wollen, oder?" Sie strich sich mit einer Hand durch die gebleichten Haare. „So viel verdiene ich nicht."

„Nein, Ma'am. Ihr Onkel ist versichert." Sollte das nicht stimmen, würde Sargon vermutlich alle Rechnungen aus eigener Tasche bezahlen. Ironie in ihrer höchsten Form. Sie wusste nicht, was er mit dem Mann vorhatte, aber es war mit Sicherheit nichts Gutes.

„Gott sei Dank. Kommen Sie mit in die Küche. Ich habe

den Herd noch an."

Pilah streichelte den Hunden über die Köpfe und folgte ihrem Frauchen in die Küche. Es waren niedliche Hunde. Was würde mit ihnen passieren, wenn Marie irgendetwas zustoßen sollte? Sie konnte es sich nicht leisten, sich darüber Gedanken zu machen. Ihre Hände zitterten, und sie steckte sie schnell in ihre Manteltaschen. Ihre rechte Hand umklammerte die Waffe, die Abdullah im Handschuhfach ihres Autos gelassen hatte.

„Ich werde morgen ins Krankenhaus fahren, ich habe ein paar Tage frei."

Das bedeutete, dass Pilahs Tarnung auffliegen würde, sobald Marie mit der Krankenschwester sprach. „Wo arbeiten Sie?", fragte Pilah.

„Ich arbeite im Gemeindezentrum, ich leite das Jugendprogramm."

Pilahs Handflächen wurden feucht, und sie wischte sie an ihrer Hose ab. „Klingt nach viel Arbeit."

Die Frau zuckte unter ihrem billigen Sweatshirt mit den mageren Schultern. „Mir gefällt's."

„Hat Mr. Green noch weitere Verwandte, die wir kontaktieren sollten?"

„Auf dieser Seite der Familie ist er der Einzige. Seine Frau ist gestorben, und sie haben keine Kinder. Seine Freunde kenne ich nicht. Warum wollen Sie das wissen?" Ihre Augen schauten jetzt forschend.

Im Radio begann die Nachrichtensendung. Die erste Meldung ließ Pilah erstarren. Der rothaarige Junge und seine Mutter wurden vermisst, nachdem ihr Unterschlupf angegriffen worden war. Die Polizei suchte nach ihnen. Die Gefahr wurde immer größer. Mit jedem losen Ende drohte sie mehr und mehr, zu scheitern.

Sie zwang sich, sich wieder auf diese ausgelaugte Frau in ihrer bescheidenen Küche zu konzentrieren. „Er wird zusätzliche Betreuung brauchen, wenn er aus dem Krankenhaus entlassen wird. Wir führen gerade ein Pilotprojekt durch, bei dem wir vor der Entlassung mit den Verwandten sprechen, um festzustellen, ob alles geregelt ist." Pilah steckte ihre Hand wieder in ihre Manteltasche. Wenn sie sich erlauben würde, darüber nachzudenken, dann würde sie es niemals tun können, und ihre Kinder würden dafür bluten. Adads sanfte Stimme versuchte, sie zu beruhigen. Sie verbannte ihn aus ihrem Kopf. *Du idiotischer Mann.*

Marie Thomas wendete ein Spiegelei in der Pfanne. „Es gibt nur mich, und ehrlich gesagt stehen wir uns nicht besonders nah. Aber der arme Mann wurde angeschossen, also werde ich für ihn da sein."

Pilah griff die Pistole mit ihrer rechten Hand und drückte ab. Die Kugel schoss durch ihren Mantel hindurch und traf die Frau in den Bauch. Die Hunde begannen zu bellen.

„Es tut mir leid", sagte sie leise.

Marie sackte auf die Knie. Zwischen ihren Fingern, die sie auf ihren Bauch presste, quoll Blut hervor.

„Es tut mir so leid."

Die Frau fiel nach vorne auf den Küchenboden und lag still da. Pilah schloss ihre Augen und atmete tief aus. Die Hunde bellten immer weiter, aus Angst oder weil sie nicht verstanden, was los war. *Vergib mir.*

„Ruhig, ruhig jetzt." Sie hockte sich hin, und beide Hunde kamen unsicher zu ihr. Sie begriffen nicht, was passiert war. Ihr Magen drehte sich um. Sie begriff es selbst nicht. Als sie begannen, mit ihren Schwänzen zu wedeln, streichelte sie sie für einen Augenblick, dann stand sie auf. Sie konnte nicht zu lange bleiben, jemand könnte womöglich den Schuss melden.

Maries Handtasche lag auf dem Tisch. Pilah nahm das Portemonnaie heraus und steckte es in ihre Manteltasche.

Sie benutze ihren Ärmel, um den Gasherd auszustellen, dann bemerkte sie die leeren Futternäpfe. Sie öffnete einen der Küchenschränke und fand einen großen Plastikbehälter mit Hundefutter. Sie füllte jedem der beiden Hunde vier große Schaufeln des Trockenfutters in die Näpfe, genug, um ein paar Tage zu überbrücken. Dann zog sie Rollos und Vorhänge zu, wischte ihre Fingerabdrücke von allem, das sie glaubte, berührt zu haben. Das Radio war laut genug, um gehört zu werden, aber nicht so laut, dass sich die Nachbarn beschweren würden. Sie ließ das Licht im Flur brennen.

Mit ein bisschen Glück würde es einige Tage dauern, bis ihre Leiche entdeckt wurde, und niemand würde den Mord an Marie mit den Ereignissen im Einkaufszentrum in Verbindung bringen.

Pilah trat vor die Haustür, ihr Gesicht tief im Mantelkragen vergraben, und ging davon. Sie hatte niemals erwartet, zur Mörderin zu werden, aber es wurde mit der Zeit einfacher. Oder vielleicht starb sie auch innerlich immer mehr – langsam aber sicher, mit jedem Leben, das sie nahm, bis nichts mehr von ihr übrig blieb.

Es gab nur noch wenige Dinge, die etwas wert waren. Nur die geringe Hoffnung, dass sie das Leben ihrer Töchter irgendwie retten konnte.

————————

VIVI ZOG DIE Beretta, die sie in ihren Hosenbund gesteckt hatte, hervor und legte sie neben sich auf den Sitz. Sie mochte keine Waffen, vor allem nicht in Michaels Nähe. Er war erst acht. Er traf nicht immer die vernünftigsten Entscheidungen. Wenn man acht war, erschienen sie möglicherweise vernünftig, waren aber nicht unbedingt im Sinne der restlichen Bevölkerung.

Sie hörte zu, wie Brennan mit dem Nachrichtenoffizier sprach und sich dabei den Arsch ab log. Er hätte Schauspieler werden sollen.

„Wo *ich* hinfahre? Wer sind Sie, meine verfickte Mutter?" Seine Worte hatten Nachdruck und waren respektlos. Genauso, wie man reden würde, wenn der Zeuge, den er in ein Schutzprogramm gesteckt hatte, verschwunden und vermutlich tot war. Sie zuckte zusammen, als sie ihn diese rüden Worte vor Michael benutzen hörte, aber sie verstand, dass er natürlich klingen musste. Zudem stand die Verwendung von Kraftausdrücken nach zwei Tagen voller Schießereien und Blutvergießen relativ weit unten auf ihrer Beanstandungsliste.

„Vergessen Sie's, Mr. CIA. Ich bin durch. Ich werde jetzt tun, was mein Boss von Anfang an für mich vorgesehen hatte, nämlich nichts. Ich nehme mir ein paar Tage frei, damit ich diesen Job weitermachen kann, ohne dass mir der Kopf explodiert. Ist das okay für Sie, oder brauchen Sie ein Attest von meinem Arzt?"

Eine weitere Pause. Der Kerl gab nicht auf. „Nicht meine Schuld?! Ich weiß sehr wohl, dass das nicht meine Schuld ist, aber ich hatte ihnen versprochen, dass sie sicher sind, und jetzt sind sie…" Er unterbrach sich, als könne er es nicht ertragen, mehr zu sagen.

Es war eine wirklich meisterhafte Darbietung, und für einen kurzen Augenblick wurde Vivi panisch. Könnte es Jed sein, der mit den Terroristen unter einer Decke steckte? Dann erinnerte sie sich daran, wie er sie während des Anschlages in der Restaurantküche gerettet hatte.

Unbekannte Mächte waren hinter ihnen her, und sollte sie ihr tief verwurzeltes Misstrauen nicht über Bord werfen und sich gestatten, diesem Mann zu vertrauen, dann standen die Chancen sehr gut, dass sie und Michael am nächsten Morgen tot sein würden. Wenn es in diesem ganzen elenden Albtraum auch nur einen Menschen gab, von dem sie glaubte, dass er sein Wort halten würde, dann war das Jed Brennan. Und Vivi würde alles tun und geben, um ihren Sohn in Sicherheit zu wissen.

„Hören Sie, Killion, es war ein großer Spaß, aber ich bin durch damit. Finden Sie jemand anderen, an den sie sich ranwanzen können, und der Sie durch die Gegend chauffiert." Sein Atem ging stockend, so als ob er wirklich glaubte, sie seien tot. „Wenn Sie sie finden… Sie können mich unter dieser Nummer erreichen, oder schicken Sie eine E-Mail, nur … keine Fotos, ja?"

Killion sagte etwas, was sie nicht verstand. Brennan legte auf und traf ihren Blick im Rückspiegel. In diesen dunklen Augen ging viel vor sich. Zwei Marshals waren tot. Ebenso einer der anerkanntesten Neurowissenschaftler des Landes.

„Das ist alles meine Schuld." Sie sank in den Sitz zurück.

„Weil sie Hinkle hergebeten haben?"

„Ja." Sie sah ihn an, bereit für den Anschiss. Sein Besuch hatte auf ihr Drängen hin stattgefunden.

Jed zuckte mit den Schultern. „Er wurde in einem Zeitungsartikel erwähnt, es kann also sein, dass sie ihn beschattet haben, für den unwahrscheinlichen Fall, dass Sie ihn treffen wollten. Keine dumme Idee, wenn man Michaels Problematik bedenkt."

Darauf hätte sie kommen müssen, bevor sie Hinkle darum gebeten hatte, ihn zu sehen. Ihr Hals fühlte sich so trocken an, als ob jemand mit einem Eispickel darin hochzuklettern versuchte. Gott, wie viele Leute waren in diese Terrorgruppe verwickelt? Wie würden sie jemals in Sicherheit sein können?

„Vivi." Brennans strenger Tonfall holte sie aus ihrer Panik zurück. „Es ist auch möglich, dass es einen Maulwurf irgendwo in den Vollzugsbehörden gibt, der den Terroristen Informationen zuspielt. In dem Fall ist alles meine Schuld." Er konzentrierte sich für einen Moment auf die Straße und ließ die Worte sacken. „Ganz ehrlich? Ich weiß nicht, wem ich noch vertrauen kann."

Sie war überrascht, dass sie nicht schockierter darüber war. Aber die Art, wie er sie aus dem Haus geschmuggelt und wie er Killion angelogen hatte, hatten sie darauf vorbereitet.

„Wir müssen herausfinden, was zu tun ist. Im Moment gehen die Behörden davon aus, dass Sie tot sind, und die Terroristen können sich auch nicht sicher sein. Wir haben also ein kleines Zeitfenster, in dem ich Sie verschwinden lassen kann."

Es war schlimm genug gewesen, sich vor den Terroristen verstecken zu müssen, und jetzt sollte sie sich auch noch vor den Guten verstecken?

„Wenn Sie wollen, dass ich Sie an einen Ort bringe, an dem Sie sich sicher fühlen, dann werde ich das tun und einen Weg finden, Sie dort zu beschützen. Aber ich habe einen anderen Vorschlag. Dafür müssen Sie mir aber vollkommen vertrauen."

Vivis Herzschlag war lauter als der Verkehr. Er war zu laut und zu schnell, um noch beruhigend zu sein. Aus diesen dunklen Augen wurden ihr Gefühle entgegengeschleudert, die sie nicht einordnen konnte.

„Ich *kann* Sie verstecken. Ich *kann* Sie an einen Ort bringen, an dem Sie sicher sind, bis das hier vorbei ist. Aber ich weiß nicht, wie lange das dauern wird, und wir werden auf uns allein gestellt sein. Sie, ich und Michael. Keine Marshals, keine wirkliche Verstärkung. Und ich kann Michael keine spezielle Hilfe garantieren, während wir dort sind."

Bei dem Gedanken daran, wie das Blut aus Dr. Hinkles Kopf geschossen kam, musste Vivi würgen, sie hielt sich die Hand auf den Mund und schluckte mehrmals. Sie wollte nicht, dass noch jemand in diesen Schlamassel verwickelt wurde, wollte nicht, dass noch jemand sterben musste. Die Tatsache, dass er ihre Sorgen um ihren Sohn ernst nahm, selbst während sie um ihr Leben rannten, verblüffte sie ein wenig.

Sie atmete ein paar Mal tief durch und versuchte, sich zusammenzureißen. „Vor dem Angriff auf das Haus hatte Dr. Hinkle vorgeschlagen, dass Michael womöglich nur ein paar Tage Ruhe und Zeit für sich braucht, um zu trauern." Vivi kramte nach einem Taschentuch, um sich die Nase zu schnäuzen. „Er sagte, dass Michael alles, was passiert ist, auf eine vollkommen normale Art verarbeitet."

Vollkommen normal.

Der Arzt war ermordet worden, während sie sich im Kofferraum eines Autos versteckt hatten. Ihr Sohn lag zusammengerollt im Fußraum eines SUVs. Welche Reaktion auf diesen Horror konnte jemals *normal* sein?

Sie schaute aus dem Fenster und betrachtete die trostlose, schneebedeckte Landschaft.

Ein Teil von ihr wollte einfach verschwinden, fort von allem und jedem, einschließlich dieses Mannes, dessen Gegenwart sie permanent an die drohende Gefahr erinnerte. Sie wollte von der Bildfläche verschwinden, so weit fort, dass niemand sie jemals finden würde. Niemand sie verletzen konnte. Aber mit einem Kind wie Michael würde sie das nicht ohne Hilfe schaffen. Sie konnte ihn nicht einmal allein im Auto lassen, ohne zu befürchten, dass er davonrennen würde. Und sobald sie zusammen in ein Geschäft gingen, würden sie sofort erkannt werden.

Sie musste davon ausgehen, dass auch ihr kleines Haus in Fargo beschattet wurde, also konnte sie auch nicht nach Hause zurück. Und auch wenn sie vorhin die Pistole in der Hand gehalten hatte, wusste sie dennoch nicht, wie man richtig damit umging.

David würde sie wahrscheinlich beschützen können … er würde im Verlauf dessen zwar ihr Herz herausreißen und ihren Stolz mit Füßen treten, aber damit konnte sie umgehen. Das Problem war, dass er Michael noch übler mitspielen würde. Und wenn es wirklich einen Maulwurf in den Behörden gab, der den Terroristen Informationen zuspielte, dann waren sie bei David ebenso wenig sicher wie bei jedem anderen. Die Wahrheit war, dass sie sich nirgendwo sicherer fühlte als mit Special Agent Jed Brennan. Sie beugte sich nach unten und streichelte Michaels Schulter. Er schien eingeschlafen zu sein.

„Warum gehen Sie das Risiko ein, uns zu helfen?" Ihr war klar, dass er für all das möglicherweise einen Preis zahlen musste. Die Marshals hatten mit ihrem Leben gezahlt. Einer der besten Psychiater für Autismus hatte mit seinem Leben gezahlt. Sie alle hatten Familien gehabt. Menschen, die sie liebten. Und jetzt waren sie tot.

Der Preis war unermesslich. Vivis Augen waren zu trocken, um zu weinen, und sie war zu ausgelaugt, um mehr zu tun als zu zittern, trotz der Heizung, die unermüdlich warme Luft durch das Auto blies.

„Ich habe Sie schon einmal im Stich gelassen, Vivi. Ich habe Ihnen versprochen, dass Sie in Sicherheit sind, und die Kerle haben Sie gefunden."

Sie atmete langsam aus. „Das war nicht Ihre Schuld." Er tat alles, was er konnte, um ihnen zu helfen, und sie wusste, dass ihn das seine Karriere kosten könnte. Bundesbehörden liebten Bürokratie, und diese Aktion war ganz sicher nicht von Oben abgesegnet worden.

Er wühlte im Handschuhfach. „Hier. Schreiben Sie eine Liste mit allen Sachen, die sie brauchen, um mindestens eine Woche im Versteck zu bleiben. *Alle* wichtigen Dinge, einschließlich Ihrer Kleidergrößen. Ich werde einkaufen gehen und meine Kreditkarte ordentlich beanspruchen."

„Ich zahle Ihnen das zurück."

Jed lachte, aber es klang hart. „Das Geld ist mir egal. Ich will nur sicher gehen, dass Ihnen und Michael nichts passiert."

„Ich zahle Ihnen das zurück, sobald ich wieder auf mein Konto zugreifen kann, ohne mir Sorgen über Terroristen zu machen."

„Wenn das alles hier vorüber ist."

„So bald wie möglich", insistierte sie.

„Was dann sein wird, wenn das alles hier vorbei ist."

„Ich will Ihnen nichts schuldig bleiben, Agent Brennan."

Er lächelte sie knapp an. „Hartnäckig."

Ein humorloses Lachen entwischte ihr. „Teuer. Jedenfalls hat David das immer gesagt."

„David ist Ihr Ex?"

Sie nickte.

„Tja, entschuldigen Sie, wenn ich das so sage, aber abgesehen davon, dass er ein tolles Kind gezeugt hat, ist Ihr Ex ein Arschloch.“

„Dem habe ich nichts entgegenzusetzen, Special Agent Brennan.“

„Es wird Zeit, dass Sie mich Jed nennen, und Du zu mir sagen“ Er drehte sich halb zu ihr hin, ein Auge weiterhin auf die Straße gerichtet.

Sie wollte ihn nicht Jed nennen. Als sie ihn Jed genannt hatte, hatte es sich intim angefühlt, eine Sache zwischen *ihnen beiden*. Es erinnerte sie daran, dass er sie geküsst hatte. Vor lauter Schrecken über das, was passiert war, hatte sie das fast vergessen. Sie berührte ihre Lippen.

„Wenn wir keine Aufmerksamkeit auf uns lenken wollen, dann müssen Sie als meine Freundin agieren.“ Sein Blick fiel auf ihre Haare. „Und Sie müssen sich die Haare färben. Blond oder brünett?“

Sie strich sich ihre Haare hinter die Ohren. „Was ist normalerweise ihr Typ?“

„Blond.“ Er lachte.

„Dann besser brünett.“

Ihre Blicke trafen sich, und die Luft zwischen ihnen knisterte. „Es ist nur eine Fassade, Vivi. Mehr nicht.“

Aber die Erinnerung an den Kuss und an all das tiefe, dunkle Verlangen, das er heraufbeschworen hatte, ließ sie nicht los.

„Ich werde meiner Familie die Wahrheit erzählen.“

Sie erstarrte. „Wir können unmöglich Ihre Familie da hineinziehen.“

„Wir werden nicht bei ihnen unterkommen, nicht direkt. Sie haben ein Ferienhaus, das ich für ein paar Wochen ausleihe.“

„Aber…"

Sein Blick wurde weich. „Es ist okay. Sie leben in einer abgeschiedenen Gegend. Meine Familie legt extremen Wert auf Sicherheit. Niemand wird einen von ihnen schutzlos überraschen. Im Ernst, mein Vater besitzt mehr Waffen als ganz Quantico. Abgesehen davon ist mein Zwillingsbruder der Polizeichef in der nächsten Stadt, wir können ihm also unser Geheimnis anvertrauen. Wir werden ihn auch brauchen."

„Zwillingsbruder?"

„Nicht eineiig. Er ist der Hässliche von uns beiden", erwiderte Brennan trocken.

Die Vorstellung, eine Familie zu haben, Menschen, die einem den Rücken freihielten. Es war lange her, seit sie ein Teil von so etwas gewesen war, und es war etwas Besonderes. Für die meisten Menschen war es eine Selbstverständlichkeit, und sie wussten nicht, was für ein Glück sie hatten. Sie räusperte sich. „Ich weiß nicht, wie ich Ihnen jemals danken soll, Special Agent Brennan."

„'Dir' und ‚Jed'", korrigierte er sie entschieden.

Okay, wenn sie sich darauf einlassen wollte, musste sie es voll und ganz durchziehen. Das Leben ihres Sohnes hing davon ab. Das Leben von Jeds Familie hing womöglich davon ab. Sie musste wieder daran denken, wie Dr. Hinkle erschossen worden war. So zu tun, als ob sie seine Freundin war? Kein Problem. Sie hoffte nur, dass Michael mit dem schmalen Grat zwischen Täuschung und Realität klarkommen würde. Sie hatte keine wirkliche Wahl…

„Na schön. Ich weiß wirklich nicht, wie ich *Dir* danken soll, *Jed*."

„Das ist ein Anfang." Sein Lächeln wollte sie vergessen lassen, worum es hier eigentlich ging, aber sie konnte es nicht. Nicht, wenn jemand da draußen sie tot sehen wollte.

ELFTES KAPITEL

P ILAH BETRAT IHRE Wohnung und stand für einen Augenblick mit ihrem Rücken an die Wohnungstür gelehnt da. Sie war den ganzen Weg hierher zurück gelaufen und hatte über zwei Stunden gebraucht. Der Geruch von Schießpulver saß noch immer in der Wolle ihres Mantels und brannte in ihrer Nase. Sie konnte die harsche Tatsache nicht abschütteln, dass sie kaltblütig eine Frau umgebracht hatte. Eine Frau, die nichts getan hatte, außer Mitgefühl mit einem Verwandten zu zeigen, der ihr nicht einmal nahestand.

Draußen war es dunkel, aber Pilah machte kein Licht an. Sie wollte in der Dunkelheit verschwinden. Ihre Füße waren Eisklumpen, ihr ganzer Körper taub. Und doch fand die Abscheulichkeit, die sie verübt hatte, ihren Weg in ihr Bewusstsein und schnürte ihr den Hals zu wie eine Garrotte.

Sie hatten ihre Identität noch nicht herausgefunden, aber das war nur eine Frage der Zeit. Die Amerikaner würden sie finden und sie für den Rest ihres Lebens einsperren. Sie würde für Jahrzehnte in einer Zelle verrotten, und ihre Töchter…

Oh, grundgütiger Himmel. Was würde mit ihren Töchtern passieren? Sie würden ihre Mutter nie richtig kennenlernen, sie konnten sich schon jetzt kaum noch an sie erinnern. Schluchzer stiegen in ihr hoch und brachen hervor. Die arme, unschuldige Dahlia und die stets gut gelaunte und lustige

Corinne. Ihr Leben war eine einzige Katastrophe. Das einzige, was Pilah im Leben wichtig war, war in Gefahr, und sie konnte nichts tun, um sie zu beschützen.

Sie wollte zu ihnen, aber sie wagte es nicht, die Staaten zu verlassen, obwohl dies der Ort auf der Welt war, an dem sie in der größten Gefahr schwebte.

Heiße Tränen quollen zwischen ihren geschlossenen Lidern hervor und rollten ihr Gesicht hinunter.

Das Heulen einer Polizeisirene riss sie von der Wohnungstür weg. Sie stolperte zu einem Fenster. Ein Einsatzwagen raste unten auf der Straße vorbei in Richtung Innenstadt. Ihr Herz beruhigte sich etwas.

In den Nachtrichten wurde gemeldet, dass die Polizei immer noch nach dem kleinen Jungen und seiner Mutter suchte. Dass sie dem Angriff auf das Safe House der U.S. Marshals irgendwie entkommen und verschwunden waren. Er konnte sie womöglich identifizieren … ihren Namen nennen. Aber die Vorstellung, dass er wie Marie Thomas sterben könnte, krallte sich in ihrem Kopf fest.

Das war nicht richtig.

Er war ein *Kind*. Er konnte nicht einmal sprechen. Warum musste er sterben?

Warum musste überhaupt irgendjemand anderes sterben, während Sargon in seinem sicheren kleinen Idyll saß, ganz weit weg von Amerika? *Er* war derjenige, der alle Fäden in der Hand hielt. *Er* war der Grund, weshalb Adad tot war. Sargon war nach der Bombardierung in ihre Stadt gekommen und hatte trauernde, wütende Männer rekrutiert, die von ihrem Verlust noch völlig durcheinander waren. Und er hatte sie in einen Krieg geschickt, den sie nicht gewinnen konnten.

Adad und viele seiner Freunde waren tot, aber Sargon

hatte den Bomben und Kugeln des Konflikts auf magische Weise entkommen können. Er gab seine Befehle aus sicherer Entfernung zum Schlachtfeld.

Ihr Spiegelbild im Fenster war undeutlich, wie der Geist der Person, die sie früher gewesen war. Ein Fußsoldat, der benutzt und weggeworfen werden konnte wie menschlicher Abfall. Aber vielleicht ging sie das alles falsch an. *Vielleicht* sollte sie den Amerikanern vertrauliche Informationen zukommen lassen, wenn diese im Gegenzug dazu ihre Kinder in Sicherheit brachten?

Die Amerikaner hatten Navy SEALS und Geheimagenten, die Sargon und seine Gefolgschaft finden konnten, und sie wären sicher sehr interessiert daran zu wissen, dass er einen Krieg zwischen den USA und Syrien anzetteln wollte. Dass er diese Anschläge geplant hatte, um die syrische Regierung des Terrorismus zu bezichtigen. Sie wollte, dass das Regime fiel, aber noch mehr wollte sie, dass ihre Kinder in Sicherheit waren.

Sie konnte nicht fassen, dass sie nicht schon viel früher darüber nachgedacht hatte. Das einzig Negative daran war, dass sie selbst auf nimmer Wiedersehen weggeschlossen werden würde.

Nicht, wenn sie gut mit ihnen verhandelte.

Immer noch verängstigt, aber plötzlich sehr aufgekratzt, drehte sie sich zum Telefon um, dann stolperte sie erschrocken zurück.

Ein Mann saß im Schatten.

„Wer sind Sie? Was wollen Sie?" Ihre Stimme war schrill, ihr Herz hämmerte aufgeregt in ihrem Brustkorb. Sie hasste dieses Gefühl, und sie hasste ihn. „Sind Sie hier, um mich umzubringen?"

Er stand auf. „Warum sollte ich Dich umbringen wollen, Pilah?" Seine Stimme war ruhig, aber die Kälte darin wollte sie wegrennen lassen. Er kannte ihren Namen.

Sie entschied sich für Empörung. „Das ist eine ganz normale Frage, wenn man einen fremden Mann in der eigenen Wohnung vorfindet. Verschwinden Sie, bevor ich die Polizei rufe."

Er kam näher, und sie wich ein paar Schritte zurück. Er war groß, und er bewegte sich auf eine Art, die Heimlichkeit und Dunkelheit verriet; sein Gesicht blieb stets im Schatten.

„Ich denke, wir wissen beide, dass Du die Polizei nicht rufst, egal was ich mit Dir anstelle." Er strich ihr über die Wange, und sie riss sich zusammen, um nicht zu erschaudern. Er hatte recht. Sie war komplett machtlos. Sein Akzent klang beinahe amerikanisch, aber er sprach ihre Sprache so fließend wie sie. „Du hast Sargon besser gedient als alle anderen, auch wenn er Dich von Anfang an unterschätzt hat."

Pilah entzog sich seiner Berührung, ihre Stimme klang dünn und schwach. „Wer sind Sie? Was wollen Sie?"

Er ging zur Couch und hob eine Schachtel hoch. Abdullah hatte diese Schachtel zurückgelassen. Sie hatte nicht hineingeschaut. Er ging zum Fenster, und die Straßenbeleuchtung reichte aus, damit sie eine Pistole darin erkennen konnte. „Sargon möchte, dass Du die im Krankenhaus deponierst."

„Wozu?" Sie fasste die Waffe nicht an. Sie konnte die Anspannung in ihrer Stimme nicht verstecken. „Warum sollte ich noch irgendetwas tun, bevor ich nicht sicher bin, dass meine Kinder in Sicherheit sind?"

„Wo wären sie jemals in Sicherheit, Pilah?" Sein tiefes Lachen verhöhnte sie. „Hier, bei Dir? Oder bei einem Mann, der einen Krieg zwischen Syrien und den USA anfangen will?

Wer von Euch beiden wird sie wirklich *beschützen* können?"

Pilah wich zurück.

Ihre Kinder würden hier bei ihr in den USA nie sicher sein. Sobald die Amerikaner herausfanden, dass Sargon sie angegriffen hatte und es der syrische Regierung in die Schuhe schieben wollte, würden sie ihn in die Luft fliegen lassen, zusammen mit allen, die in seiner Nähe waren. Sie schwankte. Wenn sie versuchen sollte, einen Deal mit den Ungläubigen auszuhandeln, dann unterschrieb sie damit das Todesurteil ihrer Kinder.

So dumm. So naiv!

Sie leckte sich über ihre trockenen und aufgesprungenen Lippen. „Wenn sie nie in Sicherheit sein werden, warum sollte ich dann noch länger helfen? Wozu? Ich habe es satt, Menschen umzubringen, und ich bin sowieso schon tot."

„Es ist fast vorbei." Seine Berührung war zärtlich, als er eine lose Haarsträhne hinter ihr Ohr strich. „Ich werde dafür sorgen, dass Deine Töchter in Sicherheit gebracht werden."

„Woher weiß ich, dass ich Ihnen vertrauen kann?"

„Das kannst Du nicht wissen, Pilah." Sein Lachen klang warm und weich und drang ihr bis in die Knochen. „Aber du hast *keine* andere Wahl mehr, und ich habe keinen Grund, zu lügen. Du wirst das für mich tun, ansonsten wird die zweite Phase unseres Plans misslingen und alles, was Du bisher tun musstest, wird umsonst gewesen sein. Du hast keine Wahl."

Ihre Knie gaben nach, und Pilah musste sich zusammenreißen, um nicht auf den Fußboden zu stürzen. Er hatte recht. Sie hatte keine Wahl. Sie würde nie mit Sicherheit wissen können, ob Dahlia und Corinne überlebten. War es vielleicht gnädiger, sie zu einem schnellen Tod durch eine US-Bombe zu verurteilen... *Nein*, das brachte sie nicht übers

Herz. Ein bisschen Hoffnung war immer noch besser als keine Hoffnung, ganz egal wie flüchtig dieses Hoffen auch war.

Sie griff nach der Pistole. Sie war leichter als erwartet, fast wie ein Spielzeug. Der Mann legte seine Hände auf ihre. Seine Finger waren weich und warm. „Du musst sie im Krankenhaus fertig zusammenbauen, kurz bevor Du sie benutzt."

Ihre Hände zitterten, als er sie zwang, das Zusammenbauen zu üben.

Als sie es endlich richtig hinbekam, nahm er wieder ihre Hände. „Lege sie zu den Sachen des Mannes, den Du besuchst."

„Warum?"

„Du weißt, warum."

Alles in Pilah erstarrte. Ein weiterer Anschlag. Noch mehr Tod und Zerstörung. Sie legte die Waffe zurück in die Schachtel und gab diese dem Mann zurück. „Ich kann kein Blutvergießen mehr aushalten."

„Es gibt niemanden sonst, Pilah. Nur Dich." Seine Stimme verhärtete sich. „Abdullah hat sich erwischen lassen und wurde festgenommen. Sargons Männer sind alle umgekommen, bis auf einen, der aus dem Haus der U.S. Marshals fliehen konnte. Ich habe ihn gefunden, als er gerade Informationen gegen Immunität austauschen wollte. Er hätte wissen sollen, dass Strafverfolgung sein kleinstes Problem war." Die Drohung war mehr als deutlich. „Nur ein letztes Ziel, Pilah, das ist alles, was wir verlangen. Danach wirst Du frei sein." Er drückte ihr die Schachtel mit der Waffe wieder in die Hände.

Und plötzlich verstand sie, wer das Ziel war. Pilah verstand, warum ihr die Details über diesen Plan nie mitgeteilt worden waren. „Das wird niemals funktionieren. Sie kontrollieren jeden auf Waffen und Sprengstoffe."

„Diese Waffe ist etwas besonderes." Sie sah, wie sich seine Lippen bewegten. Sie wünschte, sie könnte das Gesicht des Mannes sehen, der sie in ihren Tod schickte. „Sie werden sie nicht entdecken."

„Sie werden meine Personalien überprüfen und herausfinden, dass ich nicht diejenige bin, die ich zu sein vorgebe", argumentierte Pilah

„Deine Identität wird nicht herauskommen, mache Dir darüber keine Gedanken. Verstecke einfach die Waffe im Nachtschränkchen oder unter der Matratze. Irgendwo, wo sie für ein paar Tage unentdeckt sein wird. Dein ‚Onkel' wurde vor etwa einer Stunde in ein Einzelzimmer verlegt, also hast Du die nötige Privatsphäre. Verbringe so viel Zeit wie möglich mit ihm, für den Fall, dass etwas Unerwartetes passiert."

Die Angst kroch ihr bis in den Hals. „Was, wenn er aufwacht?"

Der Mann holte eine kleine Dose mit Pillen aus seiner Tasche und gab sie ihr. „Sobald er anfängt, aufzuwachen, legst du ihm eine davon auf seine Zunge. Nur eine. Das wird ihn so lange betäuben, wie es für uns nötig ist. Aber die Ärzte haben auch nicht vor, ihn innerhalb der nächsten Tage aus dem Koma zu holen. Schlaf ist das beste Mittel, um sein Gehirn heilen zu lassen."

Er würde sich womöglich wünschen, dass er nie aufgewacht wäre.

Pilah senkte ihren Kopf, damit er nicht erkannte, was sie fühlte. „Werden Sie mich kontaktieren, wenn meine Töchter in Sicherheit sind?"

„Bald. Ich muss zuerst den Jungen finden."

Nein. „Das Kind weiß doch gar nichts."

„Vielleicht aber doch." Zum ersten Mal klang der Fremde müde. Erschöpft.

„Der Plan wird nicht funktionieren", versuchte sie es noch einmal, verzweifelt.

Ein Lichtstrahl fiel auf den Mund des Mannes, und sie konnte sehen, dass er lächelte. „Mach Dich nicht verrückt. Der Plan wird funktionieren. Die einzige mögliche Schwachstelle ist der Junge, und ich werde dafür sorgen, dass er kein Problem mehr sein wird."

Das Einkaufszentrum war niemals das Endziel gewesen, sondern nur die Einleitung. Die USA würden *so* ein Ereignis niemals ignorieren können, ganz egal, wer es angezettelt hatte. Es bedeutete Krieg. Sollte sie versagen, dann würde Sargon das an ihren beiden kleinen Töchtern auslassen. Wenn sie erfolgreich war, würde sie sterben. Und wenn die USA Sargons Beteiligung entdeckte ... dann wären auch ihre Kinder tot.

Sie packte das Hemd des Mannes, bereit dazu, zu betteln und zu flehen. „Versprechen Sie mir, dass Sie meine Kinder vor Sargon in Sicherheit bringen. Jetzt, bevor es zu spät ist!"

„Ich verspreche, dass ich es versuchen werde", antwortete er ernst.

Die Schmerzen in Pilahs Magen wurden stärker. „Ich werde einen Beweis brauchen, dass sie in Sicherheit sind, bevor ich das mache. Ich werde mich nicht mehr benutzen lassen."

Er schaute sie lange an, aber sie hatte keine Angst mehr vor ihm. Er brauchte sie ebenso wie sie ihn brauchte.

„Ich werde tun, was ich kann, *Ghazi*." Und damit war er verschwunden.

JED HIELT VOR dem Supermarkt in Spooner, um Lebensmittel zu besorgen. Seine Mutter hatte in Erwartung seiner für gestern geplanten Ankunft garantiert den Kühlschrank gefüllt, aber sie waren jetzt zu dritt unterwegs, und je länger sie außer Sicht bleiben konnten, desto besser. In einer anderen Stadt hatte er Kleidung und zusätzliche Munition gekauft. Winterstiefel, Jacken, Handschuhe, Zahnbürsten, Haarbürsten, Pyjamas, Tampons und Haarfärbemittel. Papier und Malutensilien für Michael. Für Vivi hatte er ein Tablet gekauft, und ein kleineres für Michael. Wer konnte schon sagen, wie lange sie hierbleiben würden? Außerdem zwei Prepaidhandys, die er bar bezahlte. Auf den ersten Blick konnten alle seine Einkäufe als Vorräte für einen Urlaub in der Hütte oder als Weihnachtsgeschenke durchgehen, aber nicht die Prepaidhandys.

Ein Teil von ihm wollte alle seine Mobilgeräte loswerden, aber das FBI – vor allem Frazer – wusste, dass er seine Familie besuchen wollte, und komplett zu verschwinden würde sofort Alarm auslösen und die Schnüffler vom FBI auf ihre Spur führen.

Das wollte er nicht. Er musste alles exakt so machen, als hätte er Frazer und Killion die Wahrheit erzählt, um keinen Verdacht auf sich zu lenken.

Es war ein seltsamer Zufall, dass Frazer auch in Wisconsin geboren und aufgewachsen war. Zwei Käseköpfe bei der Fallanalyseeinheit? Wollte man kaum glauben.

Er lud die Lebensmittel in den Kofferraum, der schon vollgeladen mit den anderen Einkäufen war. Er hatte seit achtundvierzig Stunden nicht geschlafen, und die Müdigkeit machte sich bemerkbar. Er wurde langsamer. Nicht gerade eine gute mentale Verfassung, um wichtige Entscheidungen zu treffen. Für einen Augenblick hielt er inne und fragte sich, ob er das Richtige tat. Nicht mitzuteilen, dass Vivi und Michael am Leben waren, könnte ihn seinen Job kosten. Niemand mochte Agenten, die auf eigene Faust unterwegs waren. Dass er beinahe von Miles Brandon umgebracht worden war – dem sogenannten Regenbogen-Mörder – lag nur daran, dass er sich auch nach Feierabend in diesem Fall vergraben hatte. In seiner Freizeit hatte er angefangen, den Kerl zu beschatten, ohne Verstärkung. Frazer war zu beschäftigt damit gewesen, ihrer blutjungen Kollegin dabei zu helfen, einen Serienmörder in West Virginia dingfest zu machen, sodass er die Anzeichen von Jeds Alleingang übersehen hatte. Zu behaupten, dass Frazer ordentlich angepisst gewesen war, als er das herausgefunden hatte, wäre noch untertrieben.

Diese Sache würde nur noch mehr Benzin ins Feuer gießen, und Frazers Vorwurf untermauern, dass er nicht nur zu emotional in seine Fälle involviert war, sondern auch nicht besonders gut darin war, Regeln zu befolgen. Und beim FBI hatten Regeln und deren Einhaltung oberste Priorität.

Wollte er wirklich seinen Job verlieren?

Nein, natürlich nicht. Er konnte es auch nicht riskieren, seinen besten Kumpel, Matt Lazlo, um Hilfe zu bitten, denn dann wäre auch Matts Job in Gefahr, und der ehemalige SEAL war ein erstklassiger FBI-Agent.

Jed stieg ins Auto. Vivi saß auf dem Beifahrersitz, eine graue Strickmütze verdeckte ihre leuchtend roten Haare. Leuchtend rote Haare, die morgen dunkelbraun sein würden. Sie drehte sich zu ihm hin, sagte aber nichts. Michael lag schlafend auf der Rückbank, und auch Vivi war offensichtlich am Ende ihrer Kräfte angelangt.

Die Vorstellung, Frazer anzurufen und ihm die Wahrheit zu erzählen, Vivi und Michael wieder in eine neue, unsichere Situation zu stoßen, wenn sie nicht einmal mit Sicherheit sagen konnten, woher die Bedrohung eigentlich kam…? Nein, er konnte es einfach nicht tun. Sein Magen zog sich zusammen. Er war zum FBI gegangen, um Menschen zu schützen, aber gerade war die einzige Möglichkeit, Vivi und Michael zu beschützen, zu lügen.

Er startete den Wagen und fuhr los. Sie kamen an dem großen See vorbei, an dem er zahllose Sommer damit verbracht hatte, mit seinen Brüdern und seinem besten Freund Bobby Wasserski zu fahren. Es wurde dunkel. Jed wollte nicht, dass ihn irgendjemand in seiner Heimatstadt sah. Noch nicht.

Der Schnee fiel sanft und formte eine weiche weiße Decke auf der Landschaft. Es war wunderschön. Es konnte einen aber auch umbringen, wenn man ohne die richtige Ausrüstung hier draußen unterwegs war. Das, so hoffte er, würde einer ihrer Vorteile sein.

Er musste immer noch Bobbys Witwe und sein Patenkind besuchen, die in Sawyerville lebten, nur wenige Meilen entfernt. Er atmete aus, und die Windschutzscheibe beschlug. Darauf war er nicht gerade aus, aber es trat auch eine plötzliche und nostalgische Erinnerung an eine einfachere Zeit los. Wie herrlich wäre es doch, wenn das verworrene Netz aus erster Liebe und Teenagerlust jetzt ihr einziges Problem wäre – er würde es mit Kusshand annehmen. Allerdings konnte ihm Lust auch jetzt noch Probleme bereiten, wie er im Stillen zugeben musste, und er dachte an die Wirkung, die Vivi auf ihn hatte. Aber er hatte das unter Kontrolle.

Er fuhr Richtung Süden, auf der westlichen Seite des Sees

entlang, dorthin, wo seine Familie ein Grundstück besaß. Die Winterreifen sorgten für eine sichere Verbindung zur Straße, trotz weiterer zwölf Zentimeter Neuschnee.

„Es ist wunderschön da draußen", sagt Vivi leise in die Dunkelheit.

Er dachte, sie wäre eingeschlafen, aber diese Frau war wild entschlossen, sich keine Schwäche zu erlauben. „Es ist die schönste Gegend in den gesamten Vereinigten Staaten, aber sag das nicht weiter. Staatsgeheimnis."

Es war schwer, eine Frau, die so sehr versuchte, alles allein zu schaffen, nicht zu bewundern. Er wurde das Gefühl nicht los, dass sie das eher aus Notwendigkeit und weniger aus freien Stücken tat, auch wenn sie offensichtlich ein Problem damit hatte, Menschen zu vertrauen. Hatte ihr Ex-Mann sie ebenfalls misshandelt? Die Vorstellung daran ließ seine Hände das Steuer fester packen. „Ich komme nicht so oft hierher, wie ich gerne möchte."

„Wo arbeitest du normalerweise?"

„Quantico."

„An der National Academy?"

„Nein." Es dauerte einen Augenblick, bevor er begriff, dass sie so gut wie nichts über ihn wusste, ihm aber dennoch vertraute. Er räusperte sich. Er stand in ihrer Schuld. „Bei der Abteilung für Fallanalyse des FBI. Das ist ein Teil des Nationalen Zentrums für die Analyse von Gewaltverbrechen."

„Du schnappst Serienmörder." Ihre Stimme klang düster.

Seine Arbeit führte ihn in Abgründe, an Orte, die alleinerziehende Mütter für gewöhnlich mieden. „Wir sind bei einer ganzen Reihe von Ermittlungen vertreten. Serienmörder kriegen nur die ganze Aufmerksamkeit der Presse."

Sie ließ ihn nicht aus den Augen. Vivi Vincent war kein

Dummkopf. „Die waren in letzter Zeit häufig in den Nachrichten. Warst du an irgendwelchen dieser Ermittlungen beteiligt?“

Seine Einheit hatte im letzten Monat drei Serienmörder geschnappt – zwei waren tot, einer im Gefängnis, in das ihn Jed gebracht hatte, und wo er hoffentlich bis ans Ende seiner Tage in einer Zelle verrotten würde. Es war ein Anfang, um den schmerzlichen Verlust von Mia zu kompensieren, aber es war nie genug. Vielleicht würde es niemals genug sein.

„Das ist mein Beruf“, antwortete er einfach.

Sie schaute aus dem Fenster. „Du bist ein mutiger Mann.“

Er schüttelte verneinend den Kopf. Er fühlte sich wie ein Arschloch, dass er sie schon zweimal im Stich gelassen hatte, wenn man die Lügen mitzählte, die er ihr aufgetischt hatte, um sie aus dem Einkaufszentrum zu bekommen. Aber er würde sich bei den Beiden revanchieren. Auf keinen Fall würden die Terroristen sie hier in den Northwoods finden.

In den Achtzigern, bevor die Grundstückpreise explodiert waren, hatten seine Eltern ein riesiges Gelände einschließlich mehrerer privater Seen gekauft. Sein Vater hatte mehr oder weniger allein zehn Ferienhäuser gebaut, die er vermietete. Jedes der Häuser lag völlig abgeschieden. Das Haus, das Jed für gewöhnlich nutzte, lag auf einer kleinen Insel, die mit dem Ufer über eine schmale, versteckte Brücke verbunden war. Es war eines der wenigen Häuser, das WLAN hatte, was Fluch und Segen zugleich war. Ein Internetzugang bedeutete, dass er seiner Arbeit nie wirklich entkommen konnte, aber da er auch immer noch Aktenordner mit sich herumschleppte, würde er der Arbeit vermutlich sowieso nie entkommen. Urlaub zu machen war eine Frage der Einstellung, und diese Einstellung hatte er nie richtig übernommen, nicht seit er die

Trainingsakademie des FBI abgeschlossen hatte.

Das Haus seiner Eltern lag in einer Seitenstraße versteckt, und die beiden lebten relativ zurückgezogen. Jed fragte sich manchmal, ob seine Eltern auf der Flucht waren, so viel Aufwand betrieben sie um ihre Anonymität und persönliche Sicherheit. Einmal hatte er ihre Daten tatsächlich durch das System gejagt und nichts gefunden. Als er in die Nähe des Anwesens kam, sah er, dass keine frischen Reifenspuren zu sehen waren. Gut. Schnee war extrem hilfreich dabei, die Bewegungen von Personen nachzuverfolgen.

„Bist du hier in der Gegend aufgewachsen?", fragte Vivi.

„Du klingst überrascht." Jed blickte ununterbrochen auf die Straße. Er hatte nicht vor, in den Graben zu rutschen, weil er die Augen nicht von einer schönen Frau lassen konnte. Und dass sie schön war, versuchte er angestrengt zu ignorieren. Er war ihr Bodyguard. Ihr Beschützer. Er würde dieses Vertrauensverhältnis nicht missbrauchen. Und er würde sich auch nicht mit einer Frau einlassen, die mehr verdiente als eine schnelle Affäre. Vor allem nicht mit einer Frau, die Vertrauensprobleme hatte, die so tief wie der Grand Canyon waren, und zudem ein Kind, das jedes Bisschen Fürsorge brauchte, das die Welt hergab.

„Habe mich nur gewundert." Sie musterte ihn eingehend und wartete auf weitere Details. „Du hast meine Frage nicht beantwortet."

Das brachte ihn zum Lachen, wenn auch widerwillig. So erschöpft und abgekämpft er auch war, es tat gut, zu lachen. „Und du bist sicher keine Anwältin? Du bist nicht wie die meisten Frauen, die ich kenne."

Vivi schaute irritiert drein, verschränkte die Arme vor der Brust, und blickte ungerührt aus dem Fenster.

„Hey, das war keine Beleidigung. Die meisten Frauen glauben mir jedes Wort, sobald sie meine FBI-Marke sehen. Du nicht. Warum?"

„Jedes Wort?"

„Allerdings." Jed schaute auf die Straße, aber im Augenwinkel sah er, wie sie ihre zu Fäusten geballten Hände auf ihren Schoß legte. „Und diesmal hast *du* meine Frage nicht beantwortet."

Ein Seufzer kam aus Richtung des Beifahrersitzes. Es war die Art von Seufzer, die Erschöpfung bis auf die Knochen ohne eine Minute der Pause erahnen ließ. „Ich schätze, meine Eltern haben mir beigebracht, alles infrage zu stellen, und ich meine damit wirklich alles. Diese Angewohnheit wird man nur schwer los."

„Leben sie noch?"

Sie schüttelte den Kopf. „Flugzeugabsturz."

„Sind sie viel gereist?"

„Ja." Wieder schlang sie ihre Arme um ihren Oberkörper. „Sie waren Akademiker. Ich habe als Kind viel Zeit in Afrika und Südamerika verbracht."

Er wollte mehr über ihre Familie fragen, über *sie*. Er musste wissen, wer sie wirklich war, und wie sie sich während dieser elenden Zerreißprobe schlagen würde. „Kommt daher Dein Talent für Sprachen?"

„Ah. Du hast mich also unter die Lupe genommen." Sie schlug die Beine übereinander und er konnte sich nicht zurückhalten, sie auf eine ganz andere Art und Weise unter die Lupe zu nehmen. Er hatte ihr diese schwarzen Stiefel gekauft. Nur hatten sie im Laden bei Weitem nicht so sexy ausgesehen. *Verdammt.*

Er schaute starr geradeaus und zwang sich, auf die

Einfahrt zum Anwesen zu achten, anstatt den SUV gegen einen Baum zu lenken. „Nur das Wichtigste, um zu verifizieren, dass Du uns die Wahrheit über Dich erzählst. Hast Du etwas zu verheimlichen?" Er hatte keine Zeit gehabt, um die detaillierten Daten in ihrer Akte durchzulesen, die ihm Frazer heute früh gemailt hatte. Das Einzige, was er aufgegriffen hatte war, dass sie bis vor ein paar Jahren eine sehr hohe Sicherheitsfreigabe zugewiesen bekommen hatte, das war alles. Er war zu sehr damit beschäftigt gewesen, die Terroristin aufzuspüren und wie ein Geistesgestörter zum Safe House der U.S. Marshals zu rasen.

„Hat nicht jeder etwas zu verheimlichen?"

Bei ihrer ausweichenden Antwort richteten sich ihm die Nackenhaare auf.

Sie lenkte ab. Aber es gab Dinge in seiner Vergangenheit, die er auch nicht in die Welt hinaustragen wollte, einschließlich der Tatsache, dass die Frau seines besten Freundes versucht hatte, ihn zu verführen, während Bobby in Afghanistan sein Leben riskierte. Auf gar keinen Fall wollte er, dass irgendjemand *das* wusste.

Noch ein Grund, weshalb er nicht oft nach Hause kam.

Aber es ging hier nicht um ihn. Sie mussten sich gegenseitig vertrauen können, und das würde nicht so einfach sein, wenn er eine professionelle Distanz zwischen ihnen aufrechterhalten wollte. Er durfte es nicht vermasseln. Vivis Problem, zu vertrauen, war von Anfang an offensichtlich gewesen, und trotzdem war sie mit ihm mitgekommen, als er sie darum gebeten hatte. Und was noch viel erstaunlicher war, sie vertraute ihm sogar das Wertvollste an, dass sie hatte – Michael. Das war eine große Sache.

„Wie viele Sprachen sprichst Du?" Sie sollte sich entspannen und sich ihm öffnen.

„Fließend Französisch, Spanisch, Arabisch, Farsi und Paschtu. Italienisch und Deutsch verstehe ich einigermaßen gut. Mandarin habe ich versucht, aber mein Gehirn weigert sich einfach.“

„Wow. Jetzt fühle ich mich wie der ungebildetste Hinterwäldler.“

Sie lachte. „Wollen Sie, dass ich Ihr Ego streichle, Special Agent Brennan?“

Eine Hitzewelle überkam ihn, die von seinen Schultern über sein Rückgrat direkt in seinen Schwanz fuhr. *Scheiße.* Er wusste, dass sie es nicht sexuell gemeint hatte, aber wenn ihre Stimme so klang wie gerade, verabschiedete sich sein IQ sofort.

Die Röte, die ihr ins Gesicht stieg, war sogar im Dunkel des Wageninnern zu erkennen. „Das kam anders heraus, als ich es gemeint habe.“

„Ich weiß, wie Du es gemeint hast.“ Diese Frau war vor Kurzem in zwei Schießereien verwickelt worden, und jemand hatte versucht, ihren Sohn zu ertränken. Ein Flirt war das Letzte, woran sie jetzt interessiert war. Sie versuchte einfach, durch diese Woche zu kommen, ohne den Verstand zu verlieren, und ohne zu sterben. Das war seine Aufgabe. Deshalb musste er sich an sein Training erinnern. Es war nicht ihre Schuld, dass sie ihn anmachte. Das leuchtende Haar, der zierliche Körper, die lebendigen Augen, sogar ihre Liebe zu ihrem Kind schienen die Synapsen in seinem Gehirn kurzzuschließen, die sein Begehren steuerten. Er würde die Situation nicht ausnutzen, wenn sie so verletzlich und auf seinen Schutz angewiesen war. Sie mussten diese Terror-organisation aufhalten, damit sie alle zu ihrem normalen

Leben zurückkehren konnten.

Ende der Geschichte.

Das Problem war nur, je mehr Zeit er mit ihr verbrachte, desto anziehender fand er sie. Zur Hölle, er konnte sich nicht einmal daran erinnern, wann er das letzte Mal ein Date gehabt hatte, geschweige denn mehr als nur ein flüchtiges Interesse für jemanden empfunden hatte. Die letzten neun Monate hatte er jede Minute damit verbracht, den Regenbogen-Mörder zu verfolgen. Er hatte sogar angefangen, in Schwulenbars abzuhängen, in der Hoffnung, irgendetwas aufzuschnappen, was ihn zum unbekannten Verdächtigen führen würde – und letzten Endes hatte es das auch. Er rieb sich mit der Hand den Nacken. Kein Wunder, dass er keine Dates gehabt hatte.

Er war einfach nur ein bisschen heiß, das war alles. Damit konnte er umgehen. Er war drei Jahre in der Armee gewesen, er wusste, dass er enthaltsam sein konnte – dafür waren kalte Duschen doch da, oder?

Er räusperte sich. „Du hast für die UN gearbeitet. Hast Du da gelernt, dass eine Marke nicht automatisch eine Garantie für Aufrichtigkeit in Männern ist?"

„Es waren Frauen, die mich das gelehrt haben."

„Ah."

„Die neue Frau meines Ex…", sie warf einen Blick auf Michael, aber der Junge schlief auf der Rückbank wie ein Welpe, „…arbeitet für die NSA. Sagen wir einfach, ich brauchte keine Nachrichtenagentur, um herauszufinden, dass sie etwas miteinander hatten, als wir noch verheiratet waren. Ich weiß natürlich, dass auch die richtig wichtigen Jobs von Menschen gemacht werden – von unvollkommenen, schwierigen, temperamentvollen Menschen. Vertrauen muss man verdienen, ich verschenke es nicht einfach so."

Ihr Rücken wurde gerade, sie war wieder in der Defensive.

Er dachte über ihre Worte nach, dann verwarf er die Warnung. Sie hatte ihm schon ihr Vertrauen geschenkt, als sie mit ihm zusammen das Haus der Marshals verlassen hatte. Wenn er ihr das deutlich machte, würde sie wahrscheinlich ihre Entscheidung revidieren, also wählte er eine andere Strategie. „Ist das nicht die Definition von Mensch? Unvollkommen, schwierig, temperamentvoll?"

„Für die meisten von ihnen." Sie lächelte, die Peinlichkeit von vorhin war vergessen. „Also *bist* Du hier aufgewachsen?"

Zurück zur Ausgangsfrage. Sie würde eine fantastische Anwältin abgeben.

Er trug den dunklen Anzug, den er im Büro für die mittägliche Lagebesprechung angezogen hatte. Er passte nicht zum Lebensstil in den Northwoods, aber das bedeutete nicht, dass diese Wälder nicht den Mann geformt hatten, der er heute war.

„Ja, bin ich. Ich hatte nicht damit gerechnet, hier wegzugehen, aber dann kam der 11. September, und ich bin nach dem College zur Armee gegangen. Ich vermute, dieser Tag hat das Leben vieler Amerikaner in andere Richtungen gelenkt." Zum Guten oder zum Schlechten? Das fragte er sich manchmal. Es war gut, sein Land beschützen zu wollen, aber er dachte auch an seinen älteren Bruder Max, den er seit fast einem Jahr nicht mehr gesehen hatte, und der Gott weiß was machte, und Gott weiß wo. Und er dachte an Bobby... sein Hals war wie zugeschnürt.

Ein Schneehase hoppelte neben dem Auto entlang, und drei Virginiahirsche schauten sie vorsichtig durch den verästelten Wald an. Er war in den Krieg gezogen, um seine Vision von Amerika zu verteidigen, aber die Terroristen waren immer noch da draußen und vermehrten sich wie die verdammten Karnickel, töteten Menschen sogar auf amerikanischem Boden. So sah es nicht aus, wenn man den Krieg gegen den Terror gewann. Er wusste nicht, wie zur Hölle das aussehen sollte.

„Ich glaube, ich würde liebend gerne in so einer Gegend leben."

Jed blinzelte überrascht. Ihr eleganter Stil und die Art, wie sie sich gab, ließen nicht vermuten, dass ihr das Landleben lag, obwohl sie natürlich in Fargo lebte, wo die größte Attraktion ein Holzhäcksler war.

Er musste seine Aufmerksamkeit wieder auf die Straße zwingen, denn Vivi war nicht nur schön, sondern schien auch Trost aus dieser Gegend zu ziehen, in die er sie brachte. Eine Gegend, die er liebte. Viele wären schon allein von dem Gedanken an die Isolation überfordert, aber nach allem, was sie durchgemacht hatte, war Isolation vielleicht genau das, was sie und Michael brauchten.

Die Straße stieg an, und der Wagen begann, auf die Gegenfahrbahn zu rutschen. Sie hielt sich an der Tür fest.

„Alles in Ordnung. Die Straßen hier draußen sind schwierig und holprig. Ich hoffe, das hält die Attentäter auf Abstand." Er lenkte gegen, und sie kamen zurück in ihre Spur. „Wir sind fast da."

Vor ihnen gabelte sich die Straße. Links ging es zum Haus seiner Eltern. Er bog rechts ab und fuhr nun Schrittgeschwindigkeit. Ein Fuchs im Winterfell stand für eine Sekunde hell erleuchtet im Scheinwerferlicht, dann verschwand er in den Wald.

Jed vermisste die Tiere. Als er hier aufgewachsen war, war er umgeben gewesen von anderen Lebewesen. Er hatte gelernt, die Welt als ein Ökosystem zu begreifen, wohingegen seine Wohnung in Virginia das Gefühl vermittelte, dass er in einer Blase von Menschen lebte – eine grausame, gemeine Blase aus Menschen.

Er brauchte wirklich Zeit, um seinen Kopf klar zu kriegen. Solange niemand sie fand, war das hier eine Win-Win-Situation.

Der Schnee knirschte unter den Reifen, während Jed durch seichte Kurven und Senken dem Weg folgte und schließlich über eine schmale Brücke rumpelte. Er entdeckte Fußspuren im Schnee und entsicherte sein Pistolenholster. Dann fuhr er um die letzte Kurve, und die Scheinwerfer des SUV fielen auf eine große Holzhütte.

Auf der Veranda stand breitbeinig ein Mann mit einer Schrotflinte in der Hand.

„Ein Freund von dir?", fragte Vivi mit unter diesen Umständen erstaunlicher Selbstkontrolle.

„Nicht direkt." Jed ließ den Motor laufen, stieg aus und ging zu dem älteren Mann, dann umarmte er ihn ungestüm und hob ihn in die Luft. Der Mann erwiderte die Umarmung. Sie waren gleich groß, aber der andere Mann wirkte auf eine Art kleiner. Immer noch stark und in Form, aber deutlich dünner. Lange nicht mehr der Riese aus seiner Kindheit, an den Jed sich noch immer erinnerte.

Es war viel zu lange her, dass er zu Hause gewesen war. „Schön, Dich zu sehen, Dad."

Sein Vater trat einen Schritt zurück, seine Augen funkelten. „Ich hatte so eine Ahnung, dass Du heute Abend hier auftauchst."

„Eine Ahnung oder einen Anruf?"

Der ältere Mann grinste. „Dein Boss dachte, Du bist

vielleicht angefressen, weil Du zwei Zeugen verloren hast." Die Daunenjacke seines Vaters raschelte in der Stille des Waldes. „Sieht so aus, als ob Du ein paar Streuner aufgegriffen hast." Er schielte Vivi durch das Autofenster an. „Und ich schätze, Du hast einiges zu erklären, Sohn…"

Jedem anderen hätte Jed geraten, sich rauszuhalten, aber nicht seinem Vater. „Ich hatte nicht gerade viele Möglichkeiten, Pop."

„Ist es das wert, deswegen seinen Job zu verlieren?"

Sein Vater wusste, wie wichtig ihm seine Karriere war, wie wichtig es ihm war, Mörder zu verhaften und wegzusperren. Das machte die Liebsten nicht wieder lebendig, aber es half. Jed versteckte sein Unbehagen hinter einem Grinsen. „Sie würden mich nie feuern. Ohne mich wäre das FBI verloren."

Sein Vater grunzte. „Ich bin mir sicher, dass sie klarkommen würden."

Es war besser, dass er den Job verlor, als Vivi und Michael ihr Leben. „Glaubst Du, Du hast etwas für mich zu tun, wenn sie mich feuern?"

Sein alter Herr lachte. „Ich sage Liam, dass er Dich als seinen Vize einstellen soll."

Sein Bruder als sein Boss? *Erschieß mich doch gleich.* „Lass uns hoffen, dass es nicht so weit kommt. Mum würde nicht auf seine Beerdigung gehen wollen."

Sein Vater grinste. „Ihr zwei habt euch schon im Mutterleib gezankt. Eines Tages werdet Ihr schon noch lernen, dass man Bruderliebe auch anders zeigen kann."

„Wo bleibt da der Spaß?"

Vivi kletterte vom Beifahrersitz und stand neben dem Wagen. Sie beobachtete Vater und Sohn, ihr Atem gefror in der eisigen Luft. Sein Vater hob prüfend eine Augenbraue.

„Hübsches Ding, aber sehr zerbrechlich. Ich hoffe, Du weißt, was Du tust, Junge."

„Das hoffe ich auch, Dad. Das hoffe ich auch."

IN DER HÜTTE war es warm. Jeds Vater hatte die Heizung angestellt und ein Feuer im Kamin gemacht, ein leichter Rauchgeruch zog sich durch das Haus. Vivi folgte Jed in ein Schlafzimmer im Erdgeschoss, wo er Michael auf das Bett legte, auf dem sein Vater gerade ein frisches Laken ausgebreitet hatte. Sie wollte nach der Bettdecke greifen, aber die beiden Männer waren schneller, es schien wie eine eingespielte Routine. Sie bezog eines der fluffigen Daunenkissen, um sich nützlich zu fühlen.

Jed hielt die Hand auf, und sie reichte ihm das Kissen, das er sanft unter Michaels Kopf schob.

Die beiden Männer gingen ohne ein Wort aus dem Zimmer.

Michael schlief fest, also machte sie sich nicht die Mühe, ihn auszuziehen. Seine Stiefel und seine Jacke hatten sie schon an der Tür abgestreift, die Trainingshose und das T-Shirt waren bequem genug zum Schlafen. Die dunklen Ringe unter seinen Augen traten auf seiner blassen Haut deutlich hervor, und seine Stirn war gerunzelt, als ob er Schmerzen hatte. Sie küsste ihn auf die Stirn. „Schlaf gut, Baby."

Vivi ging zu Jed und seinem Vater ins Wohnzimmer, sie musste mit ihnen darüber sprechen, was nun passieren würde, und wie es um ihre Sicherheit stand.

Die Hütte sah fantastisch aus, bemerkte sie, als sie sich jetzt zum ersten Mal genauer umschaute. Keine rustikale

Absteige, sondern ein komfortables, luxuriöses Ferienhaus. Im vorderen Teil der Hütte lag das offene Wohnzimmer mit hoher Decke, sowie Küche und Esszimmer, die durch eine weiße Granitarbeitsfläche abgetrennt waren. Ein großer Kamin aus Naturstein nahm eine ganze Wand ein. Jede Menge Fenster überblickten den See – ein guter Ort, um dem Schneetreiben zuzusehen, das ihr ein Gefühl von Abgeschiedenheit und Sicherheit vermittelte. Vivi schauderte. Die Ruhe war nur eine Illusion, aber sie schätzte sie dennoch. Jed ließ alle Jalousien hinunter, auch wenn sie bezweifelte, dass im Umkreis von mehreren Meilen auch nur eine einzige Menschenseele zu finden war. Die Vorstellung, dass die Angreifer sie innerhalb so kurzer Zeit schon finden konnten, war absurd. An der Wand hinter ihr führte eine Treppe in den ersten Stock, zu weiteren Schlafzimmern, vermutete sie. Ein paar Lampen tauchten die Hütte in ein warmes, weiches Licht, und sie fühlte sich versucht, sofort vor lauter Erschöpfung zu Boden zu sinken und zu schlafen, aber sie musste weiter machen.

Jeds Vater schaute sie an. Sein Blick war freundlich, zeigte aber ein eindeutiges *Erzählen-Sie-mir-keinen-Scheiß* Funkeln. „Würden Sie mir erklären, was hier vor sich geht?"

„Mr. Brennan, ich bin Vivi Vincent, und Sie haben gerade auch die schlafende Version meines Sohnes, Michael, kennengelernt."

„Ich habe ein Foto von Ihnen in den Nachrichten gesehen. Da draußen ist eine regelrechte Großfahndung nach Ihnen im Gange, angeführt von dem U.S. Marshal Service und dem FBI." Sein Blick fiel wieder auf seinen Sohn.

Sie sahen sich erstaunlich ähnlich, Vater und Sohn, nur dass die Haare des älteren Mannes silberweiß waren, was seine dunklen Augen und die gebräunte Haut hervorhob.

„Dein Boss glaubt, dass Du hierher gekommen bist, um den Tod der beiden zu betrauern, aber Du bist hier, um sie zu verstecken, habe ich recht?"

„Die Attentäter haben das Safe House der Marshals aufgespürt, Dad." In Jeds Stimme lag der gesamte Ernst der Situation. Vivi hatte für einen kurzen Augenblick vergessen, warum sie hier waren. „Und ich kann nicht mit Sicherheit sagen, ob sie dem Psychiater gefolgt sind, der Michael behandeln sollte, oder ob es bei den US-Behörden eine undichte Stelle gibt."

Ein schneidender Blick aus braunen Augen traf sie und ließ sie regungslos dastehen. „Wie sind Sie den Angreifern in dem Haus entkommen?"

Eine plötzliche Erinnerung an Dr. Hinkle – und wie er erschossen wurde – drehte ihr den Magen um. Sie sank auf ein Sofa und wünschte, sie könnte die Zeit zurückdrehen. Wünschte, sie wäre an einem anderen Tag nach Minneapolis gekommen, wünschte, sie wäre nicht ins Einkaufszentrum gegangen oder hätte nicht dieses dämliche Fernsehinterview gegeben.

Aber sie konnte schlecht den Kopf in den Sand stecken, sie musste sich der Realität stellen. Sie räusperte sich. „Nachdem Dr. Hinkle mit meinem Sohn gesprochen hatte, ist Michael weggelaufen und hat sich versteckt. Ich habe ihn im Kofferraum von Ro... Rogers Auto gefunden." Sie stolperte über den Namen des Mannes, der ihr Leben gerettete hatte, während er selbst verblutet war. Sie hatte ihm nicht geholfen, und die Schuldgefühle fraßen sie auf. Wenn sie versucht hätte, ihm zu helfen, dann wäre sie jetzt ebenfalls tot, und Michael wäre allein, aber das tat nichts zur Sache. Sie hatte nicht versucht, ihm zu helfen. *Gott.* Sie atmete schwer und wünschte sich, sie wäre mutig und ruhig, um mit diesem Wahnsinn klarzukommen, ohne sich so unglaublich nutzlos zu fühlen. „Mein Sohn fühlt sich in engen, dunklen Räumen sehr wohl. Dort versteckt er sich, wenn er gestresst ist oder versucht, der Welt zu entfliehen. Ich wollte ihn nicht zwingen, herauszukommen, wollte ihn aber auch nicht allein lassen, also bin ich zu ihm in den Kofferraum geklettert und habe gebetet, dass sie uns nicht finden." Es klang verrückt. Sie war verrückt. Nichts Neues.

Jed knipste eine Lampe an, dann setze er Wasser auf. Er bewegte sich ruhig und selbstsicher, obwohl er gerade ungefähr eine Million Regeln gebrochen hatte, und ihn das seinen Job kosten konnte. Warum nahm er für sie dieses Risiko auf sich?

Als er mit seinen Vorbereitungen fertig war, lehnte sich Jed an die Arbeitsfläche und erzählte weiter. „Als ich am Haus ankam, ging ich davon aus, dass die Polizei das Anwesen gesichert hatte. Dann hörte ich etwas in der Garage und fand die beiden, wie sie sich im Kofferraum versteckten."

„Ich konnte mich vor Angst nicht bewegen", gab Vivi zu. „Ich wusste nicht, ob die Angreifer noch im Haus waren oder nicht. Ich rührte mich nicht vom Fleck, ich stand unter Schock." Wie konnte es sein, dass ihnen so viele schreckliche Dinge zustießen, und sie immer noch lebten?

Jed nickte. „Ich konnte sie ungesehen in mein Auto schmuggeln." Er stand in der Mitte des Zimmers, seine Präsenz füllte den ganzen Raum aus. Alles an ihm verströmte Sicherheit und Geborgenheit. „Die Marshals und das FBI werden mir die Eier abreißen, wenn sie das herausfinden, aber wenn ich es noch einmal tun müsste?" Seine Augen bestätigten, dass er es wieder tun würde.

„In den Nachrichten haben sie gesagt, der Junge sei Autist?", fragte Jeds Vater.

„Ganz ehrlich?" Das Gewicht von tausend unbeantworteten Fragen lag auf ihren schmalen Schultern. „Niemand kann es mit Sicherheit sagen." Sie erklärte Michaels Zustand. Es war kompliziert, und sie war müde. Sie war sich nicht sicher, ob ihre Ausführungen einen Sinn ergaben.

Jed kam ihr zu Hilfe. Wieder einmal rettete er sie, obwohl sie doch so stolz auf ihre Stärke und ihre Fähigkeit, sich selbst zu retten, war.

„So wie ich es sehe, haben sich die Angreifer den Weg ins Haus freigeschossen, aber als sie Vivi und Michael nicht vorgefunden haben, ist der letzte von ihnen abgehauen, als er die Sirenen gehört hat."

Das Sofa neben ihr sackte nach unten, als sich jemand hinsetze. Sie öffnete die Augen und erwartete, Jed zu sehen, aber es war sein Vater.

Seine Augen scannten ihr Gesicht. „Vergib mir die Frage, Junge… aber woher willst du wissen, dass nicht Vivi all diese Leute umgebracht, und sich dann im Kofferraum versteckt hat?"

ZWÖLFTES KAPITEL

VIVI ZUCKTE ZUSAMMEN und rutschte ein Stück von dem älteren Mann fort. Es fühlte sich an, als hätte jemand sie gerade in die Magengrube geboxt. Wie konnte er so etwas nur denken?

„Ganz einfach deshalb, weil drei tote Terroristen am Boden lagen, als ich ankam, und weil einer der Marshals vier bewaffnete Angreifer gemeldet hatte, bevor er erschossen wurde." Jed saß neben ihr auf der Sofalehne und legte ihr unterstützend die Hand auf die Schulter. „Hatte ich erwähnt, dass meine Familie aus Verschwörungstheoretikern besteht, die nichts für bare Münze nehmen? Das hat meine Zeit beim FBI ziemlich… interessant gemacht."

Der Blick von Jeds Vater wurde sanfter. „Ich will nur sicher gehen, dass Sie sind, wer Sie zu sein vorgeben, bevor ich Sie mit meinem Sohn allein lasse."

„Ich denke, ich komme klar, Pop." Jed tippte auf die goldglänzende Marke an seinem Gürtel. „Ich bin Bundesbeamter, Du erinnerst Dich?"

Vivis Lachen klang wie ein Schluchzen. „Ich bewundere Ihren väterlichen Instinkt, Mr. Brennan, das tue ich wirklich." Sie traf Jeds Blick. „Ich weiß nicht, wo wir ohne Ihren Sohn jetzt wären – tot, vermutlich. Ich bin wirklich keine Gefahr für ihn, aber die Leute, die hinter meinem Sohn her sind, vielleicht schon, und ich möchte nicht, dass jemand aus Ihrer Familie meinetwegen in Gefahr gerät." Bei dem Gedanken daran, fing sie zu zittern an. „Ich sollte besser gehen. In ein Hotel."

Mr. Brennan Senior sah sie nun voller Mitgefühl an. „Und den armen Jungen wieder von Pontius zu Pilatus durch die Gegend scheuchen? Hier ist es sicher. Tut mir leid, wenn ich Ihnen gerade mit meiner unverblümten Art gegen den Karren gefahren bin, aber Jed hat recht, ich nehme nichts für bare Münze. Doch ich vertraue meinem Sohn, und egal, was ich sonst vom FBI halte, Jed macht einen hervorragenden Job." Er hielt ihr seine ausgestreckte Hand entgegen. „Jeremiah Brennan, zu Ihren Diensten, Ma'am."

Vivi schüttelte etwas irritiert seine Hand. Entweder war sie erfroren, oder durch seine Adern floss Lava.

„Sie sind ja ein Eisblock." Er nahm ihre Hände zwischen seine. „Bring der Dame ein heißes Getränk, Junge."

„Bin schon dabei. Möchtest Du auch was?" Jed füllte eine Tasse mit heißem Wasser und rührte einen Löffel Zucker hinein. Sie machte sich nicht die Mühe, ihm zu sagen, dass sie keinen Zucker im Tee mochte. Sie konnte die extra Energie gut gebrauchen, auch wenn es Jed war, der seit zwei Tagen nicht geschlafen hatte.

„Also, was ist der Plan?", fragte Jeds Vater plötzlich voller Überzeugung.

Wieder verlor Vivi innerlich ihren Halt – als wäre sie in den letzten Tagen nicht schon heillos überfordert gewesen.

Jed reichte ihr die Tasse mit dem kochend heißen Tee, dann stellte er sich direkt vor den Kamin. Er sah so unerschütterlich und beständig aus wie die Steinwand hinter ihm. „Wir werden uns hier für ein paar Tage verkriechen –

hoffentlich lässt das dem FBI genug Zeit, die verbleibenden Terroristen zu schnappen und wegzusperren. Vivi färbt sich die Haare braun und wird mit so wenig Menschen wie möglich Kontakt haben. Falls irgendjemand fragen sollte, sag einfach, dass ich mit meiner Freundin hier bin und wir unsere Ruhe haben wollen."

Vivis Wangen glühten. Oh, die Freuden eines blassen Teints. Sie versteckte sich hinter ihrer Teetasse und atmete den Dampf ein.

„Als ob das kein großes Hallo geben wird, wenn du plötzlich mit einer Frau hier auftauchst?" Jeds Vater grunzte vor Lachen. „Sagst du Liam Bescheid, oder soll ich das machen?"

„Ich mache das."

„Angela?"

Wer war Angela, fragte sie sich. Vivi trank einen großen Schluck Tee und wurde von der Süße des Getränks überrascht. Sie trank noch einen Schluck. Es schmeckte gut.

„Ich fahre demnächst vorbei und besuche sie."

„Wie wahrscheinlich ist es, dass diese Leute rauskriegen, dass diese junge Dame und ihr Kind mit Dir hier sind?"

Jed kniff den Mund zusammen, er dachte nach. „Nicht sehr wahrscheinlich. Aber nicht unmöglich."

„Hast du das GPS in Deinem Wagen ausgeschaltet?"

Jed nickte. „In Spooner. Frazer weiß, wo ich bin, aber ich vertraue ihm. Das GPS in meinem Laptop und Handy habe ich ebenfalls ausgeschaltet. Wenn es jemand aus den Polizeibehörden ist, und sie vermuten, dass Vivi und Michael hier sind, dann werden sie uns finden, aber es wird dauern. Ich habe nicht vor, es ihnen einfach zu machen."

Jeremiah wackelte mit seinem Finger in Richtung Vivi.

„Keine E-Mails checken oder Online-Shopping mit Ihrer eigenen Kreditkarte. Wenn Sie irgendetwas brauchen, sagen Sie Jed Bescheid. Oder Mary kann es für Sie besorgen. Das ist Jeds Mutter."

„Er schaut zu viel Fernsehen." Jed bemerkte ihren irritierten Gesichtsausdruck und zwinkerte ihr zu.

Jeds Vater musterte seinen Sohn. „Dir ist klar, dass wir Deine Mutter aus der Sache nicht heraushalten können?"

Jed nickte nüchtern. „Ich glaube, dass es am einfachsten ist, Plan A durchzuziehen, nämlich meinen ohnehin geplanten Vorweihnachtsurlaub bei der Familie. Je weniger Leute über Vivi und Michael Bescheid wissen, desto besser, aber irgendwer wird immer neugierige Fragen stellen. Die bekommen dann die Geschichte von der schüchternen Freundin serviert."

„Das könnte funktionieren, solange Du Dich an die Regeln hältst. Deine Mutter und Liam und ich werden euch nicht verraten." Er schaute Vivi eingehend an, so als wäre sie das schwächste Glied in dieser Kette.

„Diese Leute wollen meinen Sohn umbringen." Sie beugte sich vor, die Schärfe in ihrer Stimme war nicht zu überhören. „Es gibt nichts, was ich nicht tun würde, um seine Sicherheit zu garantieren. Einschließlich Leute anzulügen, vom Erdboden zu verschwinden, und auf *Online-Shopping* zu verzichten. Nichts ist mehr wichtig, außer Michael."

„*Du* bist wichtig", unterbrach Jed sie leise.

Sie schüttelte den Kopf und stellte ihre leere Teetasse auf einen Untersetzer auf dem Couchtisch aus Eichenholz ab. „Sie beschützen Michael. Um mich machen Sie sich bitte keine Gedanken. Wenn ihm irgendetwas zustoßen sollte…"

Der Blick von Jeds Vater war nun voller Mitgefühl, und er

tätschelte ihre Hand. „Ihnen beiden wird nichts passieren. Sie sind an den richtigen Ort gekommen. Wir sind vielleicht ein bisschen schrullig und rustikal hier oben in den Northwoods, aber wir wissen, wie wir die unseren beschützen."

Vivi war innerhalb von fünf kurzen Minuten von einer Mordverdächtigen zur Familienangehörigen geworden. „Ich weiß nicht, wie ich Ihnen danken soll, Mr. Brennan. Die meisten anderen Leute wären schreiend davongelaufen."

Er erhob sich vom Sofa. „Meine Familie ist nicht wie die meisten anderen Leute, Miss Vincent, ich habe sie besser erzogen. Und danken Sie mir, indem Sie auf ihren Jungen achtgeben. Ich wette, er kann ziemlich fordernd sein, wenn er wach ist."

„Allerdings." Abgesehen davon, dass er nicht sprach. Diese Unterhaltung würde ein anderes Mal stattfinden müssen. Vielleicht könnte sie Michael morgen dazu bringen, zu zeichnen, und sie könnten damit beginnen, dem FBI Informationen zukommen zu lassen, damit die Attentäter geschnappt wurden und es endlich sicher für sie sein würde, nach Hause zurückzufahren.

„Ich mache mich besser auf den Weg zurück zu Deiner Mutter. Die Sicherung fliegt immer raus, ich muss eine andere besorgen", erklärte Jeremiah, und Jed nickte. Jeds Vater zog Stiefel und Jacke an. „Ich lasse Euch die Schrotflinte da. Sie ist geladen. Morgen bringe ich noch ein paar Sachen vorbei."

„Wird er die nicht brauchen?", fragte Vivi, aber der Mann war schon fast in der Dunkelheit verschwunden. Jed schloss die Tür. Draußen schneite es noch immer.

„Glaub mir, er hat noch mehr davon." Jed legte die Schrotflinte auf den hohen Schrank neben der Tür. Dann schloss er die Haustür ab und platzierte den Schlüssel oben auf dem Türrahmen.

Vivi ging ans Fenster und zog die Jalousie etwas zur Seite. Der Schnee fiel in großen, schweren Flocken, umgab sie völlig, und schnitt sie vom Rest der Welt ab. Sie wollte einfach nur verschwinden. Für immer hierbleiben und sich nie wieder Sorgen darüber machen, dass jemand ihrem Baby schaden wollte. „Du hast schießen gelernt, bevor du laufen konntst, habe ich recht?"

„Mehr oder weniger." Jed sah sie an. „Und ich möchte es Dir und Michael beibringen, gleich morgen."

Sie erschauderte. Dass ihr unschuldiger, kleiner Junge eine Waffe abfeuern sollte... „Ich hasse Waffen."

„Das verstehe ich, aber die Chancen stehen nicht schlecht, dass Michael in der nächsten Zeit auf die ein oder andere Art und Weise mit Waffen konfrontiert werden wird. Ich schlage vor, wir starten mit einer Lektion über Sicherheitsmaßnahmen, und vielleicht auch ein bisschen Selbstbehauptung. Wenn je ein Kind das verdient hat, dann doch Michael."

Sie dachte an all die Male, die David versucht hatte, sie auf einen Schießstand mitzunehmen. Aber das hier war etwas anderes. Hier ging es nur ums Überleben, und das machte es umso schlimmer. Die Vorstellung, jemand anderem das Leben zu nehmen, war grauenhaft, aber die Vorstellung, dass irgendwer ihr Kind hinrichten würde, weil sie unfähig war, eine Waffe richtig zu benutzen, war noch tausendmal schlimmer. Sie atmete tief ein und stimmte seinem Vorschlag zu, der ihr noch vor drei Tagen vollkommen unvorstellbar erschienen wäre. „Danke. Ich weiß es zu schätzen."

Seine dunklen Augen musterten sie und blieben kurz an ihren Lippen hängen. Tief in ihrem Körper machte sich ein Zittern bemerkbar, denn trotz allem, was ihnen in den letzten

Tagen passiert war, musste sie zugeben, dass sie Jed immer noch sehr wohl als Mann wahrnahm. Als einen sehr attraktiven Mann. Und das Glühen in seinen Augen, das sie jedes Mal sah, sobald er es nicht ganz bewusst versteckte, zeigte ihr deutlich, dass auch er sie attraktiv fand. Soviel zu schlechtem Timing.

„Du bist ja schon halb tot vor Müdigkeit." Er zog eine Grimasse ob seiner Wortwahl, fuhr aber fort. „Nimm das große Schlafzimmer oben. Ich schlafe hier unten in dem anderen Zimmer."

Vivi stutzte. „Aber ich… ich bin davon ausgegangen, dass ich hier unten bei Michael schlafe." Der Stotterer nervte sie. Sie dachte, das wäre sie nach der Schulzeit losgeworden.

Seine dunklen Augen schauten sie ernst an. „Schlaft ihr zu Hause auch in einem Bett?"

Sie schüttelte den Kopf. „Nein, aber…"

„Ich würde sagen, wir versuchen, ihn wieder einigermaßen an eine Routine zu gewöhnen. Du hast gesagt, das ist es, was er braucht. Warum fangen wir nicht direkt damit an?"

„Aber wir sind hier an einem fremden Ort, und nach allem, was passiert ist…"

„Michael hat Furchtbares durchgemacht, aber er ist schlau und zäh und hat Biss. Gib ihm die Chance, das zu beweisen." Er hielt ihre Arme, und sie musste daran denken, wie er sie geküsst hatte, als er sie lebend im Kofferraum des Autos gefunden hatte. Der Gedanke daran fuhr ihr wie ein Blitz in jeden einzelnen Nerv.

Sie musste daran denken, mit welchen Mitteln David versuchen würde, sie dazu zu zwingen, so zu reagieren. Er würde ihr an den Kopf werfen, dass sie Michael erstickte, dass sie ihn ruinierte, ihn zu einem Muttersöhnchen verzog, das von allen anderen Kindern gehänselt werden würde. Alles, was Jed machte war, ein bisschen an ihren gesunden Menschenverstand zu appellieren und sein Mitgefühl zu zeigen.

Sie musste aufhören, immerzu an ihren Ex zu denken, und anfangen, im Hier und Jetzt zu leben.

Jeds Blick wurde sanft, er wusste, dass er gewonnen hatte. „Ich kann hören, wenn er wach wird. Und ich will auch hier unten schlafen für den Fall, dass es Ärger gibt. Hier unten sind nur zwei Zimmer, also bekommst Du die Luxussuite da oben – Du siehst aus, als könntest Du sie gebrauchen."

Vivi nahm ihm diesen Kommentar nicht übel. Sie war so müde, dass sie richtiggehend schwankte, wenn sie nur dastand, so als ob ihr unfassbar schwindelig wäre.

„Ich sorge dafür, dass alles okay ist, und hole Dich, sobald er etwas braucht."

Nach allem, was passiert war, schien es seltsam, dass es Jeds Freundlichkeit und Mitgefühl waren, die ihr jetzt beinahe die Tränen in die Augen trieben.

„Okay." Sie war zu müde, um zu diskutieren. „Ich schaue noch kurz bei ihm rein, und lasse beide Türen offen, für den Fall, dass er aufwacht."

Jed nickte.

Ohne dass sie es geplant hätte, berührte Vivi sanft sein Gesicht. Jed erstarrte und stand stocksteif da. Seine dunklen Augen verengten sich, und sie konnte nichts darin lesen, als sie sich auf die Zehenspitzen stellte, um ihn kurz auf die Wange zu küssen. Sie mochte es, seine raue Haut auf ihren Lippen zu spüren. „Danke für alles."

Er betrachtete sie, völlig still, sein Blick ruhte auf ihren

Lippen. Die Luft zwischen ihnen knisterte vor sexueller Spannung, die ihr beinahe den Atem nahm, und heißes Begehren breitete sich in ihr aus. Ein Schauer durchfuhr sie, als sie wie verzaubert in seine Augen starrte.

Jed senkte seinen Mund auf ihren, er musste sie schmecken – genau so, wie er es in der Garage der Marshals getan hatte. Kompromisslos, ungestüm, mit offenem Mund, und Vivi war mehr als bereit, ihn zu empfangen. Ihre Zunge spielte mit seiner in seidigen, glatten Windungen, er schmeckte heiß und sehr, sehr männlich. Etwas in ihr entfachte ein lange vergessenes Verlangen. Sie wollte Jed noch näher kommen, aber er schob sie von sich fort. Seine Augen funkelten.

Ihre Brust hob und senkte sich, sie atmeten beide schwer. Ein Holzscheit im Kamin knackte und brach damit den Bann.

Jed ließ ihre Arme los und trat einen Schritt zurück. „Das war ein Fehler. Ich hätte das nicht tun sollen." Er fuhr sich mit der Hand durch die Haare. „Es tut mir leid. Versuch zu schlafen. Ich verspreche, dass ich Dich rufe, sobald Michael Dich braucht."

Vivi nickte, mehr als nur ein bisschen perplex über das, was gerade passiert war. Sie ekelte sich vor sich selbst, weil sie einen Mann geküsst hatte, obwohl das Leben ihres Sohnes in Gefahr war. Sie wich zurück und wünschte, dass die Dinge anders wären. Wünschte sich, sie hätte Jed nie getroffen, oder zumindest, dass er sie nie an die Zeit erinnert hätte, als es auch etwas anderes in ihrem Leben gegeben hatte, etwas, das nackte Haut und tiefe, leidenschaftliche Stöße beinhaltete.

Diese Leidenschaft hatte ihr ein wundervolles Kind geschenkt, aber auch ihr Herz in tausend Stücke zerrissen.

„Mir tut es auch leid." Sie war eine Närrin. Sie musste sich daran erinnern, dass Jed hier war, weil er einen Job zu erledigen hatte, und nicht, weil sie etwas miteinander hatten, und er sie attraktiv fand.

Jed brauchte die Informationen, die möglicherweise in Michaels Kopf verschlossen waren, und die einfachste Art, sie zu bekommen, war, an Michaels Leben teilzunehmen. Sie musste sich neu ausrichten, was Jed Brennan betraf. Sie musste ihn auf Abstand halten, nicht nur körperlich, auch mental. Egal, wie verlockend dieser Mann war, das hier war kein romantischer Kurzurlaub oder ein Vorwand für eine schnelle Nummer, nur um primitive, menschliche Bedürfnisse zu befriedigen. Sie rannten um ihr Leben, und Michael war die Trophäe.

***

BIS ZU DEM Punkt, als Vivi ihn geküsst hatte, hatte Jed es gut verdrängen können, dass er ihr auch einen Kuss aufgedrückt hatte, als er sie gefunden hatte. Aber als ihre Lippen jetzt seine Wange berührt hatten, war die Erinnerung an den ersten Kuss in ihm geradezu explodiert, und er hatte sie einfach noch einmal küssen müssen – und das Verlangen war zweifelsohne durch den Adrenalinstoß der Leben-oder-Tod-Momente der letzten Tage verstärkt worden. Nur deshalb hatte es sich so unglaublich angefühlt.

Jetzt wurde er ihren Geschmack nicht mehr los. Er wollte ihr die Treppe hoch folgen, sie in die Matratze drücken und die ganze Nacht lang küssen. Überall.

Er ging vor dem Kamin auf und ab.

Nicht gerade die Art, wie er üblicherweise auf Zeugen reagierte.

Vor allem nicht auf alleinerziehende Mütter mit jeder Menge Altlasten und Verantwortungen – ganz abgesehen davon, dass sie vor Terroristen davonlief. Was zur Hölle hatte er sich nur dabei gedacht, sie so auszunutzen?

Seit er Mia in Afghanistan verloren hatte, hatte er es vermieden, sich zu sehr auf alles, was Beziehungen anging, einzulassen. Er wollte keinen Ballast und beschränkte seinen Fokus und seine Verpflichtungen darauf, die Mordfälle aufzuklären, die in einem nicht enden wollenden Strom aus Gewalt auf seinem Schreibtisch landeten. Jeder Mörder, den er wegsperrte, war ein Sieg für die junge Soldatin, die er geliebt und an eines dieser Monster verloren hatte. Aber Vivi berührte genau diesen Punkt in ihm, den er seit fast zehn Jahren zu vergessen versuchte. Das Timing war zum Kotzen. Die Situation war zum Kotzen. Und er konnte es sich nicht erlauben, alles für ein paar Stunden körperlicher Lust zu riskieren, die sich in Selbstanschuldigung und Gewissensbisse auflösen würde, sobald ihre Haut sich abgekühlt hätte.

Er atmete lange aus. Die Vorstellung von Vivi, wie sie nackt und von Leidenschaft überkommen dalag, pumpte sein Blut ein wenig zu aufgepeitscht durch seine Adern. Sie verdiente mehr als einen schnellen Fick, aber das war alles, was er ihr geben konnte. Er konnte es sich nicht leisten, wieder in eine Beziehung hineingezogen zu werden.

Dann hör auf, an sie zu denken, Du Idiot.

Er goss sich einen ordentlichen Drink ein und legte ein weiteres Holzscheit ins Feuer. Dann öffnete er seinen Laptop und las seine E-Mails. Siebenundfünfzig neue Nachrichten. *Alter Schwede.* Man könnte fast glauben, er sei seit zwei Tagen verschwunden, und nicht nur seit ein paar Stunden. Er antwortete seinem Vorgesetzten, der ihm geschrieben hatte, dass es bisher noch keine Neuigkeiten über Vivi und Michael gäbe, und dass er den Computer ausschalten und sich eine Pause gönnen solle.

Sicher.

Schuldgefühle bohrten sich durch seine Gedanken. Sollte er Frazer die Wahrheit sagen?

Obwohl Frazer ihn aus dem Verkehr genommen hatte, sah er ihn noch immer als einen Freund an. Der Kerl war engagiert und klug, und er nahm seine Arbeit sehr ernst.

Jed konnte ihm vertrauen.

Warum also vertraute er sich ihm nicht an?

Er wusste, warum.

Die beste Chance für Vivi und Michael, am Leben zu bleiben, war, dass niemand Bescheid wusste, nicht einmal sein Vorgesetzter. Keine Menschenseele durfte etwas wissen, außer seinen Eltern und seinem Zwillingsbruder, die ihnen hier vor Ort halfen.

Einer der Grundpfeiler menschlichen Verhaltens war es, dass sich Aktion und Reaktion entsprechend den Informationen, die jemand hatte, veränderten. Jed nutze sein Wissen darüber tagtäglich, und Frazer ebenso. Auf diese Weise hatten sie bereits viele Verbrecher gefangen. Und so würden sie hoffentlich auch diese Arschlöcher von Terroristen schnappen. Er schrieb seinem Boss zurück, ob es irgendwelche neuen Erkenntnisse darüber gäbe, wie die Typen das Haus der U.S. Marshals gefunden hatten. Frazer antwortete umgehend, dass sie noch dran wären, aber bereits die Überwachungs-kameras auf dem Parkplatz von Hinkles Auto sowie diverse Verkehrskameras überprüft hätten. Kein Anzeichen eines Verfolgers.

Jed überlegte, wie *er* es anstellen würde, wenn er nicht

entdeckt werden wollte. Sie hätten einen Sender an Hinkles Wagen anbringen können…

Eine zweite E-Mail erschien im Postfach: *Kein Peilsender an Hinkles Wagen gefunden, aber sie hätten ihn natürlich vor dem Angriff auf das Haus entfernen können.*

Jed musste schmunzeln. Sie waren wie gewöhnlich auf der gleichen Wellenlänge. Er schrieb zurück, ob es Anzeichen für eine undichte Stelle gäbe.

Ich habe Alex Parker als Fachmann hinzugezogen, antwortete Frazer.

Alex Parker war Mitinhaber einer privaten Firma für Cyber-Sicherheit und genoss einen erstklassigen Ruf in D.C. Er war zudem der Freund der neusten Kollegin in der Fallanalyse-Abteilung, Einheit 4, Special Agent Mallory Rooney. Jed wusste, dass sich nun herausstellen würde, ob Parker seinem Ruf gerecht wurde. Er würde jede Hilfe gebrauchen können.

Eine weitere E-Mail poppte auf. Killion. *Noch kein Zeichen von Vivi und Michael.*

Jed schrieb zurück. *Was haben die Verhöre heute ergeben?*

Sein Handy klingelte. Er seufzte. Killion. Er wollte wirklich nicht rangehen, aber wollte auch nicht, dass der Sechste Sinn des Typen anschlug. In Anbetracht der Tatsache, wer Killion war und was er machte, würde er sie wahrscheinlich problemlos finden. Außerdem wollte Jed Informationen.

„Brennan."

„Vermissen Sie mich schon?"

„Ich will Sie ja nicht enttäuschen, aber Sie sind nicht mein Typ."

„Ich vermute, Ihr Typ hat lange rote Haare und eine scharfe Zunge."

Jed wartete die erforderliche Schocksekunde ab, dann presste er hervor: „Das ist ein bisschen unsensibel, sogar für Sie."

„Tja, was soll ich sagen, ich glaube nicht, dass sie oder der Junge tot sind. Ich glaube, sie konnten entkommen und verstecken sich irgendwo."

Scheiße. „Ich kann nur hoffen, dass Sie recht haben, aber das ist ganz schön unwahrscheinlich, finden Sie nicht?" Sein Tonfall bat Killion darum, ihn zu überzeugen.

„Die Angreifer haben sich sicherlich nicht die Mühe gemacht, ihre Leichen mitzuschleppen. Die hätten die beiden mit Kugeln vollgepumpt und wären verduftet."

Um ein Haar hätten sie das auch geschafft. Jed wurde übel bei dem Gedanken. „Herrgott nochmal." Er benutze die Vorstellung, um Killion zu überzeugen – seine Art der Dissoziation. „Ich hoffe, sie leben noch."

„Die Waffe eines Angreifers fehlt. Wir haben 9 mm Patronenhülsen gefunden, aber die Ballistik konnte keine Übereinstimmung mit den anderen Waffen am Tatort feststellen."

Jed hatte die Pistole, die Vivi mitgenommen hatte, für die Beweisaufnahme eingetütet und auf das oberste Regalbrett im Küchenschrank gelegt, damit Michael sie nicht in die Finger bekommen konnte. „Wenn es einen vierten Angreifer gab, könnte der die Waffe mitgenommen haben."

„Möglich. Warum sind Sie eigentlich so überzeugt davon, dass die beiden tot sind?", fragte Killion.

„Naja. Soweit wir wissen, ist das eine muslimische Terrororganisation, und sie ist eine hübsche Frau. Auch wenn sie sie nicht umgebracht haben, haben sie sie möglicherweise mitgenommen, um…" Sie zu verkaufen. Sie zu vergewaltigen.

Sie für ein YouTube-Video zu enthaupten, das sich die ganze Welt anschauen konnte. *Fuck.* Jed begann zu schwitzen. All das hätte passieren können. Und es konnte *noch immer* passieren, wenn er nicht aufpasste. „Und wenn sie noch lebt, warum zum Teufel ist sie dann nicht zur Polizei gegangen?" Jeds Tonfall wurde laut und angespannt.

„Nach so einem Angriff auf ein *sicheres* Haus? Da würde ich aber auch mein eigenes Ding machen, und mich nicht auf die sogenannte Hilfe der Regierung verlassen."

Jed murrte. Der Kerl war Weltklasse darin, zu manipulieren, keine Frage. Aber Jed ließ sich nicht verarschen. „Was haben die Verhöre ergeben?"

„Abgesehen von der Tatsache, dass Abdullah ein eiskalter Killer ist?"

„Das hätte ich Ihnen auch schon sagen können, als ich seine Hände vom Hals eines achtjährigen Kindes weggezerrt habe."

„Naja, ich habe dem Typen ein paar Fotos von seinen Kumpels gezeigt, und wie sie nach ihrem Tod ausgesehen haben, und er hat nicht mal mit der Wimper gezuckt. "

„Liegt wahrscheinlich an den paradiesischen Jungfrauen."

„Wer will die Ewigkeit schon mit einer Jungfrau verbringen? Ich meine, ganz im Ernst, gib mir lieber eine erfahrene…"

„Killion", blaffte Jed. Der Kerl wich völlig vom Thema ab.

„Stimmt. Es gab noch zwei interessante Sachen, die aufkamen, abgesehen davon, dass der Typ ein soziopathisches Arschloch ist. Zum einen ist Abdullah offiziell immer noch Mitglied der syrischen Präsidentengarde."

Das waren keine guten Neuigkeiten für den Weltfrieden.

„Es kann aber auch sein, dass er für die Rebellen arbeitet,

um der Regierung Ärger zu machen. Es gibt so viele Splittergruppierungen in den Kämpfen, al-Qaida, die Freie Syrische Armee, sogar Hisbollah, die für das Regime kämpfen. Es ist schwer, an vernünftige Informationen zu kommen, wer zu wem gehört. Politik und Religion kriegt man nicht auseinander, und der Iran hat auch irgendwie überall seine Finger im Spiel. Es kann aber auch sein, dass Abdullahs Verbindung zu Syrien nur ein Ablenkungsmanöver ist. So viele Gruppen im Nahen Osten wollen einfach, dass Amerika sich verpisst und krepiert. Der Arabische Frühling verwandelt sich zusehends in einen Albtraum für unsere Interessen. Nennen wir das Kind beim Namen, Demokratie ist nur so lange gut, solange sie tut, was Amerika will."

Für Demokratie und Freiheit zu kämpfen, war eines der wichtigsten Dinge, die Jed in der Armee getan hatte, aber in manchen Gesellschaften waren diese Angelegenheiten weder dauerhaft, noch aufrechtzuerhalten, in anderen Gesellschaften wiederum drehten sie sich um und bissen einen in den Allerwertesten. Trotzdem, freie und faire Wahlen sollten ein Menschenrecht sein. „Und was ist die zweite Sache?"

„Ach, ja. Ziemlich cool, ehrlich gesagt. MI6 hat uns kontaktiert, weil es für einen der toten Angreifer aus dem Haus eine Übereinstimmung in ihren Datenbanken gab. Ich warte gerade darauf, dass einer der Besten ihrer Majestät seinen Hintern über den großen Teich schwingt und uns einen Stapel Akten vorbeibringt, den sie partout nicht e-mailen wollten. Keine Ahnung, was das zu bedeuten hat, vielleicht haben wir einen Durchbruch erlangt, oder sie haben irgendwo einen V-Mann sitzen. Der Kollege kommt morgen früh an."

Die Terrorzelle hatte also Verbindungen nach Großbritannien. Nichts Ungewöhnliches. Terroristen neigten

dazu, wie die Kakerlaken in alle Richtungen ausein-
anderzujagen, und hatten überall auf der Welt Kontakte. Aber
es bedeutete auch, dass sie vermutlich Ausbildung und
finanzielle Unterstützung von irgendwoher bekamen. Jed
wollte diesen Hintermann.

„Gab es Hinweise im Internet, dass in der nächsten Zeit
ein weiterer Anschlag geplant ist?"

Killion atmete hörbar aus. „Nichts. Laut unseren
Analytikern kommunizieren sie nicht per Chatrooms, E-Mails
oder Handy."

„Dann sind sie entweder wahnsinnig fortschrittlich, oder
alles lief von Anfang an nach Plan."

Von Killions Seite kam lange nichts. „Sie machen wirklich
während einer so großen Ermittlung Urlaub?"

„Absolut. Schauen Sie, ich habe zwei Möglichkeiten.
Entweder ich arbeite bis zum Burnout und zerstöre, was bisher
eine vielversprechende Karriere war. Oder ich lege eine Pause
ein. Ich habe mich für Letzteres entschieden."

Killion grunzte. Der Kerl hatte wahrscheinlich keinen
Urlaub mehr gemacht, seit er bei der CIA angefangen hatte.

Jed zwang sich, Vivi und Michael zu erwähnen. „Falls die
Vincents auftauchen sollten…"

„Machen Sie sich keine Gedanken, ich melde mich, wenn
ich etwas höre. Hey, wer weiß, vielleicht komme ich vorbei
und mache mit Ihnen zusammen Urlaub, wenn das alles hier
vorbei ist."

Ein Gedanke schoss Jed durch den Kopf. *Mist.* Hatte er die
ganze Situation falsch verstanden? Er räusperte sich. „Sie
wissen schon, dass ich hetero bin, oder? Ich meine, kein
Problem, wenn Sie es nicht sind, aber ich…"

„Was zur… ist das Ihr Ernst?" Killion fing an zu lachen.

„Bilden Sie sich bloß nicht zu viel ein, Brennan. Ich spiele gerne mit meinem eigenen Schwanz, aber Ihren fasse ich nicht an."

„Gott sei Dank." Jed war erleichtert, dass ihm seine Menschenkenntnis offensichtlich noch nicht völlig abhandengekommen war.

„Ich steh auf jung, hübsch und weiblich. Je weniger Hirn, desto besser." Killion klang müde. Nicht nur von den letzten Tagen, die er ohne Schlaf durchgearbeitet hatte, sondern tief in seinem Inneren. Nachrichtenoffiziere brannten noch schneller aus als FBI-Agenten.

Jed versuchte, die Stimmung oben zu halten. Sich nicht mit hineinziehen zu lassen. „Je weniger Hirn, desto eher landen Sie mit Ihnen in der Kiste, hab ich recht?"

„Hören Sie mal, kein Grund, gehässig zu werden." Killion lachte. „Entspannen Sie sich, ich bin nicht hinter Ihrem Körper her, auch wenn ich nur zu gerne mit Ihrem Verstand spiele." Der Anflug von Selbsthass in Killions Tonfall verunsicherte Jed. Er öffnete den Mund, um nachzufragen, ob alles in Ordnung war, auch wenn er wusste, dass Killion wahrscheinlich nur mit ihm spielte. Killion sprach weiter, bevor Jed die Chance hatte, zu reagieren. „Okay, das war ein nettes Zwischenspiel, aber ich muss mich wieder Abdumotherfucker-dallah zuwenden. Wir versuchen, seine biologische Uhr durcheinanderzubringen, um schneller an ein Geständnis zu kommen. Der Typ ist ohne seine Rolex völlig aufgeschmissen."

„Mir blutet das Herz."

„Klar, aber ich fürchte, er fällt nicht darauf rein. Alles klar. Bis später."

Jed murmelte eine Verabschiedung und legte auf. Er

versuchte, sich daran zu erinnern, was er über Terroristen wusste. Staatlicher Terrorismus unterschied sich von religiösem Terrorismus. Diesem Anschlag ein Motiv zuzuordnen, würde vermutlich dabei helfen, herauszufinden, was das nächste Ziel war.

Die Öffentlichkeit tat sich schwer damit, zu verstehen, warum scheinbar normale Menschen im Namen ihrer Überzeugung unschuldige Zivilisten umbringen konnten. Psychologische Forschungen legten nahe, dass es sich hierbei um das Phänomen der Doppelwirkung handelte, das zuerst bei Nazis beobachtet wurde. Deren Ausgangsposition war es oft gewesen, Dinge verbessern zu wollen, die sie als kaputt empfunden hatten, aber ab einem gewissen Grad der Indoktrinierung entwickelten sie zwei Persönlichkeiten – ihr früheres, wohlwollendes Selbst, und ein moralisch distanziertes Selbst, ein Mörder, der grauenhafte Taten vollbringen konnte.

Staatlich unterstützter Terrorismus war eine ganz andere Nummer, eine Bestie mit Hörnern, Klauen und Greifarmen.

Ironischerweise wurde in einigen Berufen sogar zur Doppelwirkung ermutigt – zum Teufel, die meisten Beamten in der Strafverfolgung waren richtige Meister darin. Wie sonst konnte man sich jeden Tag Tod und Grauen aussetzen und abends zur Familie nach Hause kommen?

Aber wie konnte ein nationaler Konflikt in Syrien mit einem Terroranschlag auf die Minneapolis Mall in Verbindung gebracht werden? Jed presste seine Finger an die Schläfen und versuchte, den Druck in seinem Kopf loszuwerden. Er wusste nichts über Syrien, aber jetzt war der richtige Zeitpunkt, um etwas zu lernen. Er begann, im Netz zu surfen, und verlief sich in einem Labyrinth aus Informationen.

Eine Stunde später fielen ihm fast die Augen zu, als Autoscheinwerfer durch den dicken Vorhang aus Schneetreiben aufleuchteten. Jed griff nach seiner Waffe und ging zur Tür. Ein Polizeiauto betätigte die Lichthupe, dann stand es mit laufendem Motor vor dem Haus. Jed zog seine Stiefel an und trat hinaus in die Nacht, zu einem der wenigen Menschen, dem er vertrauen konnte, voll und ganz.

DREIZEHNTES KAPITEL

Vivi erwachte aus einem Albtraum, völlig desorientiert und zerschlagen, mit rasendem Herz. Sie blinzelte, um die Zahlen auf ihrem Wecker zu erkennen. Es war zwei Uhr morgens. *Verdammt.* Ihr Hals war trocken. Sie kroch aus dem Bett und ging die Treppe zur Küche hinunter, um sich etwas zu trinken zu holen.

Sie stellte ein Glas Milch in die Mikrowelle, dann bemerkte sie, dass das Feuer im Kamin langsam ausging, und legte ein weiteres Holzscheit auf.

Als sie sich herumdrehte, sah sie, dass der Raum nicht leer war. Jed Brennan lag ausgestreckt auf dem Sofa. Sein Hemd war zerknittert, die ersten zwei Knöpfe standen offen, und die Ärmel hatte er bis zu seinen Ellenbogen hochgerollt. Seine Krawatte lag neben seinem Jackett auf dem Boden.

Er hatte die Arme über dem Kopf ausgestreckt. Lange Beine hingen über das Sofaende hinaus, er war zu groß, um bequem Platz finden zu können. Sein Mund stand einen kleinen Spalt weit offen. Er schlief wie ein Stein. Das war vermutlich der erste Schlaf seit dem Anschlag, und so sehr sie auch dastehen und ihn anstarren wollte, sollte sie ihm besser etwas Raum lassen.

Sie konnte nicht glauben, dass sie ihn vorhin geküsst hatte. Sich wie eine Närrin zu fühlen, war nicht gut.

Sie zitterte. Es war kalt hier. Die Mikrowelle piepte, aber Jed regte sich nicht. Entschlossen, ihn nicht aufzuwecken, nahm Vivi eine Strickdecke vom Sessel und drapierte sie sanft über seinem Körper. Es erinnerte sie daran, wie sie ihren Sohn zudeckte. Jed lag noch immer völlig regungslos da. In seiner Faust hielt er einen Kugelschreiber. Vivi kniete sich hin und beugte sich über ihn, um den Stift aus seiner Hand zu nehmen, bevor er auf dem Sofa oder seinem Hemd auslief. Sie griff den Kugelschreiber, aber als sie sich aufrichtete, blickte sie direkt in seine sehr dunklen, tiefen Augen. Sie erstarrte.

Wow. Vivi blinzelte. Das war ganz und gar nicht das gleiche, wie Michael zuzudecken.

Er roch warm und zerknittert und nach Mann. Ihr Herz schlug schneller und schneller. Ein Blitz durchfuhr sie, von der Spitze ihrer Brüste bis zu der Stelle, an der sich ihre Oberschenkel trafen, und erinnerte sie daran, wie sich Sex anfühlte.

Nichts wie weg hier.

Seine Augen blickten forschend in ihr Gesicht, er versuchte offensichtlich, aufzuwachen und zu sich zu kommen. Sein Blick ruhte einen kurzen Moment auf ihren Lippen.

Vivi schluckte nervös. Sie durfte sich nicht erlauben, etwas so Dummes zu tun, wie ihn erneut zu küssen. Sie konnte nur ein gewisses Maß an Ablehnung ertragen.

„Hi." Ihre Stimme holte ihn aus seiner Benommenheit zurück.

Er stöhnte. „Sorry, ich war für einen Moment scheinbar wieder zurück in einem Armeezelt in Bagram." Der Schlaf hatte seine Stimme rau gemacht.

„War es schlimm?", fragte sie.

„Im Gegenteil. Ich habe geträumt, eine meiner

großartigsten Fantasien wäre gerade im Begriff, wahr zu werden."

„Das habe ich nicht gemeint", antwortete sie leise.

„Ja, aber das ist alles an Information, was Du jetzt kriegst." Er schenkte ihr ein Grinsen, um die Stichelei abzufedern.

Sie trat einen Schritt zurück, nicht gerade darauf aus, wieder ins Bett zu gehen, jetzt, da sie so wach war – aber sie wollte ihn auch nicht länger stören. „Tut mir leid, dass ich Dich aufgeweckt habe. Du musst völlig erledigt sein."

Er lag immer noch ausgestreckt auf dem Sofa und nickte, blinzelte wie wild, als ob das helfen würde. „War ich. Bin ich." Er seufzte und setzte sich mit einer raschen Bewegung auf.

„Gibt es einen Durchbruch bei den Ermittlungen?"

Er schüttelte den Kopf.

Vivi schluckte ihre Enttäuschung hinunter. „Ich schaue nur kurz nach Michael, dann gehe ich wieder nach oben ins Bett."

„Du bist eine tolle Mutter, weißt Du das?"

Sie schnaubte. „Ich bin völlig kontrollierend." Beide flüsterten sie nur.

„Sei nicht so hart mit Dir selbst. Alleinerziehend zu sein, ist schwer." In seinen Augen lagen eine Freundlichkeit und eine Geduld, die ihre rasende Angst davor, von dieser Situation überfordert zu werden, beruhigte.

Sie gab ihr Bestes unter diesen schwierigen Umständen, aber es war nicht einfach für sie, Aufgaben abzugeben. Jemand anderem das Wohlergehen ihres Sohnes anzuvertrauen, war unfassbar schwer für sie.

„Du erinnerst mich an meine Mutter."

„Neurotisch?" Sie wollte einen Witz machen, aber er zündete nicht. Jed sah ihre Schwäche und ihre Unsicherheit.

„Kämpferisch – wie eine Löwin." Im Licht des Kaminfeuers bestand sein Gesicht nur aus kantigen Furchen und Schatten.

„Wie war es, so eine kämpferische Mutter zu haben?" Sie machte sich Sorgen, dass Michael sie eines Tages dafür hassen würde, dass sie so überbesorgt gewesen war.

„Ich konnte ihr nie etwas vormachen, bis heute nicht, aber…" Er hielt inne und dachte kurz nach. „Ich habe nie daran gezweifelt, dass sie mich liebt. Und Michael wird auch nie an Deiner Liebe für ihn zweifeln."

Vivis Herz überschlug sich. Ihr Hals zog sich zusammen. Jed hatte keine Ahnung, wie viel ihr das bedeutete. Oder vielleicht tat er das doch. Vielleicht begriff er, wie verzweifelt sie nach etwas Positivem suchte, an das sie sich klammern konnte. „Danke."

Sie schaute nach Michael, der tief und fest schlief. Dann nahm sie ihre heiße Milch und ging die Treppe nach oben, auch wenn sie lieber bei Jed geblieben wäre.

„Gute Nacht", rief sie leise.

Das Problem mit Jed war nicht, dass sie ihn nicht mochte. Er hatte Michael zweimal das Leben gerettet, und sie würde ihm dafür nie genug danken können. Aber sie mochte auch alles andere an ihm. Und nach dieser emotionalen Tortur, die sie mit ihrem Ex durchgemacht hatte, verunsicherte sie das. Sobald diese Sache hier vorbei war, wäre Jed sofort über alle Berge, und sie hatte zu viel zu verlieren, als dass sie sich irgendeine Blöße geben konnte. Sie hatte sich an ihrem Ex nicht bloß die Finger verbrannt, er hatte sie geradezu in Schutt und Asche gelegt.

Dieses Risiko war es einfach nicht wert.

———

AM NÄCHSTEN MORGEN stand Vivi auf der Terrasse. Ausgeschlafen und hellwach schaute sie auf den leichten Nebel, der im hellen Morgenlicht vom See aufstieg. Der Ausblick war so strahlend hell, dass sie die Augen zusammenkneifen musste. Sie war dick eingewickelt, trug eine neue Jeans, die noch ein bisschen steif und an der Taille ein wenig zu weit war, einen dicken, beigen Wollstrickpullover, Wollsocken, Winterstiefel und eine Daunenweste. Jed hatte an alles gedacht, er hatte ihr sogar Unterwäsche und ein Nachthemd gekauft. Es fühlte sich seltsam an, Kleidung zu tragen, die jemand anderes ausgesucht hatte, so als ob sie in einem Theaterstück spielen würde. Aber sie wusste nicht, wo sie jetzt ohne seine Hilfe wäre. Am Kämpfen, das war verdammt sicher. Voller Angst, auch keine Frage. Oder tot, auch hierfür standen die Chancen nicht schlecht.

Dass sie ihn geküsst hatte – zweimal mittlerweile –, dass sie davon geträumt hatte, dass er mehr mit ihr machte, als sie nur zu küssen, nachdem sie wieder auf ihrem Zimmer war und sich unbefriedigt und leer gefühlt hatte, führte ihr alles an ihm überdeutlich vor Augen.

Der Kuss war ohne Zweifel ein Fehler gewesen, aber nicht aus dem Grund, den Jed vermutete.

Er hatte in ihr das Bedürfnis geweckt, wieder fühlen zu wollen. Wieder eine Frau zu sein. Sie hatte die Mutterrolle perfektioniert, aber im Zuge dessen den Teil ihrer selbst verloren, der sie so unmissverständlich weiblich machte. Das Verlangen nach Sex, das Verlangen danach, begehrt zu werden, hatte tief in ihr geschlafen, schon lange bevor ihr Mann sie verlassen hatte. Davids Verhalten hatte sich verändert, kurz nachdem Michael auf die Welt gekommen war. Er war nachtragend geworden, barsch in seinen Verurteilungen und seinen Rügen. Als Reaktion darauf hatte sie sich emotional abgeschottet, eine Wand hochgezogen, und ein Großteil ihrer körperlichen Beziehung war damit auch auf der Strecke geblieben. Wenn es mit Beziehungen bergab ging, war Sex oft das Erste, das verschwand.

Die Terrassentür hinter Vivi ging auf, und Jed trat zu ihr. Sie spürte die Anspannung in ihrem Körper, dann drehte sie sich zu ihm um und zwang sich zu einem freundlichen – aber nicht *zu* freundlichen – Lächeln.

Er trug ähnliche Sachen wie sie, aber sein Hemd war dunkelblau und passte gut zu seinen pechschwarzen Haaren. Er hatte sich nicht rasiert, und das ließ ihn verwegen und wie in dieser Naturszenerie zu Hause erscheinen.

Oder einfach perfekt.

Mist.

Sie traf seinen Blick und spürte wieder diese unbeschreibliche Anziehung, die man nur bei ganz bestimmten Menschen spürt. Dieses seltsame, gegenseitige Verlangen, das immer seltener vorkam, je älter man wurde, das immer wertvoller und kostbarer wurde. Sie hatte geglaubt, sie hätte diese Gefühle ein für allemal hinter sich gelassen. Offensichtlich hatte sie sich geirrt. Wie auch immer. Es gab andere Dinge, um die sie sich kümmern musste.

Ein schiefes Lächeln trat auf seine Lippen. „Die Farbe steht Dir." Er berührte eine Strähne ihres frisch gefärbten Haares, die unter der Wollmütze, die er ihr gestern gekauft hatte, herausragte. Ihre Haare waren jetzt fast so dunkel wie seine, und sie fand, dass sie wie eine Hexe aussah. Vivi hatte die Haare unter die Mütze gekämmt, unsicher und genervt darüber, dass es ihr so viel ausmachte.

„Ich fürchte, Michael wird es nicht so einfach über sich ergehen lassen, seine Haare zu färben."

Jed lachte. „Vielleicht sollten wir ihm einfach eine Stoppelfrisur verpassen und seinen Kopf braun anmalen."

Das brachte Vivi zum Lachen. „Wahrscheinlich fände er das sogar gut."

Jed schaffte es, dass sie vergaß, wie die Realität für sie tatsächlich aussah, und sie war sich nicht sicher, ob das gut oder schlecht war. „Ich hätte Dich darum bitten sollen, mir Make-up mitzubringen, damit ich auch meine Wimpern und Augenbrauen passend färben kann."

„Ich hoffe sehr, dass niemand nah genug an uns herankommt, um Deine Wimpern zu erkennen, aber ich kann natürlich gerne etwas besorgen, wenn Dir das lieber ist."

Ein Mann, der Make-up für sie kaufte, das war wirklich ein Wunder.

„Glaubst Du, Michael und ich sollten am besten einfach hier bleiben und uns verstecken?" Die ersten Anzeichen eines Schuldgefühls stiegen in ihr auf, weil sie Jed noch nicht erzählt hatte, wer Michaels Vater war. Aber wenn sie es ihm jetzt sagen würde, würde Jed es sich vermutlich anders überlegen, sie hier unterzubringen, und sie wollte wirklich bleiben. Ja, sie wollte sich wirklich hier in den Wäldern verstecken, solange es nur irgendwie ging.

Hatte David mittlerweile mitbekommen, dass sie es waren, die in dem Haus angegriffen worden waren? Würde es ihn überhaupt interessieren? Er hatte jeglichen Kontakt zu ihr und Michael vor Jahren abgebrochen. War es möglich, dass sie noch niemand in Verbindung gebracht hatte?

„Wenn man das Personal bedenkt, das in diese Ermittlungen gesteckt wird, dann kann es nicht allzu lange dauern, bis diese Typen gefunden und in Gewahrsam genommen werden. Ich denke, das Sicherste ist, still zu sitzen, auch wenn das schwer ist." Er hatte sie missverstanden.

„Oh, nein. Mir macht es nichts aus, hier zu bleiben. Ich liebe es hier, es ist wunderschön." Sie mummelte sich in ihren dicken Pullover ein und schaute über den Nebel auf dem See. „Es tut gut, endlich wieder atmen zu können – ich kann nicht glauben, was ich früher alles für selbstverständlich gehalten habe."

Er kam einen Schritt auf sie zu, sah sie an. „Was meinst du?"

„Das Leben mit Michaels Problemen war mir so schwer vorgekommen. Und dabei hatte ich es eigentlich ziemlich gut." Sie lächelte ihn über ihre Schulter an. „Die letzten Tage haben sich angefühlt, als würde ich durch die Hölle gehen. Aber all das hier lässt das Grauen so weit weg erscheinen… lässt mich dankbar sein für alles, was ich habe." Sie deutete auf die strahlende Schönheit der schneebedeckten Wälder.

Jed stand hinter ihr, nah genug, dass sie seine Wärme spüren konnte. „Du kannst Dich jetzt für eine Weile entspannen." Er rieb ihre Arme, fast so, als könnte er sich nicht zurückhalten, sie anzufassen. Es fühlte sich so natürlich an, so beruhigend, dass sie ihre Augen schloss und einen Teil der aufgestauten Anspannung fallen ließ.

Sie wollte, dass er sie an sich zog und festhielt.

Er tat es nicht.

„Es wird nicht für immer sein, Vivi." Sein warmer Atem streifte ihr Ohr. Ihr war klar, dass er womöglich nicht nur über ihre Flucht sprach. Er sprach über sie beide.

Offensichtlich hielt er sie für eine Blumen-und-Herzen-Romantikerin, und nicht für die Realistin, zu der das Leben sie gemacht hatte. Sie legte eine Hand auf seine und starrte auf das funkelnde Eis auf dem See, das wie tausend Diamanten zu strahlen begann, als die Sonne höher stieg. In ihrer Erfahrung war Glück vergänglich, selbst dann, wenn man nicht vor Killern auf der Flucht war.

„Für immer brauche ich nicht. Ich brauche nur etwas für jetzt." Und wenn ihm das nicht in aller Deutlichkeit nahelegte, dass sie mit ihm zusammen sein wollte, und zwar ohne langfristige Bindungen, dann wusste sie auch nicht weiter.

Ein Motorengeräusch ließ sie beide aufschrecken.

„Ins Haus, sofort." Augenblicklich wieder im Bodyguard-Modus, griff Jed nach der Pistole in seiner Jacke und drängte Vivi zur Terrassentür. Sie stolperte in die Hütte und versteckte sich schnell hinter dem Vorhang des Fensters, neben der Eingangstür, damit sie sehen konnte, wer kam. Michael schlief noch. Hatten die Attentäter sie gefunden? Jed war so sicher erschienen, dass sie es nicht schaffen würden.

Sie wollte gerade die Schrotflinte greifen, als ein mitgenommener Pickup-Truck in einer schwarzen Wolke aus Abgasen zum Stehen kam. Eine schlanke Frau mit einem langen, blonden Pferdeschwanz sprang aus dem Wagen und warf sich Jed in die Arme.

Vivi blinzelte. Oh, Gott. Sie hatte sich gerade an einen Mann geschmissen, der eine Freundin hatte.

Jed erwiderte die Umarmung, zog sich aber schnell wieder zurück. Eine Spur der Enttäuschung runzelte die Stirn dieser Miss America, als Jed einen Schritt zurücktrat. Sie war perfekt, schlank und groß, ein Cheerleader-Typ. Vivis innere Streberin schreckte zurück. Sie riss sich zusammen und schnaubte verächtlich – weil Cheerleading so eine unglaublich wichtige Fähigkeit war, oder was? Aber jeder, der je als Teenager die High School überlebt hatte, wusste, dass es noch so viel mehr war als das.

Himmelherrgott nochmal. Wer war sie, dass sie diese Frau verurteilte wie eine eifersüchtige Freundin, die ihren Ex trifft? Sie bedeutete Jed Brennan nichts. Nichts. *Ein Job.* Sie war ein nerviger Job und warf sich dem Typen auch noch an den Hals.

Schamesröte stieg ihr in Hals und Wangen. *Uff.* Niemand hatte gesagt, dass es einfach war, eine Frau zu sein, und wenigstens wurde gerade nicht auf sie geschossen.

Die blonde Frau sagte etwas zu Jed, dann deutete sie mit ihrem Daumen in Richtung der Hütte und lächelte ihn mit ihren kirschroten Lippen fragend an. Jed blickte sich um, aber er schien Vivi nicht zu sehen. Seine Lippen waren zusammengekniffen, tiefe Furchen spielten um seine Mundwinkel. Er sah nicht glücklich aus. Er drehte sich wieder zu der Frau um und schüttelte den Kopf. Er wollte nicht, dass sie mit hineinkam, auch wenn sie das offensichtlich erwartete.

Wer war diese Frau? Seine Freundin? Die mysteriöse Angela?

Im Auto saß ein kleines Kind in einem Kindersitz. Vivi fiel fast hinten über. War das etwa Jeds Kind? Das würde erklären, warum er so großartig mit Michael umgehen konnte. War das seine Ex-Frau oder seine Lebensgefährtin, die er zu erwähnen versäumt hatte?

Plötzlich kam sie sich albern vor, genauso albern, wie sie sich gefühlt hatte, als sie herausbekommen hatte, dass ihr Mann mehr als nur Papierkram erledigt hatte, als er all die Nächte spät von der Arbeit zurückgekommen war. Aber dazu hatte sie kein Recht. Jed Brennan war ihr nichts schuldig. Außer der Zweckgemeinschaft durch die Bedrohung für Michaels Leben hatten sie keinerlei Beziehung miteinander. Wieso tat es ihr überhaupt weh, diese Szene zu betrachten, nach allem, was sie durchgemacht hatte?

Alles, was nötig gewesen war, war ein winziger Funken der Anziehung gewesen, und ein paar freundliche Worte, auf die sie nicht gefasst gewesen war. Sie drehte sich weg vom Fenster und entdeckte Michael, der im Flur zwischen seinem Zimmer und der Küche stand, und sie richtete sich auf. „Hallo, Liebling." Sie ging auf ihn zu. „Komm, wir machen dir was zum Frühstück."

Sie hörte, wie der Truck wieder ansprang und davonholperte. Ein paar Sekunden später kam Jed herein, aber sie schaute ihn nicht an, als er direkt in sein Zimmer ging und die Tür mit einem sanften Klicken ins Schloss drückte.

———

JEDS GESAMTER KÖRPER war von Scham erfüllt. Er strich sich mit einer Hand über das Gesicht und wollte im Boden versinken. Übelkeit stieg in ihm auf und drehte ihm den Magen um.

Jedes Mal, wenn er seit Bobbys Tod zurückgekommen war, war es ihm klar gewesen, dass Angela ihre alte Beziehung wiederaufleben lassen wollte – zur Hölle, sogar schon bevor Bobby gestorben war, war es so gewesen. Sie waren während der High School ab und an miteinander ausgegangen, aber wie die meisten Sportskanonen war er immer eher unverbindlich und mit Sicherheit nie auf etwas Festes aus gewesen. Er hatte die Beziehung endgültig beendet, als er auf die Michigan State

University gegangen war, und war davon ausgegangen, dass sie ihn vergessen würde.

Aber es hatte sie mehr mitgenommen, als er erwartet hatte – und Bobby war dagewesen, um sie wieder aufzubauen. Was Jed nicht mitbekommen hatte, war, dass Bobby all die Jahre in Angela verliebt gewesen war, in denen sie mit Jed ausgegangen war.

Jed fühlte sich wie der letzte Idiot. Wenn er gewusst hätte, dass sein bester Freund Gefühle für Angela gehabt hatte, wäre er ohne Weiteres zur Seite getreten. Bobby war wie ein Bruder für ihn, und schon damals war Jed klar gewesen, dass er Angela zwar mochte, sie aber nicht liebte.

Bei seinem Beruf würde man meinen können, dass er die Schuldgefühle für so etwas Geringfügiges mittlerweile los geworden wäre, aber Bobbys Tod hatte ihn hart getroffen, hatte seine Familie und die ganze Gemeinde hart getroffen. Angela war fast erleichtert erschienen. Sie hatten Probleme in ihrer Ehe gehabt, eine Entsendung nach Übersee war nie einfach. Jed hatte sich immer heimlich gefragt, ob sie Bobby jemals erzählt hatte, dass sie ihn geküsst hatte. War das der Grund, weshalb Bobby ihm den gesamten Monat, bevor er umgekommen war, nicht mehr geschrieben hatte?

War *Jed* der Grund für den Tod seines besten Freundes?

Scheiße. Er konnte diese Gedanken jetzt nicht gebrauchen. Er war Bundesbeamter. Er war auf der Suche nach Mördern. Versteckte sich vor Terroristen. Beschützte Vivi und Michael vor Leuten, die sie erschießen wollten. Das hier war echt und wichtig und lebensnotwendig. Das hier war nicht die verdammte High School, auch wenn Angela ihm dieses Gefühl vermittelte.

Jed riss sich zusammen. Er war nicht hier, um seine

Frauenprobleme zu sortieren, auch wenn die sich plötzlich scheinbar vermehrten. Vivi hatte ihm quasi grünes Licht für ein schnelles Abenteuer gegeben, sich scheinbar nicht bewusst darüber, dass sie gerade nicht in der besten Verfassung war, um solche Entscheidungen zu treffen.

Das Verlangen, sie vorhin auf der Terrasse in eine stürmische Umarmung zu schließen, hatte ihn fast in die Knie gezwungen. Genau, *umarmen*, das war es, was er mit dieser heißen, rothaarigen Frau mit dem scharfen Verstand und den verletzlichen Augen machen wollte – nicht etwa etwas, das eine Wand einschloss und ein paar nackte Beine, die sich eng um seine Hüften schlangen. Und eine Frau zu verführen, die er beschützen sollte, war nun wirklich keine fantastische Idee. Selbst, wenn sie glaubte, dass es ihr nichts ausmachte, würde es ihr etwas ausmachen. Scheiße, er kannte die Frauen.

Er war sich nur allzu sehr im Klaren darüber, was für ein fehlbarer Mann er tatsächlich war. Er schaute in den Spiegel und versuchte, sich nicht zu hassen, weil er genau das ehrlich gesagt sehr gerne tun wollte. Die Nächte mit ihr verbringen, heiß und nackt und ganz tief in ihr vergraben. Aber auf lange Sicht wäre das ein riesiger Fehler, und er wollte nicht, dass ihr oder Michael etwas zustieß.

Jed kam aus seinem Zimmer und klebte sich ein Lächeln ins Gesicht. Er hatte eine Aufgabe zu erledigen.

Diese beiden Menschen zu beschützen, und zu versuchen, den Deckel von Michaels Erinnerungstruhe zu lüften, war seine höchste Priorität. Er hatte eine Idee, die vielleicht funktionieren konnte, aber das bedeutete keinen Druck und sehr viel Geduld, was schwer war, wenn ihnen die Zeit davonlief.

„Hey, Mikey. Wie ist das Frühstück?"

Der Junge lächelte ihn zaghaft an. Sein Ausdruck wurde direkt wieder niedergeschlagen und traurig, aber es *war* ein Lächeln gewesen. Vivi reichte Jed einen Kaffee und stellte Milch und Zucker auf den Tisch.

„Danke." Seine Stimme klang rau, seine Emotionen noch nah unter der Oberfläche.

„Eine alte Freundin?" Diese scheinbar harmlose Frage ließ Jed innehalten und sie lange anschauen.

War sie eifersüchtig? Oder einfach nur neugierig?

Er spielte keine Spielchen. Nicht mit den Gefühlen anderer Menschen. Er hatte die Frau, die er wirklich geliebt hatte, an einen sadistischen Mörder verloren. Spiele waren ihm seitdem immer lächerlich vorgekommen. Deshalb regte ihn Angelas Getue wahrscheinlich auch so auf. *Mia hätte Vivi gemocht* – der Gedanke kam wie aus dem Nichts.

Also schaute er ungerührt in diese durchdringend blauen Augen und sagte ihr die Wahrheit. „Angela und ich sind auf der High School ein Paar gewesen. Sie hat meinen besten Freund von früher geheiratet, aber er ist vor ein paar Jahren in Afghanistan gefallen. Sie kommt immer noch nicht damit klar, und ich glaube, sie will die alten Verhältnisse wieder aufleben lassen."

Vivi blinzelte. Ihm war sofort klar, dass sie nicht mit einer derartigen Direktheit gerechnet hatte. Ihre Vertrauensprobleme waren unübersehbar. Dann überraschte sie ihn mit ihrer eigenen kleinen Geschichte. „Ich glaube, ich hatte in der High School vielleicht *ein* Date – es war schrecklich, eine völlige Katastrophe. Niemand wollte mit der Klassenstreberin ausgehen, außer dem männlichen Gegenstück, und ich habe dem armen Jungen eine Heidenangst eingeflößt, weil ich einen Kuss von ihm wollte." Ihre Augen funkelten amüsiert. Diese

Frau konnte mittlerweile vermutlich jeden haben, den sie wollte, aber sie sah sich immer noch als die Abgeblitzte und nicht als eine schöne, intelligente Frau. Ihr Ex hatte ihr ordentlich zugesetzt.

„Die High School ist der reinste Zoo. Manche Leute haben es einfach drauf, manche nicht." Er zwinkerte sie an, und sie prustete – es ließ sie zugänglicher erscheinen und weniger als die Streberin, die sich in eine Göttin verwandelt hatte. „Warte nur ab, bis Michael auf der High School ist. Die Mädchen werden auf ihn fliegen."

Michael verschluckte sich an seinen Cornflakes und spuckte Milch über die ganze Arbeitsfläche. Jed klopfte ihm auf den Rücken, dann warf er ihm eine Rolle Küchenpapier zu und ließ ihn die Sauerei aufwischen, während er sich seine eigene Schale Müsli nahm. Vivi drückte sich zwischen Tisch und Anrichte herum. „Und glaub nicht, dass Du sie von Dir abhalten kannst, nur weil Du nicht viel sagst, Junge." Jed schüttelte sich übertrieben und beugte sich näher an Michaels Ohr. „Mädchen stehen auf die geheimnisvollen Stillen."

Michel zog eine Grimasse und zeigte einen ganzen Mundvoll Cornflakes. Vivi sah aus, als ob sie sich zusammenriss, um ihn nicht zu maßregeln, und drehte sich zur Spüle, um das Geschirr abzuwaschen. Jed ekelte sich nicht so schnell. Zwei Brüder und zu viele Serienmörder, um sie noch zu zählen.

„Und sie stehen auf Waffen."

Michaels Augen leuchteten auf, als Jed ihm die Pistole zeigte, die er in seinem Schulterholster trug.

„Aber Du hast wahrscheinlich keinen Schimmer, wie Du eine von denen hier abfeuern müsstest, oder?"

Michael fielen fast die Augen aus dem Kopf, so sehr flehte

er Jed an.

Vivi schaute zwischen ihnen hin und her und atmete abgehackt. Sie knallte das Geschirrtuch auf die Anrichte. „Schön. Aber nur, wenn ich es auch lerne."

Jed schaute Michael an, der überrascht blinzelte. „Was meinst Du, Kumpel? Sollen wir sie mitnehmen?"

Das Grinsen, das sich auf Michaels Gesicht ausbreitete, traf Jed tatsächlich bis ins Herz. Dieses Lächeln brachte den ganzen Raum zum Leuchten. Trotz allem, was er durchgemacht hatte, trotz aller Todesangst, konnte er immer noch lächeln.

Nie im Leben würde er zulassen, dass jemand diesem Jungen wehtat, oder seiner Mutter. Er schlug mit dem Jungen ein, und sie wandten sich schweigend wieder ihrem Frühstück zu. Als Jed Vivis Blick traf, sah er eine Mischung aus Hoffnung und Niederlage. Hoffnung, dass sie sich gegen ihre Verfolger tatsächlich würden wehren können, und Niederlage, weil ihre Welt sich unwiderruflich verändert hatte und nie wieder das sein würde, was sie gewesen war. Und noch etwas anderes lag in ihrem Blick, das verdächtig nach Bewunderung aussah. Er schluckte und konzentrierte sich auf sein Frühstück. Sie hatte ganz offensichtlich einen furchtbaren Geschmack, was Männer anging.

PILAH BETRAT DAS Krankenhaus. Die Waffe hatte sie in ihrer Handtasche, versteckt in einer Butterbrottüte. In den Gängen des Krankenhauses wimmelte es nur so von Polizisten, offensichtlich herrschte immer noch große Anspannung. Einer der Polizisten musterte sie, vergewisserte sich noch einmal mit einem zweiten Blick, hegte aber keinen Verdacht. Sein Blick verweilte auf den engen Jeans und ihrer schmalen Taille, dann schweifte sein Blick höher auf eine Art und Weise, die ihren Ehemann zur Weißglut gebracht hätte. Sie schob ihre Brüste vor und hob ihr Kinn. *Bitte sehr, Adad. Das hast Du nun davon, dass Du unbedingt sterben musstest.*

Sie lief zu dem Zimmer, in dem William Green gestern noch gelegen hatte, und hielt irritiert inne, als sie bemerkte, dass er nicht da war. Sie machte kehrt und ging zum Schwesternzimmer.

„Oh, wir haben ihn in ein Einzelzimmer verlegt. Ich dachte, Sie wüssten Bescheid."

Pilah schüttelte den Kopf.

Die Schwester führte sie den Flur entlang. Polizisten und Sicherheitspersonal kamen aus dem Zimmer, an dem die Schwester anhielt.

Pilah fand sich direkt vor einer Wand aus Muskeln und Testosteron wieder, als sie aufblickte. Die Beamten gingen weiter. Eiskalte Angst lief ihr den Rücken hinunter, aber die Polizisten betraten ein anderes Zimmer gegenüber.

„Wer sind die?", flüsterte sie. Sie wusste es. Sie wusste genau, wer sie waren und was sie hier machten. Ihre Finger krallten die Tasche in ihrer Hand noch fester.

Die Schwester kräuselte die Lippen und zuckte mit den Schultern, während sie Pilah in das Einzelzimmer winkte.

William Green lag an eine Maschine angeschlossen da, die seinen Herzschlag überwachte, und jede Menge anderer Kabel und Schläuche führten zu weiteren Monitoren. Der Verband um seinen Kopf erschien blass im Vergleich zu seinem warmen, rosigen Gesicht.

„Werden sie wiederkommen?" Pilah war sich unsicher, ob

sie überreagierte, aber die Männer hatten ausgesprochen einschüchternd gewirkt. Glaubte Sargon wirklich, dass sie tatsächlich die Oberhand über diese Leute hätte? Sicherlich nicht. Aber sie hatte mehr zu verlieren als die. Viel mehr.

„Irgendein hohes Tier wird demnächst vorbeikommen. Sie führen überall Sicherheitskontrollen durch. Ich konnte heute Morgen nicht einmal mein Auto parken, ohne dass es auf Sprengstoff untersucht wurde."

„Warum kontrollieren sie die Zimmer hier?", fragte Pilah.

Die Schwester schaute sie nicht an. „Keine Ahnung."

Es würde tatsächlich passieren. Pilah wusste nicht, was sie davon halten sollte, aber vielleicht, nur vielleicht, würde der Mann im Schatten sein Versprechen halten und ihre Kinder retten. Und wenn er das täte, dann würde sie auch ihr Versprechen halten.

„Ist es in Ordnung, wenn ich mich zu ihm setze?", fragte Pilah die Schwester.

„Natürlich. Es wäre sogar gut, wenn sie mit ihm sprechen oder ihm etwas vorlesen. Es hilft, wenn er eine vertraute Stimme hört."

Pilah nahm die Hand des Mannes. Sie war warm und trocken. Sie drückte die Finger, aber er reagierte nicht. Es tat ihr leid, dass er verletzt worden war. Während der Planung war es so viel einfacher erschienen, so simpel, einen abstrakten Feind „zu eliminieren". Pilah bereute alles, was sie getan hatte, aber das machte keinen Unterschied mehr. Sie hatte keine Wahl.

DIE NUMMERNSCHILDER DES SUV, der Vivi und Michael vom

Hotel fort und in Sicherheit gebracht hatte, führten zu einem gewissen FBI Special Agent Jed Brennan. Interessant war, dass das GPS des Wagens ausgeschaltet war. Der Fallanalyse-Agent war intensiv in den Fall der Vincents verwickelt gewesen, bevor sie verschwunden waren, aber jetzt war er angeblich vom Dienst befreit und war sofort über alle Berge gewesen, nachdem das Haus attackiert worden war.

Elan *hätte* die Geschichte des Mannes vielleicht geglaubt, wenn er nicht genau gewusst hätte, dass die Angreifer den Jungen und seine Mutter nicht mitgenommen hatten. Jemand hatte ihm die Aktivitäten von Brennans Kreditkarte zugespielt, und entweder war der Kerl im absoluten Weihnachtsshoppingrausch, oder er hatte zwei Leute von Kopf bis Fuß neu eingekleidet.

Sein Instinkt sagte ihm, dass Brennan die Frau und das Kind hatte.

Zu dem Zeitpunkt, als Elan das GPS-Signal verloren hatte, war Brennan in Richtung Sawyerville unterwegs gewesen. Brennans Bruder war der Chief der örtlichen Polizei. Seine Eltern vermieteten Ferienhäuser in der Nähe eines Sees, etwa acht Kilometer südwestlich – dort würde er zu suchen beginnen. Der andere Bruder war dankenswerterweise in Übersee, sodass er sich mit ihm nicht herumschlagen musste.

Er wollte wetten, dass Brennan dort war.

Es war immer noch Glückssache, ob der Junge auch dort war, aber es gab keine anderen Spuren oder Hinweise darauf, dass sie gesehen worden waren, und die Zeit wurde knapp. Sie hatten nur einen Versuch. Wenn der Junge anfing, ihre Pläne zu verraten, dann wäre die Gelegenheit vertan, und alle diese Menschen wären umsonst gestorben.

Pilah Rasheed war die beste Chance, die sie hatten, damit

das zweite Attentat gelang. Elan würde im Hintergrund bleiben und sicherstellen, dass sie es durchzog oder bei dem Versuch umkam. Sie durfte niemals reden. Zu viel stand auf dem Spiel. Zu viel war zu verlieren, wenn auch nur ein einziges Teil des Puzzles verloren ging.

Er parkte in einer Seitenstraße und betrat die örtliche Bar. Ein Gestank aus fahlem Bier und toten Tieren empfing ihn. Ausgestopfte Fische schwammen hinter Museumsvitrinen, daneben standen Waldtiere, die in bizarre, menschenähnliche Parodien verdreht worden waren.

Jagen, Schießen, Fischen. Darum ging es hier in der Gegend.

Jagen.

Das war alles, was ihn interessierte. Und nicht dabei erwischt zu werden.

Überall war Holz, das wie Honig glänzte. Der Bartresen, die Wandvertäfelung, die Decke. Der klebrige, weiße Fliesenboden musste dringend mal wieder feucht gewischt werden. Er ging zu einem der mit weinrotem Vinylleder bezogenen Barhocker und setzte sich, geduldig darauf wartend, dass ihn jemand bediente.

„Was kann ich Ihnen bringen?" Die rot unterlaufenen Augen des Barkeepers blieben auf dem Fernseher haften, der in der hinteren Ecke des Raumes aufgehängt war.

Gut. Er würde sich nicht an ihn erinnern. „Bier. Irgendwas vom Fass."

Immer noch wurden Aufnahmen des Attentats gezeigt, dazwischen kurze Einspieler des Interviews, das Vivi Vincent dem Sender gegeben hatte, und in dem sie über die unglaublichen künstlerischen Fähigkeiten ihres Sohnes sprach. Er wettete, dass sie sich jetzt wünschte, sie wäre nie nach

Minneapolis gekommen. Er jedenfalls wünschte sich, sie wäre zu Hause geblieben.

Der Barkeeper schob ihm ein Glas mit einer schäumenden Flüssigkeit zu. Elan reichte ihm eine Zehndollarnote und sagte, er solle das Wechselgeld behalten.

„Ich suche nach einer Unterkunft für die nächsten Tage. Und einen Laden, wo man was Ordentliches zu essen bekommt."

„Sie sind zum Jagen hier?"

Elan nickte. „Rotwild." Er sah auch so aus. Dicke, warme Stiefel. Gefütterte Camouflagehosen. Beiges Hemd. Jagdjacke. Orange Mütze. Sein Gewehr, das er im Wagen liegen hatte, war ein Springfield M1A mit Nachtsichtgerät. Gute Qualität, aber es würde kein Aufsehen erregen. Er deutete zum Fernseher. „Ich wollte raus aus der Stadt, also dachte ich, ich komme extra früh hier hoch." Das kurze Zeitfenster, in dem Rehkühe gejagt werden durften, begann morgen. Er hatte Glück gehabt. Er konnte sich in voller Sicht verstecken.

„Alles, was Sie brauchen, können Sie hier in der Nähe finden. Beim örtlichen Forstamt kriegen Sie Karten und eine Lizenz. Ich kann ihnen ein paar Kontakte geben von Leuten hier vor Ort, die Ihnen die Tiere zerlegen können." Trotz der roten Ränder schienen die Augen des Barkeepers ihn dennoch aufmerksam zu mustern.

Elan täte gut daran, sich zu erinnern, dass die Menschen hier deutlich mehr mit ihrer Umwelt im Einklang waren als die Städter, und dass die meisten von ihnen Schrotflinten besaßen. Er würde vorsichtig sein müssen. Es hing viel davon ab, dass er den Jungen ausfindig machte und jede Bedrohung für ihre Pläne eliminierte. Eine ganze Nation war auf ihn angewiesen. Er konnte sich kein Mitgefühl und kein Erbarmen leisten. Wenn der Plan schief ging, dann waren Freund und Feind gleichermaßen in einen Krieg verstrickt.

Seine Leute waren auf der Spur von Sargon, der seine Villa sofort nach dem Anschlag auf das Einkaufszentrum verlassen hatte. Sargon war in ein kleines Dorf in den Bergen geflüchtet, in dem eine seiner Töchter seit ihrer Hochzeit mit dem Stammesführer lebte. Sie war vierzehn.

Später an dem Tag waren Pilahs Töchter ebenfalls zu ihm gebracht worden. Er hatte sie in der Hand. Damit konnte er sicher gehen, dass Pilah tat, was ihr befohlen wurde, wenn der Zeitpunkt gekommen war. Wenn Abdullah nicht geschnappt worden wäre, wäre sie vermutlich schon tot, aber zu viele von Sargons Handlangern waren umgekommen, und der Mann brauchte jeden, den er kriegen konnte.

Elan hatte Pilah versprochen, dass er versuchen würde, ihre Kinder in Sicherheit zu bringen, und er hielt die meisten seiner Versprechen. Einheiten in der Nähe des libanesischen Dorfes würden die Kinder aus Sargons Haus holen, bevor es dem Erdboden gleich gemacht werden würde. Dass die Mädchen in einem Flüchtlingslager oder einem Waisenhaus enden würden, war bedauernswert. Er fand keinen Gefallen daran, wenn Kinder starben, aber nichts ging über seine Loyalität für sein Vaterland. Auch deshalb war er in der Lage, jede Bedrohung zu beseitigen, die Michael Vincent darstellte.

Elan schaute auf die Uhr und trank sein Bier aus. Der Barkeeper gab ihm die Adresse eines Motels am Highway, Elan dankte ihm und ging. Er fuhr an der Polizeistation vorbei zum Forstamt. Es war Zeit, sich eine Jagdlizenz zu besorgen. Es war an der Zeit, dieses Problem ein für alle Mal aus der Welt zu schaffen.

VIERZEHNTES KAPITEL

WIE SICH HERAUSSTELLTE, gingen sie nicht einfach in den Wald, um auf ein paar leere Bierdosen zu schießen. Jeds Vater hatte auf seinem Grundstück einen richtigen Schießstand aufgebaut, der sich etwa zweihundert Meter lang und einige Meter breit durch den dichten Wald zog. Er hatte ein ganzes Arsenal von Waffen dabei, das ebenso gut in das Haus eines mexikanischen Drogenbarons gepasst hätte.

Vivi atmete die kalte Luft ein und sah zu, wie Jeremiah Michael erklärte, wie er die Pistole halten musste, wohin er sie richten sollte, wenn er nicht zielte, und dass er seinen Finger nicht auf den Abzug legen durfte, bis er bereit war, zu schießen.

Obwohl Vivi Waffen so verabscheute, bezweifelte sie keine Sekunde lang, dass ihr Sohn diese Lektion ausgesprochen genoss. Michael war deutlich aufgeweckter, seit sie in der Hütte angekommen waren. Er hatte gut geschlafen und gegessen. Die Angst und das Trauma der letzten Tage lagen noch in seinen Augen, aber es schienen nur noch Schatten zu sein und nicht mehr der schwere Schleier von gestern. Vielleicht hatte der arme Dr. Hinkle recht gehabt, und alles, was Michael brauchte, waren Ruhe, Frieden und ein Gefühl der Normalität. Das, und Schießunterricht von einem Mann, dessen ganzes Leben aus nichts als Waffen zu bestehen schien…

„Es geht ihm gut.“

Vivi schaute zu Jed auf, der neben ihr stand. „Du hast leicht reden.“

Seine Augen funkelten. „Glaub mir. Ich kenne Michael vielleicht noch nicht so gut, aber ich weiß aus eigener Erfahrung, wie es ist, ein achtjähriger Junge zu sein. Auf Zielscheiben zu schießen, ist ein totaler Volltreffer.“

Jed Brennan schien zu wissen, wie er bei ihrem Kind ankommen konnte. Michael war ihr nie zuvor so ‚normal‘ erschienen. Er schaute Jeremiah aufmerksam zu und machte genau das, was er ihm sagte. Dass es hier um Schusswaffen ging, machte sie nervös, aber irgendetwas daran schien ihn zu faszinieren. Natürlich waren viele Kinder von Schusswaffen fasziniert, und hier konnte er wenigstens in einem sicheren Umfeld damit umgehen lernen.

Vivis Augen suchten den Mann neben ihr und fielen auf Jeds unrasiertes Kinn, das sie letzte Nacht geküsst hatte. Sie wandte schnell den Blick ab, als er erkannte, wie sie ihn anstarrte, und ihr noch eine Warnung auf den Weg mitschickte, dass sie keinen Fehler machen durften. Sie verstand es. Sie verstand es wirklich. Aber sie mochte es, ihn anzuschauen. Sie mochte, dass er sie und Michael zum Lächeln bringen wollte. Trotz all der grauenhaften Dinge, mit denen er sich jeden Tag auseinandersetzen musste, hatte er seinen ausgeprägten Sinn für Humor behalten, und, was noch wichtiger war, seine Menschlichkeit. Er hatte das Herz eines guten Mannes.

Gute Männer waren seltener, als sie es sein sollten.

Sie wollte ihn über seine Arbeit ausfragen, hatte aber das ungute Gefühl, dass das ihre Situation auf einmal furchtbar real werden lassen würde. Zu furchteinflößend. Und sie hatte für den Rest ihres Lebens genug von furchteinflößender Realität. Also entschied sie sich, die Dinge leicht zu nehmen.

„Das muss ja praktisch gewesen sein, als Du Deine Agentenausbildung absolviert hast."

„Auf jeden Fall. Mein Vater hat uns jeden Sonntag nach dem Mittagessen hierhergeschleppt, und wir haben Stunden auf dem Schießstand verbracht. Ein Paradies für Jungs."

Sie musterte sein Holster. „Sieht so aus, als ob manche kleinen Jungs nie erwachsen werden."

Er rieb sich die Hände, um sie aufzuwärmen. „Klein, hm?" Das Funkeln in seinen Augen wurde immer amüsierter, während er deutlich über ihrem einen Meter siebzig großen Körper thronte. Er beugte sich zu ihrem Ohr. „Wenn Du schon glaubst, dass ich und das FBI schlecht zusammenpassen, dann hättest Du mich erst mal beim Militär sehen sollen, wenn wir unsere Anordnungen bekamen."

„Oh, Gott. Bitte nicht auch noch Bomben, ich glaube, mein Muttergen würde das nicht überleben."

„Halte Dir besser die Ohren zu", sagte Jed, als sein Vater und Vivis Sohn in Richtung der Zielscheiben gingen.

Er zog ihr ein paar Ohrenschützer über den Kopf, und ein Schauer lief über ihren ganzen Körper, nur weil seine Finger ihre Haare berührt hatten. Er durfte nicht so einen Einfluss auf sie haben – sie war doch nicht mehr fünfzehn. Sie rückte die Ohrmuschel zurecht und zuckte zusammen, als Michael das ganze Magazin der halbautomatischen Waffe in eine runde Zielscheibe jagte.

Heilige Scheiße.

Michael drehte sich um und grinste sie mit so viel Stolz und Freude an, dass ihr Herz zersprang. Er wiederholte die

Zielübungen mit einer ganzen Reihe unterschiedlicher Pistolen, und dann mit einem Luftgewehr. Schließlich sah Jeremiah mit einem stolzen Lächeln auf.

Vivi nahm die Ohrenschützer ab, und Jeds Vater winkte sie herüber.

„Sind Sie bereit, es auch zu probieren, Vivi?", fragte er.

„Ich weiß nicht, ich glaube, es wird zu kalt für Michael."

Jeremiah legte die letzte der Waffen, die Michael abgefeuert hatte, auf ein Tischchen neben dem Schießstand. „Machen Sie sich um Michael keine Gedanken. Ich bringe ihn zurück zum Haus. Mary wird sicher einen heißen Kakao auf dem Herd stehen haben, um uns aufzuwärmen. Sie und Jed können in Ruhe die Grundlagen üben." Er schaute sie herausfordernd an. „Sie glauben doch an Gleichberechtigung, oder?"

Vivi stand der Mund offen. Jeds Vater forderte sie jetzt auf ganz anderem Niveau heraus. Er erinnerte sie daran, dass es jetzt ihre Verantwortung war, das Leben ihres Sohnes – und auch seines Sohnes – wenn nötig mit Waffengewalt zu verteidigen.

Wäre sie dazu in der Lage?

Noch vor einer Woche hätte sie klar mit Nein geantwortet. Aber nun spürte Vivi, dass sie nicht mehr wirklich eine Wahl hatte. Sie brauchte sich nur an die Schießerei im Einkaufszentrum zu erinnern, oder daran, wie Dr. Hinkle erschossen wurde, oder an den Marshal, der vor ihren Augen auf dem Boden des sogenannten *sicheren* Hauses verblutet war. Die Vorstellung, dass das Michael oder Jed hätten sein können, drehte ihr die Eingeweide um.

Sie würde sich der Verantwortung stellen. Sie würde lernen, wie man eine Waffe lud, und wie man eine Waffe abfeuerte.

„Los geht's", sagte sie.

Jeremiah deutete auf eine der Pistolen auf dem Tisch. „Versuchen Sie es zuerst mit der Glock und der 1911, dann die Schrotflinte. Der Rückstoß kann Sie umhauen, wenn Sie nicht daran gewöhnt sind, aber es ist die effektivste Methode, um jemandem eine Heidenangst einzujagen."

Sie nickte. Dass sie eine Schrotflinte in der Hand hielt, sollte jedem eine Heidenangst einjagen.

Jed half seinem Vater, die meisten der Waffen auf das Geländefahrzeug zu laden. „Wir treffen euch dann am Haus. Kein Grund zur Eile." Jeremiah tippte sich an seine Mütze und half Michael auf das Fahrzeug. Es war nur eine recht kurze Strecke über einen Feldweg zurück bis zum Haus, das am Ufer des Sees stand. Vivi hatte erwartet, dass Michael sich in dieser fremden Umgebung an sie klammern würde, aber Zeit mit den Brennans zu verbringen, schien für ihn das Normalste der Welt. Er winkte ihr nicht einmal zu, als sie losfuhren. Michael vertraute ihnen. Und was seltsam war, *sie* vertraute ihnen auch.

Der Motor des Geländefahrzeugs war nicht mehr zu hören, und die absolute Stille des schneebedeckten Waldes umfing sie.

Nur sie und Jed, und mehrere hundert Schuss Munition.

„OKAY. VERLAGERE DEIN Gewicht."

Jed hatte schon früher Leuten das Schießen beigebracht. Am wichtigsten war es, den Leuten einzubläuen, dass das metallene Objekt in ihren Händen mit äußerster Vorsicht und

Respekt behandelt werden musste, denn sonst konnte jemand umkommen. Das war nicht gerade ein Problem für Vivi. Wenn sie nur noch ein bisschen vorsichtiger und respektvoller wäre, würde sie mit erhobenen Händen rückwärts zur Straße stolpern.

Sie hielt die Pistole mit zwei Händen und zielte schräg vor sich auf den Boden. Dann schob sie ihren Fuß ein wenig zur Seite.

„Versuch, Deine Schultern zu entspannen."

Sie sackte zusammen wie eine Marionette.

Er verbarg ein Lächeln. „Nervös?"

„Und wie."

„Genau so." Er korrigierte ihren Griff, damit ihre Haut nicht zerquetscht wurde, wenn der Kolben zurückfuhr. Natürlich sollte sie auch nicht von herumfliegenden Patronenhülsen getroffen werden. „Jetzt lege Deinen Finger auf den Abzug und ziele. Langsam abdrücken."

Vivi begann, ihren Finger um den Abzug zu krümmen, aber ihre Arme zitterten so sehr, dass sie fürchtete, sie würde die Waffe fallen lassen. Keine gute Idee.

„Es passiert nichts", presste sie zwischen ihren Zähnen hervor.

„Entspann Dich", wiederholte Jed. Er trat hinter sie und unterstütze ihren linken Arm mit seinem, um sie zu beruhigen. Er erhaschte einen leichten Duft der Lavendelseife, die seine Mutter für Vivi bereitgelegt hatte. Jed wünschte, sie wäre bei Cremeseife geblieben, denn jetzt wollte er nichts mehr, als Vivi ganz und gar einzuatmen. Sich näher an sie anzulehnen. Sie zu schmecken.

Das war nicht der Ort und der Zeitpunkt, um an irgendetwas außer Waffen und Munition zu denken, und an die Realität, in der sie sich befanden. Sie waren aus einer Notwendigkeit heraus hierher gekommen, nicht aus freien Stücken.

Aber durften sie deshalb nicht auch die ruhigen Momente genießen?

Er hielt ihren Arm, damit sie aufhörte zu zittern. Er musste laut sprechen, damit sie ihn durch die Ohrenschützer hindurch verstehen konnte. „Die Glock 21 hat einen Abzug von fünfeinhalb Pfund Zug." Er versuchte, sachlich zu klingen, damit sie die Situation nicht als irgendetwas anderes als eine Lektion in Überlebensstrategien deutete. Die Waffe feuerte los, und er stellte sie wieder gerade hin. „Du musst ein Gefühl dafür entwickeln." Vivi drückte erneut ab, und diesmal ging es viel leichter. Die letzten beiden Kugeln trafen mitten ins Ziel. Dann verschoss sie auch die übrigen dreizehn Patronen, und schoss kein einziges Mal daneben. Ein Naturtalent. Hätte er sich denken können. Frauen waren oft die besseren Schützen. Als sie alle Patronen abgefeuert hatte, grinste sie Jed an. Sie sah ihrem Sohn so verdammt ähnlich.

Mit einem Seufzer der Erleichterung reichte sie ihm die Waffe, ihre Gesichter nur wenige Zentimeter voneinander entfernt.

Die brünetten Haare minderten ihren Reiz in keinerlei Hinsicht. Ohne jegliches Make-up wirkte sie jünger und frischer. Auf ihrer Nase konnte Jed Sommersprossen erkennen, und ihre Lippen waren voll und rosig. Wunderschöne Lippen. Verdammt, sie sah eher wie ein junges Mädchen aus, und nicht wie eine erwachsene Frau. Aber etwas lag in ihren Augen. Nicht nur Traurigkeit. Nicht nur Angst. Und auch nicht nur der Funken der Anziehung, die sie beide zu bekämpfen versuchten. Weisheit? Mut? Die innere Stärke und

Intelligenz, die in ihrem Blick leuchtete? Was auch immer es war, es berührte ihn mehr als jede andere Frau nach Mia es getan hatte.

Herrgott.

Zum Glück konnte ihn sein Bruder Liam jetzt nicht sehen. Als Liam gestern Abend vorbeigekommen war, hatte er ihm nahegelegt, wachsam zu bleiben und die Dinge objektiv zu betrachten.

Na klar. Kein Problem.

Er räusperte sich. „Wie war das für Dich?"

Sie zog eine Grimasse. Er kontrollierte das Magazin, und sie wiederholten die Lektion mit der Smith & Wesson 1911. Er zeigte ihr, wie sie die Pistole laden musste.

„Ich mag diese hier glaube ich lieber." Vivi nahm den Griff der Waffe mit beiden Händen und versuchte, für ihre Finger die beste Position zu finden. Wieder traf sie mit jeder Kugel ins Ziel.

„Die Glock hat eine ziemliche Wucht. Jetzt weißt Du, was Du zu erwarten hast, wenn Du sie abfeuerst…"

Ihre Heiterkeit schien sich in Luft aufzulösen, als ob sie sich daran erinnerte, warum dieser Schießunterricht überhaupt stattfand. Er berührte ihre Schulter. „Hey. Das ist nur der allerletzte Ausweg. Sie dürften uns hier nicht finden, aber falls doch, sind wir vorbereitet."

„Das verstehe ich. Wirklich. Aber es gefällt mir trotzdem nicht."

Denn auf eine Zielscheibe zu schießen, war das eine. Einen anderen Menschen zu erschießen, war etwas ganz anderes. Jed nahm die Schrotflinte und klappte sie auf. Er zeigte ihr, wie sie sie zu laden hatte, und wo die Sicherung war. Dann stellte er sie vor eine andere Zielscheibe, die weiter entfernt war. Er stellte sich hinter Vivi und positionierte den Kolben der Flinte an ihrer Schulter. „Richte die Waffe auf die Ziele, wie vorhin. Die Kugeln streuen, also sollte es relativ einfach sein, zu treffen – irgendwas – auch von weiter weg."

Sie hielt die Schrotflinte, und er stand hinter ihr, bereit, sie aufzufangen, falls der Rückstoß sie umwerfen sollte. Vivi zielte in die Stille der Wälder. Der Himmel war dunkelblau und versprach mehr Schnee. Sie zog vorsichtig am Abzug, und sogar die Bäume schienen vom Knall der Flinte zu beben. Vivi stolperte einen Schritt nach hinten, aber sie fiel nicht um. Jed legte ihr die Hand auf den Rücken. Er mochte es, sie zu berühren. Nein, er dachte nicht einmal an Sex – na gut, *jetzt* dachte er schon an Sex, aber vor allem mochte er es einfach, sie zu berühren. Nach ein paar Sekunden atmete Vivi tief ein und hob die Schrotflinte wieder an ihre Schulter. Sie feuerte einen zweiten Schuss ab, und diesmal rührte sie sich keinen Millimeter von der Stelle. Sie senkte Waffe. Jed nahm sie ihr ab und kontrollierte, ob das Magazin leer war. Beide nahmen sie ihre Ohrenschützer ab und sahen sich an. Ihr Atem dampfte in der eisigen Luft. „Sehr gut gemacht."

„Danke." Sie wollte noch etwas sagen, hielt aber inne.

„Was ist?"

„Ich möchte Dich etwas fragen. "

Jed wurde argwöhnisch. „Ja?"

Ihr Blick verdunkelte sich. „Ist es einfach, einen anderen Menschen umzubringen?"

Das hatte er nicht erwartet. Plötzlich musste er an den Mann denken, dem er im Einkaufszentrum die Kehle durchgeschnitten hatte. Es war nicht schön, aber er bereute es nicht. „Einfach? Nein. Aber auch nicht schwer, wenn diese Person versucht, unschuldige Zivilisten zu töten." Er begann,

Pistolen und Munition in den kleinen Rucksack zu packen, den sein Vater dagelassen hatte.

Eine Hand berührte seinen Arm. „Ich mache Dir keine Vorwürfe. Wenn Du nicht gewesen wärst, wäre ich jetzt tot. Ich bin nur nicht sicher, ob ich das schaffe, wenn es sein muss."

Er schaute sie an und nahm ihre kalten Finger in seine Hand, um sie warm zu reiben. Ihr war eiskalt, aber sie hatte keinen Ton gesagt. Jed umschloss ihre Hände mit seinen und blies heiße Luft darauf.

„Jemanden aus der Ferne zu erschießen, ist einfacher, als jemanden mit den eigenen Händen umzubringen. Aber ich würde beides nicht empfehlen, nur unter ganz außergewöhnlichen Umständen." Er ließ ihre Hände los und wandte sich wieder den Waffen zu.

„Du bist ein Profiler, richtig? Du verbringst die meiste Zeit in einem Büro, und trotzdem hast Du diesen Mann nur mit einem Messer bewaffnet zur Strecke gebracht? Der war riesengroß."

Der Kerl war langsam und dumm und voller Mordlust gewesen, deshalb war er so ein einfaches Ziel gewesen. „Ich bin Bundesbeamter und arbeite bei der Verhaltensanalyse-Einheit – so etwas wie Profiler gibt es nicht. Ich war ein paar Jahre in der Armee und habe eine Kampfausbildung. Ich mache viel Kampfsport, um fit zu bleiben", *eigentlich um bei Verstand zu bleiben*, „und ich hatte einen sehr guten Grund, den Kerl im Einkaufszentrum zu erledigen." Er schaute beinahe verächtlich drein. „Mein Boss wünscht sich, dass ich nur noch im Büro arbeite, weil ich die schlechte Angewohnheit habe, mich immer zu sehr in den Ermittlungen zu verstricken." Ganz offensichtlich hatte sein Vorgesetzter recht.

Ihre Augen blickten überrascht, und sie verschränkte ihre Arme abwehrend vor ihrer Brust.

„Nicht mit den Frauen, Vivi. Nur darin, die Kerle zu schnappen.“ Seine Stimme wurde härter. Es war ein guter Zeitpunkt, um sicherzugehen, dass sie nicht davon ausging, er würde ernsthaft versuchen, etwas mit ihr anzufangen. Auch wenn er sie geküsst hatte. Auch wenn es ganz offensichtlich war, dass er sie attraktiv fand. Sie sollte sich entspannen und ihm voll und ganz vertrauen, aber das war schwer, wenn diese beunruhigende Energie zwischen ihnen flirrte. „Ich lasse mich nicht mit den Frauen in den Ermittlungen ein. Ich möchte nicht, dass Du das missverstehst, weil ich den Fehler gemacht habe, Dich zu küssen.“

So viele Gedanken huschten über ihr Gesicht, dass er sie nicht lesen konnte. Das war wahrscheinlich auch gut so.

„Um also Deine Frage zu beantworten. Manche Leute haben kein Problem damit, zu töten. Manchen macht es Spaß. Wenn das nicht so wäre, würde ich den ganzen Tag Bankräuber durch die Straßen jagen. Und auch wenn ich mehr als einmal jemandem das Leben genommen habe, hat es mir keinen Spaß gemacht.“ Er ließ etwas von seinen Erfahrungen in seinem Blick durchscheinen. „Ich kann Dir nicht sagen, ob Du letztlich jemanden umbringen könntest, selbst wenn es um Selbstverteidigung geht. Es gibt genug Fälle, in denen Leute, die dem sicheren Tod ins Auge schauten, es nicht geschafft haben, abzudrücken.“ Er hielt sie sacht am Ellenbogen fest. „Das heißt nicht, dass sie schwach waren, oder Feiglinge. Es heißt einfach nur, dass sie Menschen waren. Ich *weiß* aber, dass Du alles tun wirst, um Michael zu beschützen, selbst wenn das bedeuten würde, jemanden zu erschießen.“

Es schüttelte sie, aber sie richtete sich wieder gerade auf. Diese wilde Mutterliebe, die er von Anfang an in ihr gesehen hatte, flammte wieder auf.

„Ich würde alles tun, um mein Kind zu beschützen." Sie krallte ihre Finger in Jeds Daunenweste und zog ihn näher zu sich hin. Er war völlig überrumpelt. „Aber was mir bis jetzt noch nicht klar war, ist, dass ich das auch tun würde, um Dich zu beschützen. Ich will, dass Du das weißt." Ihre Augen wurden schmal. „Du musst Dich darauf verlassen können, dass ich Dir Rückendeckung gebe, genauso wie ich mich auf Dich verlasse."

Jesus. Er hatte ihr gesagt, dass er sich nicht mit den Frauen in den Ermittlungen einließ, und sie sagte ihm, dass sie für ihn töten würde.

Einer von ihnen beiden log, und er war sich sicher, dass es nicht Vivi war.

Schuld fraß ihn von innen heraus auf, zusammen mit dem unnachgiebigen Sog des Verlockens.

Etwas raschelte im Gebüsch, und Vivi fuhr erschrocken herum. Sie stieß mit Jed zusammen.

„Das ist nur ein Eichhörnchen", beruhigte er sie. Vivi musste über sich selbst lachen, und als sie sich wieder zu ihm drehte, stand sie direkt vor ihm. Und entgegen allem, was er ihr gerade noch gesagt hatte, wollte er sie küssen. Ihre Lippen öffneten sich einen Spaltbreit, und sie starrte ihn mit einem Ausdruck an, der seinen mit Sicherheit widerspiegelte. Sie wollte ihn. Aber sie wussten beide, dass sie es besser sein lassen sollten.

Und dann küsste er sie, und sie drückte sich an ihn, hielt den Kragen seiner Weste, um ihn näher zu sich zu ziehen. Ihre Zunge leckte durch seinen Mund und ein Feuer entfachte sich in ihm. Mit seinem Körper schob er sie ein paar Schritte zu dem Unterstand, den sie hier vor ein paar Jahren gebaut hatten. Er hatte Heißhunger auf sie, und ohne seine Lippen von ihrem Mund zu lösen, zog er ihr Hemd aus der Jeans, umschloss ihre Brüste mit seinen Händen, spürte ihre harten Nippel wie kleine Kieselsteine unter seinen Fingern.

Was machte sie nur mit ihm? Er bestand nur noch aus Verlangen.

Ihre Hände berührten seine nackte Haut, als sie sich durch die Lagen seiner Kleidung wühlten, ihre eisigen Finger fühlten sich fantastisch auf seinem brennenden Körper an. Er schob seine Finger in den elastischen Bund ihrer Jeans, und Vivi spreizte ihre Beine, erlaubte ihm Zutritt zu ihrem glatten, versteckten Schoß.

Er zitterte am ganzen Körper. Das war wirklich eine dumme Idee, aber seine Finger glitten wie von allein in sie hinein. Sie schnappte nach Luft, ohne ihren Mund von seinem zu lösen. Stattdessen legte sie ihre Hand auf seinen Hosenschlitz und rieb ihn durch seine Jeans, bis er glaubte, zu explodieren.

Er trieb seine Finger in sie hinein, in einem Rhythmus, unter dem sie sich ihm entgegenwand und jegliche Kontrolle verlor. Sie konnte nur noch reagieren – und bei Gott, das gefiel ihm. Es gefiel ihm, ihr Lust zu bereiten. Sein Daumen fand ihre Klitoris, und dann presste er seine Handfläche fest gegen ihren pulsierenden Hügel. Er drang noch tiefer in sie hinein, wünschte, es wäre nicht so kalt, und er könnte sie direkt hier in den Wäldern nackt bis auf die Haut ausziehen.

Sie versteifte sich unter seinem Körper und zitterte, jeder Muskel in ihr zog sich um seine Hand zusammen. Er beugte sich zurück, um ihren Ausdruck sehen zu können, aber sie hatte die Augen geschlossen, die Lippen rot von seinen Küssen. Sie krallte sich in seine Jacke, hielt ihn fest. Wenn sie ihn losließ, würde sie umfallen.

Gottverdammt. Was war nur sein Problem?

Er zog seine Hand zurück und steckte ihr Hemd wieder in ihre Jeans. Sie öffnete ihre Augen. Sie sah so benommen vor Lust aus, dass er hätte weinen können. „Du machst mich völlig irre."

„Oh, Gott. Es tut mir so leid…" Vivi schaute ihn prüfend an. Die Unsicherheit in ihrem Gesicht erinnert ihn daran, dass ihr Ex sie scheinbar völlig verkorkst hatte.

„Das war nicht Dein Fehler. Ich bin von Natur aus eine Art Idiot." Er verdrängte das dringende Bedürfnis, sich weiter zu entschuldigen. Sein Körper schmerzte, und das Blut strömte ihm heiß durch die Adern, wollte zu Ende bringen, was sie angefangen hatten. Weil er ein Mann war, ein Arschloch, dem man in den Hintern treten sollte. Aber was er wirklich sein wollte, war ein guter FBI-Agent.

Und er war dabei, zu versagen.

Er musste an die Geheimnisse in Michaels Erinnerung kommen, bevor die Attentäter sie fanden, denn sie konnten nicht für immer hierbleiben. Je länger sie hierblieben, desto wahrscheinlicher wurde es, dass er Mist bauen und die Situation noch persönlicher werden lassen würde – als ob es nicht schon persönlich genug war, dass sie gerade auf seinen Fingern gekommen war. *Scheiße.* Sein Körper flehte ihn an, die Regeln zu ignorieren, aber er war sich nicht sicher, ob er mit den Konsequenzen leben konnte, wenn er ihre Sicherheit gefährdete.

Habe ich die Situation nicht schon längst kompromittiert?

Er hatte Mist gebaut, so viel war verdammt noch mal klar.

Er drehte sich weg von ihr. Sie sollte nicht sehen, wie er mit seinen Gefühlen kämpfte, sollte nicht sehen, wie sehr er ihr den Schlüpfer herunterreißen und es mit ihr direkt am nächsten Baum tun wollte. *Super, ganz großartige Arbeit, Special Agent Brennan. Gehen Sie Ihre Marke polieren, und schreiben Sie einen Bericht über diese ganze Sache.*

„Wir sollten besser los", sagte er stattdessen.

NACH DEN SCHIEßÜBUNGEN am Vormittag hatten sie bei Jeds Eltern zu Hause heißen Kakao getrunken. Jed hatte versucht, so zu tun, als ob er nicht gerade eine Grenze überschritten hatte, und war wütend auf sich, dass er so sehr die Kontrolle verloren hatte.

Danach waren sie zu dritt auf Schneeschuhen durch die Wälder zurück zu ihrer Hütte gewandert. Jeds Vater hatte den SUV später vorbeigebracht. Während des stillen Waldspazierganges mit Michael und Vivi hatte sich sein Verstand endlich abgekühlt und entspannt. Beinahe wie ein echter Urlaub. Es war offensichtlich gewesen, dass seine Eltern Vivi und Michael mochten, und das machte die ganze Situation der vorgespielten Beziehung noch surrealer. Diese falsche Beziehung funktionierte besser, als es je eine seiner echten getan hatte.

Jetzt waren sie zurück in der Hütte. Ein Feuer knisterte im Kamin, das Radio spielte leise Musik.

Vivi hatte eine Suppe zum Mittagessen gemacht, und er musste alles Bedauern aus seinen Gedanken verbannen. Er musste sich mit all seinen Sinnen darauf konzentrieren, Vivi und Michael zu beschützen, und den Jungen dazu bringen, wieder zu zeichnen.

Vivi saß mit angezogenen Beinen auf dem Sofa und tat so, als ob sie in einem Buch las. Alles wirkte sehr entspannt, nur dass die Luft zwischen ihnen vor immer stärker werdender sexueller Anspannung flirrte, während irgendwo da draußen Mörder herumliefen, die es auf sie abgesehen hatten.

Er rieb sich den Nacken. Nichts von diesen Umständen half gegen seine Verspannung.

Sie brauchten einen Durchbruch in dem Fall. Er wollte wetten, dass Michael sich auf seine übliche Methode besann, sich mental mit der Situation auseinanderzusetzen, sobald er sich sicher und geborgen fühlte. Vivi hatte behauptet, dass seine Methode das Zeichnen war.

Jed wusste nicht, was der aktuelle Stand in den Ermittlungen war, und das machte ihn verrückt. Killion und Frazer würden vermutlich später anrufen, aber er durfte nicht zu interessiert klingen, auch wenn er es noch so sehr war.

Jed holte einen Handspiegel aus dem Badezimmer und stellte ihn auf den Küchentisch. Dann nahm er einen der Malblöcke und einen Bleistift, die er für Michael besorgt hatte, und begann, sein Porträt zu zeichnen, das ihn aus dem Spiegel heraus anschaute. Er hatte in der High School durchgängig den Kunstunterricht belegt, aber nur, weil die Bandproben immer zeitgleich mit dem Footballtraining stattgefunden hatten. Ironischerweise war er ziemlich talentiert, wie sich herausgestellt hatte. Er kratzte sich am Kinn, musste sich dringend rasieren, aber meistens machte er sich nicht die Mühe, wenn er zu Hause war. Dennoch, er sah aus wie ein Höhlenmensch. Flüchtig sah er zu Vivi hinüber.

Jed hielt den Spiegel in einem Winkel, und begann, den Bleistift auf dem Papier hin und herzuziehen, dort, wo seine

Augen, Nase und Lippen waren, und seine zu breite Stirn. Wo waren diese Falten zwischen seinen Augenbrauen hergekommen? Er schaute den Mann im Spiegel prüfend an. Die Schatten unter seinen Augen waren der Beweis zu vieler schlafloser Nächte und schuldbedingter Schlafstörungen, und verliehen seinem Gesicht ein Alter, das ihm nie zuvor aufgefallen war.

Die Zeit verging.

Jedes seiner vieranddreißig Lebensjahre hatte eine Spur in seinem Gesicht hinterlassen. Keinesfalls alt, aber auch nicht mehr jung.

Michael saß am Tisch, er trank Milch und aß einen Keks. Ab und zu streckte er seine Finger aus und berührte den Bildschirm des Tablets, das Jed ihm gekauft hatte. Er schien herauszufinden, was er alles damit machen konnte, auch wenn er es noch nicht in die Hand nahm oder es zu sich hinzog. Er hatte offensichtlich Angst vor dem, was passieren würde, sollte er es kaputt machen, auch wenn Jed ihm zwanzigmal gesagt hatte, dass das egal war. Sowas konnte passieren.

„H", sagte die elektronische Stimme der Sprachsteuerung.

Vivi schaute blitzschnell auf.

„Hey, Kumpel, super!" Jed grinste den Jungen an, und der grinste zurück.

Der nächste Buchstabe war ein „C", was Jeds Stimmung ein wenig dämpfte. Er hatte auf ein ganzes Wort gehofft, vielleicht sogar auf eine detaillierte Beschreibung über das, was im Spielzeugladen des Einkaufszentrums vorgefallen war. Er schüttelte den Kopf über sich selbst und wandte sich wieder seinem Porträt zu. Geduld war der entscheidende Faktor.

Jed hegte keinen Zweifel, dass Michael ein schlaues Kind war. Er verstand, warum die Ärzte ihn nicht als Autist einstufen wollten, denn er war hochfunktional. Aber es bestand auch nicht der geringste Zweifel, dass der Junge keinen Ton von sich gab, nicht einmal, wenn er Todesangst hatte, und das war nicht normal.

Es war herzzerreißend, aber es war auch wahnsinnig frustrierend, wenn man auf der Jagd nach Terroristen war, die höchstwahrscheinlich einen zweiten Anschlag planten. Aber Jed wusste auch, dass die Verbindung, die er bisher mit Michael aufgebaut hatte, in der Sekunde zerstört werden würde, in der er seiner Frustration Ausdruck verlieh. Das konnte er sich nicht leisten, also musste er sich zurückhalten. Die Frustration ignorieren. Und hoffen.

Er zeichnete seine Nase, Lippen und die Form seiner Augen.

Im Radio kamen Nachrichten, und der Sprecher redete über die Ermittlungen des FBI zum Angriff auf das Einkaufszentrum. Jed legte den Zeichenblock zur Seite und stand auf. Es erschien ihm unglaublich, dass seit dem Angriff erst zwei Tage vergangen waren. Zwei Tage, seit diese grauenhaften Ereignisse ihr Leben für immer verändert hatten. Er ging zum Radio, um es leiser zu drehen. Er wollte nicht, dass Michael an diese schrecklichen Erlebnisse erinnert wurde, aber er wollte hören, was die Medien darüber berichteten. In der Hütte gab es kein Kabelfernsehen oder Satellitenempfang. Der Fernseher war an einen DVD-Spieler angeschlossen, und ans Internet.

Vivi stand neben ihm, die Arme vor der Brust verschränkt. Sie kaute auf ihrer Unterlippe herum und hörte angestrengt zu.

„...eine unbestätigte Quelle hat heute durchsickern lassen, dass die Waffen, die bei dem Anschlag auf das Einkaufszentrum benutzt wurden, aus den Beständen stammen, die die Syrische Regierung an ihr Militär ausgegeben hat…"

Kalter Schweiß trat auf Jeds Stirn.

„Was hat das zu bedeuten?", flüsterte Vivi ihm angespannt zu. „Die syrische Regierung hat die Minnesota Mall angegriffen?"

„Nicht zwangsläufig." Aber das würde der allgemeine Konsens sein. „Viele der Regierungstruppen sind zu Beginn des Konflikts zu den Rebellen übergelaufen, und sie werden so viele Waffen mitgenommen haben, wie sie konnten." Aber Abdullah war Mitglied der syrischen Präsidentengarde. Wenn die Medien das herausbekamen, würde es einen allgemeinen Aufruhr geben, und die Rufe nach Vergeltung würden laut werden.

Vivi drängte sich näher an ihn, beide waren sie über die Küchenanrichte gebeugt, auf der das Radio stand. Jed versuchte, dem Körper neben sich keine Beachtung zu schenken, den Stellen, an denen sie sich berührten. Er war kein Teenager mehr, dessen Hormone Achterbahn fuhren. Zumindest theoretisch hatte er noch etwas Selbstkontrolle.

Oder auch nicht.

„…Morgen werden die ersten Beerdigungen stattfinden, es wird eine Gedenkfeier für die Opfer geben. Viele Menschen liegen noch immer in den Krankenhäusern, eine Mutter und ihr Kind werden vermisst… die Jagd nach der mysteriösen Terroristin geht weiter…"

Jed legte einen Finger auf Vivis Lippen, bevor sie diese Information laut wiederholen konnte. Ihre Pupillen weiteten sich, und ein Blitz durchfuhr ihn. Er hatte ihr nie erzählt, dass einer der Attentäter eine Frau gewesen war. Er wollte nicht, dass Michael beeinflusst wurde. Als klar war, dass sie ihn verstanden hatte, nahm er den Finger von ihrem Mund und ignorierte die Tatsache, dass er sich wie gebrandmarkt anfühlte.

„Laut einiger Gerüchte wird Präsident Hague der Gedenkfeier beiwohnen…das Weiße Haus hat diese Angaben bisher noch nicht bestätigt…"

„Ich habe vor vielen Jahren im Weißen Haus gearbeitet", sagte Vivi nachdenklich. „Da habe ich auch Michaels Vater kennengelernt."

Ein ungutes Schaudern lief über Jeds Rücken. „Dein Ex arbeitet im Weißen Haus?"

Sie zog eine Grimasse. „Nein. Im Pentagon." Sie legte sich die Hand auf die Stirn, als ob sie plötzlich Kopfschmerzen hätte. „Er koordiniert den weltweiten Einsatz der Militärattachés."

Das leichte ungute Gefühl in Jed entwickelte sich zu einem eisigen Tsunami. „Dein Ex arbeitet für den Geheimdienst des Militärs, und Du hast mir das nicht gesagt?"

Ihr Ausdruck verriet Schuldgefühle, gepaart mit Traurigkeit. „Ich weiß, ich hätte es Dir sagen sollen, aber ich hatte nicht gedacht, dass es wichtig ist, nachdem wir in das Haus der Marshals gebracht wurden." Sie kräuselte für einen Augenblick die Lippen. „Ich hatte es vergessen."

Geheimdienst des US-Militärs. *Heilige Scheiße.* Die Frau hatte vermutlich gerade seine Karriere versenkt, ohne es zu wissen.

„…Die Suche nach Veronica Vincent und ihrem Sohn Michael, die gestern aus dem staatlichen Zeugenschutzprogramm entführt wurden, geht weiter. Es wird befürchtet, dass sie tot sind…"

Fuck. Fuck. Fuck!

Jed fuhr sich mit der Hand durch seine Haare. „Sollten wir ihn anrufen? Ihn informieren, dass ihr in Sicherheit seid?"

Alles an Vivi wurde eiskalt und distanziert – ihr Ausdruck, ihre Stimme, ihre Körperhaltung. „Ich habe ihn nach dem Anschlag vom Krankenhaus aus angerufen." Auch wenn ihr Körper steif vor Selbstkontrolle war, konnte Jed einen Schleier von Tränen in ihren Augen erkennen. „Er hat nicht zurückgerufen. Warum sollte ich noch glauben, dass wir ihm nicht scheißegal sind?"

Jed brauchte eine Sekunde, um seine Wut hinunterzuschlucken, dann zog er Vivi in eine feste Umarmung. Ihm war nicht klar gewesen, wie sehr sie das gebraucht hatte, bis er spürte, wie sie sich in seinen Armen entspannte. *Verdammt.* Ihr Ex war ein Arsch. Er drückte sie so fest, dass es ihr wehtun musste, aber er ließ sie nicht los. Er spürte ihre weichen Haare an seinen Lippen. Der Duft ihres Shampoos war stark und süß. Er schaute auf und erstarrte.

Jed drehte Vivi leicht herum und flüsterte ihr ins Ohr: *„Sieh mal.* Sieh mal, was Michael macht…"

FÜNFZEHNTES KAPITEL

MICHAEL ZEICHNETE MIT absoluter Konzentration. Er war seit Stunden damit beschäftigt.

Vivi stand da, als wollte sie zu ihm gehen, aber Jed griff ihren Arm und hielt sie zurück.

„Er muss etwas essen." Sie versuchte, sich von Jed zu lösen, doch er hielt sie sanft aber bestimmt fest.

„Stellen wir ihm einfach ein Sandwich und ein Glas Milch hin. Ich mache das." Er stand auf und ging zum Kühlschrank. Vivi folgte ihm.

Ihre Augen waren schmal. „Und er muss sich ausruhen."

„Das hier ist wichtiger für ihn."

Ihr Schutzmechanismus sprang an. „Wichtiger für Dich, meist Du wohl?"

Er seufzte und blieb geduldig. „Wichtig für uns alle, Du erinnerst Dich?"

Vivi zuckte zusammen und löste sich aus seinem Griff. Er ließ sie gehen und wünschte sich, er könne etwas von der Verbindung und dem Vertrauen, das sie zuvor aufgebaut hatten, wiederherstellen. Aber ihr Junge stand unter enormem Druck, und sie machte sich Sorgen um ihn. Jed verstand das. Lediglich ihre Meinungen darüber, was das Beste für Michael war, gingen auseinander. Jed war überzeugt, dass Michael die ganze Sache aus seinem System herausbekommen musste, und ja, verdammt, Jed musste einen Weg finden, um eine Karriere zu retten, die wahrscheinlich schon längst abgesägt war. Wenn ihn das zu einem Arschloch machte, dann war er eben ein blödes Arschloch. Das war nichts Neues.

Geheimdienst des US-Militärs. *Mist.* Warum konnte der Kerl nicht einfach Gebrauchtwagenhändler sein?

Es machte keinen Unterschied. Selbst, wenn er es gewusst hätte, hätte Jed nichts anders gemacht. Außer vielleicht, Frazer darüber zu unterrichten, was passierte.

Nach einer weiteren halben Stunde konnte Jed nicht mehr stillsitzen. Er ging vor das Haus und kontrollierte die Umgebung auf Fußspuren, ein kläglicher Versuch, seine überschüssige Energie loszuwerden. Er wusste nicht, was mit ihm los war. Seine Haut kribbelte, und er war völlig aufgekratzt. Vielleicht lag es daran, dass er in den Ermittlungen kurz vor einem entscheidenden Durchbruch stand? Er rief seinen Bruder Liam an, der ihm versprochen hatte, die Augen nach verdächtigen Besuchern in der Stadt aufzuhalten, und regelmäßig die Hauptverkehrswege der Stadt zu kontrollieren, sowie ungewohnte Nummernschilder durch die Datenbank zu schicken. Bisher gab es nichts Auffälliges.

Als Jed zurück ins Haus kam, war Michael immer noch am Zeichnen. Vivi lief immer noch unruhig hin und her, und er war immer noch komplett angespannt.

Er wartete.

Und wartete.

Etwa alle vierzig Minuten legte Michael eine fertige Zeichnung zur Seite, und Jed hatte nun eine Reihe an Bildern, manche davon überraschend berührend. Das erste Bild zeigte ihn, wie er Vivi vorhin in der Küche umarmt hatte. Irgendetwas an diesem Moment hatte den Jungen dazu bewegt, einen Stift in die Hand zu nehmen und loszuzeichnen. Jed wusste nicht, was ihn dazu gebracht hatte, aber er war verdammt froh darüber. Das Bild war mit unglaublichem Können gezeichnet. Jed konnte alle Emotionen erkennen, die er zu verstecken versucht hatte, als er Vivi in seine Arme gezogen hatte. Sorge. Wut. Begierde.

Vivi sagte nichts, als er die Zeichnung in seinen eigenen Block steckte.

Als Nächstes kam Jeds Vater, das Gesicht so unglaublich, so detailgetreu, dass Jed es nicht geglaubt hätte, hätte er Michael nicht beim Zeichnen beobachtet. Sein Vater hatte eine Narbe über seiner linken Augenbraue und einen winzigen Leberfleck auf seiner Nase. Der Junge hatte beides perfekt abgebildet. Dabei zuzusehen, wie ein Achtjähriger diese Bilder erschuf, brachte ihn ein wenig aus der Fassung, fast so als ob der Junge vom Geist Picassos oder Michelangelos besessen wäre. Kein Wunder, dass Vivi überzeugt war, Michaels Talent wäre eine geniale Inselbegabung.

„Wer ist das?", fragte Jed Vivi und hielt ein Bild eines Afroamerikaners hoch.

„Das ist der Pfleger aus dem Krankenhaus." Die Bilder von Dr. Hinkle und den beiden Marshals schaute sie nicht an.

„Michael ist unfassbar talentiert."

„Ich weiß." Ihre dunklen, blauen Augen schauten ernst drein. Zurückhaltend. Er wusste, dass er sie dorthin gedrängt hatte.

„Tut mir leid, dass ich vorhin wegen Deinem Ex so aufgebracht war. Ich hatte nicht das Recht dazu." Er hätte es selbst herausfinden müssen, bereits am ersten Tag, aber er war zu sehr damit beschäftigt gewesen, im Kreis herum zu laufen.

Ein Runzeln huschte über ihre Brauen. „Ich hätte es Dir

erzählen sollen."

Er sah sie ruhig an. „Als wir von dem Haus fort sind, habe ich Dir die Chance gegeben, ihn um Hilfe zu bitten. Warum hast Du es nicht getan?" Er kam einen Schritt auf sie zu, eine fast unmerkliche Wut begann, sich in ihm zu regen. Er kannte diese Wut. Sie kam von der Vorstellung, dass Menschen anderen Menschen Leid antaten, nur weil sie es konnten. „Hat er Dich auch geschlagen?" Militärgeheimdienst oder nicht, er würde diesem Mann die Nase brechen, wenn er sie angefasst haben sollte.

Vivi schüttelte den Kopf. „Er hat mich nicht angerührt." Das Funkeln in ihren Augen verriet, dass er es nicht gewagt hätte. „Aber er hat mich klein und lächerlich gemacht und sich über mich belustigt, oft vor anderen. Wenn ich jetzt darauf zurückschaue, kommt es mir so unbedeutend vor, aber damit hat er alles zerstört, von dem ich dachte, das wir es zusammen aufgebaut hätten." Sie hielt inne, wählte ihre Worte vorsichtig. „Warst Du jemals in einer Beziehung, die so zerrüttet war, dass alle Erinnerungen daran von dem schrecklichen Ende verdorben wurden?"

Angela. „Ja."

„Es kommt mir so vor, als ob die Tatsache, dass wir uns einmal geliebt haben, unter einem riesigen Berg aus Schmerzen begraben liegt. Ich kann ihm nicht vergeben, was er Michael angetan hat. Oder *mir.*" Ihre Stimme brach. Ihre Finger krallten sich so fest in ihre Oberarme, dass ihre Knöchel weiß hervortraten. „Ich will nie wieder etwas mit ihm zu tun haben."

„Nicht einmal, um sich vor Terroristen zu schützen?"

Sie warf ihm einen Blick zu, ihr Lächeln war traurig. „Ich vertraue dir mehr als David, uns zu beschützen."

Jeder letzte Rest von Wut oder Unmut, den er noch empfand, löste sich in Luft auf. Vertrauen war ein großes Thema für Vivi, und das war der größte Vertrauensbeweis, den sie ihm geben konnte. Er musste tun, was er konnte, um es nicht zu vermasseln.

Vivi ging zum Kamin und legte ein neues Holzscheit auf das Feuer.

Killion rief an, und Jed ging in sein Zimmer, um mit ihm zu sprechen.

„Wie ist der Urlaub?"

„Schlürfe Mai Tais am Strand. Habe die Familie besucht. War Schneeschuhwandern." Jed starrte aus dem Fenster, suchte die Abenddämmerung nach irgendwelchen ungewöhnlichen Aktivitäten ab. „Wie läuft es mit den Ermittlungen?"

„Es ist ein absoluter Albtraum. Wegen des anstehenden Präsidentenbesuches sind die ganzen Abteilungsleiter völlig aus dem Häuschen, weil sie irgendwie ihre Ärsche retten und erklären müssen, warum die Terroristin noch nicht geschnappt wurde." Er klang, als hätte er seit Tagen nicht geschlafen.

„Warum wurde sie noch nicht geschnappt? Funktionieren die Daumenschrauben nicht?"

„Sehr lustig. Glauben Sie mir, ich hätte nichts dagegen, die Dinger unseren Freunden in der Haft anzulegen, aber wir halten uns an die Regeln. Verdammte Bürokraten."

„Diese scheiß Genfer Konvention."

„Zu Schade, dass die Terroristen sie nicht auch unterzeichnet haben. Der andere Typ auf der Intensivstation ist gestorben."

„Bastard."

Killions Lachen klang angespannt. „Was Sie nicht sagen.“

„Was haben Sie vom MI6-Mann erfahren?“

„Er war eine sie.“

„Hübsch und kurvig?“

„Wie eine Klapperschlange.“

Jed wartete ab.

„MI6 hatte eine Akte über einen der Typen aus dem US-Marshal-Haus. War ein Söldner.“

„Was?“ Das hatte Jed nicht erwartet.

„Ein Deutscher. Klaus Schmidt.“

Warum zur Hölle war ein Söldner an einem Angriff auf ein US-Marshal-Haus beteiligt? „Und die anderen?“

„Abgesehen von Klaus kamen sie alle aus arabischen Ländern, allerdings haben nicht alle Personalien auch Treffer ergeben.“

War Klaus ein Konvertit gewesen, oder hatte er einfach Spaß daran gehabt, Menschen umzubringen? Vielleicht hatte er einem Jihad-Kumpel einen Gefallen getan, aber das passte nicht zu ihrer üblichen Vorgehensweise. „Irgendeine Spur von dem Angreifer, der abgehauen ist?“

„Keine einzige. Das ist ein Haufen fantastisch ausge-bildeter Profis. Wenn Sie Michael Vincent nicht so schnell in dem Hotel gefunden hätten, hätte ihn Abdullah umgebracht und wäre ohne Skrupel wieder aus dem Hotel spaziert. Ich habe das Gefühl, Sie haben deren Pläne ordentlich versaut, als Sie ihn geschnappt haben.“

„Ich lebe, um zu dienen.“

Killion grunzte. „Das hilft mir auch nicht dabei, den Drahtzieher der Anschläge ausfindig zu machen. Der Vize erhöht den Druck auf den Präsidenten, eine Offensive gegen Syrien zu starten.“

Der Vizepräsident war jüdisch und ein ausgesprochener Gegner von Präsident Hagues Anti-Kriegs-Agenda. *Scheiße.* Die ganze Situation war schon jetzt am Eskalieren, und sie wussten immer noch nicht mit Sicherheit, wer eigentlich verantwortlich für das alles war.

Jed hatte noch eine ganz andere Frage. „Haben Sie Vivis Ex-Mann kontaktiert?"

Die Stille am anderen Ende der Leitung war aufgeladen.

„Ich habe mit ihm gesprochen."

„Hat er von ihnen gehört?"

„Kein Sterbenswörtchen."

„Glauben Sie ihm?"

Killion antwortete nicht auf seine Frage. „Ich muss los. McKenzie schreit einen der Marshals an, will wissen, wessen Schuld der Angriff auf das Haus war... wow, und der Marshal wollte ihn gerade umrempeln."

„Das hätte ich gerne gesehen."

„Ich schätze, Sie haben eine viel schönere Aussicht." Killion legte auf.

Verdammt. Was hatte er damit gemeint? Wusste er, dass Vivi hier war? Der Kerl fischte nach Hinweisen. *Vielleicht. Fuck.*

Jed ging zurück ins Wohnzimmer. Michael war immer noch am Zeichnen. Er schien sich rückwärts durch seine Erinnerungen zu arbeiten, völlig selbstvergessen, nur auf die Bilder konzentriert, die aus seinem Bleistift geflossen kamen.

Vivi schob ihrem Sohn eine Banane in die Hand, und er biss hinein, ohne aufzuschauen.

„Er muss sich ausruhen", sagte sie leise, aber bestimmt, nach einer weiteren Stunde.

„Es ist erst zehn Uhr." Jed wusste, dass er das Kind

schlafen lassen musste, so sehr er auch den Fluss an Bildern und Informationen nicht unterbrechen wollte. „Lass ihn das nächste Bild noch fertig malen, dann sehen wir weiter." Er würde betteln, wenn es sein musste. „Wir brauchen diese Informationen, Vivi. Michaels Erinnerungen enthalten vielleicht den Schlüssel, um einen offenen Krieg zu verhindern."

Alles Blut stürzte aus ihrem Gesicht. „Gut. Aber wenn er nicht bald schlafen geht, wird er morgen früh nicht aus dem Bett kommen und erst recht nichts zeichnen."

Jed behielt die Geduld. Sie kannte Michael besser als jeder andere, und sie gab sich Mühe. Er hatte sie schon weit aus ihrer Komfortzone heraus gedrängt.

Ironischerweise hatte sie das auch mit ihm getan, aber auf eine ganz andere Art und Weise. Er zappelte hin und her und erkannte plötzlich, was ihn die ganze Zeit anrieb. Volle, sexuelle Frustration. Er wollte sie immer noch. Eine Welle aus Wut stieg in ihm auf. Wut auf sich selbst. Das hier war nicht der Bundesbeamte, der er sein wollte. Er wollte ehrbar und fokussiert sein. Seine Schwäche für Vivi erinnerte ihn an Angela und an den Preis, den er für diesen Fehler möglicherweise gezahlt hatte.

Reiß Dich zusammen, Mann.

Er würde hier festsitzen, bis der Fall abgeschlossen war, Ende der Debatte. Aber es war eine Folter, ihr nahe zu sein, denn er konnte ihre weichen Lippen nicht vergessen, oder die Vorstellung, wie sie ihre langen Beine um seine Hüften schlag…

Er atmete tief aus und zwang sich, auf seinen Computerbildschirm zu blicken. *Nicht mehr an Sex denken. Nicht mehr an die Küsse oder ihren explosiven Orgasmus denken.* Er könnte ebenso gut dem Schnee verbieten, zu fallen.

„Sobald er etwas zeichnet, das Du nicht einordnen kannst, muss ich meinem Boss erzählen, dass Ihr am Leben seid, und ihm die Bilder zukommen lassen."

Ihr Blick verdunkelte sich, aber sie nickte. Ihr Versteck konnte womöglich entdeckt werden. Er musste weitere Leute zur Unterstützung herbringen, zumindest für die Grundstücksgrenzen.

„Mit ein bisschen Glück wird diese ganze Sache bald vorbei sein, und Ihr könnt nach Hause", erinnerte er sie.

Ihr Kopf fuhr in die Höhe, und sie traf seinen Blick. Dann blickte sie weg und verbarg, was auch immer sie gerade gedacht hatte.

Er konnte sie nicht mehr lesen. Er hatte gedacht, er könnte es, aber je mehr Zeit er mit ihr verbrachte, umso mehr entzog sie sich ihm – als ob sie ihm immer weniger vertraute, anstatt mehr.

Das verletzte seinen Stolz, was ziemlich albern war.

Er rieb sich das Kinn und überlegte, ob er sich nicht besser rasieren sollte, bevor er noch einen Vollbart bekam. Er sprang unter die Dusche, dankbar für eine Ausrede, um der Frau aus dem Weg zu gehen, die er zunehmend anziehender fand.

Trotz ihrer Worte war sie nicht die Sorte Frau, die auf eine schnelle Affäre aus war, und er hatte nicht die Art von Beruf, der besonders gut mit einer Familie vereinbar war – auch wenn andere Beamte das hinbekamen. Er kannte viele Agenten, die erfüllte Familienleben hatten.

Zur Hölle damit, er *mochte* das Junggesellendasein.

Aber zum ersten Mal seit Jahren fiel ihm kein einziger guter Grund ein, warum.

EINE STUNDE SPÄTER musste Jed, frisch geduscht, rasiert, und immer noch aufgekratzt, zugeben, dass der kleine Bursche hinüber war. Michael hatte das Kinn auf dem Tisch abgelegt und die Augen fielen ihm immer wieder zu, während sein Bleistift immer langsamer über das Papier glitt. Aber er hatte mehrere Bilder von Leuten gezeichnet, die Vivi nicht erkannte, und Jed hatte das Gefühl, dass sie endlich Fortschritte machten. Jed schaute zu, wie Michael die Augen schloss, und der Bleistift auf dem Tisch zu liegen kam. Vivi stand sofort auf, ganz die überwachsame Mutter, aber Jed war schneller. Er hob den Jungen aus dem Küchenstuhl in seine Arme. Ein paar Stunden Schlaf, und das Kind würde hoffentlich da weitermachen, wo es aufgehört hatte.

„Ich kann das machen", bot Vivi an.

Der Ausdruck von Selbstständigkeit in Vivis Augen zwang ihn beinahe in die Knie. „Hat dir nie zuvor jemand mit Michael geholfen?"

Ihr Mund ging auf, dann verzog sich ihr Gesicht.

Mist. „Ich wollte nicht..."

Sie hielt entschuldigend eine Hand hoch. „Nein, nein, Ich bin bloß müde. Ich bin sehr dankbar für die Hilfe." Sie wischte sich hastig die Tränen von den Wangen, vollkommen schutzlos. Er konnte bis in ihre Seele schauen. „Aber die Antwort ist Nein. Mir hat noch nie jemand mit ihm geholfen. Niemand. Niemals. Wenn ich Dich mit Michael sehe, dann merke ich, wie sehr ihm ein Vater gefehlt hat um... all die Dinge zu tun."

Um ihn zu lieben, hatte sie sagen wollen.

Jeds Hals tat ihm weh von den vielen Emotionen, die er

herunterzuschlucken versuchte. Dass dieser Mann seine Frau und sein Kind sitzen gelassen hatte, machte ihn so wütend, dass er jemandem wehtun wollte, am besten natürlich dieser Schande von Ex-Mann. Er brauchte einen Moment, um seine Stimme wiederzufinden, und als er es tat, war sie tief und grimmig.

„Das war *sein* Verlust, Vivi. Nicht Deiner. Denk nicht wieder daran. Nicht alle Männer sind Arschlöcher." Und dann ging er davon, mit dem Gefühl, dass es auch sein Verlust war, denn diese Frau und ihr Kind waren nicht seine, und würden es niemals sein. Er musste nur dafür sorgen, dass sie überlebten, und schließlich zu ihrem eigenen Leben zurückkehren konnten, das tausende Meilen von ihm entfernt stattfand.

ELAN HATTE VOM Inhaber des Motels, in dem er untergekommen war, Schneeschuhe ausgeliehen. Seine Leute hatten die Adressen der Häuser herausbekommen, die die Brennans vermieteten, aber nicht viel mehr über die Familie. Keine Sozialen Medien, keine Artikel in den Zeitungen, außer über ihre Arbeit. Eine Webseite gab Auskunft über die Ferienhäuser und Anlagen, nannte aber keinen genauen Standort. Diese Leute waren vorsichtiger, als der moderne Durchschnittsamerikaner. Er hatte ein paar der Hütten kontrolliert und herausgefunden, dass manche leer standen, andere aber von Familien und Jägern belegt waren. Er hatte sie mehrere Stunden observiert, um sicherzugehen, dass die Rothaarige nicht dabei war.

Es war so kalt, dass seine Finger steif waren und ihm kaum noch gehorchten. Die Unannehmlichkeit der Kälte machte ihm nichts aus, aber er wollte seine Fertigkeiten nicht aufs Spiel setzten. Er ging zurück ins Motel und duschte heiß, dann aß er etwas Warmes und machte sich wieder auf den Weg. Noch drei Hütten, dann waren das Haus der Eltern und des Bruders an der Reihe. Er hatte sich dieses Grundstück bis nach Sonnenuntergang aufgehoben, auch wenn der Weg bis dorthin weit und beschwerlich sein würde. Es lag weit entfernt und isoliert. Es würde schwer sein, nah heranzukommen, ohne offensichtlichen Hausfriedensbruch zu begehen. Es lag auf einer kleinen Insel – ein Weg hinein, ein Weg hinaus, und ein halb zugefrorener See, der den Rest des Anwesens vor Eindringlingen beschützte.

Er parkte seinen Truck in der Nähe des Waldstückes, das das Grundstück von Westen her umgab. Die zwei Meilen bis zum Haus kamen ihm in den Schneeschuhen und dem tiefen Pulverschnee eher wie zehn vor, und seine Muskeln brannten. Sogar das Gewehr, das er über die Schulter geworfen trug, kam ihm unfassbar schwer vor. Bei seinem Training war das eigentlich jämmerlich, aber da, wo er herkam, waren sie so eisige Temperaturen nicht gewöhnt. Manchmal gab es Schnee, aber nicht diese alles durchdringende Kälte, die auf der Haut schmerzte. Er wurde langsam alt.

Zum Glück war durch den weißen Schnee alles so hell, dass er sehen konnte, wohin er lief, und sich nicht versehentlich den Hals brach. Er kam an den letzten Anstieg, dann hatte er freie Sicht auf die große Holzhütte, die von Bäumen umringt dastand, und ging vorsichtig näher heran. In der Hütte brannte Licht, und aus dem Kamin stieg Rauch auf. Er schaute durch das Zielfernrohr seines Gewehrs, aber alle Gardinen und Jalousien waren zugezogen. Die Haare in seinem Nacken stellten sich auf.

Würde man an so einem abgelegenen Ort wirklich alle Gardinen zuziehen?

Aber Brennan war Bundesbeamter. Er wollte vermutlich nicht völlig ungeschützt herumsitzen, wie ein Reh im Scheinwerferlicht.

Es war natürlich möglich, dass Brennan sich allein hier oben verkrochen hatte und sich eine Pause gönnte, während der Rest der Welt zur Hölle fuhr. Möglich, aber nicht sehr wahrscheinlich.

Elan konnte das Auto aus dieser Position heraus nicht sehen – konnte sein, dass es gar nicht Brennan war. Womöglich wohnte er bei seinen Eltern, verdammt, er konnte mittlerweile auch in Kanada sein. Elan würde sich näher heranwagen müssen. Viel näher. Er duckte sich hinter die Böschung und kontrollierte seine Pistole, bevor er weiter durch den Schnee stapfte. Der Schweiß an seinem Rücken war kalt geworden, und sein Körper schüttelte sich vor Zittern. Der ganze Plan war ihnen vor zwei Monaten noch wie ein todsicheres Ding erschienen. Jetzt jagte er um seines Vaterlands Willen kleine Kinder.

Er trat vorsichtig durch den Schnee, schaffte es aber nicht, absolut geräuschlos zu gehen, weil die Eile ihn antrieb. Die Stille des Waldes sprach mit ihm. Etwas an dieser Umgebung erinnerte ihn daran, was auf dem Spiel stand – Überleben, schlicht und einfach. Es wurde nicht viel elementarer als das. Das alte Gedicht von Robert Frost hallte durch seine Erinnerung:

The woods are lovely, dark and deep, but I have promises to keep and miles to go before I sleep... Auch er hatte noch Meilen um Meilen vor sich, bevor er sich ausruhen konnte.

Er brauchte weitere zwanzig Minuten, um sich durch

dichtes Unterholz und Dornensträucher zu kämpfen, die das Ufer des Sees umgaben. Der See war von einer dünnen Eisschicht bedeckt, die sein Gewicht nicht halten würde. Das machte die Hütte zum perfekten Rückhalt bei einem Angriff. Ein Weg hinein. Ein Weg hinaus.

Elan hielt für einen Moment inne, um wieder zu Atem zu kommen. Seine Lunge und seine Muskeln brannten vor Anstrengung. Dieser leichte Schmerz fühlte sich gut an. Er fühlte sich lebendig.

Ein leises, rumpelndes Geräusch ließ ihn erstarren. Seine Augen schweiften durch die Dunkelheit, und er erkannte den Umriss eines dunklen Wagens, der halb verdeckt von den Bäumen dastand. Ein Polizeiauto. Elan lächelte.

Er war am richtigen Ort.

SEIT SIE JED Brennan das erste Mal getroffen hatte, war ihr Körper langsam aus einem tiefen Schlaf erwacht. Sie war irritiert und wütend auf sich selbst, dass sie nicht aussprechen konnte, was sie sich wünschte – die Möglichkeit, mit einem Mann, dem sie vertraute, Sex zu haben. Einen Teil ihrer Weiblichkeit zurückzuerobern. Ihm zurückzugeben, was er ihr heute Morgen geschenkt hatte. Wenigstens ein einziges Mal.

Vivi stand unter der Dusche, das warme Wasser floss wie ein Wasserfall an ihr hinunter. Sie wusch ihre geschundenen Füße, froh darüber, dass sie langsam heilten. Sie stellte sich seine Hände vor, wie sie in einer weichen Bewegung an ihrem Körper hinunterglitten. Seine starken, großen Hände hielten ihre Brüste, drückten ihre Nippel, bis sie hart waren, dann glitten sie tiefer über ihren Nabel und zwischen ihre Beine bis zu der heißen, dunklen, geheimnisvollen Stelle, die ihn so sehr wollte. Sie presste ihre Schenkel zusammen, und ihre Beine zitterten, als sie daran dachte, welche Gefühle er heute früh in ihr hervorgeholt hatte. Es war schon so lange her gewesen, dass sie fast vergessen hatte, dass auch sie Bedürfnisse und Verlangen hatte, die nur ein Mann stillen konnte.

Es hatte eine Zeit gegeben, in der sie selbstbewusst im Bett gewesen war. Früher. Bevor Michael jeden kleinsten Teil ihrer Energie und Konzentration in Anspruch genommen hatte. Bevor ihr Mann ihr den Rücken zugewandt hatte, und ihr das Gefühl gegeben hatte, als Frau versagt zu haben.

Sie hatte sich so sehr zurückgezogen in dieses jämmerliche Etwas aus Verletzung, dass es ihr fast peinlich war, darüber nachzudenken. Es war atemberaubend, wie viel Kontrolle sie ihrem Ex über sich zugestanden hatte. Sie berührte sich und ließ den Kopf in den Nacken fallen, ihr dunkles Haar klebte an den weißen Fliesen. Ihre Finger glitten zwischen ihre Beine und dann tief in sie hinein, und es fühlte sich fantastisch an, aber es war nicht genug. Sie wollte einen Mann. Sie wollte Jed.

Vivi biss frustriert die Zähne zusammen. Ihr Sohn schwebte in Lebensgefahr, und sie dachte an Sex? Was für eine Mutter war sie nur?

Fehlbar. Schwach. Nach Aufmerksamkeit lechzend. Genauso, wie der ganze Rest der Menschheit.

Die Ereignisse dieser Woche hatten ihre schöne, kleine, sichere Welt ausgelöscht. Sie war in eine Welt geworfen worden, die jenseits von Stundenplänen und Arztterminen existierte, jenseits davon, sich den Arsch abzuarbeiten, um über die Runden zu kommen. Überleben war nun das einzige Ziel und schob alle üblichen Gründe und Sorgen zur Seite, aufgrund derer sie sich sonst einem Mann nicht öffnete, oder ihm nicht vertraute. Zur Hölle, es lag sogar eine Pistole in ihrem Nachtschrank, ‚nur für den Fall' – das Leben konnte nicht surrealer werden. Sie sollte sich also nicht schuldig fühlen, weil sie an Sex dachte. Das war vollkommen normal.

Vermutlich war es gerade das einzig Normale an ihrem Leben.

Alles andere war gegen jeden Instinkt. Blut. Tod. Mord. Aber zu spüren, wie Jed Brennans Körper sie in die Matratze drückte, zwischen ihre Beine stieß, war normal und gesund und okay. Es war okay.

Das Wasser wurde kälter und sie drehte den Hahn ab. Immer noch frustriert und sehnsüchtig und hungrig nach einem Mann, der darauf bestand, nichts mit der Frau anzufangen, die er beschützte. Sie stieg aus der Dusche und trocknete ihre Haare mit einem Handtuch. Dann band sie sich ein Badetuch um den Körper und ging ins Schlafzimmer, eine Wolke aus Dampf hinter sich herziehend.

Jed stand im Schatten und stellte ein Glas Wein auf ihren Nachtschrank.

„Du hast Deinen Wein vergessen. Ich dachte, Du wolltest vielleicht…" Er verstummte, als er hochschaute und erkannte, dass sie nichts außer einem Handtuch trug.

Das Licht aus dem Badezimmer war hell genug, dass sie erkennen konnte, wie sich seine Augen vor Verlangen verdunkelten. Er wollte sie. Auch wenn er sie seit dem Morgen auf Abstand gehalten hatte, er wollte sie. Auch wenn er sagte, dass er nicht persönlich involviert sein wollte. Er wollte sie. Und sie wollte ihn.

War das egoistisch? Sicher. Aber sie hatten nicht mehr viel Zeit miteinander.

Jed wollte aus dem Zimmer gehen, also traf Vivi eine

Entscheidung und ließ das Handtuch fallen.

Er biss die Zähne zusammen. In seinen Augen funkelte beinahe unbändige Lust, aber er war entschlossen, ihr zu widerstehen, und er rührte sich keinen Zentimeter. Jed versuchte immer noch, ehrenwert zu sein. Er versuchte immer noch, sie nicht auszunutzen. Nun gut, sie war entschlossen, ihn auszunutzen. Sie wollte wieder eine Frau sein. Mit einem Mann schlafen. Sex haben.

Sie brauchte keine lebenslange Bindung, nur gegenseitigen Respekt und jede Menge Lust.

Vivi ging auf Jed zu, und seine Augen funkelten dunkel, als er den Kopf zur Seite drehte, offensichtlich enttäuscht von ihr. Weil sie ihn in Versuchung gebracht hatte, und es noch weiter treiben wollte, als ihn nur zu versuchen. Viel weiter, und das wusste er.

Ihre Handflächen fanden seine aufgeheizte Haut durch sein warmes Baumwollhemd hindurch. Sie strich mit ihren Fingern über seine Bauchmuskeln, seine Brust, über seine breiten Schultern, die seltsame Dinge mit ihr anstellten, wenn sie sie betrachtete.

Sie stellte sich auf die Zehenspitzen und küsste ihn auf die Wange. „Ich brauche kein Bis-das-der-Tod-euch-scheidet."

„Du verdienst mehr als nur eine schnelle Nummer." Seine Stimme war rau. Er hatte sie noch nicht berührt, aber sie konnte die Anspannung in seinem Körper spüren, mit der er versuchte, sich zurückzuhalten.

Sie fuhr mit ihren Zähnen über sein Ohrläppchen, setzte alles auf eine Karte. „Vielleicht ist es die einzige Chance, die wir haben."

Ein Zittern durchfuhr ihn, dann griff er sie mit beiden Händen fest um die Hüfte. Sie dachte, er würde sie fortschieben, stattdessen gruben sich seine Finger in ihre Haut und er zog sie an sich. Sie spürte seinen harten Schwanz an ihrem Bauch. *Oh, ja.* Er wollte sie definitiv. Sie drängte sich näher. Verdammt, wie hatte sie das vermisst. Es war Jahre her, seit sie das letzte Mal Sex gehabt hatte, und es war ihr fast peinlich, wie sehr sie diesen Mann besteigen wollte. Sein Mund fuhr über ihren Hals, und sie rieb ihren heißen Busen an seiner Brust.

Jed stöhnte auf und drehte sie beide herum, sodass sie mit ihrem Rücken gegen die Tür lehnte und in seinen Armen gefangen war. Er neigte ihren Kopf nach hinten und leckte über einen ihrer Nippel, lutschte an der empfindlichen Kuppe und entfachte ihre Lust noch mehr. Seine andere Hand hob ihr Bein um seine Hüfte. Dann presste er sich an ihren heißen, feuchten Schoß, dass die Erregung sie nur so durchschoss.

„Es ist so lange her. Ich will Dich in mir spüren." Sie fuhr mit ihren Händen über seinen festen Körper, fand den obersten Knopf seines Hemdes und öffnete ihn energisch. Ein Büschel dunkler Haare kam zum Vorschein. Vivi öffnete auch den zweiten Knopf, und den dritten. Sein Körper war wunderschön, definiert und perfekt. Er hatte eine frische Narbe und einige ältere, aber sie machten ihr nichts aus – im Gegenteil, sie erinnerten sie daran, was er Tag für Tag tat. Er riskierte sein Leben, um andere zu schützen.

Diese Tapferkeits-Nummer machte sie definitiv an. Die Gentleman-Nummer auch.

Es war gut möglich, dass er nackt noch besser aussehen würde als angezogen, und das sagte eine Menge. Sie wollte ihn ansehen. Sie wollte, dass er ihr ergeben war, wenn auch nur für zwanzig Minuten gestohlener Zeit, denn viel mehr würden sie nicht schaffen, bevor die Selbstvorwürfe beginnen würden.

Er riss sich das Hemd aus der Hose und versuchte, es über seinen Kopf zu ziehen, verfing sich aber in seinem Schulterholster. Jed fluchte vor Frustration, während Vivi ihm aus dem Gurt half. Er legte die Pistole auf dem Nachtschrank ab. Vivi war klar, wofür sie stand. Sie verstand auch, dass sie ihn nicht zu lange darüber nachdenken lassen durfte, oder er würde es sich anders überlegen. Er schloss seine Augen, atmete heftig, hörte auf, sie zu küssen und sah sie nicht länger an.

Ihm kamen Zweifel.

Ohne Frage würde er ihr jetzt einen Vortrag halten über Professionalität und die Grenze, die nicht überschritten werden durfte, weil er sie beschützte und sie nicht ausnutzen durfte. Als ob nicht sie diejenige war, die gerade nackt vor ihm stand.

Also berührte sie ihn durch den Stoff seiner Jeans hindurch. Seine Hüfte drückte sich gegen ihre Finger, als ob er seinen Körper nicht mehr kontrollieren konnte, und genau das war es, was sie wollte. Nicht darüber nachdenken. Nicht abwägen. Nur heißer, wilder Sex. Sie waren beide ungebunden und erwachsen. Sie würde nicht mehr von ihm verlangen als das.

Vivis ganzer Körper pulsierte. Das passierte, wenn man vier Jahre lang keinen Mann gehabt hatte, und sich plötzlich nach ihm verzehrte. Sie wollte ihn in sich spüren. Sie wollte keine Angst mehr haben, sie wollte sich lebendig fühlen. Sie machte seinen Hosenknopf auf und öffnete behutsam den Reißverschluss, befreite ihn aus der Enge seiner Jeans. Er sprang ihrer Hand entgegen, und sie berührte die seidige, glatte Haut, die straff über hartes Fleisch gespannt war. Jed schauderte, und sie musste beinahe lachen bei dem Gedanken, dass sie ihn verführte. Sie hatte nicht die geringste Ahnung von Verführung, aber sie war sich ziemlich sicher, dass es durchaus half, nackt und willig zu sein.

Sie wollte ihn befriedigen, vielleicht etwas von der Anspannung lösen, die seit Tagen zwischen ihnen flirrte, und sie wollte ihre schreckliche Lust auf diesen Mann endlich los werden. Vivi strich mit einem Finger seinen Bauch entlang, sah zu, wie sein Körper unter ihrer Berührung zuckte, während er weiterhin mit geschlossenen Augen und fest zusammengepresstem Kiefer dastand. Sie kniete sich hin und öffnete ihren Mund. Jed stöhnte und stieß mit seinem Kopf ruckartig gegen die Tür. Sie nahm ihn aus dem Mund. „Soll ich aufhören?"

„Ja. Nein." Er klang beinah schmerzerfüllt, aber er würde sich schon noch entscheiden können, während sie mit ihm spielte. Sie hatte vergessen, wie viel Freude es machte, jemanden zu befriedigen. Das Geben und Nehmen von gutem Sex.

Seine Hände vergruben sich in ihrem Haar, dann veränderte sich sein Griff. Er hielt sie, damit er in ihren Mund stoßen konnte. Dann zog er seinen Schwanz heraus und ließ seine Hose zu Boden fallen. Er sah herrlich erregt aus, was ihre Vorfreude noch steigerte.

Jed starrte sie an. Es war das Starren eines Raubtieres, das ein Beben durch ihren Körper schickte. Dann beugte er sich hinunter, holte etwas aus der Hintertasche seiner Jeans, schob Vivi auf das Bett und ließ keine Sekunde verstreichen, bevor er seinen Mund in ihren Schoß grub. Wellen der Lust überkamen sie, und sie krallte ihre Finger in das Bettlaken, damit sie sich nicht unkontrolliert hin und her wand. Er hob einen ihrer Schenkel an, seine Zunge war in ihr, er leckte sie – und stieß dann tief in sie hinein. Sein Rhythmus brachte ihre Hüften zum Kreisen und sie keuchte seinen Namen.

„Mehr", flüsterte sie, denn Michael schlief im unteren Zimmer, und sie wollte nicht schreien.

Jed hob auch ihren anderen Oberschenkel an und spreizte ihre Beine weit. Sie lag offen vor ihm. Das Leuchten in seinen Augen wurde heller. „Du bist so wunderschön."

Ihr war völlig egal, ob sie wunderschön war. Sie wollte ihn einfach nur in sich spüren. Sie hörte das Knistern einer Folie, dann sah sie ihm zu, wie er das Kondom auf seinen dicken Schwanz zog. War ihm klar, dass er sie anmachte? Dass er sie feucht machte, jede Zelle ihres Körpers zum Pulsieren brachte?

Seine Augen bestätigten, dass er es wusste.

Sie senkte ihre Beine, aber er fing ihre Knie auf und spreizte sie noch weiter. „Ich hatte nicht geplant, mit Dir ins Bett zu gehen, Vivi. Ich will, dass Du das weißt."

Sie biss auf ihre Unterlippe. Und nickte.

„Und wenn ich es geplant hätte, dann wäre es eine langsame, romantische Verführung gewesen, wenn dieser ganze Mist hier vorbei gewesen wäre." Sein Blick brannte sich in ihre Augen. Er war wütend. Sie hatte ihm seine Wahl weggenommen. Und er wollte sie dafür bestrafen.

„Ich brauche keine Romantik. Und ich will es nicht langsam." Sie richtete sich auf und fing seine Lippen mit ihren ein, dann zog sie ihn mit sich zurück aufs Bett. „Ich will nur Dich." Und das war die Wahrheit. Sie wollte nicht einfach nur Sex. Wenn Jed Brennan nicht hier gewesen wäre, wenn sie nicht diesem dunklen, attraktiven Aussehen und seinem beschützenden Auftreten verfallen wäre, wäre sie jetzt nicht so verzweifelt auf Sex aus.

Sie begann, sich in ihn zu verlieben, und diese Erkenntnis ließ sie erstarren.

Verliebe Dich in niemanden.

Er schob sich gegen ihre Öffnung, aber er musste ihr Zögern gespürt haben. Also griff er in ihr Haar und hob ihren Kopf, damit sie ihn anblickte. „Bist Du Dir ganz sicher?" Er rieb sein Kinn gegen ihre Wange, liebevoll und zärtlich.

Sie erschauderte. Er fühlte sich so gut an. Warm, stark, wunderschön. Sie hob ihre Hand und berührte seine Lippe, voll und weich, so zärtlich und fordernd.

Sie war ein einziges, zitterndes Bündel aus verzehrendem Verlangen. Es war nicht schön anzusehen. „Ich bin mir sehr sicher."

Er stieß vorwärts, schob sich langsam in sie hinein, Zentimeter um Zentimeter, rein und raus, sank leicht in ihr weiches Fleisch und erinnerte ihren Körper daran, wie gut es sich anfühlte, so ausgefüllt zu sein. Schließlich vergrub er sich vollkommen in ihr und legte seinen Kopf für einen Augenblick an ihre Stirn „Du fühlst Dich so verdammt gut an." Er hielt ihre Schenkel weit geöffnet und schob sich tief in sie, dann zog er sich fast ganz aus ihr heraus, bevor er mit dem nächsten tiefen Stoß wieder in ihrem Schoß ankam. Immer und immer wieder. Trotz ihrer Worte machte er langsam, quälend langsam. *Oh, mein Gott.* Es war so lange her, und sie war so erregt, dass ein paar tiefe Stöße ausreichten, um sie in eine Million winziger Teile zerspringen zu lassen. Jed änderte für keinen Moment den Rhythmus, aber ein zufriedenes Lächeln huschte über sein Gesicht, und die Ernsthaftigkeit, mit der sie begonnen hatte, schmolz dahin.

Er zog sich aus ihr heraus und schob sie höher im Bett, rutschte mit seinem Kopf wieder zwischen ihre Beine und legte ihre Knie über seine Schultern.

„Habe ich Dir eigentlich gesagt, dass ich Deine Schultern liebe?", fragte sie, als sie zu Atem kam.

„Habe ich dir eigentlich gesagt, dass ich Deine Beine liebe?" Er leckte sie und trieb sie wieder hoch.

Nie zuvor in ihrem Leben war sie zweimal hintereinander gekommen, aber sie wollte verdammt sein, wenn sie es nicht versuchte.

„Dein Geschmack macht mich wahnsinnig."

Als sie anfing, zu keuchen, drückte er ihre Knie gegen ihre Brust und glitt wieder in sie hinein, in einem neuen Winkel, der ein noch tieferes Eindringen erlaubte. Sie schnappte nach Luft, als er die Stelle traf, die der mysteriöse G-Punkt sein musste – sie hatte sich immer gefragt, wo der wohl sein mochte, aber Jed fand ihn mit besorgniserregender Präzision.

„Hart und schnell?"

Vivi war kurz vor dem Explodieren. „Ja."

Aber er ließ ihre Knie los und küsste sie, seine Zunge brachte sie um den Verstand, während er sie mit köstlichen, harten Stößen füllte. Dann trieb er seinen Schwanz noch härter in sie hinein, während ihre Hände über seine feuchte, straffe Haut glitten. Sie packte seinen Arsch, ihre Füße gruben sich in die Matratze, als sie ihn an sich zog und sich an seine Bewegungen klammerte, ihn sich nicht herausziehen ließ. Die Spannung, die Hemmungslosigkeit und die Heftigkeit entzündetet jeden Nerv in ihrem Körper, und sie explodierte, jeder ihrer Muskeln zog sich so sehr zusammen, sie konnte sich nicht erinnern, so etwas jemals erlebt zu haben. Sie spürte seinen Orgasmus durch sie hindurch schießen, und zuckte erneut zusammen. Ihr ganzer Körper krampfte, und sie bebte so sehr, dass es sie beide schüttelte.

Sie lagen heiß und schwitzend da, ihr Atmen ging schnell, ihre Herzen schlugen wie wild.

Jed setzte sich auf, und wieder spürte sie Funken durch sie hindurch jagen. Er strich eine Haarsträhne aus ihrer Stirn, seine dunklen, braunen Augen sahen sie ernst an.

„Es ist okay." Sie hielt sein Handgelenk fest und lächelte ihn traurig an. „Ich erwarte nichts von Dir. Ich brauchte nur…"

„Halt den Mund." Jed drängte wieder in sie hinein. Sie hielt den Mund, und er belohnte sie mit einem weiteren harten Stoß.

Vivi stöhnte auf. „Ich dachte, Du wärst gekommen."

„Bin ich auch. Aber Du bist nicht die einzige, die sehr lange keinen Sex mehr hatte."

Sie hatte nicht erwartet, dass sie noch mehr Lust empfinden konnte, aber Jeds Rhythmus war unnachgiebig, und ihr Körper, gerade noch so entspannt und geschmeidig, reckte sich ihm im nächsten Moment wieder entgegen und tat so, als würde alles in Ordnung kommen. Tat so, als ob das hier nicht etwas Außergewöhnliches war, und als ob er nicht jemand besonderes war. Tat so, als ob sie ihn einfach hinter sich lassen könnte, ohne dass ihr das Herz brach.

SECHZEHNTES KAPITEL

PILAH WACHTE AUF und rutschte steif auf dem harten Krankenhausstuhl hin und her. Ihr Rücken schmerzte. Bleierne Müdigkeit machte ihre Augenlider schwer. Alles war dunkel, nur das blaue Licht des Herzmonitors leuchtete kühl. Das konstante Piepsen der Maschine kam ihr nach all den Stunden, die sie in dem Zimmer verbracht hatte, wie die Tropfen der chinesischen Wasserfolter vor. Aber irgendetwas war anders. Irgendetwas hatte sich verändert. Langsam wurde ihr bewusst, dass der Körper unter der Decke steif vor Anspannung war. Sie schaute auf und traf den Blick von William Green, der sie mit weit aufgerissen Augen anstarrte.

Obwohl sie keinen Hidschāb trug, ließen seinen Augen keinen Zweifel daran, dass er sie wiedererkannte. Seine Hand wollte nach dem Notrufknopf tasten, aber Pilah hielt sie fest. Er wehrte sich, wand sich im Bett hin und her, und Pilah bekam Angst, er würde sich die Schläuche aus dem Körper ziehen. Sie zwang seine Hand auf die Matratze, kniete sich auf seinen Arm, und wühlte ohne hinzuschauen in ihrer Handtasche. Etwas rasselte, ihre Finger jagten dem Geräusch nach, und kamen mit den Pillen wieder zum Vorschein, die ihr der Mann im Schatten ihrer Wohnung zugesteckt hatte. William kämpfte immer stärker gegen sie an. In ihrer Verzweiflung setzte sie sich rittlings auf seine Brust und zwang seine Arme mit ihren Knien auf die Matratze. Der Herzschlag auf dem Monitor schoss durch die Decke, und auch ihr eigener Pulsschlag glich diesem wahnwitzigen Rhythmus. Mit den Zähnen riss sie den Deckel von dem Döschen. Sie schnappte eine der Pillen, ein paar andere fielen auf das Bett. Egal. Er musste das Bewusstsein verlieren, bevor eine der Schwestern kam, um nachzuschauen. Pilah packte seinen Kiefer, aber er schien zu verstehen, was sie vorhatte, und biss die Zähne eisern zusammen. Frustriert hielt sie ihm die Nase zu, bis er keine andere Wahl mehr hatte, als den Mund zu öffnen. Dann schob sie ihm die Tablette zwischen die Lippen. Mit beiden Händen hielt sie seinen Mund zu, sie musste all ihre Kraft aufwenden, während er sich unter ihr aufbäumte. Der Herzmonitor spielte verrückt, als ob er jeden Moment explodieren würde.

Nicht sterben!

Sargon und der Mann aus dem Schatten würden nicht glücklich darüber sein, wenn sie ihn umbrächte und somit ihre Pläne zunichte machte.

Zwanzig Sekunden später wurden seine Muskeln schlapper. Pilah hörte Schritte und kletterte schnell vom Bett, strich die Laken glatt, fand zwei der herausgefallenen Pillen, und stopfte sie hastig zurück in ihre Tasche. Sie machte sich gerade noch die Haare zurecht, als die Schwester hereinkam.

„Sie sind immer noch hier?"

Pilah nickte. „Ich muss eingeschlafen sein. Ich glaube, er hat gerade einen Albtraum gehabt. Ich habe seine Hand gehalten, damit er sich wieder beruhigt."

Die Schwester blickte auf den Monitor. „Das haben Sie gut gemacht. Oh, er hat sich eine Kanüle herausgerissen." Sie schnalzte halb tadelnd mit der Zunge und wechselte die

Kanüle aus, dann wandte sie sich Pilah zu. „Sie sollten für ein paar Stunden nach Hause gehen." Sie tätschelte ihr den Arm. „Ich rufe Sie an, falls sich etwas ändert. Er hat Glück, dass er Sie hat."

Pilah nahm ihren Mantel und ihre Tasche, atmete tief aus und hoffte, die Schwester würde nicht merken, wie sehr sie schwitzte. Ihre Schritte hallten in den Gängen des Krankenhauses, Pilah konnte gar nicht schnell genug hier herauskommen. Etwas in ihr wünschte sich, sie könnte all diese Pillen selbst schlucken und ihrem Elend entfliehen. Aber es lag nicht in ihrer Natur, ein Feigling zu sein. Sie war schon zu weit gegangen, um jetzt noch auszusteigen. Solange der Mann aus dem Schatten ihre Kinder retten würde, würde sie es bis zum Ende durchziehen.

ELAN KROCH IM Schatten der Bäume vorwärts, die Pistole in seiner linken Hand, der Schalldämpfer war bereits auf den Lauf geschraubt. Er hatte die Schneeschuhe ausgezogen und zusammen mit seinem Gewehr zurückgelassen, versteckt unter einem Busch hinter der letzten Kurve.

Er bog in den Wald ab und näherte sich von hinten dem Polizeiauto, nutzte die Bäume als Deckung. Der Motor des Wagens lief, und die Abgase hüllten ihn in eine undurchsichtige Wolke.

Es war ein Geländewagen. Elan konnte gerade eben noch die Umrisse einer Person auf dem Fahrersitz erkennen. Wenn der Weg über die Brücke nicht die einzige Möglichkeit wäre, an das Haus heranzukommen, würde er diese Person leben lassen, aber der Schnee machte die Nacht taghell, und er konnte es nicht riskieren. Adrenalin schoss durch seine Adern, aber es reichte nicht aus, um die Mordlust in ihm zu wecken, die er als junger Mann so oft verspürt hatte. Vielleicht lag es daran, dass diese Leute hier nicht der Feind waren – sie waren nichts weiter als Kollateralschäden in einem Krieg, der niemals aufhörte.

Elan ging zur Fahrertür und schoss durch das Metall. Ein Schrei drang aus dem Innern des Autos. Elan öffnete die Tür und feuerte zwei weitere Kugeln in den Schädel des Mannes, und der Kerl sackte über seinem Lenkrad zusammen. Tot.

Elan ließ die Schultern sacken, als er das glattrasierte Gesicht und die dunklen Haare sah, die jetzt blutverklebt waren. Ein junges Gesicht. Ein gutaussehendes Gesicht.

Ein weiterer Märtyrer für die Sache.

Der Ehering am Ringfinger der linken Hand leuchtete im Schein der Armaturen. Noch mehr Leben, die ruiniert waren. Elan presste die Lippen zusammen. Eine Schwere legte sich auf seine Brust. Er war es leid. Das hier würde sein letzter Auftrag sein, wenn auch vielleicht der wichtigste.

Machte das einen Unterschied? Ja.

Aber seine Feinde würden niemals mit ihren Hinrichtungen aufhören, also konnten er und seinesgleichen auch nie zur Ruhe kommen. Er dachte an seine Familie zu Hause. Seine Mutter und seine Großmutter, seine Schwestern und ihre Familien. Ihre Sicherheit war jedes Opfer wert. Sein Volk kannte den Preis, der für Versagen zu bezahlen war. Sie kannten den Preis, den sie zahlen mussten, während sie darauf warteten, dass die Welt ihnen zu Hilfe kam.

Niemals wieder.

Niemals wieder.

Leise schloss er die Autotür und lief zügig den Weg

entlang. Dann über die Brücke, und noch um die Ecke des Holzhauses. Ein lautes Rascheln aus dem Wald ließ Elan herumfahren – Reh, Kaninchen, Wolf? Solange das Tier ihn in Ruhe ließ, ließ er es ebenfalls in Ruhe.

Er schlich an der Seite des Gebäudes entlang, langsam und lautlos. Das Schloss der Kellertür war massiv, aber er war mehr als geübt im Schlösserknacken. Er holte ein Etui aus seiner Gesäßtasche und steckte einen der metallenen Dietriche ins Schloss. Elan arbeitete vorsichtig und gründlich, das Rascheln aus dem Wald übertönte den Klang des metallenen Kratzens. Er brauchte länger als üblich, denn seine Finger waren steif vor Kälte. Er blies seinen heißen Atem darauf, um sie zu wärmen, und hörte schließlich das verräterische Klicken eines geöffneten Schlosses.

Elan hielt die Pistole im Anschlag und tastete sich langsam vorwärts. Auch wenn es pechschwarz war, hatte er das Gefühl in einen offenen Raum zu treten, was er so nicht erwartet hatte. Leise schloss er die Tür hinter sich und riskierte es, seine Taschenlampe anzumachen. Dicke Balken zogen sich an der Decke des Raumes entlang, der voll war mit Feuerholz und Kajaks, Rettungswesten und Gartenmöbeln. Alles war in bester Ordnung und aufgeräumt, es roch nach frisch gehacktem Holz.

Neben der Treppe standen eine Waschmaschine und ein Trockner, daneben der Brennofen. Elan schob seine Bewunderung zur Seite und stählte sich für die Aufgabe, die vor ihm lag. Es war an der Zeit, die Sache zu Ende zu bringen, bevor der Junge ihre ganzen Mühen zu nichts als einer Wunschvorstellung von Wahnsinnigen reduzierte.

Der Sicherungskasten war an der Wand angebracht. Er fischte ein Nachtsichtgerät aus einer seiner Taschen und zog es über seinen Kopf. Dann legte er den Sicherungsschalter um.

———————

JED LAG IN der Dunkelheit und starrte die Decke an. Vivi lag mit geschlossenen Augen neben ihm, ihr Atem wurde langsamer und regelmäßiger.

Was zum Teufel hatte er gerade getan? Zweimal?

Sich mit einer Zeugin einzulassen, war ein absolutes Tabu. Sicher, es war umwerfend spektakulär gewesen, aber dennoch eine massive Fehlentscheidung. Diese Grenze zu überschreiten war ein Kündigungsgrund. Da war es egal, dass sie den ersten Schritt gemacht hatte. Die Tatsache, dass sie den ersten Schritt gemacht hatte, hatte ihn zu Tode erschreckt, denn er wusste, dass sie Sex nicht auf die leichte Schulter nahm, ganz egal, was sie sagte.

Außerdem war er zu beschäftigt, um sich mit einer Frau wie Vivi einzulassen, die eine alleinerziehende Mutter war, um Gottes Willen – es war nicht nur ihr Lebensglück, mit dem er spielte, sondern auch das ihres Sohnes, und er wollte keinem der beiden wehtun. Sein Leben bestand darin, Serienmörder zu jagen. Das war nicht gerade der geregelte Bürojob, auf den Frauen bei den Männern, mit denen sie ausgingen, aus waren. Das war nicht die Realität, die Mütter in ihr Zuhause lassen wollten.

Und – zum Teufel – dachte er gerade über eine Beziehung nach?

Sie waren hier mitten im Nirgendwo, versteckten sich vor Terroristen, und er fantasierte über Blumenvasen auf dem Küchentisch und eine Frau, die ihn nach einem langen Arbeitstag an der Haustür empfing?

Idiot.

Verglichen mit dem starren, schalen, leeren Leben, das er führte, war diese Vorstellung seltsam reizvoll. So etwas zu haben, wie seine Eltern hatten. Eine Beziehung zu finden, die länger dauerte, als ein paar Wochen voller schlechter Abendessen und Verabredungen und mittelmäßigem Sex. Etwas wie das, was er und Mia hätten haben können, wenn ihr Leben nicht so brutal beendet worden wäre. Etwas, das auf Vertrauen und Beistand beruhte, und das langsam, über die Zeit, zu dieser besonderen Liebe heranwuchs, von der es in Filmen nur so wimmelte, die aber im echten Leben nur schwer zu finden war. Jed hatte nicht daran geglaubt, dass er je wieder so etwas erleben würde, aber es passierte, und er musste einen Weg finden, diese Gefühle aufzuhalten, bevor sie alle verletzt werden würden.

Bobbys ernstes Gesicht erschien in seinen Gedanken, und Jed stöhnte auf.

Niemand lebte für immer…

Für ihn musste es nicht noch komplizierter werden, auch wenn er alles an Vivi anziehend fand, ihren Verstand, ihren Körper, ihre Liebe für ihren Sohn. Warum irgendjemand diesen Jungen nicht lieben konnte, war ihm unbegreiflich. Michael war ein großartiges Kind. Sein Vater war ein Arschloch. Wie dieser Typ jemand so unglaubliches wie Vivi hatte ziehen lassen können, ging nicht in seinen Schädel. Sollte er jemals einer Frau einen Ehering anstecken, würde er Himmel und Hölle in Bewegung setzen, um sie glücklich zu machen und sie nicht zu verlieren.

Aber das war nichts, was die Zukunft für ihn bereithielt.

Er liebte seine Arbeit – vorausgesetzt, er hatte noch eine Arbeit, wenn das alles hier vorbei war. Er machte einen

Unterschied, er holte Serienmörder von der Straße. Und Vivi lebte in Fargo. *Herrgott nochmal.* Jed biss die Zähne zusammen.

Er sollte über Terroristen nachdenken. Er sollte unten im Wohnzimmer sitzen und die Zeichnungen von Michael abfotografieren und rausschicken. Sobald Frazer wusste, dass Vivi und Michael am Leben waren, würde er sie ins Zeugenschutzprogramm schicken. Dass Jed das nicht wollte, hatte schon jetzt Auswirkungen auf die Ermittlungen.

Plötzlich ging das Licht im Badezimmer aus. *Scheiße.* Die Sicherung musste wieder rausgesprungen sein.

Jed löste sich vorsichtig aus Vivis verführerischer Wärme, die ihm schon jetzt fehlte, und wusste, dass er diesen Fehler nie wiederholen durfte. Schön und gut, dass er sich Sorgen machte, sie würde sich emotional zu sehr binden. Jed war selbst schon bis über seine beiden verdammten Ohren verwickelt. Er sollte die Welt für sie und alle anderen Menschen sicherer machen, nicht sich entspannen und mit schönen Frauen schlafen. Er tastete auf dem Boden nach seinen Jeans und zog sie an. Er musste die Sicherung reparieren und Frazer diese Zeichnungen schicken, damit sie herausfinden konnten, ob irgendwelche der Personen auf den Bildern in die Anschläge involviert gewesen waren.

Jed zog sein Hemd über, dann hörte er ein Geräusch und erstarrte. Die Kellertür.

War Michael aufgewacht und auf Entdeckungstour gegangen?

Sein Instinkt sagte ihm, dass es nicht Michael war, und sein Puls schoss in die Höhe. *Verdammte Scheiße.*

Leise griff er seine SIG vom Nachttisch. Er nahm sein Handy in die andere Hand und schrieb seinem Bruder, dass er schleunigst herkommen solle, weil jemand im Haus war. Wenn er sich irrte, würde er mit den Konsequenzen schon klarkommen. Besser als zu sterben.

Es konnte auch Jeds Vater sein, aber der alte Herr wusste es eigentlich besser, als ohne Warnung mitten in der Nacht im Dunkeln aufzukreuzen. Erst schießen, dann Fragen stellen, so hatte er es Jed selbst beigebracht. Das FBI hatte Wochen gebraucht, das wieder aus ihm herauszuprügeln.

Adrenalin schoss durch Jeds Adern. Lautlos huschte er durch das Zimmer, dankbar für die massiv gebaute Hütte, deren Fußbodendielen unter seinem Gewicht nicht knarzten. Er schob sich vorsichtig auf den Treppenabsatz und lugte über das Geländer in den Raum unter ihm. Das Feuer im Kamin war fast aus und schickte sein schwaches, oranges Flackern in den Raum.

Jed lauschte angestrengt, aber er konnte nicht einmal das Summen des Kühlschranks ausmachen. Nach ein paar Sekunden nahm er das leise Geräusch von Schritten auf dem Teppich wahr und einen Schatten, der sich im Dunkel unterhalb der Treppe bewegte – ein Schatten, der viel zu groß für einen achtjährigen Jungen war.

War da nur einer?

Keine Zeit, darüber nachzudenken. Michael schlief dort unten in seinem Zimmer, allein und angreifbar. Eine Kugel würde ausreichen. Eine Kugel. Er hätte den Jungen bewachen sollen, anstatt die Mutter zu ficken. *Gottverdammt.*

Wut stieg in ihm auf. Ohne sich um die Treppe zu scheren, warf Jed sich über das Geländer und landete schwer auf dem dunklen Schatten. Er zielte mit seinen Füßen auf den Kopf und war sich ziemlich sicher, dass er auch getroffen hatte, denn der Schatten stöhnte schmerzerfüllt auf, bevor er zu Boden stürzte und sich eben diesen Kopf an der Kücheninsel aufschlug. Etwas rutschte über den Fußboden. Die Pistole des Hurensohns.

Gut. Jed trat für einen kurzen Augenblick auf die dunkle Gestalt ein, dann warf sich der Kerl auf ihn. Jeds SIG flog ihm aus der Hand. *Verdammt.* Ein paar schnelle, harte Schläge auf Gesicht und Körper trieben Jed zurück. Er schaltete sein Gehirn ein und erinnerte sich an sein Training, als er eine Messerklinge aufblitzen sah, die sich auf seinen Bauch zubewegte.

Er sprang gerade noch rechtzeitig zurück. Jed griff ein Sofakissen und schlug damit auf die Hand des Angreifers ein. Er trieb ihn in Richtung der Treppe, stieß dabei einen Tisch und eine Lampe um, und presste das Handgelenk des Mannes an die Wand, während er seinen Ellenbogen in den Hals und sein Knie in die Eier des Kerls rammte. Ein Trick von der Straße, aber hier ging es nicht um Ehre und saubere Kämpfe. Hier ging es ums Überleben.

Der Angreifer ließ das Messer fallen, und Jed trat es schnell zur Seite.

Der Mann hatte Schmerzen, vermutlich von der Wunde am Kopf, die so sehr blutete, dass Jed es sogar im fahlen Schein des Feuers erkennen konnte.

Jed hatte den dritten Dan in Taekwondo, aber ihn beschlich das ungute Gefühl, dass der Kerl noch besser war. Ohne die Kopfverletzung, die seine Reflexe und Sicht beeinträchtigten, wäre Jed schon tot. Dann Michael. Dann Vivi.

Dieser Gedanke half Jed, seinen Fokus wieder zu erlangen. Es war noch nicht vorbei. Jed zielte auf die Schwachstellen des Typen – Nieren, Knie, Hals, Augen.

Sein Gegner versuchte, außer Reichweite zu tänzeln. Er atmete schwer. Da war ein flaches, leidenschaftsloses Licht in seinen Augen, das das Glühen des Feuers reflektierte. Sein Ausdruck war unerbittlich. Ein Mann, der es gewohnt war, zu töten. Er würde kein Mitleid zeigen, nur weil sein Opfer ein Kind war.

„Sie sind verhaftet, Arschloch."

Jed wurde vom Lachen des Mannes überrascht, der sich aus seinem Griff befreite.

„Ich denke nicht." Ein Akzent, kaum noch auszumachen. So amerikanisiert, dass Jed ihn nicht einordnen konnte. Der Mann griff wieder an, drängte ihn zurück, er versuchte, an seine Pistole zu kommen, die unter die Möbel gerutscht war. Jed war entschlossen, ihn nicht an seine Waffe oder das Messer herankommen zu lassen.

Der Kerl bekam Jeds Arm zu fassen und drehte ihn auf Jeds Rücken, ließ ihn über seine Schulter auf einen Beistelltisch fliegen, der unter ihm zusammenbrach. Aber Jed blieb nicht am Boden liegen, er rollte sich zur Seite, griff eine zertrümmerte Lampe und schlug sie dem Kerl an die Schläfe. Der Angreifer schwankte benommen. Jed bemerkte eine Bewegung auf der Treppe.

Vivi.

Scheiße. In ihrer Hand hielt sie die Waffe, die er ihr vorhin gegeben hatte.

Der Typ stürmte auf sie zu. Jed zögerte keine Sekunde. So sehr er auch nicht angeschossen werden wollte, er war sich nicht sicher, ob Vivi wirklich auf einen anderen Menschen schießen würde. Und wenn der Kerl sie oder ihre Waffe in die Hand kriegen sollte, wäre nichts mehr zu tun, außer Gräber auszuheben.

Jed rutschte auf dem Teppich aus und fiel hin.

Der Knall eines Schusses durchbrach die Stille. Der Angreifer zuckte zusammen, rannte aber weiter auf sie zu. Vivi schoss noch einmal, aber die Kugel prallte von der Steinwand des Kamins ab und zerbarst eines der Fenster, die zum See hinausgingen. Dann schoss sie ein letztes Mal. Der Typ stöhnte auf und drehte sich in Richtung der Eingangstür um, dann rannte er davon.

Jed lief ihm nach, aber Vivi griff seinen Arm. Er hielt für den Bruchteil einer Sekunde inne. Vivis Augen erschienen ihm in der Dunkelheit riesig, ihre Hände begannen zu zittern, und er nahm ihr die Pistole ab.

„Michael", flüsterte sie, und rannte zum Zimmer ihres Sohns.

Scheiße. Jed war hin- und hergerissen. Er musste diesen Kerl erwischen und die ganze Organisation zur Strecke bringen. Aber in ihm war auch das nicht zu unterdrückende Bedürfnis nachzuschauen, ob es Michael gut ging.

Jed schloss die Eingangstür ab, nahm seine Waffe vom Fußboden für den Fall, dass es weitere Angreifer gab, und folgte Vivi in Michaels Zimmer. Im schummrigen Licht konnte er den Jungen ausmachen, der tief schlafend im Bett lag, die Decke von sich gestrampelt. Seine Brust hob und senkte sich sanft, ganz und gar sorgenfrei.

Vivi schluckte hörbar, dann drehte sie sich zu Jed um und krallte sich in sein Hemd. Sie vergrub ihr Gesicht an seiner Brust und flüsterte: „Ich habe auf einen Mann geschossen, und mein Baby ist nicht mal wach geworden."

Jed hielt sie fest und küsste ihre Haare. „Du hast uns das Leben gerettet."

Er sollte da draußen sein und dem Kerl hinterherjagen,

aber ihr rauer Atem ließ keinen Zweifel über ihre Qualen. Jed brachte es nicht übers Herz, sie allein zu lassen. Ein weiterer Fehler auf einer langen Liste.

„Ich weiß nicht, wie lange ich noch so weitermachen kann, Jed."

Er sagte nichts, hielt sie nur noch fester in seinen Armen.

———

ELAN STOLPERTE DURCH den Schnee. Seine Sicht war verschwommen, Blut rann aus der Kopfwunde, die er sich zugezogen hatte, als der Mann auf ihn gesprungen war. *Anfänger.* Er taumelte in eine Schneewehe. Seine Schulter brannte dort, wo ihn die Kugel erwischt hatte. Sie war nicht wieder ausgetreten, und er musste das Projektil herausholen, nicht nur, weil es höllisch schmerzte.

Der kalte Schnee fühlte sich gut auf seinem heißen Körper an. Noch war niemand hinter ihm her, und das war ein Wunder, aber er war sich nicht sicher, ob er in der Falle saß.

Weiter geht's!

Er schleppte sich zu dem Polizeiwagen am Anfang der Brücke, öffnete die Tür und riss den toten Polizisten aus dem Fahrersitz in den Schnee. Dann kletterte er ins Auto. Mit seinem unverletzten Arm schaltete er auf *Drive* und wendete den Wagen mit einer scharfen Drehung auf dem schmalen Weg. Er kämpfte gegen die Dunkelheit an, die sich über seinen Geist legen wollte.

Alles war falsch gelaufen.

Ein Lachen schmerzte in seiner Brust. Dass er Scheitern nie in Erwägung gezogen hatte, nie damit gerechnet hatte, angeschossen zu werden. Sterben vielleicht, aber nicht diese jämmerliche Flucht als Verletzter.

Die Reifen rutschten auf dem Schnee, und er ging vom Gaspedal. Seine Sicht kam und ging. *Verdammt.* Er schlug sich ins Gesicht, und entdeckte eine Wasserflasche auf dem Beifahrersitz. Er hielt die Flasche zwischen seinen Beinen fest und öffnete sie, dann beugte er sich über den Beifahrersitz und goss sich das Wasser ins Gesicht. Es war eiskalt. Die Kälte schockte ihn so sehr, dass sich sein Gehirn wieder auf die Straße konzentrieren konnte und er nicht im Graben landete.

An der Kreuzung bog er links ab und fuhr etwa eine Meile, bevor er auf dem GPS-Monitor des Wagens eine Karte der Gegend aufrief. Er hielt an und versuchte, zu sich zu kommen, dem Blut keine Beachtung zu schenken, das ihm über das Gesicht lief. Er schaute auf die Landschaft, versuchte, sich zu erinnern, wo er auf dem Weg zur Hütte entlanggekommen war. Als er sich sicher war, fuhr er weiter. Nach einer weiteren Meile kam er an einer Abfahrt vorbei, die ihm bekannt vorkam. Nach fünfhundert Metern bog er auf einen kleinen Parkstreifen, der von der Straße aus nicht zu sehen war. Sein Truck parkte immer noch dort, wo er ihn abgestellt hatte.

Er hielt den Polizeiwagen neben seinem Auto an. Elan ließ sich gegen die Tür fallen, er hatte kaum noch Kraft, sie zu öffnen. Er suchte in seiner Jackentasche nach den Autoschlüsseln, zog sie hervor, stieg ein und startete den Motor seines Trucks. Für ein paar Minuten ließ er den Motor warmlaufen, holte währenddessen den Verbandskasten aus der Mittelkonsole und wickelte sich ein paar Mullbinden um den Kopf, wischte sich das Blut vom Gesicht und zog eine Baseballkappe fest über den Verband. Er atmete scharf ein, so stark war der Schmerz, aber nach ein paar Minuten dämmte der Druck das Bluten ein.

Elan klatschte sich eine weitere Mullkompresse auf die Eintrittswunde an seiner Schulter. Die Wunde hatte aufgehört zu bluten, bis auf ein gelegentliches, unschönes Nachtröpfeln.

Er zwang sich aus seinem Auto, zurück in die eisige Mitternacht, fand den GPS-Sender des Polizeiwagens und riss ihn ab. Dann entfernte er mithilfe eines Bolzenschneiders – dessen Bedienung höllisch wehtat – den Bordcomputer des Autos und warf ihn in den Schnee. Das Ding würde bei diesen Temperaturen in fünf Minuten hinüber sein. Zurück in seinem Truck zog er eine dicke, schwarze Kapuzenjacke aus seiner Sporttasche, zog sie an und schloss den Reißverschluss bis zum Hals. Auf unachtsame Mitmenschen würde er hoffentlich unverletzt wirken. Daraufhin schluckte Elan einige extra starke Schmerztabletten. Seine Schulter war nun auch taub. Sein Handy klingelte. Eine neue Nachricht.

„Es geht los. Vergiss den Jungen. Komm sofort zurück in die Stadt."

Elan fluchte, legte den Rückwärtsgang ein und fuhr los. Warum hatten sie diese Nachricht nicht vor einer Stunde geschickt? *Verdammt.* Seine Hände zitterten. Er war so kurz davor gewesen, ein Kind umzubringen. So kurz davor. Eine seltsame Welle der Erleichterung überkam ihn. *Gott sei Dank.*

Die letzte Phase lief an. Er musste genau herausfinden, was der Stand war. Musste herausbekommen, wie viel Zeit ihm blieb, um auf seine Position zu kommen. Außerdem musste er irgendwie das Projektil aus seiner Schulter holen und die Wunde nähen. Eine ganze Menge für nur wenige Stunden Zeit, aber er musste vorsichtig sein. Alles musste perfekt funktionieren. Es durfte nicht schiefgehen. Ausruhen konnte er sich, wenn er tot war.

WÄHREND VIVI WACHSAM neben Michaels Bett stand, rannte Jed nach draußen, um nachzuschauen, ob der Bastard tot im Schnee lag. Auf dem weißen Schnee konnte er genug dunkelrote Flecken erkennen, um sicher zu sein, dass Vivi den Kerl zumindest angeschossen hatte. Die Blutflecken führten den Weg entlang und über die schmale Brücke. *Scheiße.* Ein Körper lag im Schnee. Der Anblick der Polizeiuniform ließ Jeds Herz stillstehen. *Liam!* Er rannte auf den Körper zu, rutsche auf den Knien an ihn heran, drehte den Mann um, um nach dem Puls zu fühlen und mit der Reanimation zu beginnen.

Es war nicht Liam. Und Reanimation würde ihm nicht mehr helfen.

Jed rief seinen Bruder an, der sich beim ersten Klingeln meldete.

„Scheiße. Ich habe Deine Nachricht nicht gesehen. Was ist passiert?"

Die Schuld und die Atemlosigkeit in Liams Stimme verrieten, dass Jed ihn gerade mit einer Frau erwischt hatte. Wenn es irgendeinen Weg gegeben hätte, abzuwarten oder die Realität zu ändern, hätte Jed es getan. Aber leider führte kein Weg daran vorbei, es würde wehtun, und niemand wusste das besser als Jed.

„Wir hatten einen Besucher", presste Jed heraus. Keine Chance, den Schmerz zu ignorieren.

„Scheiße." Jed hörte ein Rascheln, das klang, als ob Liam sich anzog. „Ich habe T-Bone geschickt, um das Haus zu bewachen. Ist er eingeschlafen? Ich habe ihm gesagt, dass ich in einer Stunde da bin. Verdammt nochmal."

Eine weibliche Stimme erklang im Hintergrund. Jed runzelte die Stirn, denn es klang verdächtig nach Angela – aber das war gerade nicht wichtig.

„Er ist nicht eingeschlafen, Liam."

„Oh, Fuck. Nein. Nein, nein, nein."

Jed hörte das Knallen einer Tür und das Starten eines Motors, dann das Heulen einer Polizeisirene.

„Sag mir, dass er in Ordnung ist, Jed."

Aber T-Bone – den Jed nun als den jüngeren Bruder eines Freunds aus der High School wiedererkannte – war nicht in Ordnung, und würde es nie wieder sein.

„Er ist tot, Liam. Der Typ, der ihn umgebracht hat, wusste, was er tat. Ich bezweifle, dass er ihn überhaupt hat kommen sehen." Jed schloss die Augen. *Herrgott nochmal.* Wenn sein Bruder nicht eine heiße Verabredung gehabt hätte, dann würde er jetzt wahrscheinlich Liams Leiche anstarren. Seine Einschätzung und sein Vertrauen, dass sie die Sache selbst im Griff hätten, hatten einen unschuldigen Mann das Leben gekostet. „Vivi hat den Angreifer angeschossen, aber er ist mit dem Polizeiwagen abgehauen. Du musst eine Fahndung nach dem Wagen rausgeben, und Du musst das FBI informieren. Es tut mir leid." Jed legte auf und rief seinen Vater an. „Du musst herkommen und Vivi und Michael holen. Nimm sie mit zu Euch nach Hause und beschütze sie mit Deinem Leben."

Wie hatten sie sie gefunden? Sein Blick fiel auf seinen SUV. Bis der Wagen auf Peilsender kontrolliert worden war, würde er Vivi damit nirgendwo hinfahren. Aber woher hatten sie gewusst, dass er sie mitgenommen hatte? Irgendjemand hatte die Puzzleteile verdammt schnell zusammengefügt. Oder sie hatten sehr, sehr viel Glück gehabt. Killion wusste vermutlich schon längst Bescheid. Das hätte Jed früher auf die

Gefahr hinweisen müssen. Seine Nachlässigkeit hatte das Leben der Vincents aufs Spiel gesetzt und einen Polizisten umgebracht.

Er ging zurück ins Haus und legte mehr Holz aufs Feuer, damit es im Haus warm wurde. Mit seinem Handy fotografierte er schnell alle Zeichnungen von Michael ab und schickte sie an Frazer nach Quantico.

Dreißig Sekunden später klingelte sein Telefon.

„Sag mir, dass das nicht das ist, wonach es aussieht."

„Es ist schlimmer. Ich dachte, ich tue das Richtige, aber ich habe uns in die Scheiße geritten. Vivi und Michael sind beide bei mir, und beide noch am Leben, was aber nicht mein Verdienst ist. Ich brauche ein Notfallteam, das den Tatort sichert." Jed würgte seinen Boss ab und legte auf. Er hatte das Gefühl, als ob Eis durch seine Adern fließen würde. Seine Karriere war total am Arsch, aber die Selbstvorwürfe, die sich in ihm breitmachten, waren noch tausendmal schlimmer. Wie hatte er nur glauben können, dass er Vivi und Michael beschützen konnte? Er hatte sie im Stich gelassen, genauso wie er Mia vor all diesen Jahren im Stich gelassen hatte.

Aber diese Terroristen hatten ihre Finger überall mit im Spiel – wem zum Teufel, konnte er noch vertrauen? Sie mussten einen Informanten innerhalb der Behörden haben.

Er sammelte Zeichenutensilien und Tablet, die er Michael besorgt hatte, zusammen, und packte sie in eine Tasche, damit sie sie mitnehmen konnten. Dann schloss Jed die Augen. Selbst jetzt noch versuchte er, das Kind für seine Zwecke zu nutzen, diesem jungen, verletzlichen Gehirn jede Information bis zum letzten Tropfen auszuquetschen, damit er diese Leute finden und hinter Gitter bringen konnte, wo sie hingehörten.

Dann endlich wären Vivi und Michael sicher.

Plötzlich entdeckte er ein Nachtsichtgerät, das neben dem Geschirrspüler auf dem Küchenboden lag. *Mist.* Der Typ war auf jeden Fall vorbereitet gewesen. Als Jed die Pistole auf dem Fußboden sah, erstarrte er. Ein unbehagliches Gefühl beschlich ihn. *Tanfoglio* war ein verdammt feiner Waffenhersteller. Sie waren aber auch der Hauptlieferant von Handfeuerwaffen für den Mossad.

Konnte das vielleicht noch komplizierter werden?

Auf jeden Fall konnte es noch schlimmer werden, wenn Vivi oder Michael etwas zustoßen sollte, oder irgendjemand anderem, der ihm wichtig war. Im Moment war er unglaublich schlecht darauf vorbereitet, das zu verhindern. Sie brauchten besseren Schutz, als er allein liefern konnte.

Er ging in Michaels Zimmer und legte Vivi die Hand auf die Schulter. Sie war kalt wie Eis. Ihre Augen sahen glasig und entsetzt aus. Die Frau, mit der er vorhin im Bett gewesen war, war vollkommen verschwunden.

„Liam wird gleich hier sein. Geh nach oben und zieh Dich an." Sie trug nur ein T-Shirt und Unterhosen, was ihn wieder daran erinnerte, wie unfassbar weit er die Grenze überschritten hatte. „Und pack Deine Sachen. Wir müssen schleunigst hier weg."

Ein Geräusch kam von der Eingangstür. „Ich bin's nur", rief Jeds Vater, als Jed schon nach seiner Pistole griff.

Vivi wollte Michael offensichtlich nicht allein lassen. Jed legte ihr beide Hände auf die Schultern und schob sie zur Tür. „Ich passe auf ihn auf. Beeil Dich. Mein Vater nimmt Euch mit zu sich nach Hause. Michael wacht hoffentlich bis morgen früh nicht mal auf."

Ihre Lippen zitterten. „Muss ich nicht eine Aussage machen?"

„Ja", sagte Jed. „Aber ich will zuallererst, dass Ihr hier wegkommt, damit wir den Tatort sichern und uns vergewissern können, dass keine weiteren Angreifer auf dem Gelände sind."

Sie legte ihre Hand auf seine Brust, aber er wich zurück. Vivi blinzelte ihn irritiert an, sie schien endlich zu verstehen, dass das, was vorhin zwischen ihnen geschehen war, nichts weiter als ein riesiger Fehler gewesen war. Sie zog ihre Hand weg und zuckte so schnell vor ihm zurück, als hätte Jed sie gebissen. Was er getan hatte, mehrmals. Vorhin, als er eigentlich Michael hätte bewachen sollen.

„Ich will nicht, dass Deine Eltern in die Schusslinie kommen", sagte sie leise. „Vielleicht sollten wir zur Polizei gehen?"

Er versuchte, einen sanften Gesichtsausdruck aufzulegen, aber es war ihm unmöglich. Jed war innerlich so wütend – auf die Situation und auf sich selbst –, dass er kaum ein Wort herausbrachte. Er schüttelte die Gefühle ab, die sein Urteilsvermögen beeinträchtigten, und verstand nun endlich, was sein Vorgesetzter ihm immer einzubläuen versuchte. Es war an der Zeit, einen Schritt zurückzutreten. Abstand zu nehmen. Er konnte nicht gleichzeitig diese Leute jagen *und* Vivi und Michael beschützen.

„Mein Vater wird die nächsten Stunden für Eure Sicherheit sorgen. Meine Eltern haben sogar einen Panikraum im Keller ihres Hauses." Vivis Augen flackerten. „Und es sind Leute vor Ort, die die Umgebung absichern. Aber Du musst Dich beeilen. Es gibt Dinge, um die ich mich kümmern muss." Er gab seiner Stimme einen unpersönlichen und unnachgiebigen Ton. Das würde die Dinge auf lange Sicht einfacher machen.

Vivi presste die Lippen zusammen und nickte. Dann ging

sie aus dem Schlafzimmer und an Jeds Vater vorbei, und Jed hörte, wie er sie fragte, ob alles in Ordnung sei. Er konnte ihre Antwort nicht hören, nur das Stampfen ihrer Füße auf der Treppe. Dann im Zimmer über ihm das Rumpeln von Sachen, die ein weiteres Mal ungeordnet in eine Tasche geschmissen wurden, rücksichtslos – denn logistische Feinheiten wie sorgfältiges Packen waren längst hinfällig.

Wer zum Teufel waren diese Typen nur? Und warum wollten sie Michael um jeden Preis tot sehen?

Jeds Handy klingelte. Frazer. Jed richtete sich auf und nahm ab, fragte sich, ob er überhaupt noch eine Karriere hatte, die es zu retten galt.

SIEBZEHNTES KAPITEL

V IVI RANNTE DIE Treppe hinauf und kümmerte sich nicht darum, dass sie kaum angezogen an Jeds Vater vorbeilief. Die Angst und die Verzweiflung der letzten dreißig Minuten hatten sie immun gegen solche Belanglosigkeiten werden lassen. Der Geruch von Schweiß und Sex im Schlafzimmer kam ihr wie ein Vorwurf vor, wie der Preis, den sie dafür hatten zahlen müssen, dass sie nicht aufgepasst hatten.

So dumm. So naiv.

Sie hörte ein Polizeiauto mit lauten Sirenen ankommen. Ihr Leben war zu einer desaströsen Abfolge von Ereignissen voller Waffen, Tod und Sirenen geworden.

Für einen kurzen Augenblick heute Abend hatte sie dem entkommen können. Hier, in dieser wunderschönen, eingeschneiten Hütte, mit einem Mann, von dem sie gedacht hatte...

Ihre Hände zitterten. In Michaels Zimmer hatte sie sich gewünscht, Jed würde sie wie ein kleines Kind in die Arme nehmen und sich um sie kümmern, aber sie war diejenige mit dem Kind, um das sie sich kümmern musste. Sie war diejenige, die sich zusammenreißen musste. Ja, sie hatte auf einen Mann geschossen – einen Mann, der sie ohne Frage umgebracht hätte, wenn Jed ihn nicht entwaffnet hätte. Der Kerl war mit der Absicht hierhergekommen, ihrem Sohn eine Kugel ihn den Kopf zu jagen.

Der Gedanke daran ließ Wut in ihr aufsteigen, die die Angst und die Erschütterung vertrieb. Sie würde wieder auf ihn schießen, mit Vergnügen. Sie würde ihr Leben im Gefängnis verbringen, solange Michael nur diese Tortur überlebte. Und er hatte während all dem tief und fest geschlafen.

Vivi schluckte ein Schluchzen hinunter, verdrängte den Schock und zog sich Jeans und Socken an.

Jed war wütend auf sie, weil sie ihn verführt hatte, und vielleicht hatte er recht.

Sie hatte gewusst, dass diese Leute nicht einfach aufgeben würden. Sie hätte Jed niemals glauben sollen, als er versprochen hatte, dass sie hier sicher wären. Sie hatte die schreckliche Vermutung, dass sie nie im Leben wieder sicher sein würden. Im Badezimmer raffte Vivi all ihre Sachen zusammen, sogar die Seife – als ob sie nie wieder einen Laden betreten würde. Diese gewöhnlichen Dinge, so unwichtig sie auch schienen, waren alles, was sie jemals besitzen würde. Sie warf alles in eine Plastiktüte.

Vivi schlüpfte aus ihrem T-Shirt. Dann zog sie schnell einen BH, ein Hemd, und einen Pullover an. Alles andere landete in weiteren Plastiktüten. Dann schnappte sie alle Tüten und lief wieder nach unten, ohne die Blutflecken auf dem Fußboden zu beachten.

Eine Stimme von der Eingangstür ließ sie abrupt anhalten. „Hallo, Veronica.“

Galle kam ihr hoch, als sie die Stimme erkannte. Sie schaute auf. David Pentecost, ihr Ex-Mann, stand am Eingang. Er trug eine Uniform, die eng über seinem kräftiger gewordenen Brustkorb lag. Sein Gesicht hatte neuerdings

Linien und Falten um seinen Mund, die ihm einen Ausdruck permanenter Verärgerung verliehen. Sein super kurzes Haar zeigte erste Anzeichen von Grau, die noch nicht da gewesen waren, als sie ihn das letzte Mal gesehen hatte. Er war immer noch ein gutaussehender Mann, aber da war keine Spur der Anziehung mehr zwischen ihnen.

Sein kalter, abschätziger Blick fiel auf ihre ungekämmten Haare und stolperte über den Zahnabdruck auf ihrem Hals.

Der Kerl war fremdgegangen, während sie verheiratet gewesen waren, und erdreistete sich jetzt, über sie zu urteilen? Ein Feuer brannte durch jede ihrer Zellen, blinde Wut im Schlepptau. Ihre Augen wurden schmal, sie hob das Kinn. Dass es einmal eine Zeit gegeben hatte, als sie sich ewige Liebe geschworen hatten – sie hatten es nicht mal ansatzweise bis zur Ewigkeit geschafft.

„Was machst Du hier?"

„Ich bin gekommen, um meinen Sohn zu beschützen."

Vivi hob ungläubig die Augenbrauen. „Um Deinen Sohn zu beschützen?" Sie wurde nicht laut. Sie war sogar stolz darauf, wie ruhig und gelassen sie klang. Wie vernünftig. Denn innerlich schrie sie. „In den letzten vier Jahren hast Du ihm nicht mal eine Geburtstagskarte geschickt, und jetzt bist Du hier, um ihn zu beschützen?" Genug Blut bedeckte den Fußboden, um zu beweisen, dass sie sehr wohl allein auf Michael aufpassen konnte.

Sie bemerkte einen anderen Mann, der hinter David stand. Der blonde Spion, den sie im Haus der Marshals kennengelernt hatte, und dem sie von Anfang an misstraut hatte. Killion kam ins Haus und schaute sich die Blutlache kritisch an.

„Habe gehört, Sie haben ihn angeschossen. Gute Arbeit,

Miss Vincent.“

David grinste höhnisch. „Nie im Leben hast Du jemanden angeschossen. Du würdest eine Waffe nicht mal anfassen, geschweige denn abfeuern.“

Vivi spürte, wie ein wildes Lächeln über ihre aufgerissenen Lippen spielte. „Oh, glaub mir, ich habe es getan. Und ich würde es wieder tun, wenn jemand meinen Sohn bedroht.“

„Unseren Sohn“, korrigierte David.

Das fuhr ihr durch Mark und Bein. David war auf etwas aus, aber es war sicher nicht die Beziehung zu Michael. Vivi verstand nicht, was hier vor sich ging, aber David würde ihnen keinen Schaden zufügen, nur weil er eine Absicht verfolgte. Jed kam aus Michaels Zimmer, er trug das schlafende Kind und mehrere Tüten mit ihrem ärmlichen Hab und Gut. Vivi berührte Jeds Arm und betrachtete Michaels entspannte Gesichtszüge. Er schlief als wäre er betäubt worden, und auch wenn sie eigentlich froh darüber war, machte sie sich gleichzeitig Sorgen um ihn.

„Ist alles in Ordnung mit ihm?“

„Er ist nur erschöpft.“ Jed musterte sie von oben bis unten, als ob er sich vergewissern wollte, dass sie nicht verletzt war. Dann wanderte sein Blick zu den Männern an der Tür.

„Verhätschelst Du den Jungen noch immer, Veronica?“

„Das sollten Sie auch mal ausprobieren, Arschloch“, warf Jed David an den Kopf. Vivi wollte applaudieren.

Davids Ausdruck wurde bösartig. „In Anbetracht der Tatsache, dass Sie im Begriff sind, Ihren Job zu verlieren, weil Sie die Bundesbehörden belogen haben, zusätzlich zu einer möglichen Anklage wegen Entführung…“

„Er hat niemanden entführt, David. Er hat uns hierhergebracht, um uns zu beschützen.“

David zog herablassend die Augenbrauen hoch. „Und schaut Euch an, wie hervorragend das funktioniert hat."

Jeds Blick wurde ausdruckslos. Vivi konnte sehen, dass er sich Selbstvorwürfe machte.

„Soll ich ihn für Dich umlegen, Junge?" Jeds Vater erschien hinter David auf der Veranda.

Vivi blinzelte. David plusterte sich empört auf. Killion versuchte, ein Grinsen zu verstecken.

„Ich schmeiß seine Leiche einfach in einen der abgelegenen Seen. Da wird ihn niemand finden. Nicht mal die Bodyguards." Der Tonfall von Jeds Vater klang so flach, dass Vivi sich beinahe fragte, ob er es ernst meinte. Und auch David schien sich das zu fragen.

Vivi konnte nicht umhin, von dem Angebot gerührt zu sein.

„Ich kann Sie wegen Bedrohung verhaften lassen", erklärte David, und stellte sich in Abwehrhaltung mit dem Rücken zur Wand.

Jeds Vater lachte, offensichtlich gänzlich unbeeindruckt. „Nicht, wenn Sie tot sind."

Killions Gesicht war jetzt komplett ausdruckslos. Er beobachtete nur, wie sich die Lage entwickelte. Vivi entschied, dass sie ihn von allen am wenigsten mochte.

David wand sich unruhig hin und her.

„Was willst Du, David?", fragte Vivi müde.

„Ich bin hier, um Michael in Sicherheit zu bringen."

„Nein." Sie blieb ruhig, um ihr Kind nicht aufzuwecken, aber sie konnte Panik in sich aufsteigen fühlen. „Sag es ihnen, Jed."

Aber ein seltsamer Ausdruck legte sich über Jeds Gesicht. „Ehrlich gesagt, das könnte sogar das Beste sein."

Vivis Knie gaben nach.

„Was?" Wie konnte er so etwas sagen? Sie hatte ihm erzählt, was früher passiert war. Er wusste, was für ein Vater David gewesen war – oder eben nicht gewesen war. Jeds Verrat traf sie wie ein Peitschenhieb, als sie in seine leeren, ausdruckslosen Augen schaute. Augen, die sie noch vor einer Stunde vor Lust zum Funkeln gebracht hatte. Vielleicht war genau das das Problem.

Jed sprach leise. „Mein Boss hat mir mitgeteilt, dass sie vermutlich die Hintermänner des Anschlags identifiziert haben. Aufgrund dieser Informationen dürften wir diese Leute relativ bald festnehmen, und die Bedrohung für Michaels Sicherheit hätte sich damit erledigt."

Vorsichtiger Optimismus macht sich in Vivi breit. „Dann können wir nach Hause?"

Jed schüttelte den Kopf. Er schaute sie nicht an, aber seine Stimme klang gepresst. „Ihr müsst noch ein paar Tage länger im Schutzprogramm bleiben. Er kann Euch von hier weg an einen sicheren Ort bringen." Er zeigte auf David.

Vivi griff nach Jeds Ärmel. Bei ihrer Berührung wurde er stocksteif. Und Vivi verstand es. Eine riesige Welle aus Scham rollte über sie, und ihr wurde plötzlich alles klar.

Jed brauchte Michael nicht mehr. Und ganz sicher brauchte er sie nicht mehr, wie sie sich an ihn warf und ihn fast umbrachte. Gott, sie war so eine Närrin. Sie hatte sein Leben und seine Karriere ruiniert, nur, weil er so gut gewesen war, ihnen zu helfen. Und was den Sex betraf – wer wollte nicht mit einer nackten Frau ins Bett, die einen schnellen, bedingungslosen Fick in Aussicht stellte?

Ihr Gesicht glühte.

Hatte er David angerufen? Das wäre schon ein

verdammter Zufall, wenn ausgerechnet an dem Tag, an dem Jed erfährt, dass ihr Ex beim Militärgeheimdienst arbeitet, der Kerl plötzlich in der Tür steht. War er deshalb so schwer herumzukriegen gewesen, weil er wusste, dass David jeden Moment eintreffen würde? Wie hatte sie nur so dumm sein können? Wie hatte sie zulassen können, dass sie anfing, sich in ihn zu verlieben?

Anfing?

Dem Schmerz nach zu urteilen, den dieser Verrat durch ihr Herz schickte, war sie längst unwiderruflich über die Anfänge des Verliebens hinaus.

Aber das bedeutete noch lange nicht, dass sie tun musste, was er sagte. Sie war nicht sein Eigentum. „Ich werde nicht mit diesem Mann mitgehen. Es muss doch eine Alternative geben?"

„Wir haben die Ermittlungen gerade um einen weiteren Tatort erweitert. Und um einen weiteren toten Polizisten." Jeds Stimme war eiskalt.

Vivi zuckte zusammen, das Blut rauschte aus ihrem Kopf. *Oh, Gott.* Sie hatte nicht gewusst, dass hier heute Abend ein Mensch gestorben war. Sie hielt sich den Bauch.

„Unsere Ressourcen werden zu weit gestreckt, es macht also Sinn, dass sich der Militärgeheimdienst ab jetzt einschaltet." Er warf David einen Blick zu. „Ich gehe davon aus, dass Sie Sicherheitsleute dabeihaben?"

David nickte.

„Vielleicht können unsere Behörden ausnahmsweise einmal zusammenarbeiten, um diese Bastarde dingfest zu machen?"

Vivi klappte die Kinnlade herunter, als Jed zu David ging und ihm ihren schlafenden Sohn in die Arme legte. David sah einen Augenblick lang ebenso überrascht aus, dann hievte er Michael hoch und nickte Jed zu. David drehte sich um, ging aus der Tür und ließ Vivi wie eine Idiotin stehen. Jed sah sie mit einem entschuldigenden Ausdruck an, aber sie fühlte sich, als ob er ein Messer in ihr Herz gerammt hätte. Sie schlug ihm mit der offenen Hand hart ins Gesicht. Dann rannte sie hinter dem Mann her, der ihren Sohn zu einem Auto trug. Sie hatte keinen Zweifel daran, dass er auch ohne sie wegfahren würde und sie dann betteln lassen würde, dass er ihr sagte, wohin er Michael gebracht hatte.

Es tat weh, zu atmen. Warum hatte sie nur geglaubt, Jed sei anders als die anderen Männer? Was für eine Idiotin sie doch war. Was für eine dumme Närrin. Sie kletterte auf den Rücksitz von Davids Auto und hielt Michael fest in ihren Armen. Sie blickte kein einziges Mal zurück zu dem Mann, der ihnen nachschaute.

JED WAR ERLEICHTERT, dass er nicht länger für Vivi verantwortlich war. Sie würden vom Militärgeheimdienst viel besseren Schutz erhalten, als er ihnen je bieten konnte. Er klammerte sich so lange an diese Überzeugung, bis das Auto außer Sichtweite war. Dann übergab er sich in den Schnee.

Seine Haut fühlte sich heiß an. Ihr Ex-Mann war ein Arschloch, wie konnte er ihm die Verantwortung anvertrauen, auf Vivi und Michael aufzupassen? Verflucht, sie würde ihm das nie vergeben. Auch wenn er es getan hatte, um sie und Michael zu schützen, er hatte dabei auch seine Karriere retten und Abstand zu den Auswirkungen gewinnen wollen, die Vivi auf ihn hatte – weil er seine Arbeit nicht mehr ordentlich machen konnte, wenn sie involviert war.

Fuck.

Er war komplett am Arsch.

Während er weiter in den Schnee neben der Hütte würgte, spürte er eine Hand, die auf seine Schulter gelegt wurde. Der heutige Abend war nicht gerade nach Plan verlaufen.

Seine Wange brannte von ihrer Ohrfeige. Das hatte er verdient.

„Du wirst schon klarkommen, Junge."

Ein Zuspruch. Sein Vater. Der Anker in seinem Leben. Jed hegte keinen Zweifel daran, dass sein Vater mit dem Schneemobil und einigen schweren Steinen losgezogen wäre, wenn Jed sich David Pentecosts Tod gewünscht hätte.

Jed spuckte einen Rest Galle in den Schnee und richtete sich auf. Er kam keineswegs klar, aber er hatte einen Job zu erledigen, einen Job, der letztendlich alle Probleme von Vivi und Michael beseitigen würde – zumindest die Probleme, die eine direkte Gefahr für ihr Leben bedeuteten.

Die anderen Probleme könnten sie später versuchen zu lösen. Dass er sie überhaupt lösen wollte, machte ihn zum größten Dummkopf auf Gottes schöner Erde, denn die Chancen, noch irgendetwas bei Vivi zu erreichen, hatte er zunichtegemacht, als er Michael in Davids Arme gelegt hatte.

Ein Vater sollte auf seinen Sohn aufpassen – sein eigener Vater hatte ihm das beigebracht. Warum also fühlte er sich wie ein beschissener Judas?

Liam kam an, zusammen mit einigen seiner Beamten und dem Sheriff. Der wütende Blick, den er Jed zuwarf, als er sich über seinen getöteten Kollegen beugte, ließ die Übelkeit in Jed erneut aufsteigen, aber er schluckte sie hinunter. Er hatte Dinge zu erledigen. Seine Schuldgefühle über den Tod des

Polizisten wogen noch schwerer durch seine Erleichterung, dass sein Bruder, Vivi und Michael noch lebten. Liam verstand das. Sie mussten keine Worte darüber verlieren.

Jed ging zurück ins Haus und sah, wie Killion durch Michaels Zeichnungen blätterte.

„Wollen Sie nicht Ihrem Herrn und Meister hinterher?", fragte Jed bitter. Er hätte den Verrat erwarten sollen, aber er war naiv gewesen, hatte angenommen, dass sie nun Freunde waren. Spione hatten keine Freunde. Leuten in den Rücken zu fallen, war ihr natürliches Verhalten.

„Er hat nichts mit mir zu tun." Killion zuckte mit den Schultern. „Ich musste die Behörde für Militärattachés um einen Gefallen bitten und habe ihn bekommen. Im Gegenzug habe ich ihm versprochen, ihn zu seiner Frau zu bringen, wenn ich sie lebend finde."

„Sie wussten, wer ihr Mann ist, als Sie sie getroffen haben, richtig?"

„Langley hatte es schon herausbekommen."

„Und es benutzt." Jed starrte Killion an. Er zitterte vor Wut. „Ich erschieße sie nur deshalb nicht, weil ich den Papierkram im Augenblick nicht gebrauchen kann."

„Hey." Killion hob beschwichtigend die Hände. „Ich bin nicht derjenige, der diese Lady und ihren Sohn schneller als man schauen kann in ein Auto gepackt hat. Das haben Sie sich selbst vorzuwerfen. Ich hatte erwartet, dass Sie den Kerl ordentlich in die Schranken weisen, aber nicht, dass Sie ihm einen Freifahrtschein ausstellen. Warum wollten Sie sie überhaupt so schnell loswerden?"

Es war offensichtlich, was Jed falsch gemacht hatte.

„Falls es hilft, ich hätte sie auch gefickt", bot Killion kaltschnäuzig an.

Blinde Wut schoss in jeden Nerv in Jeds Körper. Er blickte zu Boden und ballte die Fäuste. Wenn Killion näher gestanden hätte, hätte er seine Faust zu spüren bekommen. Oder er hätte ihn erwürgt und im See versenkt. Das einzige, was ihn davon abhielt, war die Tatsache, dass Killion ihn absichtlich aufziehen wollte. Er wollte, dass Jed ihn schlug. Jed musste seine Ruhe wiederfinden und dieses Chaos mit klarem Kopf beseitigen – deshalb hatte er auch Vivi fortgeschickt.

Scheiße nochmal.

Sie würde ihn dafür fertig machen. Aber es war besser, dass sie in D.C. war, weit weg von diesem Schlamassel. Er würde zu Kreuze kriechen können, wenn das alles hier vorbei war, aber zuallererst musste er diese Leute schnappen. Er musste das zu Ende bringen.

„Sie sehen aus als hätte man sie windelweich geprügelt. Ich vermute, der Kerl war ein Profi, oder waren Sie noch erschöpft von zu viel… Leibesübungen?" Killion nahm noch mehr Abstand, als ob er wusste, dass Jed zu ködern gefährlich war. Auch wenn Wut ein deutlicher Fortschritt zu Selbstmitleid war, keine Frage.

„Er war ein Profi. Kam durch den Keller ins Haus, hat die Sicherungen rausgemacht. Ich bin von da oben auf ihn gesprungen." Jed nickte mit dem Kinn zur Galerie. „Ich stehe nur noch hier, weil er hingefallen ist und sich den Kopf aufgeschlagen hat, als ich ihn erwischt habe." Es war nicht einfach zuzugeben, dass der andere Kerl besser war als er, aber es war die Wahrheit. „Was haben Ihre Verhöre ergeben?"

Killions Augen wurden schmal. Er hatte gehört, wie Jed Vivi erzählt hatte, dass sie wussten, wer hinter den Anschlägen steckte, aber blieb ausnahmsweise geduldig. „Abdullah leugnet alles und besteht plötzlich auch ausdrücklich auf seine diplomatische Immunität – es hat sich herausgestellt, dass er nicht nur Mitglied der Präsidentengarde ist, sondern auch ein entfernter Verwandter des Präsidenten selbst. Der syrische Botschafter wurde ins Weiße Haus einbestellt, und gerade werden Diplomaten abgeschoben wie illegale Einwanderer, die über den Rio Grande gekommen sind." Killion schaute Jed an und schenkte seinem Vater ein astreines Surfergrinsen, das aber niemandem etwas vormachte.

„Haben Sie seine DNA auf den Handys gefunden?"

Killion schüttelte den Kopf. „Aber wir haben die DNA einer Frau gefunden, die zu der auf den Kleidungsstücken passt, die Sie gefunden haben. Keine Übereinstimmungen in den Datenbanken." Killion zog das Bild einer Frau im Hidschāb aus dem Stapel von Michaels Zeichnungen. „Glauben Sie, das ist sie?"

Jed zog eine Grimasse. „Vermutlich." Aber das Kopftuch verdeckte alles, außer ihren Augen, und das Bild war für die Gesichtserkennung völlig unbrauchbar. Das FBI konnte allerdings die Öffentlichkeit um Hilfe bitten. Irgendjemand kannte sie vielleicht – vor allem, wenn sie im Einkaufszentrum gearbeitet hatte.

Killions Geduld war offenbar aufgebraucht. „Also, wer steckt hinter den Anschlägen?"

Jed schaute ihn prüfend an und entschied, dass er lange genug auf die Folter gespannt worden war. Alex Parker, ihr neuer Experte für Cybersicherheit, hatte ein Talent dafür, an Handydaten heranzukommen. Nicht unbedingt immer auf offiziellem Wege, aber im Moment waren sie verzweifelt darum bemüht, diese Organisation zu zerschlagen, bevor noch mehr Menschen sterben mussten. „Quellen des FBI haben einige Anrufe zwischen Abdullah und einem Mann namens

Sargon Al Sahad zurückverfolgen können. Er kämpft üblicherweise für die Rebellen, aber neuere Informationen legen nahe, dass er vor allem dem höchsten Bieter zur Verfügung steht."

Killions Augen flackerten berechnend. „Das könnte zu der Tatsache passen, dass wir einen deutschen Söldner im Haus der Marshals gefunden haben. Der MI6 sollte eigentlich einige Quellen anzapfen, aber bisher habe ich noch nichts weiter gehört. Der Anschlag kann ebenso gut von einer Splittergruppe oder einer muslimischen Extremistenzelle oder sogar der Regierung selbst ausgeführt worden sein."

„Terroristen arbeiten nicht mit Söldnern." Oder zumindest hatten sie das seines Wissens nach bisher nie getan. Die Ironie, dass er ein Experte darin war, herauszufinden, warum Menschen umgebracht worden waren, aber in diesem speziellen Fall völlig ahnungslos war, entging ihm nicht. „Und für gewöhnlich nutzen sie jede Gelegenheit, Aufmerksamkeit zu erlangen. Warum also hat sich noch niemand zu den Anschlägen bekannt?"

„Da bin ich überfragt", antwortete Killion.

„Könnte dieser Sargon-Typ mit den Rebellen gemeinsame Sache gemacht haben, um der syrischen Regierung den Anschlag in die Schuhe zu schieben, weil sie auf mehr Unterstützung des Westens in ihrem Kampf hoffen?"

Killion schien darüber nachzudenken. „Möglich ist es. Aber es passt einfach nicht zu ihrer üblichen Vorgehensweise. Diese Leute kämpfen um ihr Leben. Wenn ich wetten müsste, dann würde ich es für wahrscheinlicher halten, dass das Regime Sargon angeworben hat, um die Rebellen in einem schlechten Licht erscheinen zu lassen, um alle Waffenlieferungen und die Unterstützung durch den Westen einbrechen zu lassen.“

Verdammt. Sie brauchten genauere Informationen. „Keine Gerüchte aus dem Internet?“

„Mann, auf einmal ist online verdammt noch mal so viel los, dass wir nichts davon auf die Schnelle verifizieren können.“

Jed rieb sich sein Kinn, dachte laut nach. „Wer würde sonst noch davon profitieren, wenn die syrische Regierung unter Verdacht gerät?“ *Oh, fuck.* Die Antwort bereitete ihm augenblicklich Kopfschmerzen.

Er ging in die Küche, wo die Waffe des Angreifers lag. Er hatte sie nicht angefasst, weil er die Fingerabdrücke nicht kompromittieren wollte. Der Typ hatte keine Handschuhe getragen. „Das müssen Sie sich ansehen.“

Killion und sein Vater kamen dazu, um sich die Waffe genauer zu betrachten. Es dauerte nur einen kurzen Augenblick, dann war ihnen die Bedeutung des Fabrikats klar.

„Scheiße.“ Killion streckte die Hand aus, um die Pistole hochzuheben, aber eine Stimme unterbrach ihn.

„Wenn Sie meinen Tatort durcheinanderbringen, nehme ich Sie fest.“ Liam stand in der Tür und sah angepisst aus.

„Wenn Sie wollen, dass das Außenministerium Ihnen auf die Pelle rückt, nur zu“, erwiderte Killion gereizt.

Liam kam mit schmalen, kalten Augen auf ihn zu. Er hatte heute Abend einen seiner Männer verloren. Jed kannte seinen Bruder. Ihm zu drohen, brachte in einem Augenblick wie diesem rein gar nichts. „Das Außenministerium wird eine Weile brauchen, um herauszufinden, wo sie sich befinden, Mister…?“

„Ich habe das Recht auf einen Anruf, oder etwa nicht?“

„Nur, wenn wir ein Telefon finden können. Wie heißen

Sie?" Kein Funke Humor war mehr im Ton seines Bruder zu hören – seine Wunden waren zu frisch. Zur Hölle, Jed bemerkte, dass auch in ihm kein Humor mehr übrig war, bis der Geheimdienstler ihn zu piesacken begonnen hatte. Killion hatte ihn von Vivi und dem toten Polizisten abgelenkt, und seine Aufmerksamkeit wieder auf das eigentliche Problem gerichtet. Er war gut.

„Das ist Patrick Killion, Nachrichtenoffizier der CIA."

Killion erwiderte Jeds Blick. „Und das ist ihr Zwillingsbruder, wenn ich mich nicht irre?"

„Wie kommen Sie darauf?"

„Sie haben beide das gleiche Talent, mir ordentlich auf die Nerven zu gehen."

„Hast Du den Kerl schon erwischt?", fragte Jed seinen Bruder und ignorierte Killions Bemerkung.

„Ich habe jeden Polizisten und jeden Sheriff auf ihn angesetzt, in dieser Gemeinde und in allen angrenzenden." Liam schüttelte den Kopf. „Ich habe Fahndungen nach dem Polizeiwagen herausgegeben und alle Krankenhäuser in der Nähe alarmiert. Ist Dir etwas an ihm aufgefallen?"

„Sein Gesicht habe ich nie gesehen." Die Vorstellung, dass der Kerl da draußen herumrannte, dass er jetzt gerade vielleicht hinter Vivi her war… Jed wählte ihre Nummer, aber sie nahm nicht ab. „Irgendeine Idee, wie ich David Pentecost erreichen kann?", fragte Jed Killion. Dass Vivi und Michael nicht mehr in seiner Reichweite waren, ließ seine Haut vor Nervosität prickeln, obwohl er sie selbst weggeschickt hatte.

Killion holte eine Visitenkarte aus seiner Tasche. „Das ist seine private Handynummer. Er hat zusätzlichen Personenschutz für die Fahrt auf dem Highway angefordert. Der Kerl überlässt nichts dem Zufall, wenn es um seine eigene

Sicherheit geht."

Jed atmete erleichtert aus. Er hatte Mist gebaut, aber es war wahrscheinlich immer noch die beste Entscheidung gewesen. Zeugenschutzprogramm. *Verdammt.* Das hatte das letzte Mal auch nicht gerade gut funktioniert, oder? Er steckte die Visitenkarte in seine Tasche.

„Wir hätten es vermutlich alle einfacher, wenn die Waffe verschwinden würde, zumindest auf dem Papier", bemerkte Killion.

„Diese Pistole hat wahrscheinlich meinen Deputy umgebracht. Sie landet nirgendwo, außer in der Beweisanalyse", entgegnete Liam entschieden.

Man konnte die Anspannung zwischen den Männern förmlich spüren.

„Etwas sagt mir, dass die Beweise verschwinden, bevor die Sonne aufgegangen ist, wenn diese Waffe jetzt ins Labor geschickt wird." Killion sprach leise, aber nachdrücklich. „Und das ist mir eigentlich egal, denn ich bezweifle, dass es irgendwelche Treffer im System geben wird. Aber mir ist nicht egal, dass die Leute, die die Beweise auswerten, womöglich als Kollateralschäden auf der Strecke bleiben."

„Drohen Sie meinen Leuten?" Liam ging auf Killion zu, Wut blitzte in seinen blutunterlaufenen Augen auf.

Jed legte Liam eine Hand auf die Brust und hielt ihn auf.

„Ich nicht." Killions Stimme wurde härter.

„Was ist mit den ganzen anderen Beweisen, die hier auf dem Teppich liegen?", bemerkte Jed.

Killion richtete sich auf und zuckte mit den Schultern. „Würde mich nicht wundern, wenn die auch verschwinden."

„Das ist eine verdammt absurde Verschwörungstheorie, die Sie sich da zurechtgelegt haben." Liams Augen blickten den Agenten unverwandt an.

Auf keinen Fall würden diese Beweismittel wegkommen. „Hast Du noch mehr von den sterilen Behältern?“, fragte Jed seinen Bruder. Die Zeit rannte davon. Er musste arbeiten.

„Warum?“

„Je mehr DNA-Muster, umso besser.“

„Ich brauche ebenfalls eines von jeder Ausführung“, sagte Killion. „Die schicke ich an unser Labor.“

„Sie haben ein Labor?“, fragte Jed.

„Vielleicht“, antwortete Killion vage, aber das sagte Jed alles. „Ist der Urlaub vorbei?“, stichelte der Geheimdienstler.

„Der Urlaub ist vorbei“, räumte Jed ein.

Liam griff in seine Taschen und reichte ihnen je zwei Beweisbehälter. „Die Pistole bleibt, wo sie ist. Sie können sie fotografieren, aber das war's. Ich rufe das Labor des Landeskriminalamts an, damit sie sich um den Tatort kümmern. Das gibt uns allen etwas Zeit, diese Sauerei aufzuräumen und den Polizistenmörder zu schnappen. Dir ist klar, dass die Person, die den Angreifer angeschossen hat, den Tatort eindeutig unerlaubt verlassen hat?“ Liam starrte Jed an.

Und plötzlich fiel es ihm wieder mit aller Gewalt ein. Sie hatte heute Abend auf einen Menschen geschossen, nachdem er ihr versprochen hatte, dass sie sicher sei. Jed schloss die Augen, kaum in der Lage zu begreifen, was er getan hatte. Früher am Nachmittag hatte sie ihm noch mitgeteilt, dass sie ihm mehr vertraute als ihrem Ex-Mann. Er hatte dieses Vertrauen damit erwidert, dass er sie zur Tür hinausbefördert hatte, kaum eine Stunde nachdem er sie um den Verstand gevögelt hatte.

Sie würde nie wieder mit ihm reden. Aber was kümmerte ihn das? Er hatte sich doch schon erfolgreich eingeredet, dass sie keine gemeinsame Zukunft miteinander hatten, dass sie etwas Besseres verdiente. Richtig. Sie verdiente verdammt noch mal zumindest etwas Besseres als dieses Arschloch von Ex-Mann. Er drehte den anderen Männern den Rücken zu und starrte das Einschussloch im Fenster an, als wäre das sein größtes Problem „Tut mir leid wegen der Hütte, Pop. Ich bezahle die Reparaturen."

„Das wird ein Spaß, den Fleck aus dem Teppich zu kriegen", meldete sich Killion zu Wort, hilfreich wie immer.

Sein Vater schaute Killion mit einem Grinsen an, das die meisten anderen Menschen in Todesangst versetzt hätte, dann drehte er sich zu Jed. „Mach dir wegen der Hütte keine Gedanken, Sohn. Finde einfach heraus, wie Du die Dinge mit Deiner jungen Lady und ihrem Sohn wieder in Ordnung bringst."

„Sie ist nicht meine junge Lady." Diese Erkenntnis ließ seine Brust eng werden. „Michael ist bei seinem Vater." Sein Tonfall war verbittert. „Ich dachte, das ist in Deinem Sinne."

„Es gehört mehr dazu, Vater zu sein, als nur den Samen bereit zu stellen, und das weißt Du." Jeremiah drehte Jed den Rücken zu und fasste Liam am Arm. „Deine Mutter wird Dich begleiten, wenn Du zur Frau des jungen Polizisten gehst. Ich komme auch mit und schaue, ob wir irgendwie helfen können."

Liam nickte. „Danke. Ich weiß das wirklich zu schätzen." Liam zeigte mit dem Finger auf Jed und Killion. „Wenn einer von Euch beiden etwas anfasst oder den Tatort verlässt, bevor ich mit allem fertig bin, werde ich Euch jagen und ins Gefängnis stecken, scheißegal, für wen Ihr arbeitet. Verstanden?"

Die Stille war ohrenbetäubend. Aber keiner von ihnen versprach auch nur irgendetwas.

ACHTZEHNTES KAPITEL

Vivi löste den Sicherheitsgurt und kämpfte gegen ihre Nerven an. Sie hatte einen Bereich betreten, in dem David überzeugt war, mehr Macht als Gott selbst zu haben. In Anbetracht der Tatsache, dass sie heute Abend einen Mann angeschossen hatte, der vielleicht immer noch darauf aus war, ihren Sohn umzubringen, traute sie sich selbst oder der Situation nicht genug, um etwas anderes zu tun als das, was David wollte. Zumindest jetzt.

Dass Jed sie sitzen gelassen hatte, hatte sie bis ins Mark getroffen, und das war albern. Sie hatte sich an ihn herangeschmissen, ihm und sich selbst vergewissert, dass sie keine Erwartungen hatte. Er hatte einen Job, einen sehr wichtigen Job. Mörder dingfest zu machen, war ausschlaggebend für eine funktionierende Gesellschaft, nur dass gerade überhaupt nichts funktionierte, und die Mörder einfach überall zu sein schienen.

Sie rationalisierte sein Verhalten, was bedeutete, dass sie in größeren Schwierigkeiten war, als sie gedacht hatte. Sie hatte sich in diesen Mann verliebt, und er hatte sie ebenso einfach von sich gestoßen, wie David es damals getan hatte. Aber er hatte keine Versprechungen gemacht, außer sie zu beschützen.

Sie starrte aus dem Fenster auf die flache, trostlose Landschaft, während die Einsamkeit in ihrer Brust immer größer wurde. Deshalb ließ sie die Leute nicht an sich heran. Es tat zu sehr weh, wenn sie ihre Liebe nicht erwiderten.

Michael war im Hubschrauber aufgewacht und saß nun fest an sie gedrückt neben ihr. Er war zuerst nicht besonders ängstlich erschienen, aber dann hatte sich sein Vater zu ihnen herumgedreht und sie angeschaut, und Michael war in ihren Armen völlig steif geworden. Da war kein freundliches Lächeln der Wiedererkennung gewesen. Keine väterliche Aufmerksamkeit oder eine Verbindung. Nur ein kühles Nicken, das mehr beurteilend als freundlich wirkte. *Bastard.*

Vivi hatte gedacht, sie würden nach D.C. fliegen, aber der Flug hatte kaum eine halbe Stunde gedauert. David hatte sie zurück nach Minneapolis gebracht. Direkt zurück ins Herz der Gefahr.

Gott, wie sie diesen Mann hasste.

Vielleicht hatte Jed ja recht, und die Gefahr war so gut wie vorüber. Sie hoffte nur, dass die Attentäter das auch mitbekommen hatten. Der Pilot legte eine butterweiche Landung hin. Als David ihr die Tür öffnete, waren die Rotorblätter noch so laut, dass sie ihn nichts fragen oder Antworten einfordern konnte. Sie raffte ihre Sachen in einer Hand zusammen, mit der anderen hielt sie Michaels Hand.

Davids Lippen kräuselten sich, aber ihr war völlig egal, was er über ihre Fähigkeiten als Mutter dachte. Wenn seine eigene Mutter nicht so eine Eiskönigin gewesen wäre, wären sie jetzt nicht in dieser Situation. Ein schwarzes Lincoln Town Car kam auf das Rollfeld gefahren, und David schob sie an ihrem Ellenbogen darauf zu. Bei seiner Berührung biss sie die Zähne zusammen. Die Erinnerung daran, dass sie mit diesem Mann intim gewesen war, drehte ihr den Magen um.

Sie glitten auf den Rücksitz, und der Fahrer fuhr sofort los.

„Wohin bringst Du uns? Warum sind wir hier?", fragte sie drängend.

„Beruhig Dich, Veronica. Du machst dem Jungen doch Angst."

Rasende Wut explodierte in ihr. Sie waren in den letzten Tagen wiederholt angegriffen worden, aber dass sie ein paar einfache Fragen stellte, das machte dem Jungen Angst?

Das war typisch David, er musste immer die Oberhand behalten.

„Halten Sie an", befahl sie dem Fahrer.

Er schaute David im Rückspiegel fragend an.

„Ich habe gesagt, Sie sollen anhalten!", rief Vivi.

David bekam ihren Arm zu fassen und drückte ihn so fest, dass sie morgen sicher Blutergüsse haben würde. „Achten Sie nicht auf sie. Fahren Sie weiter zum Hotel." Er verdrehte ihr Handgelenk in eine schmerzhafte Position, und ein Ausdruck der Zufriedenheit lag auf seinem Gesicht, als er sah, dass sie sich wand. „Halt für ein paar Stunden Deinen Mund und tu, was ich Dir sage, und Du kannst zurück zu Deinem unbedeutenden FBI-Agenten kriechen – nicht, dass es so aussah, als ob er Dich noch haben wollte. Jetzt jedenfalls nicht mehr. Hätte ich ihm gleich sagen können, dass Du seinen Job nicht wert bist." Sein Blick fiel flüchtig auf ihren Hals.

Es zuckte ihr in den Fingern, ihn zu ohrfeigen, so wie sie es mit Jed getan hatte. Nur die Sorge, vor Michael hysterisch zu werden, hielt sie davon ab. Wie oft hatte sie versucht, Michael beizubringen, dass Gewalt keine Lösung war, um Meinungsverschiedenheiten aus der Welt zu schaffen? Jed hatte sie an David weitergereicht, als ob sie ihm nichts bedeuten würde, und das konnte ihr eigentlich egal sein – aber es war ihr nicht egal, denn sonst hätte sie ihn nicht ins Gesicht geschlagen.

Ein Mann war gestorben.

Ein Polizist, der das Haus bewacht hatte, war ermordet worden, wahrscheinlich während sie Sex gehabt hatten. Es war ihr Fehler, dass Jed abgelenkt gewesen war. Kein Wunder, dass er sich schuldig fühlte. Gott sei Dank war es nicht sein Bruder gewesen, sonst – dessen war sie sich sicher – würde er niemals darüber wegkommen. Aber ein junger Mann war ums Leben gekommen, weil er sie beschützen wollte, und sie fühlte sich demütig und falsch und voller Bedauern.

Warum waren diese Leute so verzweifelt darauf aus, sie umzubringen? Was, glaubten sie, wusste Michael? War die Gefahr wirklich vorbei?

David lehnte sich zu ihr herüber, damit nur sie ihn hören konnte. „Wann bist Du eigentlich zu so einer Schlampe geworden, Veronica? Ich musste Dir erst einen Ehering anstecken, um an Deine Höschen zu kommen, und das war den Eintrittspreis ganz sicher nicht wert." Salz auf die Wunde zu streuen, war seine Spezialität. Also flüsterte sie leise zurück: „In dem Moment, als Du weg warst, hab ich jeden Kerl bestiegen, der nicht bei drei auf dem Baum war. Und weißt Du was? Es hat mir gefallen."

Sie lehnte sich mit einem süffisanten Grinsen zurück, und David schaute sie hasserfüllt an. Er war eifersüchtig. Er war es immer gewesen. Sie konnte es in seinen Augen sehen. Obwohl er mit einer anderen Frau verheiratet war, war er eifersüchtig auf die Männer, mit denen sie geschlafen hatte, denn er hatte sie immer nur als sein Eigentum gesehen. Plötzlich war sie richtig froh, dass sie und Jed Sex gehabt hatten. Heißen, verschwitzten, fantastischen Sex. Sie ließ David all das in ihren Augen sehen. Ihre Befriedigung. Ihre Verachtung für ihn.

„Ich kann das alles hier sehr schwer für Dich machen, Veronica. Vergiss das nicht."

„Drohungen, David? Obwohl Du vorhin noch behauptet hast, Deinen Sohn beschützen zu wollen", antwortete Vivi bissig und wünschte, Michael säße nicht so nah bei ihnen, dass er diese geflüsterten Niederträchtigkeiten womöglich mithören konnte.

„Vielleicht lasse ich ihn einliefern." Davids Lächeln war eiskalt. „In einer psychiatrischen Einrichtung dürfte er sicher genug sein, denkst Du nicht auch?" David war so gefühllos, als ob er über den Verkehr sprechen würde.

Ein Zucken machte sich in Vivis Lid bemerkbar. Sie war keine gewalttätige Person, aber sie wollte ihm wirklich Schmerzen zufügen. Michaels Augen waren geschlossen, seine Stirn lehnte an der Autotür. Er schaute sie nicht an, und sie konnte spüren, wie er sich immer mehr zurückzog. Sie drückte sein Knie, eine stumme Vergewisserung, dass alles gut werden würde.

Das konnte sie für ihn tun. Sie würde alles für ihn tun. „Du hast gesagt, ich soll für ein paar Stunden kooperieren. Ich schlage also vor, Du lässt die Spielchen und erzählst mir, was Du von mir willst. Dann überlege ich, ob ich Dir helfen werde."

Seine Augen waren leer wie die einer Schlange. „Du hast mich nicht verstanden. Wenn Du Deinen Sohn begleiten möchtest, dann kannst Du das gerne tun. Aber Michael kommt in jedem Fall mit mir mit."

Ihr Sohn rollte sich auf dem Sitz so klein er nur konnte zusammen und schaukelte vor und zurück. Vivi legte ihm eine Hand auf den Rücken, seine Wirbel drückten spitz in ihre Handfläche.

„Hör auf, rumzuheulen, Du verzogener Rotzlöffel", spuckte David. „Du wirst heute den Präsidenten der Vereinigten Staaten treffen, das ist eine verdammte Ehre, und Du wirst ihn – und mich – verdammt noch mal mit ‚Sir' anreden, ist das klar?" Er wollte Michael an der Schulter rütteln, aber Vivi ging dazwischen.

„Lass ihn in Ruhe!"

David schlug sie so fest, dass sie in den Sitz zurückgeschleudert wurde. Der Schmerz schoss ihr durch die Wange, aber das war nicht die größte Überraschung.

Michael schrie. Er warf sich auf seinen Vater und schlug ihn mit seinen kleinen Fäusten ins Gesicht. David schob ihn grob zur Seite, Vivi saß völlig fassungslos mit offenem Mund da.

Es mochte durch Gewalt und Gemeinheit ausgelöst worden sein, aber ihr Sohn hatte gerade das erste Geräusch seit vier Jahren von sich gegeben. Sie öffnete ihre Arme, und Michael flog hinein, vergrub sein Gesicht tief in ihrer Brust. Sie hielt ihn fest und beobachtete ihren Ex-Mann dabei, wie er sein Nasenbluten einzudämmen und die Schrammen in seinem Gesicht zu verarzten versuchte.

„Ich liebe Dich, Michael." Sie umarmte ihn fester, und er krallte sich an sie.

Tränen wollten sich den Weg in ihre Augen bahnen, aber sie ließ es nicht zu. Nach allem, was sie durchgemacht hatte, war das hier eine Kleinigkeit. Sie verbannte alle Gedanken an Jed. Er war schon nur noch Teil ihrer Vergangenheit. Ein paar Stunden. Nur ein paar Stunden. Dann wären sie diesen Mann für immer los.

———

ELAN ERREICHTE DAS schicke Hotel, das er seit seiner Ankunft kaum gesehen hatte. Dort hatte er einen gut befüllten Erste-Hilfe-Kasten und ein paar Stunden Zeit, um sich bereitzumachen. Die Rettungsmission für die beiden Kinder lief an, und sobald er ihre Töchter in Sicherheit gebracht hatte, würde Pilah alles tun, was sie tun sollte. Nicht, dass er daran zweifelte, aber er hatte gerne alle Trümpfe in der Hand. Und er hielt gerne seine Versprechen.

Wie ironisch, dass ihr Plan von ihrem Feind abhing. Oder vielleicht auch nicht. Wovon ihr Plan tatsächlich abhing, war die Liebe einer Mutter. Und die Liebe, die er für sein Land spürte, war der Liebe einer Mutter sehr ähnlich.

Im Bad seines Hotelzimmers zog er sich aus und stellte sich unter den festen Wasserstrahl der Dusche. Sein geschundener Körper schmerzte dort, wo das Wasser auftraf. Als er seine verklebten Haare auswusch, lief ein hellrotes Rinnsal in den Abfluss. Seine Schulter pochte, und es würde noch schlimmer werden.

Als er alles Blut abgewaschen hatte, drehte er den Wasserhahn ab und presste ein Handtuch gegen seine Kopfwunde, die wieder zu bluten begonnen hatte. Als das Bluten aufhörte, klebte er ein Klammerpflaster darauf, um die Wunde zu schließen.

Danach setzte er sich auf die Toilette. Mit einem Feuerzeug sterilisierte Elan eine stumpfe, metallene Pinzette, dann schüttete er den Whiskey aus der Minibar über das Loch in seiner Schulter.

Er biss die Zähne zusammen, als er den durchdringenden Schmerz spürte, und schob die Pinzette in sein verletztes Fleisch. Höllische Schmerzen durchfuhren ihn, Schweiß trat ihm aus den Poren und lief in kleinen Rinnsalen seinen

Körper hinunter. Er atmete ein paar Mal tief ein, wünschte, er könnte den Whiskey trinken, wünschte, er wäre zu Hause bei seiner Familie. Dann schob er die Pinzette noch tiefer in das Einschussloch und berührte etwas Hartes. Da. Er brauchte mehrere Versuche, bis er die Kugel zu fassen bekam, dann zog er das metallene Objekt heraus und warf es in das Waschbecken, wo es mit einem dumpfen Klackern landete. Gott sei Dank sah es so aus, als ob die Kugel ganz geblieben wäre.

Er drückte ein weiteres Handtuch gegen die Wunde und saß schwer atmend auf der Toilette.

Elan musste sich sehr bald für die nächste Aufgabe bereit machen.

Sargon Al Sahad hatte Sympathisanten der Rebellen rekrutiert, die glaubten, sie würden der syrischen Regierung einen Terroranschlag auf amerikanischem Boden in die Schuhe schieben. Sie wollten, dass sich der Westen endlich einmischte und waren viel erfolgreicher gewesen als sie es jemals zu träumen gewagt hätten. Vor wenigen Minuten hatte Sargon von einem Unternehmen, das einem hohen Funktionär innerhalb der syrischen Regierung gehörte, eine beachtliche Summe ausgezahlt bekommen. Er hatte diese Zahlung erwartet. Er hatte nur nicht erwartet, dass er das Geld von den Leuten erhalten würde, die er zu vernichten versuchte, und auf eine so einfach nachzuverfolgende Art und Weise. Die Amerikaner würden nicht lange brauchen, um eins und eins zusammenzuzählen. Und der nächste Schritt des Plans würde sicherstellen, dass der amerikanische Präsident mit tödlicher Gewalt Vergeltung üben würde – ganz ungeachtet dessen, dass er Kriegsgegner und pro-arabisch war.

Dafür gab es eine Garantie.

SIE CHECKTEN IN eine exklusive Suite in der Innenstadt von Minneapolis ein. David postierte eine Wache vor der Tür, und Vivi konnte nicht umhin, sich zu wundern, ob das die Angreifer vom Eindringen oder sie vom Ausbrechen abhalten sollte. Sie hoffte nur, dass die Bedrohung ernst genommen wurde. Zu viele Menschen waren schon gestorben, als dass sie es noch auf die leichte Schulter nehmen konnten. Aber hätte Jed sie überhaupt fortgeschickt, wenn er nicht sicher war, dass die Gefahr so gut wie vorüber war? Vielleicht. Sie war sich nicht mehr sicher.

David stand neben der Tür. Zum ersten Mal an diesem Abend sah er unbeholfen aus, wahrscheinlich, weil sie jetzt nur noch zu dritt waren, und sie alle drei die Wahrheit über ihre kleine, tragische Familie kannten.

Michael saß zusammengekauert auf einem Stuhl und hielt das Tablet, das Jed ihm geschenkt hatte, fest gegen seine Brust gepresst.

David schaute auf seine Uhr. „Ihr habt ein paar Stunden Zeit, um zu schlafen und Euch zurechtzumachen." Er schaute abfällig auf ihre Jeans und Stiefel. „Ich suche Euch beiden etwas zum Anziehen heraus. Hast Du immer noch die gleiche Größe?"

Er hatte es immer gemocht, sie anzuziehen. Bei dem Gedanken daran, ekelte sie sich vor sich selbst, dass sie so viele seiner kontrollierenden Verhaltensmuster zugelassen hatte. Aber jetzt würde sie auch eine Papiertüte tragen, wenn sie nur das ‚Treffen' so schnell wie möglich über die Bühne bringen würden.

Sie nickte und wusste, dass er mit einem Bleistiftrock und

hochhackigen Schuhen zurückkommen würde, obwohl draußen Schnee lag. „Sieh zu, dass die Sachen warm genug sind." Sie dachte an Michael. „Und vergiss nicht, Make-up mitzubringen." Sie sah mitgenommen aus.

„Vivi, ich…" Für einen Augenblick war sein Ausdruck beinahe bedauernd, aber er würde eher seine eigene Zunge schlucken, als sich zu entschuldigen. Er verstummte und ließ seinen Kopf beschämt hängen. Aber Vivi ging es genauso. Sie hatten sich beide falsch verhalten, und wussten beide nicht, wie sie damit aufhören sollten.

„Lass uns einfach weitermachen, okay?", sagte sie. Es war traurig, was aus ihnen geworden war. Zwei Menschen, die ganz bewusst ein gemeinsames Baby in die Welt gesetzt hatten, und sich jetzt kaum noch in die Augen schauen konnten.

David ging ohne ein weiteres Wort.

Vivi drehte sich zu ihrem Sohn um, der todtraurig aussah. Sie schloss die Augen. Trotz allem, was vorgefallen war, musste sie einen Weg finden, ihre Beziehung mit David so weit zu verbessern, dass sie wenigstens wieder wie erwachsene Menschen miteinander reden konnten, um Michael nicht noch mehr zu traumatisierten. Michael sollte seinen Vater kennenlernen dürfen – den Mann, in den sie sich damals verliebt hatte, nicht das Arschloch, von dem sie sich hatte scheiden lassen. Vielleicht gab es diesen Mann noch, vergraben unter all den Enttäuschungen und Verbitterungen und Ambitionen.

Michael trug noch immer seinen Schlafanzug. Seine roten Haare wurden so lang, dass sie sich zu locken begannen. Seine blauen Augen hielten ihren Blick, sie suchten nach Bestätigung. Vivi war dankbar, dass er sich bei dem ganzen Stress nicht wieder in seinen Kopf zurückgezogen hatte. Sie fing an zu denken, dass Dr. Hinkle recht gehabt hatte. Michael war nicht autistisch, und er ging mit den Umständen erstaunlich gut um.

Sie musste an sein freudestrahlendes Gesicht denken, als er vor wenigen Tagen die Achterbahn im Einkaufszentrum gesehen hatte.

Es fühlte sich an, als wäre es eine Ewigkeit her. Es war eine ganze Liebesaffäre lang her.

Wenn es eine Achterbahn braucht – wenn es tausend Achterbahnen brauchte –, um ihren Sohn wieder glücklich zu machen, dann würde sie das tun. Sie würden nach Disneyland fahren, sobald dieser Mist vorbei war, und sie würde auf jedem Karussell zweimal mitfahren.

Der Schmerz in ihrem Herz würde nicht so einfach aufhören, aber so war das Leben. Sie sollte mittlerweile daran gewöhnt sein. Es würde sie nicht klein kriegen. Sie hatte ein Kind, um das sie sich kümmern musste, und einen Präsidenten zu treffen.

Herrgott, wie unattraktiv war dieses Selbstmitleid?

Wo war ihr Kampfgeist geblieben?

Ihr wurde plötzlich bewusst, dass Angst davor, zu lieben, so war wie im eigenen Kopf gefangen zu sein, nur dass es ein selbst auferlegtes Exil war.

Sie war ein Feigling.

Ihr Magen zog sich zusammen. Sie war ein verdammter Feigling. Sie wusste, wie kurz das Leben sein konnte, und trotzdem hatte sie immer noch Angst davor, einem guten Mann zu gestehen, dass sie an einer Beziehung mit ihm interessiert war. Und Jed war ein guter Mann. Er hatte versucht, ihr zu helfen, seit dieses ganze Desaster angefangen hatte – von dem Moment, als er ihr vom Fußboden aufgeholfen hatte, nachdem sie im Einkaufszentrum umgerannt worden war, bis zu dem Punkt, an dem er sie mit zu seinen Eltern genommen hatte, um sie zu beschützen. Er hatte versucht, seine Arbeit zu machen, und sie hatte es ihm immer wieder schwer gemacht. Kein Wunder, dass er sich über sie ärgerte.

Ihr Kopf brummte, und die Erschöpfung warf sie fast um. Das hatte man davon, wenn man auf der Flucht war und kaum schlief. Sie musste sich ausruhen und ihre Gedanken ordnen. Bald.

„Hey, Kleiner. Spring mal unter die Dusche, und dann kannst Du noch ein bisschen schlafen, okay?"

Michael legte das Tablet auf den Tisch und schlurfte ins Bad. Vivi drehte die Dusche an und vergewisserte sich, dass das Wasser die richtige Temperatur hatte. „Shampoo und Seife nicht vergessen." Sie gab ihm einen Kuss und wurde mit einer kleinen Umarmung belohnt. Sie erwiderte die Umarmung, bemüht, ihn nicht zu zerquetschen, so fest wollte sie ihn halten. Vorhin im Auto hatte er versucht, sie zu beschützen, und sie wusste, dass er mindestens ebenso erschrocken darüber gewesen war, einen Ton von sich gegeben zu haben, wie sie. Aber es machte ihr Hoffnung. Es ließ sie denken, dass vielleicht...

Sie ging zurück ins Zimmer und legte die Zeichenutensilien neben Michaels Tablet, denn Zeichnen half ihm, das Leben zu verstehen, und das brauchte er jetzt mehr als alles andere – einen Weg, das Leben zu verstehen. Ein Blatt fiel zu Boden, und Vivi hob es auf. Es war das Bild von Jed, wie er sie gestern in der Küche umarmt hatte.

Dieses Bild traf sie so sehr, dass sie sich auf den nächsten Stuhl setzen musste. Es war nicht der exakte Augenblick, in dem sie sich in ihn verliebt hatte, aber es zeigte alles, was sie fühlte. Sie hatte sich tatsächlich Hals über Kopf in ihn verliebt, als er Michael aus dem Auto in das Haus der Marshals getragen und ins Bett gebracht hatte.

Sie berührte Jeds Haare auf dem Bild als ob sie echt wären, aber es war nur Graphit auf einem Bogen Papier. Der Blick in seinen Augen ließ vermuten, dass er mehr für sie empfand, als er zeigte, aber das konnte natürlich auch Michaels Wunschdenken sein. Es war offensichtlich, dass er Jed und seine Familie vergötterte. Vivi schob die Zeichnung behutsam ganz unten in den Block. Ein tiefer Seufzer entfuhr ihr. Ganz egal, wie verletzt sie war, sie musste sich bei Jed für alles revanchieren, was er für sie getan hatte, und sich bei ihm entschuldigen. Ihr wurde übel bei dem Gedanken, dass sie ihn geschlagen hatte, und dass Michael den Streit zwischen David und ihr im Auto mitbekommen hatte. Was war nur los mit ihr? Vivi holte ihr Handy hervor und sah, dass Jed versucht hatte, sie zu erreichen. Sie hatte es nicht klingeln gehört. Wahrscheinlich waren sie gerade im Hubschrauber gewesen.

Sein verpasster Anruf bescherte ihr ein geradezu lächerlich großes Gefühl der Erleichterung, auch wenn er das besser nicht hätte tun sollen. Sie rief ihn zurück.

„Vivi?"

Seine Stimme durchfuhr sie wie ein Blitz, erinnerte sie an das erste Mal, als sie sich im Einkaufszentrum getroffen hatten, bevor der ganze Wahnsinn losgegangen war.

„Vivi, bist Du das?"

Sie räusperte sich. „Ja. Ich wollte mich nur wegen vorhin entschuldigen. Es war falsch von mir, was ich getan habe, und ich bedaure es mehr, als ich sagen kann."

Trotz der Stille am anderen Ende konnte sie seine

Betroffenheit hören.

Dann begann er, hastig zu sprechen. „Hey. Es war meine Schuld. Ich hätte es besser wissen müssen. Du warst in einer furchtbaren Situation, und ich in einer Autoritätsposition. Wir werden in unserem Training vor solchen Sachen gewarnt, und ich habe Dich ausgenutzt…“

Vivi blinzelte und musste irritiert lachen. „Glaubst Du, ich entschuldige mich dafür, Dich verführt zu haben? Auch wenn mir alles leid tut, was danach passiert ist, *das* tut mir nun gerade nicht leid. Obwohl es schade ist, dass Du es bereust.“ Jed versuchte, dazwischenzukommen, aber sie ließ ihm keine Chance. „Ich entschuldige mich gerade dafür, dass ich Dich geohrfeigt habe.“

„Oh.“

Gott. Wirklich? Oh? Das war alles, was er zu sagen hatte? Das reichte. Ganz offensichtlich war er nicht mehr an ihr interessiert, und sie blamierte sie beide, wenn sie weiter darauf herumritt. Deshalb hatte sie sich all die Jahre von anderen Menschen ferngehalten. Sie begriff nicht, wie man sich der Welt öffnete, ohne sich verletzlich zu machen. Niemand wurde gerne verletzt. Es war besser, dass sie allein war.

Sie war ein größerer Feigling als ihr bewusst gewesen war.

„Habt ihr den Kerl erwischt, der in die Hütte eingebrochen ist?“ Sie musste wissen, wie groß die Gefahr für sie noch war.

„Wir haben ihn noch nicht gefunden, aber ich bin mir sicher, dass Ihr in D.C. in Sicherheit seid.“

„Ha.“ Sie schämte sich, dass sie so verbittert klang. „Wir sind nicht in D.C. Wir wurden eingeladen, den Präsidenten in Minneapolis zu treffen. Wie aufregend.“ Ihre gezwungen gute Laune machte keinem von ihnen beiden etwas vor.

„Was?" Der Empfang war miserabel, er saß offensichtlich in einem fahrenden Wagen. *Oh, verdammt.* Sie wollte wetten, dass er auf Lautsprecher gestellt hatte. Schamesröte stieg ihr in die Wangen als sie daran dachte, dass seine Kollegen alles mitgehört hatten – dass Killion mithörte, der sie wahrscheinlich an ihren Ex-Mann ausgeliefert hatte.

„Der Präsident besucht heute Morgen den Anschlagsort und die Verletzten im Krankenhaus. David ist ganz versessen darauf, seinen Sohn dem Präsidenten der Vereinigten Staaten vorzustellen."

„Was?" Wieder dasselbe Wort, aber lauter. Und härter.

„Wir sind in Minneapolis." Sie ließ die Schultern sacken. Geistesabwesend nahm sie das Tablet in die Hand und ließ den Bildschirm aufleuchten. Ihr Herz machte einen Sprung, als sie sah, dass Michael geschrieben hatte. Die Wörter und Buchstaben waren ziemlich durcheinander – aber allein die Vorstellung, dass er auf diese Weise endlich wieder kommunizieren konnte…

„Jed. Michael hat versucht, etwas auf dem Tablet zu schreiben. Es sieht aus, als ob er etwas sagen will."

„Schick es mir."

„Es ist nur Kauderwelsch. Es macht nicht wirklich Sinn…"

„Vivi…" Seine sanfte Ermahnung erinnerte sie daran, dass sie nicht viele Hinweise hatten, und dass Michael tatsächlich etwas wissen konnte, was ihr immer noch verrückt erschien.

„Wie ist Deine E-Mail-Adresse?" Eine Information, die sie schnell wieder vergessen musste, sonst würde sie ihn am Ende nur online stalken. Das würde nicht passieren. In ein paar Tagen wäre sie über Jed Brennan hinweg. Sie würde ihn wahrscheinlich nie wiedersehen. Dieser Gedanke trieb einen Pfeil durch ihr Herz.

Jed gab ihr die Adresse durch, und sie schickte ihm die Notiz.

„Ist angekommen. Danke. Ich dachte, Ihr wärt bei ihm sicherer. Scheiße, ich kann nicht fassen, dass er Euch wieder dorthin zurückgebracht hat…"

Vivi hörte ein Geräusch im Hintergrund. Der Nachrichtenoffizier saß mit Sicherheit mit im Auto und war plötzlich scheinbar sehr aufgeregt wegen irgendetwas. Sie spürte, dass Jed auflegen wollte. Sie ging ihm dazwischen. „Ich muss Dir noch etwas sagen."

„Ist gerade kein guter Zeitpunkt, Vivi." Offensichtlich erwartete er wohl eine Erklärung ihrer unsterblichen Liebe, aber sie stand nicht auf Masochismus.

„Michael hat im Auto ein Geräusch gemacht."

„Was? Verdammt, wenn ich noch einmal ‚was' sage, erschieß mich bitte. Michael hat gesprochen?"

Jed zu erzählen, dass es ein markerschütternder Schrei der Wut gewesen war, würde nicht gut ankommen. Unabhängig von seinen Gefühlen für sie, oder dem Fehlen seiner Gefühle für sie, er würde ausrasten, wenn er hörte, dass David sie geschlagen hatte. Trotzdem, sie brauchte ihn nicht, um sie zu verteidigen.

„Es war kein richtiges Wort, aber er hat ein Geräusch gemacht. Es… es ist das erste Mal, dass ich etwas von ihm gehört habe, seit… tja. Wie auch immer. Das ist alles, was ich dir erzählen wollte. Danke für alles. Ich lasse Dich jetzt in Ruhe." Tränen liefen ihr über das Gesicht. Das Gewicht von Michaels Schweigen in all den Jahren erdrückte sie. Ihre Gebete waren endlich erhört worden, aber sie wusste nicht, was es bedeuten würde und wohin es führte, und der Mann, mit dem sie all das teilen wollte, hatte ganz offensichtlich kein

Interesse – was in Ordnung war. Er war ein FBI-Agent, und er hatte alles getan, was er konnte, um ihnen zu helfen. Sie wusste es zu schätzen. Das tat sie wirklich. Aber das furchtbare Gefühl beschlich sie, dass diese ganze Sache mit der Liebe schwerer zu verkraften sein würde, als sie ursprünglich geglaubt hatte.

Sie wurde wütend auf sich selbst. Was war der Sinn, eine Stimme zu haben, wenn man die wichtigsten Dinge nicht aussprach? „Ich liebe Dich, Jed."

Vom anderen Ende kam eine lange, bestürzte Stille. Mehr brauchte sie nicht zu hören. Tränen verschleierten ihre Sicht. Sie wollte seine Ausflüchte nicht hören und legte auf. Als er sie Sekunden später zurückrief, ignorierte sie den Anruf und stellte ihr Handy aus.

War das feige?

Nein. Feige wäre es gewesen, ihm nie zu sagen, was sie für ihn empfand. Sie war kein Kind mehr. Sie verstand, wie die Welt funktionierte, und sie war stolz darauf, ihre Gefühle gezeigt zu haben. Für eine Frau, die ein völlig abgeschottetes Leben führte, in dem sich alles um ihr Kind drehte, war das ein großer Schritt. Seine Gründe, warum er sie nicht auch liebte, waren egal. Er hatte klargemacht, dass er kein Teil ihres Lebens sein würde, und das war in Ordnung für sie. Aber ihre Tränen hörten nicht auf, zu fließen, wie sehr sie auch versuchte, sie zurückzuhalten. Ihr Herz zerbrach in ihrer Brust in tausend Teile. Dann hörte sie, wie die Dusche abgedreht wurde, und riss sich zusammen.

Niemand musste wissen, dass ihr das Herz gebrochen worden war.

Vor allem nicht ein kleiner Junge, der schon genug durchgemacht hatte. Sie griff nach einem Taschentuch und schnäuzte sich die Nase.

Sie wusste, wer und was sie war. Zuallererst eine Mutter. Sie hatte ihren Spaß gehabt, und nun war es an der Zeit, mit dem ernsten Teil des Lebens weiterzumachen.

Mit ihrem einsamen, trostlosen Leben.

HEILIGE SCHEIßE. WIE konnte sie ihm aus heiterem Himmel sagen, dass sie ihn liebte, und dann einfach auflegen?

Weil Du es vermasselt hast, Schwachkopf. Du hast sie an Deinem inneren Ausraster lange genug teilhaben lassen, bevor Du Deinen Kopf aus dem Arsch gezogen hast, um ihr zu sagen, dass Du sie wiedersehen willst. Als ob das überhaupt möglich wäre, wohnte er doch in Virginia und sie in Fargo – aber das war nur Geografie. *Mist.*

Er wollte sie wirklich gerne wiedersehen, idealerweise dann, wenn keine Terroristen hinter ihrem Sohn her waren.

Er schlug frustriert auf das Lenkrad ein. „Dieses Arschloch von Ex hat sie zurück nach Minneapolis gebracht, wo sie heute angeblich den Präsidenten treffen sollen." Er schaute auf seine Uhr.

Killion hatte natürlich jedes Wort mitgehört. „Aha."

Sie fuhren zurück nach Minneapolis, was ein paar Stunden dauern würde. Er hoffte nur, dass Liam sie nicht verhaften ließ, weil sie seine Anordnungen nicht befolgt hatten. Sein Bruder würde ihm verzeihen, sobald er den Kerl erwischte, der seinen Kollegen umgebracht hatte, aber vorher nicht. Dass Liam mit Angela im Bett gewesen war, als Jed angerufen hatte, bedeutete, dass ihn dieselben Dämonen quälten wie Jed – nur noch stärkere und hässlichere, mit Klauen, die ihn zerrissen.

War zwischen ihnen schon was gelaufen, als Bobby noch

gelebt hatte?

Nein. Auf keinen Fall. Liam hätte seinen Freund nie derartig hintergangen, und Angela hätte sich nicht an Jed herangemacht, wenn etwas mit Liam gelaufen wäre. Jed wollte sich ohrfeigen. Nur deshalb hatte sie wissen können, dass er in der Hütte war, und wahrscheinlich war sie vorbeigekommen, um ihm von Liam zu erzählen, als er sie mehr oder weniger des Grundstücks verwiesen hatte. *Du Idiot.* Aber im Augenblick war das das geringste seiner Probleme, verglichen mit dem, was ihm mit Vivi und Michael bevorstand.

Killion spielte am Radio herum.

Jed warf ihm einen finsteren Blick zu. „Was machen Sie überhaupt hier?"

Killion zuckte mit den Schultern. „Ich brauchte jemanden, der mich fährt."

Jed schüttelte den Kopf. „Sie sind so ein Arschloch. Ich verstehe nur nicht, warum Sie es auf mich abgesehen haben." Der Spion war ein zu guter Lügner, als dass man irgendetwas aus ihm herausbekäme, es sei denn, er wollte es selbst erzählen. „Was haben Sie auf Michaels Tablet entdeckt?"

Killion hatte Michaels Kritzeleien auf dem Tablet untersucht und vibrierte fast vor Aufregung. „Erstens: Dafür, dass er so ein geniales Zeichentalent hat, weist seine Schreibschrift noch einen ganz schönen Verbesserungsbedarf auf."

„Ich sag's seiner Mutter." Jed atmete genervt aus.

„Ich vermute, er hat die Namen zweier Attentäter phonetisch aufgeschrieben. Ich glaube, es heißt ‚Razor', hier, und ‚Amer'. Wir haben zwei der Typen, von denen wir relativ sicher sind, dass sie zeitgleich mit Michael im Spielzeuggeschäft waren, als Razur und Amir identifiziert."

Jeds Aufregung war nun ebenso groß wie Killions. Michael wusste wirklich etwas, wenn auch vermutlich weniger, als die Attentäter glaubten. Wenn er nur reden könnte, dann hätte es sicher nicht mehr als eine halbe Minute gedauert, diese Informationen zu bekommen. „Was ist mit der Terroristin?"

„Das hier könnte Tira heißen. Oder Tila. Pila?"

„Schicken Sie das nach Langley und an die Bundesbeamten, die die Ermittlungen leiten. Vergleichen Sie den Namen mit allen Angestellten des Einkaufszentrums, den Verletzten, gleichen Sie es mit den Namen aller Ausländer ab. Auch mit unterschiedlichen Schreibweisen"

„Gott sei Dank sind Sie hier. Da wäre ich sonst nie draufgekommen." Killion verdrehte die Augen.

„Tun Sie's einfach."

„Aye Aye, Sir", erwiderte Killion.

„Arschloch."

„Idiot."

Killion schickte die Informationen raus, und Jed wählte die Nummer seines Vorgesetzten, Lincoln Frazer.

„Du hast einen ordentlichen Shitstorm losgetreten, indem Du die Vincents so versteckt hast." Jed wartete ab, damit Frazer ihn in Ruhe zu Ende anfahren konnte. „Aber Du hast uns auch einen hervorragenden Hinweis geliefert, wer womöglich hinter ihnen her war. Parker ist einer elektronischen Spur bis ins lokale Polizeipräsidium gefolgt. Wir beobachten die verdächtige Person, bis wir das nächste Ziel kennen. Ich muss nicht erwähnen, dass die US-Sicherheitsvorkehrungen strikt wie nie sind, bis wir das hier geklärt haben."

Jed nannte ihm die Namen, die sie auf Michaels Tablet gefunden hatten. „Vielleicht hat es auch nichts zu bedeuten."

„Aber vielleicht doch. Gute Arbeit. Sind die Frau und das Kind noch bei dir?", fragte Frazer schnell.

„Negativ. Sie sind mit dem Vater des Jungen fortgefahren. Anscheinend haben sie später noch ein spannendes Treffen mit einem VIP."

„David Pentecost ist ein Arschloch."

„Du kennst ihn?" Jed war nicht überrascht. Frazer war eine Art Berühmtheit in FBI-Kreisen und wurde zu sämtlichen großen diplomatischen Empfängen eingeladen.

„Gut genug, um mich zu fragen, was Veronica Vincent je in ihm gesehen hat. Aber vielleicht hat sie einfach einen lausigen Geschmack, was Männer betrifft." Lincoln Frazer hatte zwischen den Zeilen gelesen und mehr mitbekommen als Jed lieb war. Aber in Anbetracht der Tatsache, dass er Gefahr lief, seinen Job zu verlieren, hielt er lieber den Mund.

„Was wirklich ironisch ist, ist, dass der Präsident gerade eine Nachricht an mein Büro geschickt hat, in der er um Deine Anwesenheit während seines Besuchs bittet. Er will alle ‚Helden' des Anschlags treffen."

Jed war kein Held, und Frazer wusste das. Jed hatte einen bitteren Geschmack auf der Zunge. „Heißt das, ich muss bis nächste Woche warten, bevor ich gefeuert werde?"

„Ich schätze, das hängt davon ab, ob Du einen guten Eindruck machst oder nicht." Frazer lachte, aber es klang angestrengt. Die Fallanalyse-Einheit 4, hatte einen verdammt üblen Monat hinter sich.

„Kann Pentecost für die Sicherheit der beiden sorgen?", fragte Jed.

„Ja. Er hat hervorragende Sicherheitsvorkehrungen getroffen, wenn auch nur um seinetwillen." Frazer machte eine lange Pause, die Jed beinahe wahnsinnig machte. „Parker hat mehrere Anrufe zurückverfolgt, die von diesem Typen – Sargon Al Sahad – in die Staaten gemacht wurden. Alles, was wir bis jetzt haben, ist eine unendliche Anzahl an Prepaidhandys. Allerdings scheinen ein paar von den Dingern noch aktiv zu sein. Parker wird alarmiert, sobald weitere Aktivitäten stattfinden."

Wie sich herausstellte, war Alex Parker genau der richtige Mann für diese Art von Krise.

„Halt mich auf dem Laufenden", sagte Jed.

„Mir gefällt es nicht, dass ein professioneller Auftragskiller in Deine Hütte eingedrungen ist – es war doch ein Mann, oder?"

Jed rieb sich das Kinn. „Es gibt keine Frauen, die so groß sind." Hoffte er jedenfalls. „Hast Du Hinweise auf eine weibliche Attentäterin?"

Keine Antwort.

Interessant. „Es war ein großer, haariger Typ, und wir haben seine DNA. Wenn er im System ist, dann finden wir ihn auch. Nur eine Sache noch." Jed erzählte ihm von der Waffe, die der Kerl dabeigehabt hatte.

Frazer wurde sehr still. „Das scheint ein bisschen zu offensichtlich, sogar für den angesehensten Geheimdienst der Welt, findest Du nicht?"

„Vielleicht ist ihnen ihre Überheblichkeit zum Verhängnis geworden? Sie haben nicht damit gerechnet, dass ich, und vor allem nicht Vivi, zurückschießen. Du solltest vielleicht ein paar Nachforschungen anstellen."

Killion war ebenfalls still geworden. Jed ging davon aus, dass Killions Leute längst ihre Nachforschungen anstellten – über die Aufenthaltsorte jedes einzelnen Mossad- und Aman-Agenten, den Israel aufzuweisen hatte.

Schließlich meldete sich Frazer wieder zu Wort. „Halt die Füße still. Triff den Präsidenten und sag freundlich ‚Hallo', und dann kommst Du umgehend wieder zurück, bevor ich bereue, Dich nicht schon längst gefeuert zu haben."

„Bitten Sie ihn um eine Versetzung nach Fargo", frotzelte Killion.

Jed zeigte ihm den Mittelfinger.

Frazer legte auf.

Killion tätigte einen weiteren seiner Millionen Anrufe, dann legte er die Hand über den Hörer. „Ein Drohnenangriff hat gerade das Haus, in dem Sargon sich aufhielt, dem Erdboden gleich gemacht. Mindestens zwanzig Todesopfer."

„Hat Präsident Hague das angeordnet?" So schnell? Ein militärischer Angriff auf fremdem Boden? Jed war geschockt. Normalerweise vermied der Präsident Gewalt um jeden Preis.

„Das Weiße Haus hat eine Pressekonferenz einberufen und mitgeteilt, dass so etwas mit Terroristen passiert, die Amerikaner angreifen – ganz egal, wo sie stecken. Das kam an. Natürlich muss ich nicht erwähnen, dass die ganze Region jetzt kurz vor einem Krieg steht."

Großartig. Sie waren sich nicht einmal sicher, dass Sargon wirklich hinter den Anschlägen steckte. Und vielleicht hatte gerade jemand dafür gesorgt, dass sie es niemals herausfinden würden. „Es wird immer schlimmer. Nicht besser", bemerkte Jed.

„Wenn das mal nicht die verdammte Wahrheit ist", antwortete Killion. „Was treibt Lincoln Frazer so?"

Jed Alarmglocken läuteten. „Sie kennen meinen Boss?"

Killion zuckte gleichgültig mit den Achseln. „Flüchtig."

„Und Sie waren ihm einen Gefallen schuldig." Wieder klingelte es. Ding, ding, ding, Jackpot.

„Jetzt nicht mehr." Killion verstellte seine Rückenlehne und lehnte sich mit geschlossenen Augen zurück.

Jed wusste nicht, ob er verärgert oder dankbar sein sollte, dass Frazer Unterstützung geschickt hatte. Aber das war jetzt auch egal.

Seine Stimmung wurde schlechter, als er an die Unterhaltung mit Vivi dachte. Sie hatte ihm gestanden, dass sie ihn liebte, aber dem Ton ihrer Stimme nach zu urteilen, schien es keine besonders glückliche oder optimistische Erkenntnis für sie zu sein.

Es gab so viel, was er ihr nicht erzählt hatte – über Mia, über seine Arbeit –, und er fing an zu glauben, das nichts davon wichtig war. Er war kein hormongesteuerter Teenager. Er war ein erwachsener Mann, und er war dabei, sich in eine starke, verletzliche Frau zu verlieben.

Ihr feuerrotes Temperament würde ihm noch Ärger machen. Sie hatten nicht einmal damit begonnen, miteinander auszugehen – auch wenn sie schon zusammen gelebt und Sex gehabt hatten. Er wollte sie zum Abendessen ausführen und ihr das Gefühl geben, etwas Besonderes zu sein. Aber sie war dickköpfig genug, ihn nie wiedersehen zu wollen, vor allem, nachdem er nicht nur sie, sondern auch Michael wieder an seinen Vollidioten-Vater abgeschoben hatte.

Jeds Mund wurde trocken, und sein Griff um das Lenkrad wurde fester. Kümmere Dich zuerst um die Terrorbedrohung. Danach ist die Frau an der Reihe.

NEUNZEHNTES KAPITEL

PILAH HATTE SICH am Morgen mit besonderer Sorgfalt angezogen, sie trug ihre besten schwarzen Stoffhosen und ein hübsches, rosafarbenes Oberteil mit perlenbesticktem Kragen. Sie hatte keine Nachrichten mehr geschaut oder Radio gehört. Sie wollte nicht, dass irgendetwas ihre Ruhe und Entschlossenheit störte.

Ihr Magen war so durcheinander, dass sie nichts essen konnte, aber sie trank eine Tasse ihres liebsten türkischen Kaffees. Dann zog sie ihren Mantel an und stieg in ihr kleines Auto, um zum Krankenhaus zu fahren. Sie parkte ein paar Straßen entfernt, lief durch den grauen Matsch aus geräumtem Schnee und wünschte sich, sie hätte wärmere Stiefel angezogen, denn ihre Zehen waren am Erfrieren. In ihrer Handtasche hatte sie die Pillen, die William Green schlafen ließen, zusammen mit einem Buch, das sie wahrscheinlich nie zu Ende lesen würde. Vorahnung vibrierte durch ihren Körper, als sie am Eingang des Krankenhauses ankam. Die Besucher wurden in zwei Reihen durch Metalldetektoren geschleust. Ihr Herz flatterte in ihrer Brust. Es würde wirklich passieren.

Sie lächelte nervös, als ein Mann ihren Namen mit der Liste von angemeldeten Besuchern abglich und ein anderer Sicherheitsbeamter sie abtastete. Alles war mit solcher

Genauigkeit geplant worden. Wenn man bedenkt, dass sie den Anschlag im Einkaufszentrum eigentlich nicht hatte überleben sollen, hatten sie sich ordentlich ranhalten müssen, um den Plan neu zu organisieren.

Ihr wurde klar, dass Abdullah diesen Teil des Plans hätte ausführen sollen. Der rothaarige Junge hatte alles ins Chaos gestürzt, und sie fragte sich, ob er noch am Leben war. Sie hoffte es, aber es machte keinen Unterschied. Nicht jetzt. Nicht solange der Mann im Schatten sein Versprechen hielt und ihre Kinder rettete.

Nach der Sicherheitskontrolle eilte sie weiter, sie nahm die Treppe, nicht den schwer bewachten Aufzug. Der Präsident war auf dem Weg hierher. Alles Lob gebührt Allah. Ihr Herz schlug schneller, ihr Puls donnerte. Er war der Mann, der die Macht hatte, in ihrem Land einzugreifen, und der den Bürgerkrieg vor Monaten – wenn nicht vor Jahren – hätte beenden können. Er war der Mann, der ihren Kindern die Einreise verwehrt hatte, als sie noch hätten gerettet werden können. Obwohl sie auch US-Bürgerin war, hasste sie ihn, genauso wie sie die syrische Regierung hasste, und all diese Organisationen, die Menschen wie Ware behandelten, die verkauft und geopfert werden konnte.

Ihre Taten würden Krieg und Chaos verursachen, aber sie hatten es nicht anders verdient. Natürlich nicht die Zivilisten. Nicht diese armen, unglücklichen Seelen, die unweigerlich ins Kreuzfeuer geraten würden.

Pilah zitterte.

Viele Menschen würden sterben.

Tränen stiegen ihr in die Augen. Viele Menschen waren schon gestorben. Sie musste jetzt egoistisch sein und nur an Dahlia und Corinne denken.

Sie zwang sich ein Lächeln auf die Lippen und nickte der Schwester zu, dann huschte sie in William Greens Zimmer. Sie wühlte in ihrer Tasche, brach eine der Pillen entzwei, öffnete seinen Mund, legte die halbe Pille auf seine Zunge und sah zu, wie sie sich langsam auflöste. Sein Teil in dieser Sache würde bald vorbei sein, und es tat ihr leid, dass er das durchmachen musste, aber sie konnte auf keinen Fall riskieren, dass er in den nächsten Stunden aufwachte.

Sie warf einen flüchtigen Blick auf den Fernseher in der Ecke des Raumes. Das Bild zeigte einen Drohnenangriff und eine Explosion. Dann las sie das rote Banner am unteren Ende des Bildschirms. „Drahtzieher hinter den Anschlägen auf das Einkaufszentrum getötet."

Sargon Al Sahads Name flackerte über den Bildschirm, und die Verzweiflung traf sie wie ein Schlag. Ihre Knie knickten ein und sie strauchelte zu Boden. Corinne und Dahlia? Tot? Tränen liefen ihr über das Gesicht, während die Bilder des Drohnenangriffs wieder und wieder gezeigt wurden.

Ihr Telefon piepte. Sie ignorierte es, aber dann fiel ihr ein, wer es sein konnte. Pilah stand auf. Sie hatte keinen Grund mehr, den Plan auszuführen. Drohungen würden jetzt keinen Unterschied mehr machen. Sie war zu betäubt, um noch Angst zu haben.

Pilah holte ihr Handy hervor und sah ein Bild, das ihr irgendwer geschickt hatte. Da standen ihre Mädchen und lachten in die Kamera. Pilahs Herz zog sich zusammen. Sie waren an einem Strand, im Hintergrund waren Palmen zu erkennen. Dahlia hatte einen Schneidezahn verloren. Eine Frau, die Pilah nicht kannte, hielt sie an den Händen. Die obere Hälfte ihres Gesichts war nicht auf dem Foto, aber ihre Haare waren lang und blond und nicht bedeckt. Sie trug westliche Kleidung. Hatte sie die Mädchen von Sargon weggeholt?

Sie sah stark und selbstbewusst aus. Eine Soldatin.

Eine weitere Nachricht: „Ich habe mein Versprechen gehalten. Nun bist Du an der Reihe."

Pilah nickte, auch wenn er sie nicht sehen konnte. Sie öffnete den Schrank mit William Greens Habseligkeiten und begann, die Waffe zusammenzubauen.

EIN PIEPEN WECKTE Alex Parker, der auf der Tastatur seines Computers eingeschlafen war.

Er packte den Laptop und ging den Gang hinunter bis zu Frazers kleinem Büro. Er sparte sich das Anklopfen und kam direkt zur Sache. „Eines der Prepaidhandys wurde aktiviert."

Frazer rollte von seiner Couch und rieb sich den Schlaf aus den Augen. „Können Sie es orten?"

„Kein GPS. Ich kann versuchen, über Dreieckspunkte eine ungefähre Position des Signals zu bekommen." Alex wartete ungeduldig darauf, dass das Signal durchkam und ihnen einen Standort lieferte.

Frazer ging aufgekratzt hin und her. „Ich weiß nicht, was ich hoffen soll: dass es Syrien, der Iran oder eine unabhängige Terrorzelle war. Wenn es die Israelis waren..." Er verstummte. „Wie auch immer, die Kacke ist am Dampfen."

Alex kannte den Preis des Krieges und der politischen Hinterhältigkeiten nur zu gut.

Er öffnete eine Karte der Gegend. „Das Handy ist in der Innenstadt von Minneapolis." Er hielt Frazers kalten, blauen Augen stand. „Erklären Sie mir noch einmal, dass diese Leute nicht so dreist und so dumm sind, den Präsidenten selbst zu attackieren?"

Frazer telefonierte, vermutlich mit dem Secret Service.

Alex begann, hastig auf seinen Laptop einzutippen.

Es war erst etwas über eine Woche her, seit Frazer eine geheime Organisation namens *Gateway Project* lahmgelegt hatte, bei der Alex gearbeitet hatte. Er würde also nicht behaupten, dass sie sich gegenseitig vertrauten, aber sie wussten beide, wo die Leichen vergraben lagen. Sie hatten den üblichen Kennenlern-Quatsch übersprungen und waren direkt dazu übergegangen, eine effektive Strategie zu entwerfen.

Frazer legte die Hand über sein Telefon. „Was machen Sie da?"

„Ich suche nach einem Satellitensignal dieser Gegend. Vielleicht können wir so herauskriegen, was zum Teufel dort vor sich geht." Ihm kam eine noch bessere Idee. „Können Sie uns eine Drohne besorgen?"

Frazer wandte sich wieder seinem Gespräch zu, nickte aber.

FBI Special Agent Mallory Rooney klopfe an die Tür und kam ins Zimmer. Sie hatte auf der Couch im Konferenzzimmer geschlafen, nachdem sie darauf bestanden hatte, dabei zu helfen, diese Terrorbedrohung zu neutralisieren. „Was ist los?"

Es war erst wenige Tage her, seit sich Alex Parkers Welt um die eigene Achse gedreht und unwiderruflich verändert hatte. Mallory war noch ein wenig blass von der Nahtoderfahrung und dem Schock, dem Mörder ihrer Schwester gegenüberzustehen, aber der Schrecken begann, nachzulassen. Das Wissen darüber, dass sie dieses bösartige Arschloch besiegt hatte, half ihr über die Nachwirkungen, die Überreste ihrer Zwillingsschwester nach achtzehn langen

Jahren endlich gefunden zu haben, hinweg.

Sie war die wichtigste Person in seinem Leben – sie und das Baby, dass sie in ihrem Bauch trug. Die Vorstellung, Vater zu werden, brachte ihn immer noch ein bisschen aus der Fassung. Nicht, dass er kein Baby wollte, oder die Chance auf ein normales Leben – er war sich nur nicht sicher, ob er das alles auch verdient hatte.

Er war ihr immer noch ein erstes Date schuldig, aber so lange Mallory glücklich war, war auch Alex glücklich. Er holte ihr einen Stuhl und erklärte, was los war.

Frazer legte das Handy zur Seite. „Der Secret Service lässt ausrichten, der Präsident weigert sich, die Reise abzusagen. Er lässt sich von Terroristen nichts vorschreiben."

„Großartig." Mallory verdrehte die Augen.

Alex starrte den Bildschirm an. Er hatte ein Satellitensignal, aber es war schwer, ein scharfes Bild zu bekommen, und der Satellit war nicht lange auf der richtigen Position. „Besorgen Sie mir die Drohne, Frazer. Und schicken Sie jeden Polizisten in Minneapolis auf die Straße, für den Fall, dass diese Leute einen weiteren Amoklauf während der Gedenkfeier geplant haben." Trotz seiner dunklen Vergangenheit war Alex immer ein Patriot gewesen. Der Gedanke, dass der Präsident in Lebensgefahr war, dass unschuldige Zivilisten sterben mussten. Wenn sie es verhindern konnten...

Ein weiterer Anschlag würde das Vertrauen der Menschen in die Regierung völlig erschüttern. Ein Angriff auf den Präsidenten war eine Kriegserklärung. Er blickte noch einmal auf die Daten des Prepaidhandys und hackte sich in die zugestellten Nachrichten. Er öffnete das Foto, dann las er die Nachricht. Eine Frau, die die Hände von zwei kleinen Mädchen hielt, die in die Kamera lächelten. Er drehte den

Bildschirm zu Frazer. „Das müssen Sie sehen."

Frazer fluchte. „Finden Sie heraus, wo diese Nachricht herkam. Und so viel wie möglich darüber, wer da mit wem in Kontakt ist. Rooney, sehen Sie zu, ob Sie diese beiden Kinder mit irgendeinem der Attentäter aus dem Einkaufszentrum in Verbindung bringen können."

Sie nickte.

Frazer griff wieder nach seinem Telefon. „Ich will in dreißig Minuten im Flieger sitzen."

Alex tippte weiter. „Das Handy ist verschlüsselt. Zur Hölle, das ist erstklassiges Zeug, Militärqualität. Ich werde etwas Zeit brauchen. Es könnte schneller gehen, wenn ich Leute aus meiner Firma dazu hole." Alex war Mitinhaber einer Firma, die mit der aktuellsten Cyber-Sicherheit arbeitete.

Frazer starrte Alex an, dann schüttelte er den Kopf. „Können wir nicht riskieren. Wenn unser Verdacht nach draußen sickert…"

Alex atmete kräftig aus. „Gut. Ich gebe mein Bestes. Aber ich kann nichts versprechen."

Frazer stand auf und nahm seinen Mantel. „Es geht hier nur um das Leben des amerikanischen Präsidenten"

Alex fluchte und tippte noch schneller.

„Und um den dritten Weltkrieg."

Alex verzog den Mund. „Also kein Druck."

———

VIVI STRICH MIT einer Hand über das scharlachrote Kostüm, das David ihr mitgebracht hatte. Scharlachrot für eine Gedenkfeier? Was hatte er sich dabei gedacht? Vielleicht hoffte er, dass sie so ein einfacheres Ziel für die Terroristen war, als wenn sie schwarz trug.

Michael zupfte an seiner Krawatte herum, als würde sie ihn erwürgen. Sie hielt seine Hände fest und strich ihm das Haar aus der Stirn.

„Es ist in Ordnung, Michael. Wir treffen den Präsidenten der Vereinigten Staaten, und Dein Vater möchte, dass Du schick aussiehst. "

Er schaute angriffslustig drein und fingerte weiter an der Krawatte herum.

Sie griff seine Hand und drückte sie. „Du hast alles großartig gemacht, Liebling. Ich würde Dich nicht bitten, das zu tun, wenn ich nicht sicher wäre, dass dies die einfachste Art ist, das alles hinter uns zu lassen, okay?"

Michaels Augen wurden groß und traurig. Er öffnete seinen Mund, er wollte etwas sagen. Vivi hielt die Luft an. Er brachte einen kleinen Ton heraus. Es war kein Wort, aber es war ein Geräusch.

Tränen wollten ihr in die Augen steigen, aber sie zwang sie zurück. Vivi umarmte Michael fest, obwohl er so enttäuscht von sich selber aussah.

„Du wirst Deine Stimme wiederfinden, Michael. Das wirst Du. Aber es wird nicht an einem Tag passieren." Sie entdeckte das Tablet, das Jed ihm geschenkt hatte. „Hier. Kannst Du aufschreiben, was Du sagen willst?"

Michael beäugte das Tablet skeptisch, nahm es aber in die Hand. Sie hatten nur wenige Augenblicke, bevor David zurückkommen würde.

Sie wollte ihn nicht drängen. Vivi wünschte, sie hätte Jeds spielerische Art und könnte ihn langsam an die Sache heranführen.

Nicht an Jed denken.

Aber als Michael schrieb: „Wo ist Jed?", wurde ihr klar, dass sie beide an ihn dachten.

Vivi räusperte sich. Ihr Sohn hatte gerade einen riesigen Schritt in seiner Kommunikation gemacht, aber sie schätze, es war besser, kein zu großes Aufheben darum zu machen. *Mach ihn nicht verrückt.* „Er muss arbeiten. Er muss die bösen Männer fangen."

Michael blickte sie eindringlich mit seinen blauen Augen an, die den ihren so ähnlich waren. Dann tippte er: „Ich vermisse ihn."

Die Türklinke wurde heruntergedrückt, David betrat das Zimmer und musterte sie beide abschätzig. Vivi strich Michaels Haar noch einmal glatt und richtete seine Krawatte. Dann beugte sie sich zu ihm und flüsterte ihm ins Ohr: „Ich auch, Baby. Ich auch."

JED STAND IN einer Reihe von anderen Anzugträgern und wartete darauf, im Atrium des Kreiskrankenhauses dem Präsidenten vorgestellt zu werden.

Supervisor Special Agent McKenzie stand rechts von ihm. „Ich werde Ihnen für das Kunststück, das Sie hier abgezogen haben, ordentlich den Hintern versohlen, wenn wir zurück in Quantico sind."

„Ich habe ihnen das Leben gerettet", gab Jed zurück, auch wenn es vielleicht ein Fehler gewesen war. Frazer hatte recht. Wenn er zu sehr involviert war, beeinträchtigte das sein Urteilsvermögen, aber es war zu spät, um die Dinge ungeschehen zu machen. Und er war sich nicht sicher, ob er das überhaupt wollte. Vivi und Michael lebten, und ihre gemeinsame Zeit am See würde er immer in Erinnerung behalten.

McKenzie grunzte. „Ich werde Ihnen dennoch in den Hintern treten."

„Besser als der ganze Papierkram."

„Oh, Sie kriegen auch den Papierkram. Können Sie drauf wetten. Berge von Papierkram." Er hörte auf zu sprechen, als der Präsident näherkam.

Jed schüttelte Präsident Hague die Hand

„Ich habe gehört, Sie waren der Agent vor Ort, als der Anschlag stattfand?"

„Ja, Sir, Mr. Präsident." Jed würde das zu seiner Liste von Gründen, zukünftig nicht mehr Shoppen zu gehen, hinzufügen.

„Sie haben an diesem Tag viele Leben gerettet, mein Sohn." Der Präsident war groß und ein wenig gebeugt. Ein respektierter Ökonom, aber kein besonders respektierter Militärkommandant. Er hatte gerade seine Jungfräulichkeit verloren, wenn es darum ging, Luftangriffe auf fremdem Boden anzuordnen. „Ich weiß, dass Miss Vincent und ihr Sohn besonders dankbar für Ihre Anwesenheit an diesem Tag sind."

Jeds Augen wurden größer. Er entdeckte Vivi in der Menschenmenge, ihre Haut wirkte blass gegen ihr rotes Kostüm. Trotz der dunklen Haare war sie immer noch die elegante, selbstbewusste Frau, die er erst vor wenigen Tagen kennengelernt hatte. Ihre Blicke trafen sich, dann schaute sie weg. David Pentecost schien verärgert, weil Jed mit dem Präsidenten sprach. Jed hielt nach Michael Ausschau, aber eine Masse an Secret Service-Agenten versperrte ihm die Sicht.

„Ich würde die beiden mit meinem Leben beschützen,

Sir", sagte er so laut, dass Vivi es hören konnte.

Der Anführer seines Landes lächelte. „Willkommen im Club." Dann ging er weiter zu McKenzie. Jed wühlte sich durch die Menge zu Vivi. Sie versuchte, sich von ihm wegzudrehen, aber es war kein Platz.

Jed ignorierte Pentecost, nahm Vivis Hand und drückte sie fest. Sie schaute ihn an. Skepsis überwog ihre Erwartungen.

Er beugte sich zu ihr und flüsterte in ihr Ohr. „Ich war ein Arschloch. Es tut mir leid."

Ihre Lippen zitterten, aber jemand drängte sich zwischen sie, bevor er sie küssen konnte.

Michael.

Jed hob den Jungen in seine Arme und drückte ihn. Michael erwiderte die Umarmung so stürmisch, dass Jed einen Kloß im Hals spürte. Er setzte den Jungen ab. „Bleib einen Augenblick bei Deiner Mom, ich muss mit Deinem Vater sprechen."

Jed bedeutete Pentecost, ihm zu folgen, und schob sich an den Rand der Menschenmenge. Er beugte sich nah zu dem Kerl hin und flüsterte leise: „Wenn Sie je wieder Hand an Vivi oder Michael legen, werde ich Sie dazu bringen, wie ein kleines Mädchen zu Heulen. Haben wir uns verstanden?"

David blickte schuldbewusst zu Vivi.

Jed wollte dem Kerl am liebsten eine verpassen, aber er bezweifelte, dass Vivi eine Keilerei zwischen ihm und ihrem Ex während des Besuchs des Präsidenten besonders gut heißen würde. Sie mochte keine großen Szenen.

Später.

Sein Handy vibrierte in seiner Tasche, und er nutzte die Chance, um sich zu entfernen. Der Präsident und sein Gefolge gingen weiter. David Pentecost lief direkt neben dem

Präsidenten und zerrte Michael an einer Hand mit sich, fest entschlossen, Eindruck zu schinden, solange er noch die Gelegenheit dazu hatte. Jed ging langsam hinterher.

Er schaute auf das Display seines Handys. Frazer. „Was weißt du?"

Der Präsident und sein Gefolge, das nun auch Vivi, Michael, und Pentecost umfasste, fuhren mit den Aufzügen in die dritte Etage. Jed und einige Secret Service-Agenten nahmen die Treppe.

„Wir haben die Terroristin identifizieren können. Pilah Rasheed. Ich schicke dir ein Foto."

„Bestens. Wissen wir, wo sie sich aufhält?"

„Nein. Aber wir konnten das Signal ihres Handys orten. Wir gehen davon aus, dass sie sich in einem Radius von vierhundert Metern um das Krankenhaus herum befindet."

Mist. Das war nicht gut. Auch wenn man vermutlich gerade überall sonst in allen fünfzig Staaten ungehindert eine Bank ausrauben konnte, so viel Sicherheitspersonal und Polizei wie hier anwesend war.

Jed und die Secret Service-Agenten kamen im Korridor der dritten Etage an und sahen, wie die Präsidenten-Entourage in eine Station einbog. Der Präsident begann, mit den Verletzten zu sprechen, und sich langsam von Zimmer zu Zimmer zu bewegen. Dem Secret Service war klar, dass es Probleme geben konnte. Sie waren angespannt und nervös. Verdammt, das war er auch.

Ein Arzt wurde Präsident Hague vorgestellt. Vivi warf Jed einen Blick zu, und er zwinkerte ihr zu, versuchte sie zu beruhigen. Eine leichte Röte stieg ihr ins Gesicht. Jed musste daran denken, was er ihr sagen wollte, wenn sie endlich allein waren. Sie sollten die Dinge langsam angehen. Er wollte ihr keine Angst machen, aber ehrlich gesagt, sobald Michael schlief, würde er ihr ganz genau zeigen, was sie ihm bedeutete. Er wollte…

Wieder vibrierte Jeds Handy und riss ihn zurück ins Hier und Jetzt. Er fuhr sich durch die Haare. Genau das war es, was sie mit ihm anstellte.

Frazer sagte: „Ich will, dass Du hoch aufs Dach gehst und nach Heckenschützen Ausschau hältst."

Eine unheilvolle Kälte breitete sich in Jeds ganzem Körper aus. Scharfschützen waren nicht die bevorzugte Methode der meisten Terrororganisationen, aber wenn es um die Hinrichtung des Präsidenten ging… „Okay."

Aber er wollte nicht einfach abhauen, ohne Vivi Bescheid zu geben. Er ging zu ihr, um ihr zu sagen, dass sie auf ihn warten sollte, wenn die ganzen hohen Tiere abgezogen waren.

Der Präsident und der Arzt hielten vor einem Einzelzimmer. Der Secret Service ging hinein, kontrollierte das Zimmer, und winkte den Präsidenten hinein. Jed hörte wie der Arzt erklärte, dass der Mann in dem Zimmer seit dem Anschlag im Koma lag, und dass seine Nichte seitdem jeden Tag bei ihm gewesen war.

Jed kam nicht an den Secret Service-Agenten vorbei, aber er schob sich an der Wand entlang und erreichte die Tür des Zimmers. Der Raum war klein. Die Leute stauten sich am Türrahmen, während der Präsident das Zimmer betrat. Michael ließ die Hand seines Vaters los und rannte dem Präsidenten in das Zimmer nach, dann zog er ihn heftig an seinem Jackett. Jed verkniff sich ein Grinsen, weil David aussah, als würde er gleich explodieren, sich aber zurückhalten musste, wenn er nicht wie ein komplettes Arschloch wirken wollte.

Und dann blieb ihm das Herz stehen, als alles auf einmal passierte. Vivi kam ins Zimmer, um Michael zu holen. Die Nichte, eine müde aussehende blonde Frau mit traurigem Gesicht, beugte sich zu Boden. Und Michael begann, hohe, durchdringende Töne von sich zu geben, die Jed wie Nadelstiche in den Ohren schmerzten.

Jed drängte sich in das Zimmer, um Michael zu Hilfe zu eilen, gerade in dem Moment, als die Nichte wieder auftauchte und etwas in der Hand hielt, das verdächtig nach einer Waffe aussah. *Oh, Scheiße.* Jed schob sich vor Vivi und Michael, als die Frau zu schießen begann. Ein scharfer Schmerz raubte ihm den Atem, dann ein zweiter. Er umgriff die drei Menschen vor sich mit seinen Armen und warf sie zu Boden, ein chaotischer Haufen in der Ecke des Zimmers. Laute Schüsse knallten durch den Raum und Glas zerbarst.

Gottverdammt. Wie hatte sie die Sicherheitsbeamten getäuscht?

Die Schüsse verstummten. „Alles in Ordnung?" Seine Stimme klang jämmerlich, aber musste erst zu Atem kommen.

„Alles in Ordnung, mein Sohn", erwiderte der Präsident.

„Vivi? Michael?", fragte Jed. Es war nicht der Präsident, um den er sich Sorgen machte.

Michael kam aus dem Knoten von Armen und Beinen gekrochen und stand zitternd da. Sein Vater kam ins Zimmer und legte ihm eine Hand auf die Schulter. Jed schluckte als er sah, wie der Mann seinen Sohn zaghaft umarmte.

Vivi lag benommen und gekrümmt auf dem Boden. Jed lag auf ihr und dem Präsidenten.

Weitere Secret Service-Agenten drängten ins Zimmer. Einer von ihnen trat auf Vivis Hand und Jed schob ihn grob zur Seite. „Passen Sie auf die Dame auf, Arschloch."

Präsident Hague winkte die Agenten fort. „Mir geht es gut. Miss Vincent? Ist mit Ihnen alles in Ordnung?"

Eine Wand aus Agenten stand hinter ihnen.

Vivi blinzelte, dann verdrehte sie die Augen und wurde ohnmächtig. *Was zum Teufel?* Jed strich ihr die Haare aus dem Gesicht „Ich liebe Dich, Vivi. Wag es nicht, mir jetzt weg zu sterben."

Was für ein verdammter Augenblick für diese Erkenntnis.

Dann sah Jed einen dunkelroten Blutfleck auf ihrem hellroten Kostüm. *Oh, Fuck. Verdammt nochmal.* Er hatte versagt. Er riss ihre Bluse hoch, ungeachtet der Blicke der Agenten, aber er konnte keine Schusswunde entdecken. Jed blinzelte verwirrt, dann spürte er, wie ihn jemand zurückzog.

„Lassen Sie mich los." Er versuchte, zu rufen, sich loszumachen, aber seine Stimme war schwach. *Was ist nur los?* Dann schaute er an sich hinunter und sah einen riesigen Blutfleck auf seinem eigenen Hemd. *Er* war derjenige, der angeschossen worden war. Es war sein Blut auf ihrer Bluse. Nicht ihres. Gut.

Dann begann sich der Schmerz in seinen Rücken zu bohren. *Heilige Scheiße.*

Ein Arzt kniete über ihm, dann lag er auf einer Bahre, raste durch die Flure des Krankenhauses, blendende Lichter, Menschen, die durcheinanderriefen. Chaos.

Er sollte Frazer anrufen. Er versuchte, sein Handy aus der Hosentasche zu holen, aber seine Hände gehorchten ihm nicht mehr. Sein Blick verschwamm. *Scheiße.* Er würde doch nicht sterben? Er hatte gerade die Frau getroffen, die er lieben wollte, und er würde einen Teufel tun, sie durch dieselbe Hölle zu schicken, die er durchlebt hatte, nachdem Mia gestorben war.

„Sagen Sie ihr, dass ich sie liebe", sagte er zu dem Mann, der über ihn gebeugt war. Er sammelte seine letzten Kräfte zusammen und krallte sich in den Ärmel des Mannes. „Sagen Sie es ihr."

Der Fremde nickte, dann verschwamm Jeds Sicht immer mehr, ihm wurde schwarz vor Augen.

VIVI ERWACHTE MIT pochenden Kopfschmerzen und dem untrüglichen Gefühl, dass etwas sehr, sehr falsch gelaufen war.

„Michael? Jed?" Wo waren sie?

Alles drehte sich, als sie sich aufsetzte. Sie hatte diese albernen Absatzschuhe verloren, die David ihr mitgebracht hatte. Ab jetzt würde sie überall nur noch Turnschuhe tragen, egal zu welchem Anlass.

„Miss Vincent?" Präsident Hague kniete neben ihr. „Ruhig. Sie haben sich den Kopf angestoßen." Er lachte glucksend, schien aber ernsthaft besorgt. „Sie warten besser auf eine Liege, bevor Sie versuchen, aufzustehen…" Aber Vivi war schon auf den Beinen, wenn auch etwas wackelig, und lehnte sich an die Wand, um nicht wieder umzufallen.

Der Präsident lachte irritiert. „Noch eine Frau, die nicht auf mich hört. Ich kann es kaum erwarten, Sie meiner Frau vorzustellen."

Zwei große, bullige Agenten kamen dazu und hievten Präsident Hague auf die Füße. Ein anderer beobachtete sie mit Adleraugen von der Ecke des Zimmers aus. „Ich will wissen, wie es dem jungen Mann geht…" Der Präsident sprach noch, als er aus dem Zimmer geschleift wurde.

Vivis Kopf fühlte sich an wie in einem dichten Nebel. Wo

war Jed? Wo war Michael? Sie trat einen Schritt auf die Frau zu, die auf sie geschossen hatte. Ihr hübsches rosa Oberteil war von Kugeln durchlöchert. Es sah grauenhaft aus. Eine ganz normal aussehende Frau, und nun war sie tot. Vivis Magen drehte sich um. Sie schaute auf das Bett. Der arme Mann im Koma war während der ganzen Sache nicht aufgewacht. Was würde er denken, wenn er zu sich kam?

„Jed. Michael." Sie musste sie finden. Wo waren sie? Sie schwankte, und jemand hielt sie am Ellenbogen fest.

„Ich habe Sie."

Es war der CIA-Agent, den sie nicht ausstehen konnte. Sie versuchte, sich loszureißen.

„Kommen Sie schon, Vivi. Wir sind im selben Team, versprochen. Michael ist draußen im Flur. Ich bringe Sie zu ihm, und dann lassen wir Sie untersuchen."

Sie schaute an ihrem roten Kostüm hinunter und sah das verschmierte Blut. Aber abgesehen von ihren pochenden Kopfschmerzen war sie nicht verletzt. Panik überkam sie. „Wo ist Jed?"

Killion sah blass und mitgenommen aus. „Er ist auf dem Weg in den OP." Er klang angespannt.

„Bringen Sie mich zu ihm."

„Sobald Ihnen der Arzt grünes Licht gibt."

Sie versuchte wieder, sich loszumachen, aber er hielt sie fest und zwang sie, ihn anzuschauen.

„Er liebt Sie, und wenn ich nicht zusehe, dass ein Arzt Sie untersucht, bevor er aus dem OP zurück ist, wird er mich fertig machen."

Vivi zog eine Grimasse. „Er liebt mich nicht."

Killion schaute sie ungläubig an. „Haben Sie nicht gehört, wie er ihnen seine unsterbliche Liebe gestanden hat, Sekunden nachdem er eine Kugel für Sie abgefangen hat?"

Vivi schaute sich irritiert um. Eine vage Erinnerung an seine Stimme stieg in ihr auf, wie er ‚Ich liebe Dich' sagte. „Ich… ich habe nicht… vielleicht. Ich wollte nicht, dass er für mich stirbt." Ihr Magen krampfte sich zusammen und sie hielt sich eine Hand über den Mund. Killion beförderte sie in Rekordgeschwindigkeit ins Badezimmer. Als er ihre Haare zurückhielt, dachte sie, dass er vielleicht doch gar nicht so übel war. Und plötzlich stand ihr Sohn neben ihr, und sie drückte ihn fest an sich, sobald sie sich aufrichten konnte. „Ich bin okay, Mikey. Mach dir keine Gedanken, Baby. Aber wie es aussieht, bin ich heute an der Reihe, durchgecheckt und getriezt zu werden. Du musst tapfer für mich sein."

David stand in der Tür und meldete sich ungelenk zu Wort. „Ich bleibe bei ihm."

Sie sah ihn ungläubig an.

Einer der Secret Service-Agenten tippte ihm auf die Schulter und flüsterte ihm etwas zu. „Das geht nicht. Ich muss bei meinem Sohn bleiben." Er blickte Vivi entschlossen an. „Das bin ich ihm schuldig."

Vivi betrachtete ihn zweifelnd, aber sie war nicht in der Lage, zu diskutieren. „Bleibt hier im Krankenhaus", warnte sie ihn.

David nickte.

Sie versuchte, nicht an Jed zu denken, als die Ärzte sie zum CT schoben – aber er war alles, worum ihre Gedanken kreisten.

ZWANZIGSTES KAPITEL

DER ISRAELISCHE OBERST Elan Gourda lief die Gangway hinunter zu seinem Flugzeug und zeigte der Stewardess seine Bordkarte.

Seine Wunden begannen zu heilen. Die Platzwunde an seinem Kopf war unter seinem dichten, schwarzen Haar und der Wollmütze versteckt. Seine Schulter war bandagiert, aber nicht geschwollen. Sie tat kaum weh. Er glaubte nicht, dass sie entzündet war.

Er reiste für die Feiertage nach Hause und hatte nie mehr Erleichterung empfunden. Aber der Tod der Frau lastete schwer auf ihm, auch wenn er nur vom Dach eines angrenzenden Gebäudes aus zugesehen hatte, bereit, sie zu erschießen, wenn die Bodyguards des Präsidenten es nicht für ihn erledigen würden. Das hatten sie getan, wofür er sehr dankbar war.

Es war ihr Plan gewesen, den Präsidenten in echte Gefahr zu bringen, aber der Attentatsversuch sollte niemals wirklich erfolgreich sein. Als Mitglied des Kidon, der hochgeheimen Anti-Terroreinheit des Mossads, war es Elans Aufgabe gewesen, dafür zu sorgen, den Plan zwischen dem Mossad und einem der ranghöchsten Politiker der Vereinigten Staaten zu koordinieren. Sie hatten eine Gruppe von Möchtegern-Terroristen aufgestellt, die vom Söldner Sargon Al Sahad angeführt wurden, und hatten ihnen einen Auftrag erteilt. Sie hatten Opfer bringen müssen, natürlich. Mehr Menschen waren gestorben als Elan je für möglich gehalten hatte, aber die Terroristen hätten so oder so irgendwen, irgendwo umgebracht. Zumindest waren sie jetzt tot.

Seine Priorität war es gewesen, eine Kriegshandlung zu erzeugen, ohne den US-Präsidenten umzubringen.

Ironischerweise hätte er dabei beinahe versagt.

Pilah Rasheed hätte den Kerl fast erwischt, hätte ihn vermutlich zumindest angeschossen, wenn nicht dieser FBI-Agent gewesen wäre, der von Anfang an ein unfassbares Talent dafür gezeigt hatte, ihnen in die Quere zu kommen. Die Kugeln würden ihn vermutlich nicht umbringen, aber viel hätte nicht gefehlt.

Pilahs Tod machte ihm zu schaffen. Warum, wo sie doch so viele unschuldige Menschen umgebracht hatte? Das konnte er nicht sagen. Er schaute auf das Foto, das er noch auf seinem Handy hatte. Zwei kleine Mädchen und eine Söldnerin, die er damit beauftragt hatte, die Kinder aus Sargons Fängen zu befreien. Die beiden wussten nicht, dass sie eine ausgebildete Soldatin war. Daran, wie sie ihre Hände hielten, konnte er sehen, dass die Mädchen sie mochten.

Er hatte noch nicht entschieden, was mit ihnen passieren würde. Zuerst hatte er sie in ein Flüchtlingslager schicken wollen, aber das Leben in diesen Camps war grausam und hart. Er starrte auf den Bildschirm und war sich mit einem Mal seltsam sicher, dass er sich zur Ruhe setzen würde. Er war müde – nicht länger die ‚Speerspitze‘. Es war vorbei. Er hatte genug von Tod und Pflicht. Ganz egal, wie sehr sein Land nötig haben mochte, er würde keinen weiteren Menschen mehr aus politischer Notwendigkeit umbringen. Mit der

Fingerspitze berührte er das kleine Zahnlückenlächeln, dann löschte er das Bild. Er wusste, was er tun würde, sobald er zu Hause war. Er wusste, was seine nächste Mission sein würde.

Diese Mädchen würden ein Zuhause haben. Sie würden in Sicherheit aufwachsen. Er würde sein Versprechen an ihre tote Mutter halten und ein neues Leben beginnen. Das Flugzeug rollte über die Startbahn, wurde schneller. Innerhalb weniger Sekunden waren sie in der Luft, seinen Kopf hatte er auf den ledernen Sitz zurückgelehnt.

Er schloss seine Augen und betete um Vergebung. Das Bild des kleinen, rothaarigen Jungen blitze in seiner Erinnerung auf, und er seufzte. Vielleicht hatte Gott ihm schon vergeben. Dass der Junge überlebt hatte bedeutete, dass Elan mit dem, was er getan hatte, vielleicht leben könnte. Er war sich sicher, dass das nicht der Fall gewesen wäre, wenn er wie geplant eine Kugel in Michael Vincents Kopf gejagt hätte.

TED BURGER, DER Vizepräsident der Vereinigten Staaten von Amerika, sah aus den Fenstern seines Hauses in Kentucky und lächelte. Alles hatte perfekt funktioniert. Sein Telefon klingelte, aber er wollte noch mit niemandem sprechen. Er stand auf und durchwühlte seine Tasche nach dem Prepaidhandy. Er holte die SIM-Karte heraus und warf sie ins Feuer, den Akku in den Abfalleimer, und das Gehäuse hinter der Karte her ebenfalls in die Flammen.

Es gab nichts mehr, was ihn mit dem Terroranschlag oder dem versuchten Attentat auf das Leben des Präsidenten in Verbindung brachte. Er gestattete sich ein leises Glucksen. Hague war ein vertrauensseliger Narr. Wenn die Sache schiefgegangen wäre, und der Präsident tatsächlich gestorben wäre, hätte Ted nicht viele Tränen vergossen. Er war nicht in die Politik gegangen, um Zweitbester zu sein. Und ohne seine wohlhabenden Geldgeber hätte Hague die Wahl ohnehin nie gewonnen. Aber sein Plan hatte funktioniert – Teds Machtposition war gestärkt, seine starke Unterstützung von dem und für den Staat Israel war gefestigt.

Hagues pazifistische Methoden machten ihn zum Narren. Aber die meisten Narren konnten manipuliert werden, solange man nur die Nerven behielt.

Es klopfte an der Tür.

„Herein."

Ein Dienstmädchen, das er nicht kannte, schob einen Servierwagen mit Kaffee und Kuchen ins Zimmer. War es schon so spät? Sie war ein hübsches Ding. Sie lächelte ihn an, und er fragte sich, warum er sie vorher noch nie gesehen hatte. Sie wäre ihm mit Sicherheit aufgefallen.

„Soll ich Ihnen eine Tasse Kaffee eingießen, Mr. Vizepräsident?"

„Sicher." Er setzte sich in einen Ohrensessel neben dem Kamin. Der Geruch von geschmolzenem Plastik waberte durch das Zimmer, aber die Frau ließ sich nichts anmerken. „Wo ist Nancy?"

Nancy arbeitete seit Jahren für ihn und war nicht ganz so hübsch anzuschauen.

„Sie hat sich eine Magen-Darm-Grippe eingefangen."

Ted schnaubte. Das Letzte, was er jetzt gebrauchen konnte, war eine Magen-Darm-Grippe.

„Sorgen Sie dafür, dass die Angestellten das ganze Haus desinfizieren, bevor wir uns alle sowas einfangen."

„Ja, Sir."

Sie kam mit einer Tasse Kaffee herüber und sah ihn unverwandt an. „Milch, kein Zucker." Sie stellte die Tasse auf das Tischchen neben ihn. Verdammt, sie war hübsch. Graue Augen und blonde Haare. Schmale Figur und lange, elegante Finger.

„Vielen Dank. Ich habe Ihren Namen nicht mitbekommen?" Er starrte auf ihren Hintern, der sich unter ihrem Rock wölbte, als sie zurück zum Servierwagen ging.

„Rachel, Sir. Möchten Sie etwas Kuchen? Karotte oder Schokolade?"

„Karottenkuchen. Bitte." Er hob seine Kaffeetasse zum Mund und nahm einen Schluck, während er sich fragte, ob er es wagen würde, sie anzugraben. Seine Frau war gerade auf Besuch bei ihrer Mutter, und der Rest der Familie würde erst für die Feiertage wiederkommen. Er nahm einen weiteren Schluck Kaffee und schaute zu, wie sie sich bewegte. Sie schnitt ihm ein großes Stück Kuchen ab und legte es auf einen zierlichen Porzellanteller. Wahrscheinlich war es im Augenblick besser, abzuwarten. Möglicherweise war sie eine Goldgräberin oder auf Ärger aus. Er würde erst mehr über sie erfahren wollen, bevor er bei ihr einlochen würde. „Seit wann arbeiten Sie hier, Rachel?"

„Oh, noch nicht lange, Sir."

„Nennen Sie mich Ted."

Ein breites Lächeln trat auf ihr Gesicht, und sie kam herüber, um ihm den Kuchen zu servieren.

Er trank seinen Kaffee und bemerkte, wie müde er war. Es war ein anstrengender Tag gewesen. In der letzten Woche hatte er auch nicht viel geschlafen.

„Alles in Ordnung, Ted?" Das Dienstmädchen hockte zu seinen Füßen.

Er begann zu schwitzen. Seine Hände zitterten, und sie nahm die Tasse aus seiner Hand und stellte sie auf den Beistelltisch.

„Vielleicht ist das schon die verdammte Grippe." Er lallte. Seine Lider wurden schwer. „Rufen Sie besser einen Arzt."

Sie legte eine Hand auf seine Stirn. „Oh, ich glaube, Sie müssen sich nur ein wenig ausruhen, Ted."

Unverfrorenes Luder. Aber so sehr er sich auch dagegen wehrte, seine Augen fielen ihm zu.

„Das passiert, wenn Sie sich in Dinge einmischen, die Sie nichts angehen, Ted. Mit besten Grüßen des Gateway Projects."

Das Gateway Project? Das gab es nicht mehr, es war beendet! Die Typen hatten sich wie die Kakerlaken in alle Richtungen zerstreut. Er hatte das Programm selbst beendet. Es sei denn… Sein Herz raste. Es schlug so schnell und so fest, dass man glauben könnte, er würde rennen. Irgendjemand war noch nicht fertig. Irgendjemand übte immer noch Selbstjustiz. Gegen ihn… Ein schneidender Schmerz durchfuhr seine Brust, er riss die Augen auf und griff sich an den Hemdkragen. „Arzt. Holen Sie einen Arzt…" Er fiel aus dem Sessel. Das Dienstmädchen trat zur Seite, und er fiel auf den Perserteppich auf dem Boden. Ted rollte auf den Rücken, während sein Atem immer rauer und flacher wurde. Seine Hände krallten sich in den Teppich. Seine Adern schienen sich schmerzlich zu weiten, sein Blut kochte. „Hilfe. Bitte helfen Sie mir."

Kühle, graue Augen sahen ihn abschätzig an. „Seien Sie froh, dass es Gift war und keine Kugel, Mr. Vizepräsident. All diese toten Menschen, nur damit Sie wieder einen Krieg anzetteln können."

Nein, nicht um Krieg anzuzetteln – um sein Volk zu beschützen, wollte er erklären. Aber seine Zunge gehorchte ihm nicht mehr. Der Schmerz in seiner Brust war so stark, so als würde man ihm das Herz aus dem Brustkorb reißen.

„Schlafen Sie jetzt", sagte die Frau ruhig. Sie drückte tröstend seine Hand. Diese wunderschöne Attentäterin mit Karottenkuchen und Kaffee. Das Letzte, was er sah, waren ihre grauen Augen und ihr hübsches Gesicht. Ein Engel. Ein wunderschöner, tödlicher Engel.

JED ERWACHTE LANGSAM, er tauchte aus einem Nebel aus Müdigkeit und Verwirrung auf. Aber eine Sache war ganz klar. „Vivi."

Er spürte Bewegungen um sein Bett, undeutlich, und das grelle Licht ließ ihn die Augen zusammenkneifen. Als er endlich etwas erkennen konnte, sah er die dunkelhaarige Version der Frau, die er liebte. Es gab nichts Besseres als eine Schießerei, um diese Gefühle klar zu erkennen.

„Bist Du okay?", fragte er.

Sie nickte. Jed griff ihren Arm, als sie sich über ihn beugte. Er ließ ihr keine Zeit, um nachzudenken, er nahm einfach ihr Gesicht in die Hände und küsste sie auf den Mund. Alles, was er für sie empfand, legte er in diesen Kuss. Sie blieb für einen Augenblick steif, aber er ließ sie nicht los, weigerte sich aufzuhören, bis sie seinen Kuss endlich erwiderte.

„Sieht so aus, als ob das FBI endlich was auf die Reihe gekriegt hat."

Jed erkannte die Stimme. Killion.

„Das hat nichts mit dem FBI zu tun, das sind die Brennan-

Gene." Sein Bruder, Liam.

Jed ließ Vivi los, obwohl er es nicht wollte. Er war vollgepumpt mit Morphium und empfand keine Schmerzen. „Ich fürchte, wir haben zu viel Publikum, um noch weiter zu gehen?" Er zwinkerte ihr zu, und Vivi schüttelte herrlich empört den Kopf.

Jemand hustete. „So sieht es also aus, wenn Du Zwangsurlaub machst." *Mist.* Sein Boss, Frazer. *Na großartig.*

„Er hat sich vor den Präsidenten geworfen", verteidigte Vivi Jed.

Jed zog eine Grimasse. „Ich habe mich vor Dich und Michael geworfen, Vivi. Der Präsident hatte nur Glück, dass er auch genau dort stand."

„Lass ihn das besser nicht wissen." Frazer zog die Augenbrauen hoch und kam ans Bett. „Ich denke, Du hast eine Gehaltserhöhung verdient. Und die Chancen, dass ich Dich jetzt noch feuern kann, gehen gegen null." Sein Grinsen erlosch, aber das Funkeln in seinen Augen zeigte Jed, wie besorgt er gewesen war.

„Ich vermute, ich überlebe also?", fragte Jed.

Alle nickten.

„Solange, bis ich Dir in den Hintern trete, weil Du von meinem Tatort abgehauen bist", murmelte Liam düster.

Jed ignorierte ihn. „Hab ich irgendwelche wichtigen Organe verloren?" Himmel, tat sein Rücken weh.

„Eine Kugel hat Deine hinteren Rippen erwischt, die andere ging durch den rechten Lungenflügel, hat aber alle anderen Organe verfehlt."

„Mit Ihrem Schwanz ist also alles noch in Ordnung." Killion schickte Vivi ein entschuldigendes Grinsen.

Jed versuchte, sich aufzusetzen, und alle Besucher stürzten

zu ihm hin. Die Schmerzen waren gewaltig, aber er war vor allem gerührt, dass sie sich alle so um ihn kümmerten. Vivi reichte ihm den Regler und er fuhr das Kopfteil des Bettes hoch.

„Ist die Bedrohung vorüber?"

Frazer holte sein Handy hervor und zeigte ihm das Bild der beiden kleinen Mädchen. „Wir gehen davon aus, dass Pilah Rasheed gezwungen wurde, den Anschlag zu verüben, weil ihre Kinder bedroht wurden."

Verdammt. Sie hatte versucht, ihre eigenen Kinder zu retten, war aber bereit gewesen, dafür die Kinder anderer Menschen zu opfern?

„Das war also immer das Endziel. Nicht der Angriff auf das Einkaufszentrum, sondern das Attentat auf den Präsidenten", erkannte Jed.

„Denn der Präsident besucht die Opfer von größeren Vorfällen in der Regel immer im Krankenhaus", stimmte Frazer zu.

Vivi saß auf der anderen Seite des Bettes, Jed hielt ihre Hand. Sie trug ein schwarzes T-Shirt und Jeans. Laufschuhe an den Füßen. Der Schrecken, den er gespürt hatte, als er dachte, er würde sie verlieren, hatte ihm eine ganze Menge Dinge klar vor Augen geführt. Er wusste nun sehr genau, was er wollte. Sie. Sie und Michael.

„Aber sie haben versagt. Der Präsident lebt noch", bemerkte Liam.

Frazer und Killion tauschten Blicke mit Jed aus. Weil die Attentäter vielleicht gar nicht versagt hatten. Das ganze Land war nun in höchster Alarmbereitschaft und arabischen Nationen gegenüber mehr als feindselig eingestellt. Vielleicht hatten sie also doch genau das erreicht, was sie sich vorgenommen hatten.

„Ich verstehe es nicht. Wer hätte am meisten davon gehabt, wenn Hague umgebracht worden wäre?", fragte Liam. „Nicht Syrien. Die USA hätten Bomben auf Damaskus geworfen, wenn wir davon ausgehen würden, dass sie unseren Präsidenten umgebracht hätten. Dasselbe gilt für den Iran."

Der Groschen begann allmählich zu fallen.

„Ein Land hat den Westen immer wieder dazu aufgefordert, gegenüber Syrien und den anderen arabischen Ländern mehr Aggression zu zeigen", sagte Vivi leise.

Frazers Telefon klingelte, er ging ran.

„Ein Land, das umringt ist von Staaten, die seine Vernichtung geschworen haben." Liam schaute sie alle prüfend an.

„Und wer übernimmt, wenn Präsident Hague etwas zustößt?", fuhr Vivi fort.

Der Vizepräsident war jüdisch, und ein lautstarker Gegner von Syrien, dem Iran, und ihren Verbündeten. Wenn die Israelis ihm zur Macht verhelfen konnten, dann hätten sie für sämtliche Militäraktionen in der Region deutlich mehr Rückhalt. Und wenn sie einen Krieg anzetteln konnten, indem sie die USA glauben machten, dass Syrien die Vereinigten Staaten angegriffen hatte, dann konnten sie sich zurücklehnen und entspannt zuschauen, wie ihr Feind vernichtet wurde. Ohne auch nur einen Finger zu rühren.

„Wir müssen diese Unterhaltung beenden." Frazer legte abrupt auf. „Vizepräsident Burger wurde soeben tot in seinem Haus aufgefunden. Sieht aus wie ein Herzinfarkt, aber der Gerichtsmediziner wird so bald wie möglich eine Autopsie durchführen." Sie blickten sich alle fassungslos an. „Ich muss los. Ich habe eine Besprechung mit dem Präsidenten"

Jeds Schmerzmittel begannen nachzulassen, aber er wollte

Vivi unbedingt noch allein sprechen, bevor er eine weitere Dosis verabreicht bekam und vermutlich wieder wegdämmerte.

„Haben sie den Mann erwischt, der uns in der Hütte angegriffen hat?", fragte Vivi seinen Vorgesetzten.

Frazer schüttelte den Kopf. „DNA und Fingerabdrücke sind in keinem der Systeme, auf die wir Zugriff haben. Wir haben einen Beamten der örtlichen Polizei hochgenommen, der Informationen an die Terroristen weitergeleitet hat. Jetzt, wo Sargon tot ist, wird es umso schwieriger, seine Motive zu verstehen und herauszubekommen, wer ihn tatsächlich angeheuert hat." Frazer griff seinen Mantel und lächelte Jed zu. „Ich bin froh, dass Du lebst, Brennan. Nimm dir fünf Wochen frei. Aber diesmal wirklich."

Jed schaute an seinem ausgestreckten Körper hinunter. Er hatte kaum eine Wahl. „Ich werde wohl darauf zurückkommen."

Die Männer verließen geschlossen das Zimmer, und Vivi stand unentschlossen herum, als ob sie nicht wusste, ob sie gehen oder bleiben sollte.

Jed streckte seine Hand nach ihr aus, und sie nahm zaghaft seine Finger. „Wo ist Michael?"

„Deine Eltern haben ihn ins Hotel gebracht, damit er sich umziehen kann. Sie kommen wieder, um Dich zu besuchen."

Er zog sie zu sich. „Ich habe Mist gebaut, Vivi. Dich wegzuschicken. Ich dachte, dort wärt Ihr sicherer. Aber ich habe Mist gebaut. Es tut mir leid."

Ihre ernsten, blauen Augen füllten sich mit etwas, das verdammt nach Liebe aussah.

„Hast Du ernst gemeint, was Du am Telefon gesagt hast?", fragte er. Es kam ihm vor, als wäre es hundert Jahre her.

Sie drehte sich weg, ließ den Kopf hängen. „Ich weiß, ich habe das viel zu schnell gesagt. Es war bescheuert, aber ich wollte nur mutig genug sein, es laut auszusprechen und…"

„Hast Du es ernst gemeint?"

Vivi lachte und blinzelte rasch. „Ich habe nie etwas ernster gemeint als das."

„Ich habe auch ernst gemeint, was ich gesagt habe, nachdem ich angeschossen wurde, Vivi. Ich habe meine Familie gefunden. Ich habe nicht einmal gewusst, dass ich eine Familie wollte, bis ich Dich und Michael getroffen habe. Ich liebe Dich. Ich liebe ihn. Ich weiß, dass ich gezögert habe, es Dir am Telefon zu sagen, aber nur, weil ich so überrascht war. Ich hatte nie damit gerechnet, dass Du mir so vertraust, nach allem, was ich Dir zugemutet habe. Nachdem ich Dich so enttäuscht habe. Du hast mich demütig werden lassen und mich völlig verwirrt." Er zog ihren Kopf zu sich hinunter, ihre Stirn berührte seine. „Glaubst Du, dass sie in der FBI-Außenstelle in Fargo einen Posten für mich finden?"

„Du kannst Deine Stelle nicht für uns aufgeben, Jed…"

„Mein jetziger Job ist nicht gerade familienfreundlich."

„Du sprichst hier mit einer alleinerziehenden Mutter und einem vaterlosen Jungen." Ihre Augen leuchteten gleichermaßen voll Traurigkeit und schuldbewusster Belustigung. „Jeder Moment, den wir mit Dir verbringen können, ist ein Geschenk, aber glaube mir, wir kommen auch allein zurecht." Sie verzog ihren Mund zu einem schiefen Lächeln. „Ich will nicht, dass Du Deinen Job aufgibst. Er ist zu wichtig, und Du machst ihn so gut."

„Ich verstehe nicht, wie Du das denken kannst, wenn…"

Sie legte ihm den Zeigefinger auf die Lippen, was ihm gefiel, auch wenn es natürlich nicht ihre Lippen waren. Leider wurden seine Schmerzen immer stärker.

„Hör mir einen Moment zu. Ich kann von überall aus arbeiten. Also, wenn Du dieser Sache zwischen uns eine Chance geben und herausfinden willst, wie wir uns verstehen, dann können Michael und ich eine Weile zu Dir kommen. Er fängt an, zu kommunizieren." Ihre Augen strahlten. „Er hat ein paar Wörter aufgeschrieben, und er macht Geräusche. Ich werde versuchen, einen Sprachtherapeuten zu finden, der ihm helfen kann."

„Geben wir ihm Zeit." Jed schaute sie an. „Ich bleibe bei Euch, solange ich mich erhole – oder wir könnten alle zusammen zur Hütte fahren."

Vivi schluckte. „Das würde mir gefallen. Beides." Ihre Augen blickten forschend in sein Gesicht, Unsicherheit ließ sie zögern. „Ich will nichts überstürzen und keinen Fehler machen, aber..."

„Aber es fühlt sich nicht an, wie ein Fehler", beendete Jed ihren Satz. „Ich weiß."

Die Tür ging auf und Michael und Jeds Eltern kamen herein. Das erleichterte Lächeln auf ihren Gesichtern ließ genau erkennen, wie besorgt sie gewesen waren. Seine Mutter sah aus, als ob sie geweint hätte.

Als ein Mann, der mit seiner Arbeit verheiratet war und seine Familie so gut wie nie zu Gesicht bekam, spürte Jed nur zu gut, dass sein Leben sich ab sofort drastisch verändern würde. Er drückte Michaels Hand. „Pass gut auf sie auf, bis ich hier raus bin, okay, Mikey? Wird wohl bis morgen dauern."

Sie alle lachten, aber Jed hatte schon eine weitere Dosis Morphium verabreicht bekommen, weil die Schmerzen so stark geworden waren. Vivi beugte sich zu ihm und küsste ihn zärtlich auf den Mund. Sie war die schönste, stärkste Frau, die er jemals kennengelernt hatte. Er konnte es kaum abwarten, hier herauszukommen und den Rest seines Lebens mit ihr zu beginnen. Sein Blick verschwamm, und Vivi nahm seine Hand.

„Nicht loslassen", murmelte er durch den immer dichter werdenden Nebel.

„Ich lasse nicht los."

„Versprochen?"

„Versprochen." Er konnte das Lächeln in ihrer Stimme hören, auch wenn er die Augen nicht mehr offenhalten konnte. Wenigstens wusste er dieses Mal, was ihn beim Aufwachen erwartete.

EPILOG

23. Dezember. Elf Tage später.

LINCOLN FRAZER, STELLVERTRETENDER befehlshabender
Special Agent, hatte gerade dabei zugesehen, wie ein
Mann, von dem er wusste, dass er ein Mörder und
Vaterlandsverräter war, mit sämtlichen militärischen Ehren
auf dem Nationalfriedhof in Arlington beigesetzt worden war.
Vizepräsident Ted Burger hatte nicht nur einen
Terroranschlag gegen sein eigenes Land und ein Attentat
gegen seinen Präsidenten angezettelt, sondern er war auch ein
führendes Mitglied im Gateway Project gewesen – einer
Organisation für Selbstjustiz auf höchster Ebene. Die Tatsache,
dass er erst vor wenigen Wochen einer Vertuschung des
Projekts auf Wunsch des Vizepräsidenten zugestimmt hatte,
anstatt die Zerschlagung der Fallanalyseeinheit des FBI zu
riskieren, drehte ihm den Magen um. Er musste mit seinen
Entscheidungen leben, aber er musste sie nicht mögen.

Offiziell war der Vizepräsident an einem Herzinfarkt
gestorben. In Wirklichkeit hatte er eine winzige Dosis
Batrachotoxin geschluckt, das an seine Kaffeetasse geschmiert
worden war. Es hatte ihn innerhalb weniger Minuten
umgebracht. Niemand hatte irgendetwas gesehen.

Frazer spürte zumindest ein wenig Genugtuung, dass der
Glauben des Mannes hinter den staatlichen Traditionen

zurückstehen musste. Die Seele des Kerls war sowieso schon verdammt, und Frazer bezweifelte, dass es einen Unterschied machen würde.

Er stand im Oval Office des Weißen Hauses, erfüllt von Feierlichkeit und jeder Menge Unbehagen, umringt von Weihnachtskarten und Dekorationen, die Glück und Freude für die ganze Welt versprachen. Diese guten Wünsche waren nie unsicherer erschienen.

„Was wissen wir über die Frau, die ihm das Gift verabreicht hat?" Präsident Hague saß hinter seinem glänzend polierten Schreibtisch und schaute Frazer über die Ränder seiner Brille hinweg an. Joshua Hague war ein Mann der Ökonomie, nicht der taktischen Angriffe, und er war ausschlaggebend für den Aufschwung der amerikanischen Wirtschaft gewesen. Er schien gerade zu begreifen, dass Präsident der Vereinigten Staaten zu sein, weitaus mehr beinhaltete, als die Finanzen auszugleichen.

„Sie ist eine professionelle Attentäterin. Wir kennen ihren Namen nicht und haben auch keine brauchbaren Fotografien ihres Gesichts, aber ihre Arbeit ist mir bekannt. Sie hat eine Vorliebe für Pfeilgiftfrösche."

„Irgendeine Ahnung, wer sie beauftragt hat?"

Frazer richtete sich auf. „Nein, Mr. Präsident. Es ist möglich, dass sie allein gehandelt hat." Der Präsident gewährte ihm eine der seltenen privaten Unterredungen, und was sie hier besprachen, war nur einer Handvoll Menschen bekannt. Dennoch konnte er die ganze Wahrheit nicht enthüllen, ohne weitere Leben zu riskieren – die Leben von guten Menschen. Menschen, die hervorragende Chancen hatten, diese Frau zu erwischen.

„Bin ich in Gefahr?", fragte der Präsident

Frazer zögerte. „Sie scheint es nur auf Leute abgesehen zu haben, die ebenfalls Morde begangen haben, Sir." Er fragte sich, ob er damit auch auf ihrer Liste stand.

„Viele würden behaupten, dass ich als US-Präsident jeden Tag Morde begehe." Hague starrte auf die Unterlagen auf seinem Schreibtisch, offensichtlich fühlte er sich unbehaglich mit den Entscheidungen, die er kürzlich hatte treffen müssen.

„Ich denke, nach allem, was passiert ist, sollten Sie besonderes Augenmerk auf Ihre Sicherheit legen, Mr. President. Derzeit kann ich nicht sagen, wer sie angeheuert hat, oder ob sie ihre eigenen Ziele verfolgt hat. Die Sicherheitsvorkehrungen des Weißen Hauses sind ausgezeichnet, aber bis wir sie gefasst haben, ist es ratsam, alle Vorsicht walten zu lassen. Auch wenn ich nicht glaube, dass Sie ein Ziel sind."

Hague nickte nachdenklich. „Sind Sie zuversichtlich, dass das FBI alle an dem Terroranschlag in Minnesota Beteiligten aufspüren wird?"

„Alle Terroristen, die direkt am Anschlag beteiligt waren, sind tot. Genauso die Männer, die das Haus der US-Marshals angegriffen haben – einen der Typen haben wir aus einem Abfallcontainer gezogen, er hatte eine Kugel seiner eigenen Waffe im Kopf. Wir haben einen Beamten der örtlichen Polizei festgenommen, der bestochen wurde, aber laut unseren Verhören weiß er nichts über die Hintermänner des Anschlags. Abdullah Mulhadre redet nicht, und wird es auch nie tun." Was massive Probleme mit Syrien bedeutete, denn der Kerl genoss diplomatische Immunität. „Den Mann, der Jed Brennan und Vivi Vincent in der Hütte angegriffen hat, haben wir nicht erwischt."

„Wir sollten Mulhadre laufen lassen", erklärte Hague. „Irgendetwas sagt mir, dass seine eigenen Leute ihn schlimmer behandeln werden als wir es jemals würden."

Frazer stimmte zu. Er bezweifelte, dass Mulhadre wusste, dass der ganze Plan von Israel ausgeheckt worden war. Sie hatten keine eindeutigen Beweise, nur die Tanfolgio-Handfeuerwaffe, jede Menge Handydaten, die Alex Parker auf illegalem Wege zu Burger, Al Sahad und Pilah Rasheed zurückverfolgt hatte, und den unnatürlichen Tod von Vizepräsident Burger durch eine bekannte, Selbstjustiz verübende Attentäterin. Zum Glück hatte Frazer Hague überzeugen können, dass er nicht davon ausging, dass das syrische Regime für die Anschläge verantwortlich war, auch wenn die Spur des Geldes vom Regime zu den Terroristen führte.

Der Krieg war abgewandt worden. Zumindest für den Augenblick. Aber alle waren weiterhin in höchster Alarmbereitschaft.

Hague ließ sich in seinen Stuhl zurückfallen. „Ich habe mit dem israelischen Premierminister gesprochen. Er hat mir vergewissert, dass sein Land nichts mit dem Anschlag zu tun hat."

Frazer runzelte die Augenbrauen. „Ehrlich gesagt, er würde auch nie etwas anderes zugeben, Mr. President. Wir gehen davon aus, dass ein bekanntes Mitglied des Kidon nur wenige Stunden nach dem Attentat auf Sie das Land verlassen hat." Der Kidon war eine hochgeheime Organisation innerhalb des auch im Verborgenen agierenden Mossad, der – angeblich – politische Attentate ausführte. „Irgendjemand anderes hat mit Pilah Rasheed kommuniziert. Irgendjemand hat ihre Kinder aus Sargon Al Sahads Anwesen befreit, direkt bevor Sie den Drohnenangriff angeordnet haben."

Der Präsident lockerte seine Schultern, legte seinen Stift auf den Schreibtisch und stand auf. „Ich habe mit meinen

Stabschefs gesprochen." Die neuesten Entwicklungen der Ereignisse hatte Unruhen ähnlich dem Arabischen Frühling geschürt, aber diesmal war der Zorn der Menschen eindeutig und heftig gegen die Vereinigten Staaten gerichtet. „Wir erhöhen die Bereitschaft auf allen Militärstützpunkten und Konsulaten im arabischen Raum. Auch überall in Europa. Dank der Entwicklungen bei den Russen sind wir sowieso schon verdammt schwach aufgestellt, obwohl es jetzt mehr denn je darauf ankommt, Stärke zu zeigen." Er schaute auf. Die Falten in seinem Gesicht schienen deutlicher als noch vor elf Tagen, vor dem Anschlag auf sein Leben. „Ich kann derzeit keine Anschuldigungen gegen Israel erheben. Wenn wir Israel den Rücken zukehren, wird der Iran das als Blankovollmacht für Angriffe verstehen, und Israel wird mit Nuklearwaffen zurückschlagen." Er schaute aus dem Fenster auf die Lichter, die allmählich überall in der Stadt angingen. „Was dachten sie nur, was sie damit erreichen würden?" Er klang ehrlich verwundert.

„Nun, sie haben schon erreicht, dass es Ärger mit jeder einzelnen arabischen Nation gibt, was ihr Hauptziel war, würde ich vermuten." Frazer räusperte sich. „Und sie sind nie davon ausgegangen, erwischt zu werden. Der Kidon hat einen furchterregenden Ruf. Dass Jed, Vivi und Michael überlebt haben…" *Ein Wunder.*

Der Präsident nickte. „Ich habe Burger nie gemocht."

„Aber Sie haben ihn als Vizepräsidentschaftskandidat ausgewählt?"

Ein flüchtiges Grinsen auf Hagues Gesicht zeigte Frazer den scharfen Verstand, der sich hinter dem gelassenen Image des Präsidenten verbarg. „Ich wollte gewinnen, Frazer. Dafür brauchte ich Burger. Jetzt kann ich jemanden auswählen, den ich tatsächlich schätze und mit dem ich zusammenarbeiten kann." Er fuhr sich durch die schütter werdenden Haare. „Der Kerl hat mir einen Gefallen getan. Wenn er das wüsste, würde er sich im Grabe umdrehen."

„Wissen Sie schon, wen sie auswählen werden?"

Hague spitzte die Lippen „Ich werde Madeleine Florentine fragen."

Die Gouverneurin von Kalifornien war eine entschiedene Befürworterin für alternative Energiequellen und war entschlossen, die Abhängigkeit ihres Landes von fossilen Brennstoffen zu beenden. Die großen Ölkonzerne würden stinksauer sein, aber von einem Sicherheitsstandpunkt aus war sich Frazer sicher, dass es langfristig eine sehr vernünftige Lösung war. „Eine erstklassige Wahl."

„Ich will, dass Sie sie durchleuchten, bevor ich eine endgültige Entscheidung treffe."

„Ich, Sir?" Frazer blinzelte.

Hague blickte Frazer unverwandt an und nickte. „Ihre Leute haben die Verbindung zwischen Burger und dem Attentatsversuch aufgedeckt."

„Das sind alles keine haltbaren Beweise, Sir", erinnerte ihn Frazer. „In einem Gerichtsverfahren würde die Beweislage womöglich nicht standhalten. Und andere haben die Verbindung auch bemerkt..."

„Das ist genau das, was ich meine." Präsident Hagues Augen funkelten. „Ich würde es begrüßen, wenn Sie sie genau überprüfen, nur um sicherzugehen, dass ich niemanden berufe, der mir einen Dolchstoß versetzt – wortwörtlich. Ich liebe meinen Job, aber ich würde es auch gerne bis in den Ruhestand schaffen."

„Ich werde tun, was möglich ist, Sir."

Der Präsident nickte abrupt und lächelte dann. „Ich habe eine Überraschung für Sie. Ich habe Special Agent Brennan, Vivi Vincent und ihren Sohn heute zum Abendessen eingeladen. Ich möchte, dass Sie uns Gesellschaft leisten."

Frazer sah auf seine Uhr. Er hatte geplant, die Weihnachtsfeier der russischen Botschaft zu besuchen, aber man schlug dem Präsidenten der Vereinigten Staaten keine Einladung aus, nicht für die Gegenseite. Und er wollte Jed wiedersehen.

„Vielen Dank. Ich muss kurz einen Anruf tätigen, wenn das in Ordnung ist?" Special Agent Matt Lazlo würde für ihn übernehmen. Er wohnte keine Stunde entfernt, und Frazer würde einen Wagen schicken. Der Kerl hatte sogar eine Uniform, extra für derartige Anlässe.

Eine Weihnachtsfeier war genau das, was sie jetzt alle brauchten. Dann ein paar Tage Urlaub, bevor sie wieder den bösen Jungs hinterherjagten. Frazer hoffte, dass die Verbrecher diese Info auch bekommen hatten, und alle eine Pause machten. Er fragte sich, wo die Attentäterin wohl Weihnachten verbringen würde. Er würde sie finden – irgendwann. Und er würde sie aufhalten, so oder so.

Lesen Sie hier das nächste Buch aus der Serie,
Kaltes Morgenlicht.

Was geschieht, wenn sich ein FBI-Agent in die Tochter des berühmtesten Spions der US-amerikanischen Geschichte verliebt? Entdecken Sie dieses explosive Gemisch in diesem spannenden Romantikthriller!

Die Physikerin Scarlett Stone ist die Tochter des berühmtesten russischen Spions in der Geschichte des FBI. Als ihr Vater im Gefängnis im Sterben liegt, läuft ihr die Zeit davon. Mit einer falschen Identität verschafft sie sich Zutritt zur Weihnachtsfeier des russischen Botschafters – mit dem Ziel, endlich Beweise für die Unschuld ihres Vaters zu finden.

Der ehemalige Navy SEAL und jetzige FBI Special Agent Matt Lazlo fühlt sich sofort zu Scarlett hingezogen. Aber als er herausfindet, dass sie ihm eine falsche Identität vorgaukelt, jagt er sie mit der rücksichtslosen Effizienz, die er normalerweise Serienmördern vorbehält.

Scarletts Plan schlägt fehl und bringt sie ins Visier von Leuten, die ungewollter Neugierde mit purer Brutalität begegnen. Auch das FBI und Matt beobachten sie. Als plötzlich die Agenten sterben, die an der Überführung ihres Vaters gearbeitet hatten, und die Versuche, Scarlett aufzuhalten, sich intensivieren, beginnen Matt und seine Kollegen, sich Fragen zu stellen. Gibt es einen Verräter in den eigenen Reihen?

Kaufen Sie *Kaltes Morgenlicht* noch heute!

NÜTZLICHE ABKÜRZUNGEN FÜR TONIS BÜCHER

AG: Attorney General – Generalstaatsanwalt

ASAC: Assistant Special-Agent-in-Charge – Rang beim FBI, eine Stufe über dem Supervisory Special Agent (SSA)

ATF: Alcohol, Tobacco, and Firearms – US-Behörde für Alkohol, Tabak, Schusswaffen und Sprengstoffe

BAU: Behavioral Analysis Unit – Abteilung für Verhaltensanalyse

BOLO: Be on the Lookout – Fahndung

BUCAR: Bureau Car – FBI-Auto

CIRG: Critical Incident Response Group – Zentrale Krisen-Interventions-Abteilung des FBI

CMU: Crisis Management Unit – Unterstützt die CIRG

CN: Crisis Negotiator – Krisenverhandler

CNU: Crisis Negotiation Unit – Krisenverhandlungsabteilung

CODIS: Combined DNA Index System – Nationale DNA-Datenbank der USA

CP: Command Post – Befehlsstelle

DEA: Drug Enforcement Administration – US-Drogenbehörde

DOB: Date of Birth – Geburtsdatum

DOJ: Department of Justice – Justizministerium

EMT: Emergency Medical Technician – Rettungssanitäter

ERT: Evidence Response Team – FBI-Spurensicherungsteam

FOA: First-Office Assignment – Erster Büroeinsatz bei Strafverfolgungsbehörden

FBI: Federal Bureau of Investigation – Zentrale Sicherheitsbehörde der USA

FO: Field Office – Außenstelle des FBI

IC: Incident Commander – Einsatzleiter

HRT: Hostage Rescue Team – Geiselrettungsgruppe, FBI-Spezialeinheit

HT: Hostage-Taker – Geiselnehmer

LAPD: Los Angeles Police Department – Polizei der Stadt Los Angeles

LEO: Law Enforcement Officer – Strafverfolgungsbeamter

ME: Medical Examiner – Gerichtsmediziner

MO: Modus Operandi

NAT: New Agent Trainee – Neuer Agent in Ausbildung

NCAVC: National Center for Analysis of Violent Crime – Nationales Zentrum für die Analyse von Gewaltverbrechen

NCIC: National Crime Information Center – zentrale Datenbank der USA zur Sammlung von Informationen in Zusammenhang mit der Kriminalitätsbekämpfung

NYFO: New York Field Office – FBI-Außenstelle New York

OC: Organized Crime – Organisiertes Verbrechen

OCU: Organized Crime Unit – Abteilung zur Bekämpfung von organisiertem Verbrechen

OPR: Office of Professional Responsibility – Büro zur Untersuchung von Fehlverhalten von beim Justizministerium beschäftigten Juristen

POTUS: President of the United States – Präsident der USA

RA: Resident Agency – Kleine Außenstelle des FBI

SA: Special Agent – FBI-Agent

SAC: Special Agent-in-Charge – Leiter eines FBI-Büros oder Region

SAS: Special Air Squadron (British Special Forces unit) – Spezialeinheit der britischen Armee

SIOC: Strategic Information & Operations – Weltweite Kommando- und Kommunikationsabteilung des FBI

SSA: Supervisory Special Agent – FBI-Teamleiter

SWAT: Special Weapons and Tactics – Besonders ausgebildete taktische Spezialeinheit

TC: Tactical Commander – Befehlshaber einer taktischen Spezialeinheit

TOD: Time of Death – Todeszeitpunkt

UNSUB: Unknown Subject – Unbekanntes Subjekt (im Sinne von unbekannter Täter)

ViCAP: Violent Criminal Apprehension Program – Programm zur Aufdeckung von Gewaltverbrechen

WFO: Washington Field Office – FBI-Außenstelle Washington

DANKSAGUNG

Der größte Dank geht wie immer an meine unglaubliche Testleserin Kathy Altman, die mich seit mehr als einem Jahrzehnt auf meinem Weg begleitet.

Große Anerkennung an JRT Editing und Ally Robertson für die Hilfe, meine Geschichte erstrahlen zu lassen.

Ein großes Dankeschön an meine deutschen Freunde für die frühen Empfehlungen und Vorschläge! Julie Steffen, Frauke Fehrmann, und Dirk Weihrauch.

Des Weiteren bedanke ich mich bei Martin Wick and Stef Mills für die harte Arbeit an der deutschen Übersetzung.

Ich möchte mich außerdem bei meiner wunderbaren Assistentin, Jill Glass und bei der Autorin für historische Romane, Darcy Burke bedanken, die mich mit so viel liebenswürdigem Verständnis durch den Übersetzungsprozess geleitet haben.

ÜBER DIE AUTORIN

Toni Anderson ist eine Autorin, deren Bücher sich auf den Bestsellerlisten der New York Times und USA Today finden, eine RITA®-Finalistin, ein Wissenschaftsnerd, eine professionelle Touristin, Hundeliebhaberin, Gärtnerin und Mutter. Sie stammt aus einer kleinen Stadt in England, studierte dann Marinebiologie an der University of Liverpool (B.Sc.) und der University of St. Andrews (Ph.D.) in der Absicht, nie weit vom Ozean entfernt zu sein. Nun, dieses Vorhaben schlug fehl, und sie wohnt nun in der kanadischen Prärie mit ihrem Ehemann, einem Biologieprofessor, zwei Kindern, einem aus dem Tierheim stammenden Hund und einem entspannten Leopardengecko. Ihre größten Leistungen sind es, die Tokioter U-Bahn gemeistert, Ben Lomond erklommen, am Great Barrier Reef geschnorchelt und vierzehn Winter in Winnipeg überlebt zu haben. Sie liebt es, zu Recherchezwecken zu reisen und hatte das Glück, 2016 das Strategic Information and Operations Center im FBI-Hauptquartier in Washington D.C. besuchen zu können. Zudem gelang es ihr, bei einem Verfolgungstraining an der Writer's Police Academy in Wisconsin ein anderes Auto von der Straße zu drängen. Vorsicht, Welt!

Tragen Sie sich für Toni Andersons englischen Newsletter ein:
www.toniandersonauthor.com/newsletter-signup

Liken Sie Toni Anderson auf Facebook:
facebook.com/toniannanderson

Sehen Sie sich Toni Andersons aktuelle Titelliste an:
www.toniandersonauthor.com/books-2

Folgen Sie Toni Anderson auf Instagram:
instagram.com/toni_anderson_author